LA MUSIQUE DES MORTS

Paru dans Le Livre de Poche :

L'ÉGLISE DE SATAN

NOTRE-DAME SOUS LA TERRE

ARNAUD DELALANDE

La Musique des morts

ROMAN

GRASSET

ISBN : 2-253-11662-9 – 1re publication - LGF
ISBN : 978-2-253-11662-2 – 1re publication - LGF

A deux Madeleine
Qui ne furent pas musiciennes
Et qui pourtant chantent encore dans mon cœur.

… Et à ces autres dont je n'ai pas oublié les accords
Hugues, Louis, Estelle.

PREMIER MOUVEMENT

Allegro molto appassionato

1

Cimetière de Parme

1893

Il faisait beau le jour où le violoniste tchèque Frantisek Ondriceck se rendit au cimetière de Parme, pour assister à l'un des événements les plus singuliers de sa vie. Ce jour-là, on exhuma un cadavre en décomposition qui n'en finissait plus de chercher le repos éternel. Ondriceck n'était pas le seul à profiter de ce triste spectacle ; le fils du Maître, Achille, maintenant très âgé, était là lui aussi, ainsi que deux autres hommes. Tous étaient vêtus de longs manteaux noirs, en signe de deuil, un deuil il est vrai interminable en la circonstance. Par une nuit sans lune, on les eût pris sans aucun doute pour une bande de dangereux nécrophages ; mais c'était sous un soleil radieux et avec l'aval des autorités de Parme qu'ils procédaient à cette étrange profanation.

Lorsque les deux officiants eurent achevé de sortir de terre le cercueil pour le poser à leurs pieds sur l'allée de gravier, au milieu de cet océan de sépultures qui les environnaient, Ondriceck et Achille échangèrent un long regard. Un instant – voulait-il par là signifier sa déférence envers le mort, ou simplement s'éponger le front ? – Ondriceck ôta son couvre-chef et le laissa retomber, ballant, au bout de son bras. Achille sentit sa main se crisper sur le pommeau de sa canne. Les fossoyeurs attendaient un geste de leur part. Durant quelques secondes, il n'y eut qu'un lourd silence, que déchiraient seulement les trilles insolents de quelques oiseaux. Un vent frais se leva, glissant sur leur visage avant de disparaître aussi curieusement qu'il était venu.

Enfin, Achille fit un signe du menton. Les yeux d'Ondriceck se tournèrent vers le cercueil. Ils semblaient habités d'une ferveur, d'une concentration qui lui donnaient un air halluciné.

Car c'était bien le Diable qu'ils s'apprêtaient à contempler.

Après avoir dépoussiéré le couvercle, les fossoyeurs, d'un même geste, usèrent d'un crochet de métal pour le soulever. Ondriceck et Achille retinrent leur souffle.

Une puanteur innommable monta alors jusqu'à leurs narines, au point que le Tchèque ne put retenir une grimace de dégoût, ramenant son gant sur sa bouche. Il s'en voulut aussitôt et retrouva contenance. Il n'était pas davantage aisé pour le vieil Achille de déterrer son père défunt – surtout depuis cinquante-trois ans qu'il était mort. Devant eux, le spectacle était saisissant. Les yeux du Maître, autrefois si vifs et pénétrants, mobiles comme ceux d'une bête traquée, animés de cette passion qui n'avait cessé de le consumer, avaient dû fondre dans leurs orbites. Il n'en restait rien, sinon deux cavités entourées de particules de chair. Son sourire hideux s'étirait sur des dents grisâtres, figé dans cette expression caractéristique des cadavres fraîchement exhumés. Ses cheveux, autrefois si abondants, n'étaient plus que des fils secs et terreux. De son corps tout entier, il ne restait que des lambeaux dévorés de longue date par les vers, dégageant ici les côtes, là la saillie des hanches, là encore les articulations osseuses des genoux. Le Diable était méconnaissable. Pourtant – étaient-ce les proportions de son anatomie, les traces d'expression sur son visage, ou simplement l'aura mystérieuse qui en émanait ? – Achille ne douta pas un seul instant que ce fût bien lui.

Ondriceck se tourna vers le vieil homme.

— Alors ? demanda-t-il d'une voix éraillée, après un ou deux toussotements.

Achille le regarda encore, puis acquiesça en silence.

Ils restèrent immobiles quelques instants à contempler la dépouille, et Ondriceck, les mains jointes, s'abandonna à ces images qui, durant toutes ces années, n'avaient cessé de tourbillonner dans son esprit au souvenir du disparu.

Et quel disparu… car le Diable n'était pas n'importe qui.

Alors te voilà, songea Ondriceck.

Niccolo Paganini, le plus grand violoniste de tous les temps, était né à Gênes le 27 octobre 1782, plus d'un siècle auparavant. C'était son père – le grand-père d'Achille – qui lui avait enseigné les premiers rudiments du violon. En 1795, il avait commencé à se faire entendre en public. Coup de tonnerre, lorsque ce garçon de treize ans donna concert au théâtre Sant'Agostino de Gênes… Sur les traces de Locatelli, il étudiait alors la littérature virtuose du violon ; Giacomo Costa, professeur du jeune Paganini, maître de chapelle au Dôme et à Sant'Ambroglio, comprit vite qu'il n'avait déjà plus rien à enseigner à ce prodige. Il l'envoya à Parme chez Alessandro Rolla, violoniste et altiste, premier violon des orchestres de Vienne, Parme, Ferrare, Bergame, directeur de l'Orchestre de la Scala de Milan. Celui-ci, dès leur première rencontre, se rendit à l'évidence : il était lui-même dépassé. Tout au plus l'une de ses relations, comme lui artiste de première renommée, Ferdinando Paer, pourrait-il « améliorer » les performances de son protégé, notamment dans le développement des harmonies et du contrepoint. En 1801, Paganini fut envoyé à Lucques ; des négociants français installés à Livourne virent en lui un génie inégalable et lui offrirent son premier compagnon de route : un violon, un Guarnerius del Gesù de 1742, que le Maître, au seuil de sa mort, choisirait bien plus tard de laisser par testament à la ville de Gênes. Guarnerius en main, rien n'arrêta plus Paganini. Il entra d'abord au service du grand-duc de Toscane, le prince Bacciochi, beau-frère de Napoléon, puis entama une série de tournées triomphales, en Italie, en Autriche, en Allemagne, en Pologne. Il découvrit le jeune Chopin à Varsovie ; à Bologne, il fit la connaissance de Rossini.

Ce fut à l'Opéra de Paris, en l'an de grâce 1831, qu'Ondriceck, alors enfant, se trouva pour la première fois en face du monstre. *Le Diable*, comme on ne tarderait pas à l'appeler.

Silhouette imprécise à sa mémoire, présence lointaine, et pourtant si envahissante, si charismatique. Paganini n'était pas humain ; il allait au-delà de l'humain. Il projetait son public dans des transes extatiques.

Ce soir-là, les Parisiens, éblouis, s'étaient déchaînés.

Ce fut une acclamation vibrante, soudaine, sans mesure.

Paganini.

Grand, filiforme dans sa redingote noire, déjà squelettique. Le col remonté sur sa gorge blême. Le front ruisselant de sueur. Un nez aquilin, fortement caractérisé. Des yeux qui lançaient la foudre. Des cheveux sales, qui tombaient sur ses épaules en boucles improbables. Des oreilles détachées. Une poitrine étroite. Une moue voltairienne au coin des lèvres. Le manque de dents rendait son menton plus saillant. Sa tête semblait disproportionnée au regard de ses membres grêles. Cette physionomie étrange était à elle seule un spectacle. Et ses mains… sitôt qu'il commençait à jouer, on ne les voyait pas, on ne les voyait plus. Ses démonstrations de virtuosité humiliaient les meilleurs violonistes de son temps, qui découvraient dans la seconde, avec l'effarement le plus vif, qu'un monde, un univers, un Dieu – ou un Diable – les sépareraient à tout jamais. *Streghe*, la Danse des sorcières. Cantabile pour violon et guitare. Concertos pour violon. *Sonate Napoléon.* Et surtout les Caprices, les *24 Caprices pour violon seul*, dont les éditions imprimées ne tarderaient pas à circuler. Paganini avait laissé à Milan deux Stradivarius, une guitare napolitaine, deux altos – un Antonio et Girolamo Amati de 1602 et un Andrea Guarnerius de 1675 – ainsi qu'un autre Guarnerius del Gesù, pour n'emporter avec lui que *le* Guarnerius de 1742. Il l'avait baptisé : *il Canone.* Jusque-là instrument de musique de chambre, le violon devenait instrument de concert. Les grands luthiers de Crémone avaient porté la forme de la caisse de résonance du Guarnerius à sa plus grande perfection, avant que manche, touche et tension des cordes ne fussent modifiés pour élargir l'ampleur dynamique et faciliter le jeu dans les registres les plus aigus.

Il Canone.

Ondriceck l'avait entendu canonner ce soir-là.

Il en avait encore de la poudre dans la tête.

Paganini composait lui-même et avait pour habitude de ne jouer que ses propres œuvres. De l'audace. Une attaque sèche et directe. Une sonorité étourdissante de puissance et de maîtrise. Il avait commencé par le *Moto perpetuo*, le Mouvement perpétuel. Un morceau à couper le souffle, sans respiration aucune. Voilà qui pose son homme. Une bête. Un monstre. Il cabriolait, voltait et virevoltait de l'archet, il fanfarait, fanfaronnait, se cramponnait ; il flamboyait. *Capriccio.* Clair et agile dans l'aigu, rond et tendre dans les graves, jeu sur une seule corde, *pizzicati* de la main gauche dans les passages les plus vifs, escalades en doubles-cordes exécutées à une vitesse invraisemblable. Cantilènes ensorcelantes, sonorités de flageolet, doubles trilles, sautillés à la pointe de l'archet. L'incroyable extensibilité de sa main lui permettait de produire des accords à quatre voix et d'utiliser simultanément divers registres, si bien qu'il donnait l'illusion de jouer… en duo ! Paganini étourdissait, transportait, possédait. Il semblait lui-même possédé. Seul en scène, il effaçait les autres, il effaçait le monde entier. Il l'absorbait d'un coup du *Canone.* Oui, Ondriceck se souvenait. Un aveugle était venu à ce concert, accompagné de son fils. Le visage tendu en avant, il s'était tourné vers ce dernier, guettant la cascade de notes qui perlait à ses oreilles comme l'eau d'une fontaine. Il lui avait demandé :

— Combien sont-ils ? Combien sont-ils en scène, mon fils ?

Et le jeune homme avait répondu :

— Mais, père… *Il est seul.*

Le vieillard, tout d'abord, ne l'avait pas cru. Puis il avait jeté, dans un souffle :

— Alors c'est le Diable.

Premier concerto pour violon. Paganini utilisait et implosait la vieille technique de la *scordature* ; accompagnement de l'orchestre en *mi* bémol majeur, partie soliste notée en *ré* majeur, violon haussé d'un demi-ton pour un accord *la* bémol-*mi* bémol-*si* bémol-*fa*. Les professionnels décodaient aussitôt. Ce n'était plus de la composition. C'était autre chose. Ces arabesques étaient d'un tel génie dans la préparation, dans l'exécution, qu'elles en devenaient suspectes. La *maestria* fantasque de ses *Capricci* exaltait, par ses sauts spirituels et excentriques, par la variété de ses alliances entre passages de *perpetuum mobile* et sections rhapsodiques, par ses mélodies au rythme berceur de barcarolle, alternant les explosions passionnées et les *ariosi* caressants en chaînes de tierces, de sixtes ou de dixièmes. Les colorations sonores y étaient insolites, les octaves se jouaient en mouvements parallèles, les coups d'archet pleuvaient en oppositions calculées. C'était bien un *dialogue* qui se nouait, avec un seul et même instrument, créant le mirage d'une exécution associant une mélodie soliste et des échos polyphoniques.

Paganini avait rencontré Berlioz et salué avec une immense admiration sa *Symphonie fantastique*. Il fut même question, durant un temps, d'une collaboration entre les deux hommes. Paganini était allé trouver le compositeur français après l'une de ses représentations ; il était déjà atteint de la maladie du larynx qui allait lui être fatale. *Hémoptysie*, avait diagnostiqué son médecin devant ses crachements de sang : *hémoptysie consécutive à une phtisie laryngée, d'origine syphilitique*. Achille accompagnait son père. Berlioz vit Paganini, fiévreux, qui soliloquait en faisant de grands gestes. Il s'efforçait de communiquer son enthousiasme comme il le pouvait, mais seuls sortaient de sa bouche de vagues sifflements qui, entrecoupés de sons gutturaux, semblaient le faire terriblement souffrir. Achille s'était rapproché de son père. Il avait tendu l'oreille, avant de transmettre à Berlioz la sentence du Maître.

— Mon père m'ordonne de vous assurer, Monsieur, que de sa vie il n'a éprouvé dans un concert pareille impression ; que votre musique l'a bouleversé et que, s'il ne se retenait pas, il se mettrait à genoux pour vous remercier.

Berlioz s'était incliné, une main sur le cœur.

Troublants échanges que ceux des titans.

Imagine-t-on encore cette soirée de mai 1832, à Londres, où quelques privilégiés assistèrent chez le docteur Billing à la leçon que donna Paganini, à l'alto, accompagné au piano par Felix Mendelssohn ? Les artistes, Robert Lindley à leurs côtés, s'étaient réunis en comité restreint, pour interpréter la dernière création du Diable – un *terzetto concertante* en *ré* majeur pour alto, violoncelle et guitare. Mendelssohn avait adapté la partie de guitare pour piano. Une réunion presque fortuite, un moment magique, propice à tous les sortilèges.

Ondriceck hochait la tête devant la tombe.

Que n'eût-il donné pour assister à ce spectacle unique – ne fût-ce qu'une minute, quelques secondes !

Et comment, aujourd'hui, pouvait-il se retrouver ici, dans ce cimetière de Parme aux massifs déchirés de croix austères, à exhumer le cadavre du Diable, en compagnie du fils même du Maître ?

La mort de Paganini avait contribué à l'essor de sa légende : durant plus de quarante ans s'était déroulé un incroyable feuilleton. Le Maître s'était éteint à Nice, ville alors italienne, le 27 mai 1840. Il y avait trouvé refuge pour échapper à la police française, après la faillite d'un casino qu'il avait monté à Paris. L'un de ses amis, le comte de Cessole, président du Sénat de Nice, avait offert de lui donner asile dans un appartement de la rue du Gouvernement. Son fils Achille, *Acchillino*, n'avait alors que douze ans. Le jour de sa mort, un moine, don Caffarelli, se présenta au domicile de Paganini pour lui administrer l'extrême-onction. Un malentendu fit croire à Caffarelli que Paganini le renvoyait. Les rumeurs ne cessèrent alors de s'amplifier. Ainsi, au seuil de sa mort, Paganini vouait les ecclésiastiques à tous les diables ! Rue du Gouvernement, on se signait, on guettait des lueurs surréelles et des sons d'un autre monde. On murmurait que, depuis que Paganini jouait du violon, on ne comptait plus les femmes qui s'étaient évanouies à l'écouter, sortant de leur rang, perdant les sens ; on rapportait ce qu'il avait dit au poète allemand Heinrich Heine : *C'est le Diable qui me guide la main !*

Dans le port de Gênes, les conversations allaient bon train. Des marins assis sur des tonneaux ou des rouleaux de cordes, auprès des amarres des plus beaux navires de la flotte génoise, respiraient les embruns, les odeurs d'épices et de poisson frais, tandis que d'autres gréaient les trois-mâts en partance, montaient en cale des sacs de victuailles, se hissaient ici et là au sommet de la hune. La plume des greffiers scribouillait sur des registres parcheminés, alors que l'on dressait les voiles. On se riait de la *Mamma* dite « la Grosse Loutre » qui, entre deux ventes de poissons, servait aussi ses propres filles pour d'autres fritures, dans les bordels du port.

— Savez-vous ce qu'on dit ? murmurait la Grosse Loutre sur un ton de confidence.

Après les moqueries, on se taisait soudain ; chacun écoutait attentivement.

— On dit que la veille de son accouchement, la mère de ce violoniste de malheur a vu Lucifer en songe… Oui, *Santa Maria* ! Lucifer lui-même, Dieu me pardonne ! Et le Maudit lui a offert de formuler un vœu pour son fils. Un vœu ! Vous ne devinerez jamais ce qu'elle a demandé, en se jetant à genoux, avec extase, aux pieds du Grand Bouc. *Qu'il soit le plus grand violoniste du monde !* Oui, voilà ce qu'elle lui a dit. C'est la vérité pure, *Santa Maria* !

Et la Grosse Loutre se signait avec eux.

Deux jours après sa mort, le corps de Paganini reposait à l'hôpital Saint-Roch. Le comte de Cessole avait chargé un spécialiste, le docteur Jean Gabbal, de procéder à son embaumement. Paganini fut ensuite réintégré dans son logis niçois, où il séjourna deux mois… L'évêque de Nice, Monseigneur Galvani, que la rumeur inquiétait, prit une décision ahurissante : Paganini n'aurait pas droit à une sépulture chrétienne ! Consterné, le comte de Cessole se décida à agir dans l'ombre, contre l'autorité de l'Eglise.

Il fit enlever le cadavre en secret.

Sombres silhouettes traversant la commune niçoise au clair de lune. Une porte, une autre. Dans la chambre, les fenêtres sont ouvertes. Le corps de Paganini gît, livide, sur un lit mortuaire. Les ombres glissent, chuchotent, échangent des signes. On soulève la dépouille avec soin, on l'enveloppe d'un linceul.

— *Presto !*

On descend le corps, aussitôt chargé dans un fiacre.

Galopades dans les rues pavées de Nice, puis, une fois franchies les portes de la ville, vers la campagne. Les ombres longent la côte de la Méditerranée. Ce soir, les flots sont tourmentés, crêtes scintillantes comme des éclats de métal.

Le comte de Cessole habitait une propriété des environs, plantée d'oliviers. Il s'y trouvait lorsque ses émissaires revinrent de leur folle équipée. Ils semblaient encore sous le coup de l'interdit qu'ils venaient de transgresser et continuaient de chuchoter dans la nuit. Le comte donna ses instructions. Le corps du Diable fut déposé clandestinement dans une cuve à huile.

Plusieurs mois passèrent sans difficulté, jusqu'à la saison de la récolte des olives. Il n'était plus possible de conserver Paganini dans la cuve. Le comte pensa que les esprits s'étaient calmés. Il révéla au grand jour la présence du cadavre et l'enferma sous bonne garde au lazaret de Villefranche. C'était la troisième sépulture du violoniste, tout aussi improbable que les précédentes. Entre-temps, Achille et le reste de sa famille avaient tenté d'intercéder auprès du cardinal de Gênes, puis de l'archevêque de Turin, pour révoquer la décision de Monseigneur Galvani.

Achille baisa l'anneau de l'archevêque et, à son invitation, s'assit en face de lui.

— Monseigneur, nous sommes venus… négocier.

L'avocat de Paganini, Luigi Guglielmo Germi, qui sa vie durant avait géré les affaires du virtuose, accompagnait le fils du Maître. Une femme était également avec eux, superbe dans une robe pourpre à friselis de dentelle, sa poitrine opulente débordant du balconnet. Elle sortit un éventail qu'elle ouvrit d'un geste du poignet, faisant mine de regarder ailleurs, ses lèvres rouges exhalant un petit soupir impatient. Ils étaient là sous les lambris, les fenêtres ouvertes sur la bonne ville de Turin. Le soleil était radieux et une rumeur persistante montait du parvis de l'église voisine. L'archevêque plissa les yeux et se tourna vers *Acchillino*, qui lui tendait une liasse de témoignages attestant que son père, en toutes circonstances, avait été un bon chrétien, et un catholique pratiquant. L'archevêque les prit et jeta dessus un œil circonspect.

— Négocier ? Mais que voulez-vous donc négocier ! Voilà un bien curieux langage pour s'adresser à un homme d'Eglise. Un langage plutôt... diabolique, en vérité.

— Si j'en appelle à vous, Monseigneur, c'est que l'on interdit à mon père de reposer enfin en terre chrétienne, et qu'on force ainsi sa dépouille à passer de fausse sépulture en tombeau impie... Savez-vous que l'on a poussé cette rigueur jusqu'à interdire à la presse d'écrire le moindre bulletin le concernant, et que les nécrologies et articles commémoratifs à son sujet ne sont parus qu'à l'étranger ? Mais quel crime mon père a-t-il commis pour se retrouver ainsi privé de tout sépulcre décent ? De vilaines rumeurs ont porté atteinte à sa mémoire, Monseigneur... Nous sommes venus vous implorer de revenir sur la décision de notre très saint évêque de Nice.

La jeune femme aux côtés d'Achille décocha soudain un sourire lumineux à l'archevêque, qui se passa la langue sur les lèvres et porta à son menton une main gantée. L'une de ses bagues étincela au soleil.

— Quel crime a-t-il commis, me demandez-vous...

Il sourit à son tour.

— Mais, celui d'être le meilleur, jeune homme.

— Je vous demande, Monseigneur, de nous aider. Vous êtes notre dernier recours !

— Aider le Diable...

Il sourit.

— Allons ! Vous me tentez.

L'affaire remonta progressivement jusqu'aux oreilles du roi Charles-Albert de Piémont-Sardaigne et du pape Grégoire XVI. Tandis qu'Achille, toujours vaillant, se rendait au Vatican pour tenter d'obtenir gain de cause, l'affaire Paganini continuait de diviser. Le comte apprit avec fureur qu'un brocanteur anglais, après avoir vu le corps, avait tenté de soudoyer le gardien du lazaret et s'apprêtait à l'emmener dans son pays ! Hors de lui, il mit à pied le gardien et chercha *illico* une nouvelle retraite pour l'encombrant cadavre.

Trois personnes et un mort flottaient sur une petite barque, en pleine nuit, dans la baie de Villefranche. Le comte de Cessole se tenait à la proue. Deux de ses amis, Félix Ziem, peintre de son état, et le comte Garin de Cocconato, l'assistaient dans cette nouvelle tentative de sauver la dépouille de Paganini.

Ils ramaient.

— Il ne sera pas dit que Niccolo n'aura pas un enterrement digne de ce nom !

— Plus vite, Félix ! dit Cocconato, ahanant lui-même.

— *Madre mia*, Niccolo, si tu nous voyais… Si tu nous voyais ! Pensez-vous qu'il rit depuis l'au-delà ?

Le comte de Cessole se retourna vers ses compagnons, tandis qu'il devinait, au loin, l'extrémité du cap Ferrat.

— Je crois qu'il *joue* dans l'au-delà.

Et la barque continuait de glisser sur les flots.

Le comte Caïs de Pierlas les réceptionna au cap Ferrat. Paganini y trouva sa quatrième sépulture, auprès des falaises battues par la Méditerranée.

Enfin, un jour de printemps 1844, quatre ans après son décès, le roi de Piémont-Sardaigne délivra l'autorisation d'inhumer le Maître à Gênes, sa ville natale, « pour autant que l'on évite, dans la mesure du possible, toute publicité autour de l'arrivée et du transport dudit cadavre, et que l'on tienne la chose cachée au public ». Il s'agissait donc d'une nouvelle opération secrète. Le 17 avril 1844, le comte de Cessole rédigeait le certificat correspondant :

> Nous faisons foi indubitablement de ce qu'a été embarqué en ce port sur le bateau la *Maria Maddalena* (sarde), dont le patron est Gio. Batta Resteu, en direction de Gênes le cadavre de feu le baron Niccolo Paganini, lequel, ayant été en son temps embaumé selon les règles de l'art, fut mis dans une caisse de zinc dûment close et recouverte d'une autre caisse, en bois de noyer, elle-même maintenue dans une caisse en bois blanc de forme parallélépipédique et marquée extérieurement des lettres M.D.S. ; il part de cette ville en direction de Gênes et de là sera immédiatement transféré à la villa Paganini à Polcevera. Nous requérons tous les magistrats, intendants, conservateurs et autres officiers de santé de n'opposer d'obstacle d'aucune sorte à ce transport, puisque ce cadavre se trouve préparé de manière à ne pouvoir causer de dommages à la santé tant privée que publique.

La *Maria Maddalena* leva l'ancre du port de Nice, sous escorte militaire, le 17 avril 1844. La dépouille, toujours en procès, séjourna quelque temps dans la villa de San Biagio à Val Polcevera. Mais c'était sans compter sur la population génoise, qui refusa à son tour d'accueillir le Diable. La nuit, disait-on, des feux follets couraient dans le cimetière, faisant ballet autour de la tombe. Les autorités durent se résoudre à trouver un autre endroit de villégiature pour le cadavre. Le pape ayant confié à l'archevêque de Turin et à d'autres prélats le soin de réexaminer le différend qui opposait l'Eglise à la famille de Paganini, Achille, en désespoir de cause, se tourna vers Marie-Louise pour obtenir le transfert définitif du corps à Parme ; il fit même dire une messe « réparatrice » à l'église de la Steccata pour convaincre les autorités ecclésiastiques d'accorder le *nihil obstat.* Contre toute attente, Achille obtint gain de cause. Il se précipita à Val Polcevera pour y remplir les formalités d'usage, en compagnie des autorités sanitaires génoises, qui ordonnèrent la reconnaissance du corps. Celui-ci fut transféré à Gajone pour être enseveli dans la sacristie de l'église paroissiale. A titre provisoire, bien entendu…

Paganini avait possédé à Parme une villa que l'épouse de Napoléon lui avait offerte en reconnaissance de son immense talent. Ce fut là qu'en 1863, le Maître trouva sa septième sépulture – clandestine, une fois encore. Il y reposa jusqu'en 1876, année où le pape Pie IX se décida à réparer l'erreur historique qu'avait entraînée le malentendu avec don Caffarelli, après déjà trente-six ans de péripéties. Enfin, Niccolo Paganini put être enterré officiellement dans le cimetière de Parme. Trois ans après, la ville jugea toutefois que ce lieu n'était pas assez auguste pour un tel génie. On construisait à Parme un nouveau cimetière. Le conseil municipal, soucieux désormais de réhabiliter la mémoire de l'illustre violoniste, considéra que seul ce nouveau cimetière serait à même d'offrir au Diable une sépulture digne de son nom. Il y fut donc déménagé…

Et n'en bougea plus.

Jusqu'à maintenant, pensa Ondriceck.

Quatorze ans après, il avait eu des doutes.

Du moins était-ce la version officielle.

Ces doutes étaient bien compréhensibles : entre la cuve à huile du comte de Cessole, le lazaret de Villefranche, les falaises du cap Ferrat, les cimetières génois et parmesans, on pouvait être en droit de se demander s'il s'agissait d'un seul et même cadavre. C'était aussi la raison de la présence au cimetière du fils du Diable, *Acchillino*, et des « fossoyeurs » commandités par les autorités municipales.

Mais cette reconnaissance mortuaire recouvrait un autre enjeu. D'une nature moins officielle.

Ondriceck et Achille regardèrent longtemps la dépouille de Paganini. Il sembla même au Tchèque que le fils du violoniste épongeait une larme.

Avant que les deux hommes qui les accompagnaient n'eussent refermé le couvercle, Ondriceck s'approcha.

Le violon était là.

Ce n'était pas *il Canone*, remis autrefois à la ville de Gênes, selon les termes du testament de Niccolo. Ondriceck se passa la langue sur les lèvres, inspira et se décida à s'approcher encore. Il tendit ses mains gantées de blanc, prit lentement l'étui, l'observa quelques secondes, mit un genou en terre, le plaça en équilibre sur sa jambe et en fit sauter les attaches.

Il sourit, tandis que le vent soulevait ses cheveux.

C'était bien lui. Il portait la marque de l'illustre facteur russe.

S.B.

Svetlan Borg.

Il inspira profondément et releva les yeux vers Achille. Celui-ci lui rendit son regard avant de se tourner vers son père. On remit le couvercle. Les orbites vides de Niccolo Paganini semblèrent un instant encore guetter le soleil... puis le couvercle se referma dans un bruit sourd.

Et tandis que l'on redescendait le cadavre en terre, Ondriceck caressait l'étui qu'il venait de récupérer.

Lebed, pensait-il. *Lebed... Je te tiens.*

Près de cinquante ans plus tard, en 1940, au centenaire de la mort de Paganini, on organisa une nouvelle reconnaissance de sa dépouille. Tandis qu'un photographe s'apprêtait à prendre les premières et uniques photos du défunt, le tonnerre éclata inopinément, déchirant le ciel. Terrorisé, le photographe détala sans demander son reste. Du moins est-ce ainsi que le rapporte la légende…

Ce fut la dernière fois que le Diable, le plus grand violoniste du monde, fut dérangé – du plus profond de sa tombe et de son éternel sommeil.

2

Forteresse de Terezin

1944

Lorsqu'il entendit le jeu de la clé dans la serrure et devina l'ombre d'un soldat derrière les barreaux de la lucarne, Bedrich sut que son heure était venue.

Il avait jusqu'à présent bénéficié d'un traitement spécial ; là où les autres prisonniers étaient entassés dans les blocs, on lui avait réservé un cachot isolé. Mais il savait que ces « faveurs » seraient de courte durée. Il toussa et se frotta les bras. Lorsque la porte s'ouvrit, un rai de lumière courut sur la pierre. La silhouette du soldat se découpait à contre-jour sur le seuil. Un officier l'accompagnait. Dans son manteau noir, il avait l'air d'une chauve-souris. On lui intima l'ordre de se lever. Bedrich obtempéra avec difficulté, une douleur lancinante dans les poumons. Il était épuisé. Le canon d'une mitraillette pointé dans sa direction, il sortit de la cellule et marcha devant les deux hommes, dans le couloir. A gauche, au bout de quelques mètres, se trouvaient une porte et un escalier. Bedrich ferma les yeux et murmura une prière ; s'ils tournaient à gauche, il lui restait encore un espoir de rejoindre les autres. Peut-être était-ce là-haut qu'on l'emmenait, dans un des baraquements. Il prit une inspiration profonde ; dans son esprit passèrent les dernières bougies qu'il avait brûlées avec Mila et son fils, aux jours de Hanoukah. Il crut sentir les odeurs d'huile, de cire et de cendre qui en émanaient, et se remémora les volutes légères de la fumée montant vers le plafond.

Je vous en supplie, mon Dieu, faites que je tourne à gauche, à gauche, à gauche.

Il rouvrit les yeux.

Le canon de l'arme dans son dos lui indiqua qu'il devait continuer tout droit.

Ses lèvres tremblèrent.

Alors c'est terminé.

Il regarda désespérément la porte, ouverte sur les marches qui montaient vers l'extérieur. Le salut, ou en tout cas, l'espoir d'un sursis. La porte disparut. Il ne restait plus que le souterrain labyrinthique, aux pierres suintantes d'humidité, que des ampoules éclairaient faiblement tous les trente mètres. Bedrich hocha la tête. Ils mentaient, ils avaient tous menti. Plus de cent mille personnes avaient été rassemblées dans le ghetto voisin de la forteresse ; juifs tchèques, allemands, russes, autrichiens, slovaques, hongrois. Depuis que la Gestapo de Prague avait réquisitionné Terezin, le ghetto servait aux Allemands pour donner le change à l'opinion publique internationale. On le disait géré par un conseil autonome. Il avait sa banque et son café, sur la place principale. Tout n'avait été que façade, une façade méticuleusement agencée pour mieux dissimuler les horreurs perpétrées dans les autres camps. On avait engagé des travaux en 1943 pour embellir les lieux, en prévision d'une visite de la Croix-Rouge internationale, qui n'avait rien trouvé de mieux que de saluer l'humanité avec laquelle était traitée la communauté du ghetto. Celle-ci s'était efforcée de retourner cette pseudo-liberté contre ses bourreaux, en faisant de

Terezin un foyer de résistance artistique et intellectuelle. Il suffisait d'un mot de trop, et on les envoyait ici. *Et ils savaient*, pensait encore Bedrich. *Ils le savent tous.* Des convois partaient chaque jour vers d'autres camps. Alors même que les Allemands subissaient revers sur revers depuis le Débarquement, les exécutions sommaires étaient quotidiennes. L'ennemi paniquait. Il en était d'autant plus féroce. Bedrich reçut un nouveau coup dans les aisselles ; on lui hurlait d'avancer plus vite.

Le couloir, interminable, plongeait dans les entrailles de la terre, tournant à gauche, à droite. Au bout… On le lui avait dit, il savait ce qui se trouvait au bout. Un mur. Un mur criblé d'impacts, dessinant des étoiles noires et blanches. Un mur au pied duquel on abattait froidement les prisonniers. *Mon Dieu, c'est fini. Tout est fini. Donnez-moi le courage d'affronter cette dernière épreuve. Je vous en supplie, donnez-moi le courage, faites que je retrouve ma femme et mon fils, dans Votre lumière. Je vous en supplie, JE NE VEUX PAS MOURIR.* Il voulut chercher une issue ; il n'était pas attaché, il aurait pu bondir, se retourner, tenter le tout pour le tout ; mais non, le canon était pointé dans son dos, l'officier qui le suivait était armé. On l'abattrait comme un chien avant qu'il ait esquissé le moindre geste. A chaque angle du couloir, il s'apprêtait à voir la dernière porte ; il imaginait un battant de métal à trois serrures, il entendait déjà le bruit des verrous se refermer sur lui, et se voyait au milieu d'une cour sordide, attendant la fin. Hallali. Il fut pris de tremblements et se frotta les bras de plus belle. Il n'aurait même pas droit à une cigarette, n'est-ce pas ?

Il reçut un nouveau coup dans les aisselles.

On lui intimait l'ordre de tourner à droite.

A droite ?

Il y avait, effectivement, un autre escalier.

Il attendit qu'on lui porte un nouveau coup, comme pour s'assurer qu'il avait bien compris. Oui ! On lui disait de monter ! Il eut une suite d'expirations saccadées, sa tension tomba provisoirement ; il crut qu'il allait s'évanouir alors qu'il montait les marches. *Merci, oh mon Dieu, merci !* Il les gravit une à une, lentement, puis plus vite, autant qu'il le lui était permis. Il remontait vers le jour, il échappait à la mort ! Une nouvelle vie courut dans ses veines lorsque la lumière lui apparut. Le ciel était nuageux, mais Bedrich fut ébloui par cette sortie brutale. Il mit la main sur son front et avala l'air à grandes bouffées. Une voix, comme une voix d'enfant exultait dans son cœur.

Tu es vivant.

Livide, il s'avança au milieu d'une grande cour, où cinq cents prisonniers se trouvaient parqués, en rang d'oignons, devant quatre officiers allemands. Bedrich regarda les détenus ; la plupart, faméliques, étaient en guenilles. Le sang avait reflué de leur visage. Dans une sorte de réflexe absurde, Bedrich chercha sa femme des yeux. Peut-être n'était-elle plus à Terezin. Peut-être était-elle morte. Peut-être ne la reverrait-il jamais… *Mila*, pensa-t-il, au bord des larmes, *Mila mon amour, où es-tu ? Où t'ont-ils emmenée ?* Devant lui, l'un des officiers tenait en main un registre et faisait l'appel, commençant de séparer en deux le groupe des prisonniers. Bedrich pensa qu'il allait les rejoindre – et que la roulette allait recommencer. Mais non. On lui fit traverser la cour, longer un mur de briques rouges au-dessous des entrelacs de barbelés. Il entra dans une nouvelle cour, puis une troisième. L'entrée du camp. Bedrich regarda en direction de l'allée – celle qui conduisait à la liberté. Il avait oublié, depuis qu'il était à Terezin, qu'il existait un autre monde, une vie au-delà de ces murs, comme celle d'autrefois. Il devina l'inscription qui surplombait les barrières blanches : *Arbeit macht frei.* Voir au-delà cette allée qui s'enfuyait vers le ghetto lui fut une abominable souffrance ; un nouveau coup dans le dos le poussa en avant. Le bâtiment vers lequel il avançait à présent, orné d'un drapeau à croix gammée, abritait l'administration et le chef du camp. Pourquoi l'amenait-on ici ? Pourquoi n'était-il pas retourné avec les autres ?... Deux soldats étaient en faction devant la porte d'entrée. Ils s'écartèrent pour laisser passer les arrivants. Bedrich traversa un hall étroit. Tout autour de lui, des Allemands tapaient à la machine, rédigeaient leurs rapports, faisaient leurs comptes, s'échangeaient des listes de noms. Bedrich s'engagea dans un escalier qui descendait vers de nouvelles profondeurs.

Un autre cachot ? Ils me mettent dans une autre cellule ? Mais que veulent-ils faire de m...

La dernière porte était en bois.

Il entra dans une cave, éclairée par une seule ampoule, au plafond. A droite, un officier de la Gestapo l'attendait, derrière un petit bureau. Un homme en blouse blanche se trouvait là également, ainsi que deux soldats. Un fauteuil nu, muni de deux accoudoirs, avait été disposé au milieu de la pièce. Une bassine remplie d'eau traînait à ses côtés, ainsi qu'une autre table recouverte d'un linge immaculé. Les soldats se mirent au garde-à-vous dans un claquement de talons. Un papier circula de main en main, que l'officier de la Gestapo signa avant de le faire tamponner et de s'adresser aux autres. Bedrich jeta autour de lui des regards terrorisés. Il comprit, aux bribes de mots qui parvenaient à sa conscience, que cet officier était venu directement de Berlin la nuit même.

Avez-vous entendu parler du Boucher ? Schlächter. NON.

Il n'eut pas le temps de réaliser vraiment ce qui se passait. Les soldats se saisirent de lui ; il tourna la tête en tous sens et croisa le regard froid de l'officier, dont le second venait de quitter la pièce. Il vit l'homme en blouse blanche s'approcher de la tablette et ouvrir une serviette qui se trouvait dessus. Les verrous d'un coffret en bois glissèrent deux à deux, tandis qu'on installait Bedrich de force, sur le fauteuil. Il voulut soudain se débattre, mais il était trop tard ; une corde passa autour de son torse ; des liens rêches se refermèrent sur ses poignets ; on lui donna un coup de botte dans les tibias avant de lui rapprocher les jambes, et de les ligoter de la même façon. Bedrich venait de comprendre ; la situation était suffisamment claire, et il n'avait pas même besoin, pour mesurer ce qui l'attendait, de se tourner vers les instruments que l'homme en blouse blanche venait de sortir du coffret et d'aligner sur sa tablette.

Non Seigneur par pitié, tout mais pas ça, pas maintenant !

La porte se referma dans un bruit sourd. Seuls restèrent l'officier de la Gestapo et le médecin. Bedrich leva les yeux vers les voûtes de pierre. Il se fit un silence de mort, puis l'Allemand se leva, abandonna son manteau, avant de s'asseoir de nouveau. Lentement, il prit une feuille de papier sur la table, devant lui. Il avait la cinquantaine, des tempes grisonnantes, un visage taillé à la serpe. Il toussa une ou deux fois, portant à sa bouche une main gantée. Sa toux résonna contre les parois de la cave. L'homme en blouse blanche ajusta sur son nez une paire de lunettes rondes et ramena les mains derrière son dos.

— Vous êtes Bedrich Bogdanowicz, n'est-ce pas ?

Lentement, Bedrich hocha la tête. Il avait la bouche sèche, il était tétanisé par la peur.

Incapable de proférer le moindre son.

L'officier eut un sourire carnassier.

— Vous aimez Paganini ?

[illegible]

Vendredi. Bedrich [illegible] [illegible]
[illegible] Bedrich [illegible] la tête. Il avait la bouche
[illegible] par la peur
[illegible]
[illegible]
[illegible]

[illegible]

[illegible]

3

Vieille Ville de Prague

2001

Frédéric marchait sur le pont Charles.

Le pont, qui reliait le quartier de Mala Strana à la Vieille Ville, était envahi de touristes. Marionnettistes, coupeurs de profils, peintres, musiciens se disputaient l'attention des badauds. Les promeneurs avançaient au son des valses et de concertos improvisés. Arraché aux eaux tumultueuses de la Vltava, campant fièrement sur ses seize piliers de grès, le pont était le symbole de la majesté et de l'âme de Prague. En se retournant, on pouvait contempler, au sommet de la colline, la silhouette élancée du château royal et des clochers de la cathédrale Saint-Guy. De chaque côté, deux tours échancrées, vestiges des anciens remparts, dominaient les dômes de l'église Saint-Nicolas, devant une cascade de toits. Les demeures baroques de la cité semblaient se pencher sur l'onde du fleuve, et y guetter l'élégance joyeuse de leur reflet. Fronçant les sourcils, Frédéric sortit de sa poche la lettre qu'il avait reçue quelque temps plus tôt, pour y lire l'adresse à laquelle il devait se rendre : *Břehová, 19*. C'était juste derrière la cité juive. Il pouvait couper par Křízovnická, mais il était en avance à son rendez-vous. Il décida de s'accorder un petit détour par la place de la Vieille Ville. C'était l'été, et Prague, coutumière de la rigueur du climat continental, profitait en ce mois d'août d'une douceur dont la foule des estivants savourait chaque seconde. Frédéric releva le nez en sifflotant et, alors qu'il rangeait la lettre dans son veston, il manqua de heurter un groupe de touristes, rassemblés en cercle devant une violoniste qui jouait un allegro des *Quatre Saisons*. Une jeune femme en renversa sa glace à l'italienne. Frédéric s'excusa d'un haussement de sourcils, fouilla dans sa veste à la recherche de quelques couronnes pour rembourser la glace, et continua sa marche en filant à travers la foule. A l'heure où il quittait le pont pour s'engager rue Karlova, le soleil commençait de se coucher, embrasant le ciel de lueurs roses et orangées ; de l'autre côté du firmament, une lune ronde venait de poindre. Frédéric ralentit, regardant les statues qui, de gauche et de droite, se dressaient sur le pont, dans une débauche de signes et de personnages emblématiques de la Contre-Réforme. On racontait que, la nuit venue, lorsqu'elles étaient enfin débarrassées des badauds, les statues de Venceslas, de saint Jean Népomucène et du groupe de la Sainte-Croix chuchotaient entre elles, devisant tout bas de graves controverses théologiques. Frédéric sourit en imaginant ces vieux barbus, leur index tendu dans le soir, leurs lèvres murmurant au cœur de la brume, leurs yeux de pierre s'allumant soudain d'une vie mystérieuse.

Il déboucha quelques instants plus tard sur Staroměstské náměstí, la place principale de la Vieille Ville ; il était au cœur même de la cité, ce cœur vibrant de l'insurrection contre les Habsbourg, du discours de Gottwald et du chant de libération démocratique entonné quelques années plus tôt par Vaclav Havel. Le bruit de ses pas retentissait contre les pavés. Sous le ciel déchiré de couleurs, Frédéric observa un moment l'horloge astronomique qui ornait la tour de l'hôtel de ville. Son cadran représentait la Terre, au centre de la galaxie, encadrée par la Vanité, un avare agitant sa bourse, et un Narcisse absorbé dans son miroir. La Mort tirait la cloche de la tourelle, annonçant que l'heure était venue. Un Turc enturbanné, terreur de l'Europe centrale, se penchait sur la foule, prêt à décapiter qui oserait le défier. Le blason de la Vieille Ville de Prague, entouré des signes du zodiaque, était frappé d'une lueur étrange. Sur la place, les garçons de café repliaient les parasols et passaient de table en table sur les terrasses, échangeant quelques mots avec les touristes. La population sortait à présent de toutes les maisons avoisinantes pour goûter à la fraîcheur de la nuit tombante. Les réverbères commençaient à s'illuminer. Des jeunes filles distribuaient des tracts çà et là, annonçant les concerts des semaines à venir, ou vendaient des tickets à la sauvette pour liquider les dernières places de la journée.

Frédéric contourna l'effigie de Jan Hus, dont la prédication inachevée semblait s'envoler vers la façade de Notre-Dame-du-Tyn. *Aimez-vous et que la vérité triomphe.* Doucement, l'ombre du crépuscule rampait, sa frontière ténue irisant les pavés et semblant balayer la poussière grise. Elle passait par-dessus les clochers, enveloppait peu à peu la ville de son manteau. Un dernier faisceau de lumière, au-dessus de la coupole de Saint-Nicolas, fut avalé par la pénombre. Continuant de siffloter, Frédéric tourna rue Široká. Il entrait dans le quartier juif. Les grandes portes d'une maison étaient ouvertes sur une cour ; Frédéric jeta un œil à l'intérieur : une concertiste entamait une valse avec son orchestre, devant un parterre de gens assis sur des chaises blanches. Un peu plus loin, Frédéric passa devant la synagogue Pinkas. Quatre-vingt mille noms de morts, victimes du nazisme dans les régions de Bohême-Moravie, glissèrent à leur tour dans la nuit. Une brume surréelle montait du cimetière, derrière le mémorial. Des nappes blanchâtres, fantomatiques, commençaient de se former, au milieu de la forêt lapidaire qui surplombait les couches de sépultures. L'été était oublié ; les saisons paraissaient soudain abolies, confondues dans l'obscurité. En passant devant les grilles du cimetière, Frédéric ne put s'empêcher de s'arrêter quelques instants, saisi par ce spectacle. Il lui sembla que les milliers de pierres tombales, jaillissant de la terre dans le plus parfait chaos, poussaient une plainte lugubre et douloureuse qui, portée par le vent, venait siffler à ses oreilles. Frédéric regarda la nuit qui continuait de se répandre dans l'enchevêtrement des inscriptions, des cailloux disséminés sur les stèles, des racines courant entre les louanges et les épitaphes. Un souffle passa sur son visage. La poésie, le romantisme séculaires de l'endroit lui rappelèrent un air qu'il avait longuement travaillé, autrefois, au temps de ses premiers concerts, lorsque son père lui répétait inlassablement : *Recommence.* Mais il y avait également là une autre sorte de parfum ; un parfum de kabbale, dont les effluves semblaient préparer la sortie des ténèbres de quelque golem conçu dans la glaise, monstre improbable matérialisant les souffrances collectives du ghetto, frappé du signe de l'*Emeth*, la Vérité, que l'alchimiste Elijah de Chelm, dans la légende, terrorisé par les puissances qu'il avait libérées, avait finalement réduit à néant en effaçant l'aleph du front de la créature, afin qu'il ne restât plus que *Meth* – le Mort. Frédéric inspira, sifflota à nouveau, tandis que la haute tombe du primat de la cité juive, Mordechaï Maisel, disparaissait dans l'abîme nocturne.

Enfin, il reprit sa marche et atteignit la rue Břehová. Une enseigne était illuminée, au numéro 19. Au-dessus de la vitrine de la boutique, on pouvait lire, en lettres d'or passées par le temps : *Prasni Löw*. Frédéric s'en approcha et resta sous l'enseigne quelques secondes. Le magasin était apparemment fermé, mais on devait l'attendre. Il poussa la lourde porte vitrée, une clochette tinta. Il pénétra à l'intérieur. Les glaces de la devanture renvoyaient des halos de lumière. Frédéric fit quelques pas vers le comptoir et regarda autour de lui.

De tous côtés étaient disposés des instruments de musique. Flûtes et clarinettes, alignées le long d'un mur, surplombaient les cuivres, trompettes et clairons. Un saxophone rutilant était placé devant trois cors et deux hautbois. La majeure partie de la pièce était occupée par un piano à queue qui devait dater du XIXe siècle. Derrière lui, dans une vitrine, on pouvait voir quelques curiosités : des carillons mécaniques, des vielles, des serinettes. Frédéric caressa un accordéon qui n'était plus de la première heure, et fut surpris lorsque sa anche métallique se détendit dans un son de basse. Il eut un mouvement de recul et remit l'accordéon en place. Il aperçut sur une étagère une petite boîte, qu'il ouvrit. A l'intérieur, une danseuse en tutu se leva et s'anima en tournant sur elle-même, dans une musique sonnante et délicate. Frédéric sourit.

Il entendit des bruits de pas et releva la tête. Un vieil homme entra. Il était maigre, de petite taille. Il devait avoir plus de quatre-vingts ans. Une kippa sur le crâne, des pe'ot sur les tempes. Son front creusé de rides était moucheté comme celui d'une momie. Une barbe noire entourait ses lèvres. Son costume étriqué lui donnait une allure de corbeau ; sous son veston, on devinait le tallith, châle de prière aux franges torsadées. Les épaules voûtées, il se déplaçait avec peine. On avait l'impression qu'il aurait suffi de lui souffler dessus pour qu'il soit réduit en cendres. Il s'appuyait sur une canne, et Frédéric ne tarda pas à s'apercevoir que la partie gauche de son corps était à moitié paralysée. Mais le vif éclat de son regard témoignait qu'il disposait encore de toutes ses facultés mentales. Le rabbin Elie Bogdanowicz, qui officiait habituellement à la synagogue Vieille-Nouvelle, sourit et tendit à Frédéric une main décharnée.

Elie avait toujours vécu à Prague, même dans les temps les plus difficiles, lorsque, dans sa jeunesse, il avait dû se terrer dans une cave de Maiselova, tandis qu'on envoyait ses amis par wagons entiers dans la forteresse de Terezin, à soixante kilomètres au nord de la ville. Cet homme avait eu ce que l'on appelle un destin. Durant trois ans, il avait vécu sans voir la lumière, approvisionné par une femme de trente ans plus âgée que lui, qui avait bravé tous les périls pour le sauver. C'était à elle que le magasin avait appartenu, jadis. Sans elle, il n'aurait pas traversé la guerre. Natalja Löw nourrissait pour lui un amour sans espoir. Elle était morte en 1946, il lui avait tenu la main jusqu'à son dernier souffle. Le jour où il était sorti de son monde humide et suintant, il avait fait le serment de ne jamais quitter la ville en souvenir de cette femme qui, à elle seule, valait tous les combats. Elie n'avait jamais vendu la boutique que Natalja lui avait léguée, même s'il en avait confié la gérance quotidienne à un luthier praguois de ses amis. Ce qui, au départ, avait été le fruit du hasard, devint pour Elie une raison de vivre et une passion de tous les instants. De temps en temps, il donnait le nom de Natalja aux instruments dont il était le plus fier, non pour galvauder le secret qui l'unissait encore à elle, mais pour en perpétuer, en disséminer la mémoire ; il y avait ainsi plein de petites Natalja, tantôt des flûtes à bec, tantôt des violons ou des guitares, qui faisaient bruire leur musique aux quatre coins du monde, parmi les orchestres, ou dans les salons privés. Cette idée plaisait à Elie. C'était une forme de reconnaissance comme une autre. Avec le temps, le vent de l'antisémitisme, qui avait couru partout en Europe centrale, s'était calmé ; Elie était connu de toute la ville, c'était souvent au religieux qu'on venait rendre hommage ; on l'associait à toutes les cérémonies de commémoration. Quant à sa réputation de collectionneur, elle allait bien au-delà des frontières ; on le savait riche d'instruments uniques, et l'estampille de sa boutique, lorsqu'il s'agissait de fabrication, était conseillée par les plus grands. Mais la santé du vieil homme avait été profondément altérée. Lui-même semblait une pièce de musée, et sa survie à travers le siècle tenait du miracle. Et lorsqu'il surgissait ainsi de son arrière-boutique, il avait l'air d'une apparition d'un autre temps. Oui, Frédéric avait soudain le sentiment d'être ramené plusieurs siècles en arrière.

— Vous êtes Frédéric Vissevitch, dit-il en français, sans le moindre accent.

— Oui, répondit Frédéric en lui serrant la main.

Elie observa Frédéric quelques secondes. Des cheveux noirs, une tignasse frisée entouraient un visage qui manquait de couleurs. Des yeux grands ouverts, ceux d'un Pierrot à peine échappé de la lune. Un air innocent qui traduisait, derrière son apparent sourire, une sorte de perpétuel égarement. Un hypersensible, à la vocation contrariée peut-être, ainsi que pouvait l'interpréter un observateur perspicace, en notant ce pli curieux au-dessus de ses sourcils, ou cette moue d'amertume presque imperceptible à la commissure des lèvres. Mais un jeune homme qui, pourtant, avait su prendre son parti et trouver sa voie, une fois écarté, peut-être, le regret de n'avoir pas vécu une autre vie. Frédéric se sentit soudain embarrassé de devoir faire face à ce regard pénétrant, qui semblait voler jusqu'à lui pour le sonder. Il balbutia :

— Et vous, vous êtes Elie… N'est-ce pas ?

— C'est moi, en effet.

Ils restèrent là quelques secondes encore, puis le vieil homme se tourna ; Frédéric n'osa lui prêter le bras tandis qu'il l'invitait à le suivre. Au fond de la salle, derrière un rideau vert, un escalier en colimaçon descendait dans les profondeurs. Elie s'y engagea avec une grimace de douleur. Frédéric, cette fois, voulut lui venir en aide.

— Non, mon ami, dit Elie, non. Descendre, cela va encore. C'est pour monter que c'est le plus dur. Mais je m'efforce d'y parvenir seul. C'est une façon de… m'entretenir…

Il soufflait bruyamment. Frédéric le suivit marche après marche, craignant à chaque instant de devoir le rattraper. Elie oscillait devant lui, de gauche à droite, comme un funambule trop lourd pour le fil sur lequel il s'aventurait.

Finalement, ils parvinrent dans une cave, dont les voûtes de pierre abritaient un débarras, cimetière de vieilleries et d'antiquités. On y trouvait une profusion de nouveaux instruments, de toutes tailles et de toutes sortes. Frédéric écarquilla les yeux.

Il eut le sentiment qu'il venait de pénétrer dans la caverne d'Ali Baba.

Il resta immobile quelques secondes puis s'avança, irrésistiblement attiré par une trompette tout à fait particulière. *Mon Dieu*, pensa-t-il. *On dirait… On dirait une trompette marine !* On l'appelait *Trumsheit*, du XIIe au XVIIIe siècle. Frédéric en avait souvent entendu parler, sans jamais en avoir vu de véritable. Il savait que l'on en jouait en sens inverse du violoncelle. La trompette marine n'avait qu'une corde ; on l'effleurait des doigts vers le bas de l'instrument, archet vers le haut. Mais son origine, son histoire, la raison même de son nom étaient restées obscures. Frédéric n'en croyait pas ses yeux. Comment diable un tel instrument avait-il atterri là ? Elie continuait de reprendre son souffle. Il sourit, satisfait, en voyant le jeune homme naviguer au milieu des merveilles insoupçonnées de sa cave. Puis il avança, contourna un violoncelle désaccordé, et s'assit lourdement sur une chaise, devant une petite table. Frédéric continuait son examen. Un peu plus loin, c'était un cervelas, qui avait l'air parfaitement authentique. Il datait du XVIe siècle ; on pouvait le reconnaître à sa forme caractéristique, celle d'une saucisse en ivoire, parsemée de trous. On soufflait dans un bec à anche double, comme on fumait la pipe. A côté de lui se trouvait une harpe éolienne, qui semblait la parfaite copie d'une réalisation moderne d'Athanasius Kircher, l'inventeur de la *camera oscura*. Cette harpe s'était répandue surtout entre 1780 et 1860 ; elle avait un timbre lugubre, tout à fait dans le ton du romantisme alors en vogue. C'était un instrument pour les parcs et les fausses ruines, dont le vent était le chef d'orchestre…

Frédéric se redressa, embrassant la pièce d'un regard circulaire, et se racla la gorge.

— Ces objets sont de toute beauté, dit-il, admiratif. Ce n'est pas une boutique que vous avez là. C'est une mine d'or !

Elie sourit de plus belle.

— Ah, dit-il d'une voix chevrotante, vous ne croyez pas si bien dire. Il y a ici autant d'instruments tout à fait banals que de pièces de musée. Mais il faut un œil comme le vôtre pour faire la différence… Vous savez, plus personne ne se préoccupe des instruments disparus. Les gens qui viennent me trouver sont soit des spécialistes comme vous, soit des acheteurs qui veulent des orgues électroniques. J'ai confiance dans les premiers, et les seconds s'en moquent éperdument. Mon gérant traite ses plus grosses affaires avec quelques musées, ou de grands musiciens… comme votre père. D'autre part, je n'ai en réalité que très peu de pièces rares. Elles sont toutes ici, y compris…

Il marqua un temps.

— Y compris celle qui nous intéresse tous les deux, acheva Elie.

Il invita Frédéric à s'approcher. La cave n'était éclairée que par une ampoule nue, diffusant une faible lumière. Sur la table derrière laquelle Elie venait de s'asseoir se trouvait l'objet que le jeune homme était venu chercher. Elie en caressa l'étui quelques secondes. A lui seul, cet étui valait l'attention. Il n'était pas noir et anonyme comme ceux d'aujourd'hui ; non, il semblait avoir été fait précisément pour l'instrument qu'il contenait. Un liseré brun courait sur son pourtour ; des motifs floraux étaient entrelacés sur son couvercle, dans des tons vert et or. En y regardant de plus près, Frédéric ne tarda pas à distinguer des formes étranges au cœur de cette végétation. Elie le vit et sourit :

— Non, dit-il, ce n'est pas un hasard si vous voyez un cerf, ici, caché au milieu des arbres de la forêt…

Il fit pivoter l'étui dans un sens, puis dans un autre.

— Et ici, une perdrix… Et là, une tête de singe… Et là encore, sur ce bout de rivière, un cygne… Des images d'Epinal, en quelque sorte. On s'amusait beaucoup avec cela… à l'époque.

Il regarda de nouveau Frédéric, puis fit sauter les

attaches de l'étui, et l'ouvrit. Le jeune homme se pencha au-dessus avec curiosité.

— Voilà, mon ami, voilà le trésor.

C'était un violon. Le jeune homme sortit de sa poche une paire de lunettes rondes et les ajusta sur son nez. Il fronça les sourcils. Une table d'harmonie en épicéa, de l'érable pour le fond, les éclisses et le manche. Les quatre cordes luisaient comme des fils d'or, tendues à la perfection du sillet au chevalet. Perfection encore du travail de la volute et du chevillier, galbe splendide de l'instrument, de la touche à l'attache. Le tout était recouvert d'un vernis encore brillant. Frédéric sentit s'accélérer les battements de son cœur. L'archet reposait à côté de l'instrument, dans le velours rouge.

Frédéric se pencha davantage.

— Je peux le toucher ?

— Faites, faites.

Frédéric posa les doigts sur la texture du bois tandis qu'Elie lui expliquait, dans un français toujours aussi parfait :

— Il a l'air tout à fait banal, et pourtant il est unique au monde. Tout y a été calculé par un maître du nom de Svetlan Borg. Un Russe, dont l'histoire n'a pas retenu le nom… Le genre d'homme que votre père aurait sans doute aimé connaître. La consistance du vernis originel, la hauteur des voûtes, l'épaisseur du bois forment une harmonie qui tient du miracle. Les anses de panier raccordées par les arcs de cercle, ici et ici, résistent au jeu des cordes sur les planchettes jusqu'à une tension nettement supérieure aux trente kilos de la tension normale. La légèreté de caisse donne une amplitude vibratoire comme vous ne la trouverez sur aucun instrument contemporain.

Elie toussa deux ou trois fois tandis que Frédéric se saisissait de l'archet et l'examinait à son tour. Le vieux collectionneur continua sur un ton animé, en choisissant ses mots avec la précision d'un entomologiste.

— ... Les échancrures latérales ont été conçues de façon à permettre une incroyable virtuosité de jeu. Ce n'est pas un Stradivarius, bien sûr, ni un Guarnerius. Mais il est le produit d'altérations comparables. Des moisissures ont modifié les formes des cellules du bois. La différence, c'est que cette opération n'a pas eu lieu lors du transport fluvial des troncs.

— Que voulez-vous dire ?

Elie se pencha en avant :

— Je veux dire que les champignons ont été développés... *volontairement*, dès le départ, par le créateur de l'instrument. Ils ont permis de rendre le bois plus léger et plus sec en digérant sélectivement les substances qui retenaient l'humidité. Svetlan Borg a sans doute créé cet instrument ici même. Mais Stradivarius est né vers 1644...

— Et... Et alors ?

— Alors, à cette époque, Borg avait déjà près de trente ans.

— Mais... mais... C'est incroyable ! murmura Frédéric, fasciné.

— Je vous avais dit, mon ami, que je vous montrerais une pièce unique. C'est un pur joyau. Je n'ai fait que le réaccorder.

Frédéric demeura longtemps interdit. Il venait de mesurer la portée de cette révélation et avait peine à y croire. Il comprenait, à présent, pourquoi son père l'avait envoyé jusqu'ici. Il savait que ce dernier connaissait Elie depuis trente ans ; c'était chez le rabbin qu'il avait commandé les deux violons dont il s'était servi lorsqu'il avait accompagné la Philharmonie. Mais les deux hommes n'avaient eu que des relations de courtoisie lointaine. Ils s'étaient rencontrés à quatre ou cinq reprises, lorsque le Maître, Igor Vissevitch, avait daigné contacter le collectionneur praguois pour lui adresser quelques directives de fabrication d'une extrême précision. Ils avaient alors échangé de nombreux courriers, sans que leurs disponibilités, à l'un et à l'autre, leur permettent d'approfondir une quelconque amitié. Ils en étaient restés à un stade d'admiration et d'estime réciproques.

— Mais… Comment une chose pareille a-t-elle pu rester cachée durant tout ce temps ? Je veux dire… Etes-vous parfaitement certain de l'authenticité de l'instrument ?

— Plus certain de lui que de moi-même, mon ami. J'en ai eu confirmation tout récemment, sur l'initiative de votre père, lorsque j'ai attiré son attention à ce sujet… Il a fait procéder à une analyse dans la plus grande confidentialité. Il a préféré ne rien vous dire afin de rester le plus discret possible… Mais il voulait une personne en qui il pouvait avoir entière confiance pour venir le chercher. Et surtout, pour un déplacement qui resterait des plus anodins. J'aurais pu lui faire porter, à défaut de me déplacer moi-même – vous voyez dans quel état je suis – mais il a insisté pour que ce soit vous.

Frédéric en fut touché.

Sacré papa. Tu es un petit cachottier. Dire qu'en venant ici, je pensais seulement satisfaire un de tes caprices…

Passé le premier instant de stupeur, Frédéric se sentit gagné par une agitation nouvelle. Il fit quelques pas, les mains sur les hanches. Elie continua :

— Quant au pourquoi de ce secret, la raison en est simple. Je savais que ce violon était… différent des autres, mais je ne savais pas pour quelle raison. Voyez-vous, jeune homme, si personne n'a jamais été informé de son existence, c'est que l'instrument que vous avez sous les yeux n'appartenait pas à l'ancienne propriétaire de cette boutique. Mais à moi. Cet instrument m'a été donné par mon père avant qu'il ne soit déporté à Terezin, alors que j'avais dix-sept ans. On dit qu'il est passé entre les mains de Niccolo Paganini lui-même, et que le *Maestro* aurait joué avec lui sa dernière exécution de la *Danse des sorcières* et du *Mouvement perpétuel*.

Frédéric haussa un sourcil. Il sembla rassembler mentalement quelques souvenirs.

— Paganini… Ne jouait-il pas de deux Stradivarius, et d'un Guarnerius del Gesù de 1742 ?

— *Il Canone*, confirma Elie, frottant ses mains avec fierté. Il le laissa par testament à la ville de Gênes, qui l'avait vu naître. Mais celui-ci fut récupéré par un ami de mon arrière-grand-père, le violoniste tchèque Frantisek Ondriceck, dans la tombe même du Diable… D'après ce que je sais, Paganini en joua à Nice quelques semaines avant de mourir. Une fois, une seule. Pour tester sa… *sonorité.* On dit qu'il en fut lui-même ébloui, et qu'il déclara que seul ce violon pouvait rivaliser avec le *Canone.* Il demanda même à le conserver, avec l'assentiment de mon grand-père, dont vous pouvez imaginer le bonheur… Mais cela ne se reproduisit pas. En revanche, le violon suivit la dépouille mortuaire de Paganini durant plus de cinquante ans.

Elie se tut un instant, puis reprit :

— Ce violon m'a toujours accompagné et je ne l'ai jamais exposé, ni vendu, comme vous pouvez l'imaginer. En revanche, il est longtemps resté dans son étui et je ne me suis jamais soucié davantage de sa provenance… jusqu'à une date récente.

Frédéric s'arrêta et regarda Elie.

— Je m'appelle Bogdanowicz, dit le rabbin. Je suis l'arrière-arrière-arrière-petit-fils de Svetlan Borg. Et j'ai tout découvert.

Il toussa encore en riant, ses épaules tressautant quelques secondes, puis acheva :

— C'est aussi simple que ça.

Frédéric sourit en se grattant la tête.

C'est dingue.

Son coude heurta le violoncelle désaccordé, non loin de lui, qui manqua de tomber à terre. Le jeune homme le rattrapa au dernier moment. Puis son regard revint se porter sur le violon.

— Dites-moi… Il y a quelque chose que j'ai du mal à comprendre… Si ce violon est si extraordinaire, et si cher à votre cœur… pourquoi vous en séparer ?

Elie eut un rire silencieux, saccadé. Il porta une main devant sa bouche.

— M'en séparer ?

Il rit encore.

— Sans l'intérêt qu'a porté votre père à mes interrogations, je n'aurais sans doute rien su de tout cela moi-même. Il m'a parlé de son projet *Consolation*, et de la proposition qu'on lui a faite… Je la trouve superbe et j'ai toute confiance en lui…

Elie marqua un temps, pensif, puis continua :

— Le violon mérite d'être entre ses mains. Cela dit, il y a quelque chose que vous n'avez pas bien compris, en effet. Le bon de quarante mille euros que vous avez apporté – car vous l'avez, n'est-ce pas ? – n'est pas destiné à l'achat du violon… Mais à son emprunt.

Il étendit les mains devant lui, l'œil amusé :

— Hé ! *Business is business.* C'est vous-même, jeune homme, qui me le rapporterez sans doute, une fois que le projet de votre père aura abouti.

Frédéric hocha la tête, ne sachant que dire – pensant

seulement aux questions dont il allait bombarder son père, dès qu'il l'aurait au téléphone.

Puis il regarda encore le violon.

Voyant ses yeux briller, Elie lui fit signe, et lui souffla :

— Allez-y. Prenez-le, voyons. Prenez-le.

Frédéric parut hésiter quelques secondes, puis, après en avoir de nouveau caressé le bois, il ôta lentement le violon de l'étui et le porta sous son menton, tout en se saisissant de l'archet.

— A-t-il été… baptisé ? demanda le jeune homme, une pointe d'exaltation dans la voix.

Elie sourit.

Son regard était perdu dans le vide.

— Oui. Il porte un nom. Ce violon est comme moi, il a sa généalogie, voyez-vous… Je vous ai parlé de Borg et de mon arrière-grand-père… Mais mon grand-père… Mon grand-père, lui, était musicien à la cour de Russie. Il récupéra le violon des mains d'Ondriceck. Il me racontait, quand j'étais petit, qu'il en avait joué devant le tsar Nicolas II quelques jours avant l'assaut du palais d'Hiver et le massacre des Romanov… Je n'ai jamais su s'il disait la vérité.

Frédéric sourit. *Mon grand-père, et l'arrière-grand-père de mon grand-père…* Il devinait là un trait caractéristique d'Elie. Quelque chose comme l'obsession de la mémoire que laissent les grandes souffrances. Son propre père, Igor Vissevitch, parlait aussi souvent de la sorte – mais il parlait, lui, des familles des autres. Et ces souvenirs dynastiques s'enjolivaient d'anecdotes variées, dont on ne savait plus très bien, en effet, si elles appartenaient à la légende ou à la réalité, mais qui façonnaient la représentation des racines de tout un chacun, et le sentiment d'appartenance à une certaine forme de destin.

— Oui… Paganini, les Romanov… Des concertos italiens aux Tsars, cela fait beaucoup, pour un seul instrument !… Mais vous ne m'avez pas répondu. Ce violon, quel est son nom ?

— *Lebed*, dit Elie. Il s'appelle : le Cygne.

Il ramena les mains en coupe sous son menton, et ferma les yeux à son tour.

Alors sa voix baissa, jusqu'à n'être plus qu'un chuchotement.

— Allez-y… dit-il avec douceur.

Frédéric leva l'archet.

— Ecoutez-le.

Frédéric se concentra sur la sensation tactile de l'objet entre ses doigts. Sa main était moite ; d'ordinaire, cela ne lui arrivait qu'après avoir joué plusieurs heures. Un léger sourire vint flotter sur ses lèvres. Il ferma les yeux, se souvenant de son père, assis auprès de lui dans un fauteuil profond. Ses doigts attendant de battre la mesure. C'était une image lointaine, une image de son enfance ; ce père à l'ombre immense, à contre-jour, dans le salon.

Recommence, Frédéric.

Recommence.

Il rouvrit les yeux, inspira, il y eut un moment où l'archet demeura suspendu en l'air… Puis il se posa contre les cordes.

Frédéric ne joua que trois mesures, improvisées. Cela lui suffit pour entendre.

Le son. Celui que les mots sont impuissants à décrire. Quelque chose comme le hurlement d'un martyr réveillé par la douleur. Le cri d'une âme écorchée dans des draps de satin. De la limaille de fer frottée contre la peau d'une femme.

Une mesure, deux, trois.

Frédéric abaissa l'archet, puis le violon, lentement.

Il regarda Elie sans rien dire, contempla l'objet quelques secondes, avant de le reposer dans son écrin de velours. Méditatif, il resta devant l'étui ouvert.

Soudain, quelque chose le fit ciller. Il aurait dû s'en apercevoir au premier coup d'œil, pourtant. Oui... à y repenser... Le son était proche de la perfection, mais il y avait quelque chose, quelque chose d'indéfinissable...

— L'archet, dit-il.

Elie, pour la première fois, leva vers le jeune homme un regard surpris et admiratif.

Il se cala sur sa chaise et claqua la langue.

— L'archet, comme vous dites.

Oui, il suffisait de voir la forme du velours sur lequel il était posé. Elle était nettement plus large que celle qui aurait dû l'accueillir. On avait manifestement rembourré cet écrin d'un revers de tissu supplémentaire. Avant 1770, les archets étaient en arc. Celui-ci, au contraire, était un archet droit, le plus couramment utilisé depuis lors.

Frédéric le considéra un instant.

— Ce n'est pas le bon !

Elie hocha la tête.

— Oui... Excellente remarque, mon ami. J'allais vous en parler...

Il s'éclaircit la gorge. Il avait l'air soudain embarrassé.

— Ne croyez pas que je pensais vous le dissimuler... L'analyse que votre père a confiée aux spécialistes, par mon entremise, s'est bornée au coffre, pas à l'archet. Je savais bien qu'il était inutile de s'en préoccuper... Celui-ci date seulement de soixante ans.

— Mais... Vous ne lui en avez rien dit ?

Elie ne répondit pas tout de suite. Les sourcils froncés, il regarda l'étui devant lui.

— Si, si... Naturellement. Lorsque j'ai contacté

votre père, je l'ai bien prévenu du problème. J'ai récupéré cet archet d'un autre instrument. Il souhaitait que je vous en parle à votre arrivée.

— Mais… Un violon sans son archet, c'est… commença Frédéric avec animation.

— Je sais, dit Elie en levant une main. Une montagne sans vallée, je sais. Le problème, c'est que l'archet existe, mais ne m'appartient plus.

— Vous disiez que vous n'aviez rien vendu ! que…

Elie temporisa :

— Je ne l'ai jamais eu. C'est la mauvaise nouvelle. Il a disparu en Russie, avec mon grand-père…

Son visage, momentanément assombri, s'étira soudain en un lumineux sourire.

— Je sais où il est maintenant. Ça, c'est la bonne nouvelle.

Elie se balançait d'avant en arrière, de façon presque imperceptible. Il avait ramené les mains entre ses genoux, serrées autour de sa canne.

— C'est un de mes amis, un luthier vénitien, qui en a fait l'acquisition à Moscou. Je n'ai pas le moindre doute concernant sa provenance : on y trouve gravé le cachet personnel de Borg, ses initiales entrelacées autour d'une tête de cygne. Ce luthier a pour nom Giacomo Vivarini. C'est un ami, et il ignorait tout de ce que je vous ai dit au moment de son achat ; mais il a payé l'archet à prix d'or… Il faudra le prendre rondement si vous voulez en tirer quelque chose. Ces Italiens, ils sont terribles, vous savez…

Frédéric allait de surprise en surprise.

— Venise ?

— Je crois que ce sera votre prochain voyage, dit Elie.

⁂

Une demi-heure plus tard, Frédéric était assis à la terrasse d'un café, l'un de ces cafés de Prague regorgeant de dorures baroques, qui font oublier la rudesse d'un service souvent grossier. Entre ses pieds, soigneusement enveloppé dans un grand carton molletonné – pour protéger l'étui lui-même – se trouvait le violon. Frédéric avait commandé un liégeois, une tarte aux fruits, ainsi qu'une immense glace recouverte de chantilly. Les yeux plongés dans les spirales de la crème, qu'il dégustait lentement, il songeait à l'étrange entrevue qu'il venait d'avoir avec Elie Bogdanowicz. Il avait eu le sentiment, l'espace de ce moment passé avec le rabbin, de changer de siècle. De s'immiscer dans un ailleurs étrange, un peu féerique. A l'image de cette ville où, sur chaque façade aux couleurs vives, on croyait deviner l'ombre de célèbres musiciens. C'était ici que Mozart avait trouvé sa véritable consécration, qu'il avait créé *Don Giovanni* et fait entendre sa fameuse Symphonie n° 38 ; Beethoven, Chopin, Liszt, Berlioz, Tchaïkovski, Saint-Saëns, Grieg, tous étaient venus ici conquérir leurs titres de noblesse ; Smetana, Dvorak, Mahler étaient indissociables de l'histoire et du destin de la ville. Indéniablement, il s'y passait quelque chose qui semblait échapper au temps, quelque chose de séduisant et de mystérieux, jusque dans les excès les plus artificiels de l'exploitation touristique qui en était faite. Le contraste entre la mémoire patrimoniale, le fantôme totalitaire et la gueule de bois démocratique, propre aux pays d'Europe centrale et de l'Est, prenait ici un relief particulier, mêlant l'austérité et l'exubérance, le repli sur soi et le cosmopolitisme. Et l'irruption du nouveau millénaire dans ce décor baroque et sucré n'y avait certes pas changé grand-chose. Du moins était-ce là l'impression de Frédéric, à l'heure où, se réveillant d'un drôle de songe, il continuait de déguster sa glace.

Il avait été convenu qu'il passerait un coup de fil à son père, après son entrevue avec Elie. Il ne l'avait pas encore fait mais ne tarderait pas ; il avait hâte d'avoir quelques explications.

Je voudrais que tu fasses quelque chose pour moi. Quelque chose d'important, lui avait dit le vieil Igor, sans lui donner d'autres précisions que de se rendre au rendez-vous, rue Břehová, et d'y quérir le violon, dont il ignorait tout. Il comprenait, à présent, pourquoi il s'agissait d'une telle mission de confiance… ce n'était pas la première fois que Frédéric traitait les affaires pour son père. Depuis dix ans, il l'avait accompagné dans près de deux cent cinquante concerts. Il était devenu son grand intendant, à défaut de conquérir le titre d'artiste génial auquel Igor avait souhaité le préparer. Frédéric avait commencé par s'orienter, sur les instances paternelles, vers la composition. Jamais, malgré son acharnement, il n'avait réussi à échapper à cette ombre tutélaire qui pesait sur lui. Une ombre massive, écrasante. Etouffante même. L'ombre d'un rare génie. Igor Vissevitch, juif d'origine russe, était un échappé de la guerre froide. Prodige à douze ans, il jouait du Paganini les yeux fermés. Il avait enchaîné les récitals entre treize et seize ans. Les communistes avaient voulu en faire une arme culturelle ; elle s'était retournée contre eux lorsque, à la mort de Staline, Igor s'était éclipsé à l'occasion d'une tournée hors des frontières, qui passait par Berlin-Ouest. On l'avait retrouvé à la direction de la Philharmonie. De violoniste et compositeur, dont la *Danse des nymphes*, les *Concertos atomiques* et la symphonie *Sibéria* avaient arraché des larmes aux membres du Politburo, Igor était devenu chef d'orchestre, et s'était trouvé promu l'une des coqueluches de l'Occident. Son talent avait pu s'épanouir en toute liberté ; entre 1956 et 1963, il avait signé six autres concertos, tantôt pour violon, tantôt pour piano, ou flûte et orchestre ; vingt-six nouvelles *Danses russes* ; trois opéras, dont le fameux *Die Mauer*, au lendemain de la construction du Mur de la honte. Hollywood avait voulu se saisir de lui pour l'associer à la composition de musiques de films ; on l'avait contacté pour *Le Docteur Jivago*. Mais Igor Vissevitch était un solitaire, un indépendant qui n'en faisait qu'à sa tête. *De la musique pour un film ? Non. Par contre, faites des films pour célébrer la musique.* Igor avait des idées très arrêtées sur la suprême valeur de son art, qui ne souffraient pas la contradiction. Caractériel, dogmatique, il savait aussi se faire provocant à l'encontre de l'Occident, qu'il voyait se jeter à corps perdu dans le consumérisme. Il avait rencontré Adorno à Francfort, et n'était pas étranger à l'idée de celui qui voyait dans la démocratisation de masse le corollaire inéluctable du nivellement de la création. En 1967, il avait quitté Berlin pour Paris, et épousé Juliette Barthou, la fille d'un parfumeur catholique et fortuné. Il avait eu Frédéric deux ans plus tard, qui resta leur fils unique. Juliette, incapable de suivre le rythme des tournées internationales de son mari, et de supporter la fréquence de ses algarades contre le monde entier, voulut se séparer de lui en 1974. Elle engagea une procédure de divorce. Un hasard tragique voulut qu'elle soit fauchée par une voiture quelque temps plus tard, rue de Rivoli, à quelques centaines de mètres de l'endroit où le couple s'était établi. Frédéric garda de cette période le souvenir que peuvent laisser consécutivement les cris, les vases brisés dans le salon et l'horreur d'une si subite disparition. De ce jour, le jeune garçon était resté seul avec son père, et avait bénéficié de ses leçons particulières. D'aucun aurait pensé qu'il s'agissait là d'une chance extraordinaire ; Igor Vissevitch, toujours aussi prolifique, enchaînait les succès ; trois symphonies, cinq sonates, trois quatuors à cordes, sept cantates, un autre opéra. Pourtant, avec son fils, la marche à la baguette ne porta pas lontemps ses fruits.

Recommence, Frédéric.

C'était un calvaire ; chaque matin, chaque après-midi, il suait sang et eau sur son violon ; il apprenait aussi le piano et la guitare. Dans son fauteuil, Igor inspirait, calmement d'abord, puis agacé. Sa main se levait, se baissait. « Trop vif. Tu ne frottes pas, tu grattes. Combien de fois faudra-t-il te le dire, Frédéric ? Tu dois trouver l'équilibre de chaque partie de ton corps. Lorsque tu bouges l'archet, tu envoies une respiration d'un bout à l'autre de tes muscles, de ton ventre, de ta carcasse. Quand un papillon effleure l'eau de ses ailes, tu vois frémir des cercles à la surface. C'est la même chose pour toi. Plus tu auras de finesse dans la perception de ton corps, plus ton jeu en aura, et plus tu trouveras l'harmonie, ton équilibre interne. Ta voix, la *tienne*, Frédéric ! Dégage cette épaule ! Libère ton cou ! Lâche les doigts, le poignet, le coude ! Fluide… comme le vol du papillon ! »

Lorsque le Maître en avait assez – son fils n'avait jamais le droit, lui, d'en avoir assez – il faisait écouter à Frédéric un bon vieux *Deutsche Grammophon*, un enregistrement sur vinyle crépitant, dont il commentait chaque note, interrompant le disque toutes les quarante secondes. Ou bien, il se saisissait d'un livre et demandait à son garçon d'apprendre par cœur tel ou tel passage. Devant un pupitre à l'ancienne, Frédéric, en écolier consciencieux, récitait alors le paragraphe souligné de rouge, avant de répondre à des tirs croisés de questions, tantôt en français, tantôt en russe. Igor lui avait appris assez vite sa langue maternelle, et Frédéric avait découvert le cyrillique en même temps que le solfège. Son père le faisait se lever et, à l'âge où d'autres apprenaient *La Cigale et la Fourmi*, l'enfant égrenait, les mains dans le dos, fronçant les sourcils sous l'effet de sa concentration :

— La musique docadé… docéda…

— Dodécaphonique.

— … a été découverte en 1911 par Josef Matthias Hauer. Mais c'est Schoenberg qui, aux alentours de 1923, inventa la série « docacophonique », se fondant sur une succession de douze sons non apparentés entre eux. Le principe fondamental est qu'aucune des notes ne doit être réentendue avant le déroulement des onze autres, pour ne pas emprisonner la mélodie.

— Bien. Changeons de sujet. Qui utilisa une baguette dans la direction d'orchestre pour la première fois ?

— L'Allemand Spohr, à Francfort, entre 1815 et 18…9…

— 1871. A l'opéra. Comment faisait-on avant ?

— On marquait les temps avec une canne.

— Oui. C'est comme ça que Lully est mort. Il s'est donné un coup sur le pied et a attrapé la gangrène. Une baguette, c'est moins dangereux ! Restons sérieux. Rappelle-moi la définition exacte du *Divertimento* ? Qu'est-ce qu'un *Scherzo*, un *Intermezzo*, un…

Frédéric passa ainsi à peu près à côté d'une enfance normale. Lorsqu'il n'était pas avec son père, il allait dans une école spécialisée, ce qui ne le changeait guère. Il avait quelques amis, qu'il voyait de temps en temps, ou que son père autorisait à venir rue de Birague, notamment pour ses anniversaires, où il était couvert de cadeaux. D'un autre côté, moins il se montrait discipliné, plus Igor resserrait son étreinte, et cela ne s'arrangea guère avec le temps. La puberté fut pour Frédéric une véritable horreur. Introverti maladif, il était incapable de se libérer de ses complexes. Il tomba désespérément amoureux d'une jeune fille, Chloé, qui s'amusa de lui quelques semaines avant de fuir vers de nouveaux horizons, attaquant avec insouciance son teint blanc, ses yeux égarés et sa diction souvent maladroite. Frédéric n'osait aborder ce sujet crucial avec le Maître. Un jour, n'y tenant plus, il eut le courage de s'en ouvrir à lui. Il avança timidement dans le grand salon que son père se réservait pour travailler. D'ordinaire, il l'y trouvait courbé au milieu d'un déluge de partitions, qui traînaient jusque sur le sol, ou bien marchant de long en large, les yeux fermés, l'index et le pouce réunis, à dessiner des arabesques dans le vide. Ce jour-là, Igor était seulement assis derrière un bureau et sifflotait en regardant les images d'une *Histoire de la Musique*. Lorsque Frédéric se jeta à l'eau, son père, contre toute attente, partit d'un grand rire et le serra dans ses bras en disant, d'un ton de moujik : « Tu en verras d'autres, petit ! » avant de mettre un disque des Chœurs de l'Armée Rouge, qui entonnaient *Le Temps des fleurs*, pour lui remonter le moral.

Frédéric « en vit d'autres », en effet. Il fut dépucelé à vingt et un ans par une clarinettiste, avec laquelle il rompit quelques mois plus tard. Pendant ce temps, l'opération au forceps d'Igor continuait. Après un bref passage à la *Schola cantorum*, Frédéric fut reçu au Conservatoire. Il en sortit dans les premiers et se distingua aux concours de Belgrade, de Pretoria et de Leipzig – sans jamais savoir vraiment si c'était son propre talent ou sa filiation que l'on saluait. Il eut la réponse assez vite, ou en tout cas se résigna-t-il à admettre que cette interrogation serait sans fin, ce qui le bloquait tout à fait. En réalité, pour doué qu'il fût, le jeune homme ne satisfaisait pas l'immense orgueil paternel. Rien n'était assez brillant pour Igor, qui l'incitait à composer. La virtuosité technique n'était pas l'inspiration : et ici, Frédéric ne faisait que rencontrer un mur. Il s'aperçut assez vite que ce mur n'était autre qu'Igor lui-même. Ce n'était pas un hasard si sa seule tentative couronnée de succès fut sa création d'une symphonie intitulée *Œdipe et le Sphinx*. Cela le faisait sourire aujourd'hui, mais un soir, l'aventure se termina mal. Une dispute d'une extraordinaire violence éclata entre Igor et lui. Ce jour-là, un rêve se brisa. Igor tonitrua, Frédéric lui répondit, sang contre sang. Chaque instant de cette confrontation était encore profondément gravé dans son esprit. Le poing d'Igor tremblant sur son bureau ; l'incompréhension dans ses yeux ; les flèches acides lancées de part et d'autre. « Tu ne m'écoutes pas », avait dit Frédéric. « Tu es un incapable, Frédéric, tu ne travailles pas assez. » « Toi, tu fais fuir tout le monde ! Tu... Tu as fait partir maman. »

Le Maître avait accusé le coup. D'un pas lourd, il était allé se claquemurer dans sa chambre, laissant son fils, qui ne lui avait jamais parlé sur ce ton, pantelant et désarmé. Non, Frédéric ne serait pas compositeur. Il n'en avait ni le courage, ni la force, ni le talent. Igor ne lui adressa pratiquement plus la parole pendant trois mois, incapable de renoncer au rêve qu'il s'était construit.

Quelque temps plus tard, par un de ces coups dont le destin a le secret, Igor eut un infarctus, aussi sévère qu'inattendu, après une série de trente-cinq représentations. Sur son lit d'hôpital, le géant se prit à douter. Il avait frôlé la mort, et n'avait dû sa survie qu'à la prompte réaction de Frédéric. Le dégel commença lentement, entre quatre murs blancs. La fin de leur guerre froide. *Glasnost*. Malgré tout, l'un et l'autre s'aimaient. La violence de leur dispute avait été à la hauteur de cet amour et de leurs exigences réciproques. Igor retrouva son humilité d'autrefois, lorsqu'il cherchait par tous les moyens à s'enfuir, à quitter le giron de son propre pays. Ce fut lui qui tendit la main au jeune homme. Frédéric continuait de jouer, mais il lui proposa de s'investir davantage dans la gestion de ses affaires personnelles, de l'organisation de ses voyages, de ses contrats, de la comptabilité de son immense fortune, de la préparation de ses concerts et de ses répétitions. Depuis vingt ans, un homme, François Lebrun, que Frédéric connaissait bien, en avait la charge. Igor lui proposa de travailler en collaboration avec lui. Ils s'expliquèrent de nouveau. Igor avait craint un moment que son fils ne se rebelle définitivement et ne l'abandonne à sa solitude. Frédéric se sentait enfin libéré de cette « logique de l'honneur » qui l'avait si longtemps consumé, et de son obsession d'être digne de son père. Il balança sa culpabilité par-dessus bord et, alors seulement, il put assumer une naissance dont il n'était pas responsable. Il avait songé à louer un autre appartement en ville ; mais il finit par renoncer à ce projet. Le nouveau rôle qui lui était confié – et dans lequel il ne tarda pas à exceller – l'obligeait à être aux côtés de son père dix à quinze heures par jour. Il surveillait aussi la santé de ce dernier. A soixante-quinze ans, Igor se sentait affaibli. Il était convaincu que le temps lui était compté. Lorsque, surmontant son orgueil habituel, il s'était ouvert à Frédéric de cette préoccupation, celui-ci avait ri. « Allons, cesse de répéter cela tout le temps. Tu ne t'en rends même plus compte. On a vraiment l'impression que tu es pressé. » Quoi qu'il en soit, l'un et l'autre avaient changé ; chacun avait pu trouver progressivement son territoire. Ils avaient admis leur fragilité et appris à la respecter. Et, en dépit de tout, Frédéric avait conservé cette ardente passion pour la musique qu'Igor lui avait transmise. Il la goûta enfin comme il l'avait toujours souhaité : en admirateur.

Aujourd'hui, le grand intendant du Maître venait d'avoir trente ans ; son physique juvénile en laissait paraître cinq de moins. Il était resté célibataire et en marge du monde, vouant à son père un culte qu'il traînait encore comme un fardeau. Il lui arrivait de se retourner sur ses jeunes années en se disant qu'il était passé à côté de la vie, et il en voulait à Igor ; il nourrissait de nouveau le projet de s'enfuir ; l'instant d'après, il n'imaginait plus que les choses eussent pu être autrement, et avait envie de remercier le ciel d'être débarrassé des vicissitudes ordinaires pour ne consacrer sa vie qu'à ce qu'il aimait. L'étau ne l'étouffait plus, il était adulte et en pleine possession de ses moyens ; avec Lebrun, il assurait la gestion de quelque trente millions d'euros, placés dans une multitude de comptes bancaires, de biens immobiliers, ou aux bonnes œuvres de diverses Fondations : pour les sans-abri, la résurrection de la musique baroque, la lutte contre la faim, les mines antipersonnel, l'aide aux réfugiés. Il passait son temps aux quatre coins du monde. Il ne lui manquait rien. Rien sinon… Une femme, peut-être. Des enfants.

Une autre famille.

Frédéric sourit et l'image d'Elie revint danser devant lui. Il termina sa tarte, sa glace et son liégeois. Il consulta sa montre : 22 h 30. Quelques instants plus tard, il appelait son père, depuis le fond du café où il se trouvait. L'animation du lieu rendait son écoute difficile ; au bout de deux sonneries, la voix d'Igor lui parvint.

— Alors ? Tu l'as ?

Igor oscillait entre l'enthousiasme et l'inquiétude.

— Tu m'en avais caché des choses !

— Comment ?

— Je dis : tu m'avais caché des choses, au sujet de l'instrument ! Pourquoi ne m'en as-tu pas parlé avant mon départ ?

— Hé ! Je voulais te faire la surprise. Une grosse surprise, non ?

Frédéric sourit ; son père roulait soudain les « r », comme autrefois.

— Tu l'as dit. Mais l'archet…

— Je sais. As-tu l'étui ?

— Hein ?

— L'étui, Frédéric ! Tu l'as aussi, n'est-ce pas ?

Frédéric fut décontenancé.

— Oui, oui, je l'ai. Par contre…

— C'est important. Très bien, Frédéric. L'archet, oui, je sais. Bogdanowicz m'avait prévenu.

— Il l'a retrouvé.

— Je suis au courant. Ecoute-moi, Frédéric : il faut que tu y ailles.

Frédéric se détourna, regardant les gens attablés dans la salle, les cartes circulant de main en main.

— Prends un vol pour Venise dès demain. Tu as ce qu'il faut, n'est-ce pas ? Alors vas-y et reviens dès que possible. Et par-dessus tout, je t'en prie : fais attention au violon. C'est compris ? Fais-y attention. Qu'il ne lui arrive pas la moindre chose.

Frédéric marqua un temps.

— Oui, oui… Ne t'inquiète pas. Bon, je pars dès que possible. Je ne sais pas à quelle heure je pourrai prendre l'avion, mais… Je te tiens au courant.

— Parfait. Frédéric, je compte sur toi. A bientôt.

Ils raccrochèrent.

Frédéric retourna s'asseoir, pensif.

A une table voisine, une jeune femme blonde, aux yeux d'un vert profond, lorgnait vers lui. Son regard descendit vers l'instrument, elle lui sourit avant de tirer sur sa cigarette. Des volutes de fumée montaient vers le plafond. Un groupe d'étudiants venait d'entrer à grand renfort d'exclamations.

Frédéric, songeur, passa la main sur l'enveloppe qui recouvrait l'étui du violon.

— *Je vous avais dit, mon ami, que je vous montrerais une pièce unique. C'est un pur joyau.*

Il ferma les yeux.

Il le vit sortir de l'eau, ébrouer son long cou avant de déployer ses ailes au milieu du fleuve. Il le vit lisser ses plumes blanches.

Lebed. Le Cygne.

⁂

Elie remontait lentement de sa cave, osant à peine prendre la mesure de ce qu'il venait de faire. *C'est de la folie*, se disait-il. *De la folie furieuse. Et pourtant... il est temps de rendre à l'Histoire ce qu'elle mérite.*

Une marche, deux, trois. Il ressentait une douleur cuisante au côté gauche. Sa canne ne suffisait pas à l'aider. Il soufflait bruyamment. Il devait arrêter de se forcer ainsi. Certes, il pouvait à présent considérer qu'il avait rempli sa mission. Il avait jeté sa bouteille à la mer. Mais ce n'était pas une raison pour hâter l'heure de sa mort. C'était absurde. Une marche, deux, trois. L'ombre de Terezin passa devant lui. Cette forteresse maudite. Ces cours sordides au-dessus desquelles passaient les nuages de l'hiver. Ces couloirs souterrains, interminables, conduisant au lieu des exécutions. Il croyait entendre les coups de feu et voir s'affaler un à un les prisonniers. Parfois six cents par cellule dans la quatrième cour, mourant les uns après les autres du typhus ou d'épuisement. Jusqu'à ce jour tragique du 2 mai 1945, alors même que les Allemands savaient leur cause perdue. On avait aligné les détenus contre le mur – ce mur déjà criblé d'impacts de balles. Bruit des gâchettes. Instant solennel des condamnés. Un regard vers le ciel, une prière peut-être. Elie n'y était allé qu'une fois dans sa vie. Jamais il n'y était retourné par la suite.

Une marche, deux, trois.

Plus que dix.

Dieu que mes vieux os me font mal.

Il revit les murs de cette cave contre laquelle il se frappait la tête d'angoisse et de solitude. Ici, à Prague. Le sourire de Natalja, sa peur lorsqu'elle craignait d'être découverte et que ses yeux de biche, affolés, se tournaient en tous sens. Les maigres repas qu'elle lui préparait, et qu'il mangeait sous une ampoule blanche. Elle lui donnait les nouvelles du monde, ce monde qui ne méritait plus que l'on invoque Dieu pour lui, ce monde de naufrage et de désespoir. *Hitler s'est retourné contre les Russes. Il marche sur Stalingrad... Les Américains sont entrés en guerre ! Les Alliés ont débarqué en France.* Ces histoires tant de fois décrites, tant de fois racontées ; ces histoires d'un autre siècle, d'un autre millénaire déjà ; et pourtant, ces histoires jamais oubliées, qui s'étaient incrustées, hideuses, spongieuses, qui lui poissaient encore le cœur. Lame déchirante, comme le cri du violon de Svetlan Borg. Et cette question sempiternelle qu'Elie, alors tout jeune, posait inlassablement à Natalja : *Mes parents ? Avez-vous des nouvelles de mes parents ?* Elle baissait le regard, cherchait quoi répondre. Il comprenait qu'elle ne savait rien. Seulement qu'on envoyait la plupart des gens de Terezin vers d'autres camps. Huit mille personnes. On parlait de la fumée par-dessus les tourelles, à Auschwitz, à Dachau. Ses parents, Elie ne les revit jamais. Il ne lui restait que des cauchemars, et quelques visions – comme celle-ci, la pire entre toutes.

L'instant de l'adieu.

Un froissement de tissu.

Son père s'était avancé vers lui. Il frémissait de tout son corps.

Son front ruisselait de sueur.

— Ecoute-moi, Elie, écoute-moi. Tu vas aller chez Natalja Löw, rue Břehová. Elle prendra soin de toi.

Il avait posé les mains sur ses épaules, avec une extraordinaire vigueur ; il avait planté ses yeux dans ceux du garçon.

— Garde le violon. Toujours. Garde-le, tu m'entends ? Ne t'en sépare jamais. Pas avant que le jour ne soit venu. N'oublie pas, Elie. Garde le Cygne. Tu comprendras, un jour.

— Et toi ? Et maman ? Qu'est-ce que…

Une femme, sa mère, qui le prenait dans ses bras, le serrait de toutes ses forces contre son cœur – il sentait son sein contre son visage – et versait des larmes sur son front.

— Je t'aime, Elie. N'oublie pas que ta maman t'aime.

Il lui sembla qu'un goût de sang lui remontait dans la bouche.

Une marche, deux, trois.

Il arriva enfin en haut des escaliers. Il s'appuya contre le mur, soufflant toujours avec force. Il porta la main à son cœur.

Puis il releva les yeux.

Deux personnes étaient entrées dans la boutique. Elles portaient des pardessus noirs et des costumes-cravates.

Elie les reconnut aussitôt.

— La... La boutique est fermée, dit-il, haletant.

Il avait les épaules courbées en avant. Ses doigts tremblaient sur sa canne.

— Nous voulons le Cygne, rabbi Bogdanowicz.

— Vous arrivez trop tard. Il n'est plus ici.

Les deux hommes se turent. Celui qui était au milieu s'approcha de l'une des vielles exposées dans la boutique et la caressa machinalement, un sourcil levé.

— Elie, ne me dites pas que vous avez commis l'irréparable... Nous n'avons guère le temps de discuter, voyez-vous. Alors, s'il vous plaît... dites-nous où est le violon, tout de suite.

Elie ferma les yeux et il crut soudain revivre des scènes du passé.

Les manteaux noirs. Des vitres brisées. Des feuilles blanches tombant du bureau, s'envolant aux quatre coins de la pièce. Des cris et des insultes.

Elie ne répondit pas, resta silencieux quelques secondes. Puis une sourde colère monta en lui, déformant les plis de sa bouche. Ses yeux lançaient des éclairs. Il continuait de haleter.

— Sortez, dit-il. Vous m'entendez ? *Sortez de chez moi.*

— Où est-il ? demanda l'homme une nouvelle fois.

— Vous ne le saurez jamais.

L'homme fit un signe à son acolyte.

Il y eut un éclair, comme un éclair de lune. Elie écarquilla les yeux en voyant apparaître la lame d'un rasoir. Il s'étouffa :

— Mais... Mais...

Il fit un pas en arrière.

— Elie, je n'ai pas le temps de plaisanter. *Vous allez me dire où il est.*

La lame s'approcha. L'homme voulut se saisir de lui. Il recula encore d'un pas…

Le talon d'Elie dansa dans le vide quelques secondes.

Il n'y avait plus rien derrière lui.

Sa canne lui échappa, tombant sur le sol. Il fit un ou deux moulinets, voulant se rattraper à la paroi du mur. Il voulut crier, sa bouche s'ouvrit comme celle d'un poisson hors de l'eau. Il entendit l'homme crier : NON !

Une ombre se précipita pour essayer de le retenir, sans succès.

Il bascula.

Une marche, deux trois *quatre cinq dix vingt.*

Le visage lointain de Natalja tourbillonna dans son esprit. Ce fut sa dernière pensée. Elie se brisa sèchement la nuque en contrebas.

Les hommes en pardessus se jetèrent dans l'escalier tandis qu'un grand bruit se faisait entendre. Un violoncelle venait de s'effondrer, entraînant d'autres instruments à sa suite.

Ainsi mourut le rabbi Elie Bogdanowicz : comme un violoncelle détraqué, qui rendait l'âme dans un dernier soupir désaccordé.

En faisant le vœu que le monde saurait la vérité.

4

Paris, rue de Birague

2001

Igor Vissevitch était assis à son bureau. Derrière lui, les doubles fenêtres étaient ouvertes sur le balcon qui dominait la place des Vosges. Les rideaux s'agitaient doucement sous l'effet d'une brise rafraîchissante. Il faisait plus de vingt-cinq degrés ce matin. A Paris sévissait une vraie canicule. Comme de coutume au mois d'août, la ville était en bonne partie désertée par ses habitants, tandis que des vacanciers du monde entier se pressaient à la tour Eiffel, sous la pyramide du Louvre, à Notre-Dame, dans les rues et les jardins. De temps en temps, Igor se levait pour se rendre sur le balcon et regarder en contrebas, dans le square, les enfants qui jouaient au ballon autour des fontaines. Il écoutait leurs rires, contemplait le bleu du ciel quelques instants, puis revenait à son travail. Il considéra les feuillets entassés sur son bureau. Des partitions griffonnées, hachurées, cent fois recommencées. Il y avait mis, cette fois, toute son énergie. Il était pressé. Jamais peut-être, il n'avait éprouvé une telle urgence de créer. Cette urgence lui était revenue comme aux premiers temps ; il la sentait sourdre dans ses veines à chaque seconde. A mesure qu'il voyait approcher sa fin, son obsession ne cessait de grandir. Toute sa vie, il avait trouvé l'énergie suffisante, animé par ce soleil intérieur qui alimentait chaque fibre de son corps, comme une inépuisable chaudière. D'où était venu le mystère de cette inspiration, sans cesse traquée, renouvelée, mise à l'épreuve, transformée ? Il n'en savait rien, mais était conscient de son génie ; il ne pouvait que louer les astres de cette faveur dont il avait profité toute son existence. L'argent ? Il était riche à millions et s'en moquait. « On croit maintenant que j'ai fait tout cela pour l'argent. Qu'à quinze ans, je jouais devant Staline pour l'argent. Qu'à soixante-quinze, je vis pour l'argent. Communisme, capitalisme. On échange une mystification pour une autre, Frédéric. La seule vérité est celle de l'âme. Tous n'ont que l'argent à la bouche. On dirait une bande de teckels flairant de mauvaises truffes. » Tel était, en substance, le discours d'Igor. Puis il évoquait ses souvenirs. Sa rencontre avec Chostakovitch qui, lui, avait été obligé de soumettre son art aux impératifs du Parti. Il racontait la dispute qui les avait opposés, tous les deux, lorsque Dmitri avait choisi de rester en Union soviétique et de servir le régime le plus fidèlement possible. C'était en d'autres temps, des temps qui déjà paraissaient si lointains aux générations nouvelles… Artiste officiel, mémoire de l'ancienne révolution, Chostakovitch avait croulé sous les décorations, les prix Staline, les prix Lénine. Igor n'avait jamais accepté ce qu'il considérait comme une inféodation de la musique à une cause idéologique ; cette seule idée lui répugnait au plus haut point. Pourtant, il n'avait cessé d'admirer ce virtuose, auquel il avait dédié, à sa mort en 1975, un concerto pour violoncelle. Et tandis qu'il s'asseyait à son bureau, dans une profonde inspiration, un tourbillon de souvenirs revenaient à sa mémoire. Les gigantesques messes auxquelles il s'était prêté, durant ses jeunes années, sous les balcons des militaires soviétiques, entre des discours-fleuves et des parades grandioses. Son rival de toujours, l'immense Yehudi Menuhin, avait commencé dès l'âge de sept ans à jouer du Beethoven et du Mendelssohn avec les plus grands orchestres américains. Igor, lui, avait douze ans lorsqu'il dirigea l'Orchestre National de Russie, à l'occasion de trois concerts exceptionnels.

Enfant debout au milieu d'une forêt d'archets.

La sueur sur son front.

Des concerts, toujours des concerts. Au milieu des troupes de Stalingrad, quelque temps avant l'invasion allemande. Puis dans les provinces et les républiques, à Tachkent, Kiev, Dniepropetrovsk ; au fin fond de la Sibérie, sous des manteaux de neige ; il se souvenait de ces trains cahotants dans lesquels on l'enfournait, de nuit en nuit ; des lumières dans les tempêtes.

Igor avait découvert son jeu et nourri son inspiration de compositeur à mesure que s'écoulait sa vie de nomade et de déraciné. Orphelin, il avait quitté Kalinin lorsqu'un responsable local du Parti avait découvert ce jeune prodige, qui fuyait son foyer pour jouer avec une bande de gitans, une poignée de familles que l'on s'apprêtait à envoyer au goulag. Sans doute Igor avait-il été sauvé par cette intervention inattendue. On avait voulu le modeler, en faire un bon chien de garde. Sa jeune conscience aurait pu s'en trouver absolument oblitérée par le sceau du stalinisme, s'il n'avait eu cette intelligence supérieure à la normale, et cette lucidité paradoxale des enfants écœurés par les jeux tragiques et les perversions des adultes. La musique avait opéré son miracle, celui d'une élévation progressive de son âme. Certains avaient vu en lui davantage un monstre qu'un génie ; il était sans doute les deux. Il eût pu sembler inconcevable qu'il déployât autant de talent dans la direction d'orchestre que dans la pratique du violon. Mais il n'était pas le premier. Les exemples étaient nombreux. Paganini donnait des académies d'une façon aussi fameuse qu'il dirigeait des opéras de Rossini. Il s'amusait en outre à les paraphraser avec son propre instrument, imitant les effets d'orchestre. Il inventait ses propres variations à partir de feuillets à peine secs que Rossini lui mettait sous les yeux, au moment même de leur création…

Plus le Parti glorifiait Igor, plus il s'en éloignait, pour ne goûter qu'au seul plaisir d'éprouver son talent, et de partager sa musique avec un public sans cesse croissant. Igor avait développé son art sous la direction d'un Russe, Alexandreï Ivanov. C'était de lui qu'il tenait sa discipline de corps et d'esprit. Mais aussi son sens critique. Lorsque Ivanov avait commencé à être inquiété par Beria, Igor sut qu'il ne pourrait rester en URSS. Rien, hors ce mentor qu'il aimait, ne le retenait dans ce pays, et l'Occident lui tendait les bras.

Cours.

Il se souvenait de ce mot qui, avec une étonnante simplicité, s'était soudain imprimé dans son esprit. C'était à Berlin. Il avait joué durant trois heures un programme très éclectique – Mahler, Mozart, Beethoven, Bartok, Brahms. Il était, comme à l'habitude, talonné par ses deux « accompagnateurs », dans leurs pardessus noirs. Devant lui, le ministre de l'Economie et des Finances de la République Fédérale d'Allemagne. Un cordon de police. Une porte à la dérobée.

Tu n'as qu'à courir.

Il avait abandonné son violon sur place.

La musique sans frontières, avait ironisé la presse occidentale.

Igor chérissait encore le souvenir de son tuteur et maître Ivanov.

Le soir même de la chute du mur de Berlin, en novembre 1989, Igor avait retrouvé Alexandreï mourant. Ils s'étaient vus dans l'après-midi à Berlin-Est, où le Russe était venu s'installer. *Ce soir, je te ferai une surprise*, avait dit Igor. Et à la nuit tombée, en effet, il avait joué pour lui *Die Mauer*, devant un mirador et un pan de mur écroulé. Alité, Alexandreï n'avait pu se rendre à l'endroit où Igor s'était posté, non loin de Check-Point Charlie. Il l'avait vu à la télévision. Ils avaient communié par écran interposé. Et Alexandreï avait pleuré avec lui, au milieu de cette foule en liesse, le cœur gros, le cœur léger, le cœur transporté.

Il était mort quelques jours plus tard.

Avec lui, Igor avait appris l'espace, le temps, la vitesse de jeu. Le contrôle de sa respiration, de chacun de ses mouvements. La prise de conscience corporelle de ses sensations. L'écoute la plus affinée de sa propre voix lorsqu'il travaillait tel ou tel morceau. La joie. L'insouciance. La liberté. La façon de laisser courir son imagination à mesure du déroulement d'une partition, en y imprimant son empreinte, sa personnalité. Il cherchait la hauteur du son, la fabriquait lui-même, donnait à la mélodie sa propre couleur, son propre rythme. Il avait compris, aujourd'hui, l'erreur cruciale qu'il avait commise avec son fils, et s'en voulait plus que de toute autre chose au monde. On ne pouvait pas imposer la discipline du violon à la prussienne ; c'était l'amour du violon qui guidait la discipline. Il n'avait pas laissé Frédéric faire son propre chemin, sans doute parce qu'au fond de lui-même, il avait voulu lui épargner le désarroi de n'avoir personne pour lui indiquer la voie à suivre. Ici – et ici seulement – le père autoritaire avait effacé l'artiste, dans une sorte d'insoluble contradiction. Son amour s'était retourné contre lui-même ; les visions de son esprit et l'immense élan de sa sensibilité l'avaient éconduit. Igor savait trop le prix réclamé par cette passion de tous les instants. La vie conjugale, l'amitié, les obligations familiales, sociales, de quelque nature qu'elles fussent – l'attention que le violoniste pouvait y accorder se mesurait à l'aune d'un temps qui s'écoulait inexorablement, lui fuyait entre les doigts, diminuait sans cesse ses chances de toucher au sommet de son art. L'exigence de perfection était telle qu'elle sollicitait, mobilisait toutes les fibres de son être, laissant peu d'espace pour le reste. Si peu. La culture du rêve ne pouvait être que solitaire avant le partage fugace de la représentation. Et pendant ce temps, les années glissaient, partaient les unes après les autres. Cela, sa femme, Juliette, l'avait vite compris. Et pourtant, il l'avait aimée, de toutes ses forces. Comme il aimait Frédéric.

Toi, tu fais fuir tout le monde ! Tu… Tu as fait partir maman.

Peut-être…

Peut-être ai-je voulu que Frédéric n'y arrive pas.

Il en était arrivé à cette conclusion, un soir, à l'hôpital, juste après son infarctus. Alors qu'il cherchait le sommeil.

Peut-être ai-je toujours voulu qu'il n'y arrive pas.

Igor avait connu la gloire, mais il n'y était sensible que lorsqu'il était satisfait de son propre jeu, content d'avoir donné une belle représentation, d'avoir su communiquer avec son public. Sa gloire était figée, statufiée dans des sphères inaccessibles. C'était la gloire des empereurs romains. La *chaleur*, elle – c'était autre chose. Cette chaleur, à la fois sensible et spirituelle, se trouvait à la source de la quête de partage qui motivait ses œuvres et ses concerts. Emporter. Maîtriser la technique. La faire sienne comme une seconde nature. La bousculer. Et l'oublier sur les cordes du cœur. Tout cela était le fruit d'un immense travail. Frédéric jouait, il jouait bien, aujourd'hui. Mais il n'était pas fait pour cette exigence qui consistait, chaque matin, comme Igor continuait de s'y atteler, à procéder à ces exercices inlassablement répétés, portés par le seul amour de sa musique.

Lever à 8 heures. Travail des orteils, des voûtes plantaires, pour la finesse du déplacement du poids, l'élasticité du corps. Le soliste, comme le chef d'orchestre, pouvait être debout plusieurs heures durant son concert. Etirements, assouplissements, mouvements de relaxation souvent inspirés des figures du yoga. Lotus, arbre, chandelle. Le « galop » dont parlait Menuhin : lever de la jambe droite, lancement vers la gauche, extension des bras en sens inverse pour équilibrer le poids du corps ; six galops à droite, six à gauche, en rythme. La respiration : décisive, évidemment. Boucher-déboucher les narines, inspirer-expirer, jusqu'à trouver la bonne pression. Le violoniste devait tout réapprendre, y compris les gestes les plus élémentaires. Marcher, bouger, avancer. Il entretenait la même écoute naturelle de son corps que l'enfant découvrant le sien. Il y avait là quelque chose comme un retour provisoire à l'état fœtal, embryonnaire. La clé d'une sorte de *musique primale*, comme il se plaisait à nommer ce ressenti mélodique issu du fond des âges, de son âge. Il apprenait à détendre son cuir chevelu, sa mâchoire, ses oreilles. Et puis, le travail des bras, des épaules, des mains, bien sûr. Igor faisait chaque matin sa « prière inversée » : les mains jointes derrière le dos, appuyées l'une contre l'autre, les doigts pointés vers le haut, en les remontant le plus possible le long de la colonne vertébrale. Il avait coutume, avant chaque concert, de réitérer ce geste, en invoquant Dieu dans un sourire : *Que la musique nous unisse et que Votre lumière soit sur nous.* Ensuite, il prenait une partition, l'installait devant lui dans sa chambre, et il jouait dans le vide, sans instrument. Lorsque Frédéric était tout petit, il était toujours très impressionné lorsqu'il voyait ainsi son père, campé sur ses deux jambes, qui, les mains vides, jouait dans sa tête un *Caprice*. Igor entendait le son, il n'y avait aucun doute ; et Frédéric, admiratif, n'osant interrompre ce cérémonial sacré, regardait en silence les mouvements de l'artiste : tantôt amples, engageant le dos, le thorax et le bassin, son archet imaginaire vibrant dans l'espace ; tantôt délicats, légers, furtifs. Il était fascinant de voir se peindre sur le visage d'Igor les émotions successives que lui procurait cette communion solennelle. L'enfant, pénétré de ce spectacle, finissait par mimer ces expressions, sans même s'en rendre compte. Sourire. Tristesse. Passion. Les notes de la partition défilaient devant eux, et les expressions passaient d'un visage à l'autre. *Con anima, fuoco, spirito.*

Entre 9 et 12 heures, le travail était consacré aux répétitions. La nouvelle étape de ce rituel était de se laisser envahir par la sensation tactile de l'objet. Igor avait pour habitude de l'astiquer lentement, soigneusement. Toutes les trois semaines, il y posait un nouveau jeu de cordes. Il tournait les chevilles, caressait la caisse, la volute, les cordes, comme il l'eût fait d'une femme. Il lui souriait, lui parlait, l'amadouait. Cela aussi, il avait voulu l'apprendre à Frédéric. On se précipitait toujours sur le morceau à travailler, sans prendre le temps de s'approprier ce que le violon était vraiment : un prolongement de sa propre voix, un instrument de séduction.

Igor fermait les yeux, murmurait. Il fallait le préparer à la fabrication du son. Igor s'entraînait avec une sourdine de métal pour atténuer la force de la musique, la faire douceur. Lorsqu'il se sentait prêt, il se saisissait de l'archet. Le mâle archet. L'index pour le guider, le pouce pour le faire rouler, l'auriculaire pour l'équilibre, et le majeur en cavalier d'infanterie, travaillant tantôt pour ceci, tantôt pour cela. Le violon reposant confortablement sur son épaule, dans le creux de son cou, légèrement relevé. Igor tournait la tête, la posait sur l'instrument, qu'il inclinait en position de jeu. Il prenait une inspiration… Et c'était parti. Il commençait par porter quelques coups d'archet pour dominer ces différentes énergies, trouver leur juste mesure, et prendre celle de la résistance exercée par les cordes. Poussé, tiré. Il ajustait le pivotement de son coude, le rythme de son souffle, la prise du manche ; il faisait rouler ses doigts sur les cordes. Après cette entrée en matière – il était bon de rappeler qui était le maître, ici – il y allait *pianissimo*, continuant de s'échauffer, augmentant la force de son exécution à mesure qu'il se sentait faire corps avec le violon. Il effectuait des pressions du bout de ses doigts, sur l'archet et le manche. Il faisait danser son poignet dans les poussés, roucoulait souplement des articulations dans les tirés. Le plaisir de jouer commençait de l'envahir, remontant dans un frisson le long de sa colonne vertébrale. La sève. Impulsion. Le coude droit au départ, fluide ou martelé. Le reflux, comme l'écume sur la grève laisse des perles sur le sable mouillé. Un coup long, un court, quelques sautillés et pincements de cordes. Le violon devenait *vivant*.

Et Igor entendait sa voix.

L'après-midi, entre 14 heures et 18 heures, était consacré à son inspiration, son travail de composition, sa recherche musicale. Au fil de ses interprétations, Igor n'avait cessé d'approfondir sa compréhension des œuvres ; ici, sa connaissance de la direction d'orchestre, sa pratique maintes fois renouvelée, était un avantage qui lui permettait de changer de point de vue. Un travail auquel s'ajoutait celui de la composition qui, chaque fois qu'il se trouvait en face d'une partition vierge, le plaçait dans un état assez comparable à celui du soliste dont l'archet en suspens s'apprête à donner son premier coup. Il avait l'habitude de penser la voix de l'instrument solo, mais aussi le dialogue qu'elle devait engager avec l'orchestre, les échos, les correspondances, les phrasés mélodiques – voici qu'elle caracolait en tête, puis le violon la rattrapait, la supplantait, s'effaçait, revenait. Chaque page blanche était déjà marquée de ces chœurs qu'il s'agissait de réunir dans l'harmonie de leur expression. Il y avait, à la source, une réflexion et une émotion intenses sur le sens même de la création, jusqu'à trouver cette parfaite assurance qui lui permettait de conquérir sa liberté, cette liberté si nécessaire à l'exécution. Imaginer les options, insuffler les vibrations, choisir les variations. Faire sienne une multitude de possibilités, trancher, trouver son style.

Entre 18 et 20 heures, Igor recommençait à jouer, puis il prenait un bain en attendant le dîner. Au cours de ses repas, Igor ne se nourrissait que de produits naturels. Du pain complet, des galettes de blé et de nombreuses autres céréales, des crudités et des fruits biologiques, des yaourts ; très peu de viande rouge. Des préparations vitaminées. De l'eau minérale en accompagnement. Jamais d'alcool ni aucune autre forme de dopant. Il devait garder l'esprit lucide et le corps sain. Il buvait aussi beaucoup de tisanes, avec une cuillerée de miel. Igor était bien tenté, de temps en temps, par un verre de vin rouge, un bon bordeaux, un bourgogne. Ce verre hebdomadaire était la seule entorse à son règlement. La plupart des gens auraient vu dans tout cela une ascèse rigoriste. Lui y trouvait les moyens d'y conquérir une félicité admirable. Son rythme quotidien, les cérémonies successives qu'il s'imposait étaient autant de moyens de maîtrise de soi et de son art. La solitude qui en résultait, l'impossibilité des doubles vies, était la source de son bonheur et de la joie qu'il parvenait à transmettre. Lorsqu'il partait en tournée, pour dix à quarante concerts, dans autant de villes différentes, les nuits étaient courtes. Les arrivées en train ou en avion laissaient peu de temps à la préparation. Il lui fallait trouver rapidement toute sa concentration. Ceux qui ne le connaissaient pas croyaient voir dans la distance qu'il mettait d'emblée entre lui et son entourage une morgue condescendante, un complexe de supériorité. Mais cela n'était qu'une façade, un bouclier qui n'avait rien de comparable avec une quelconque fatuité aristocratique. C'était seulement le fruit d'une impérieuse nécessité, dont bien peu parvenaient à prendre la mesure : celle de conserver son énergie, une énergie qu'il ne pouvait partager qu'en des moments choisis. Lorsqu'il prenait la baguette ou le violon et que, seul au milieu du monde, il livrait son âme.

Parfois, après les représentations, les gens venaient le trouver. Ils découvraient alors un autre homme. On l'adulait, on s'avançait vers lui timidement, avec révérence, les yeux brillants, proche d'une adoration qu'il savait déplacée. Il tendait une main empreinte de chaleur. La statue redescendait sur terre. Il avait envie d'étreindre et d'embrasser. Les gens souriaient, ils étaient heureux et ne savaient comment le dire. Et dans ces moments-là, où la tension retombait, où il trouvait le délicieux instant du répit, lui – Igor Vissevitch – de temps en temps, versait une larme.

Frédéric avait tellement vu tout cela qu'il en avait sans doute eu peur.

Pourquoi n'ai-je pas réussi ?

Il est différent, Igor. Différent.

Je t'aime, mon fils. Et je sais que tu aimes la musique au moins autant que moi, malgré tout.

Igor regarda de nouveau les partitions devant lui.

Il songea à Frédéric, qui l'avait joint une heure plus tôt. Il venait d'atterrir à Venise.

Lentement, Igor ouvrit un tiroir, tandis qu'il sentait une douleur cuisante à l'estomac.

D'une main fébrile, il saisit trois cachets, qu'il avala l'un après l'autre, tandis que la voix de son médecin lui revenait en tête.

Depuis une semaine, tout avait basculé.

— *Un cancer du pancréas, monsieur Vissevitch.*

— *J'en ai pour combien de temps ?*

— *Un an. Peut-être moins.*

Frédéric, lui, l'ignorait encore. Igor voulait lui épargner tant qu'il le pouvait les moments d'horreur inquiète auxquels lui-même se trouvait maintenant exposé quotidiennement.

Je le savais bien.

Au-dessous des cachets, dans le tiroir, se trouvait un livre, sur lequel on pouvait lire un seul nom. *Svetlan Borg.*

Igor ferma les yeux, serra les dents, essayant de se contrôler.

Il visualisa le concert, le prochain, le dernier. Puis il rouvrit les yeux, ils s'illuminèrent lorsqu'il songea qu'il aurait bientôt le Cygne entre ses mains.

Frédéric...

Ramène-le-moi.

5

La Serenissima

2001

Avant de trouver un avion pour Venise, Frédéric avait dû passer la nuit à Prague.

Il avait fait un rêve étrange.

Il était au bord d'un lac – lui, ou du moins son regard, qui semblait voler à la surface. Serti dans un écrin de verdure, le lac écoutait le murmure des aulnes et des saules moussus penchés sur ses rives. A l'ombre de ces barbes sylvaines, et entre les reflets du ciel, des nénuphars dansaient. Soudain, il y eut un frémissement, presque imperceptible ; puis ce fut comme le jet d'une fontaine, et des milliers de perles cristallines vinrent iriser les flots. Depuis la berge, Frédéric vit alors arriver l'animal. Vivante épiphanie de lumière. Tout de grâce, de blancheur, de puissance, il filait sur l'onde sans effort, les ailes repliées. On sentait en lui le mâle orgueil d'un dieu et l'innocence d'une vierge ; terre et ciel, nymphe et chasseur, dont le cœur sacré palpitait sous son manteau de plumes, ce cœur que guettait sans cesse la flèche du mal. L'oiseau ouranien glissait sur le lac, son bec semblait fermé et pourtant, il chantait. Il ouvrait le chemin menant aux Hyperboréens, au-delà des vents du Nord ; on attendait de le voir s'envoler pour le suivre sur un char conduit par ses semblables, dans une nouvelle pluie de lumière. Sa tête sublime se tendait un instant, avant qu'il ne se rengorge avec audace. Puis, subitement, son plumage se gonfla comme une vague. Il se dressa fièrement, déployant ses ailes immenses. Il parut ainsi à Frédéric, tout de majesté tranquille, continuant de chanter, puis il s'éleva au-dessus du lac. Lentement, il monta vers le ciel, jusqu'à disparaître dans la brume.

Frédéric se réveilla à cet instant.

Il avait le cœur serré sans savoir pourquoi. Il lui fallut quelques minutes pour parvenir à émerger vraiment. Il consulta sa montre. Il n'avait plus beaucoup de temps.

Il prenait l'avion à neuf heures.

⁂

Une chance pour la saison, Frédéric avait loué une chambre d'hôtel à la *Residenza*, en plein cœur de la Sérénissime. Un couple s'était décommandé au dernier moment, et le jeune homme était tombé à pic pour se saisir de la dernière place vacante. Sitôt arrivé de l'aéroport, il alla y déposer ses bagages. Le voyage s'était bien passé ; il avait gardé le violon avec lui sans le quitter des yeux une seconde. Il avait hésité à l'emporter avec lui chez Giacomo Vivarini, mais s'était arrangé avec le directeur pour le faire placer dans le coffre de l'hôtel, moyennant quelques centaines d'euros tout à fait bienvenus. Il se sentait plus tranquille à présent. Il était une heure de l'après-midi lorsqu'il prit un *vaporetto* pour se rendre aux abords de la place Saint-Marc. Avant de quitter Elie, Frédéric avait noté sur un bout de papier les coordonnées de Vivarini, et était parvenu à le joindre la veille au soir, après avoir eu Igor au téléphone. Pour le moment, Frédéric s'était présenté comme le fils Vissevitch, et cela suffisait comme introduction ; il ne s'était pas découvert en choisissant de ne pas préciser le motif de sa visite, et en demandant seulement à voir avec Giacomo quelques pièces rares. Vivarini avait accueilli cet appel avec stupéfaction et, au début tout au moins, une certaine perplexité. Dès qu'il s'était trouvé convaincu du sérieux de la proposition, la flatterie l'avait emporté ; Giacomo était devenu d'une affabilité presque obséquieuse. Il s'était laissé aller à de grandes exclamations admiratives pour Igor et son œuvre. Frédéric se préparait maintenant à une partie difficile ; Elie l'avait prévenu que l'Italien était retors, et il ne devait pas lui dévoiler son jeu. Toutefois, il n'était pas question de quitter la ville avant d'avoir obtenu l'archet. Igor le lui avait répété ce matin même.

— Il ne sait rien, ne l'oublie pas. Mais si vous êtes amenés à parler de Borg… Donne-lui tout ce qu'il veut.

— Mais, papa…

— Tu m'entends ? Tout ce qu'il veut.

Le jeune homme descendit à l'arrêt *San Marco* et se retrouva bientôt sur la place. Il faisait une chaleur étouffante. Frédéric avait espéré être accueilli par un soleil radieux ; mais le ciel était lourd de nuages, annonciateurs d'orage. Le jeune homme était déjà venu à Venise à deux reprises. Il se souvenait de ces canaux à l'onde clapotante, qui semait de couleurs vertes les façades des villas ; de ces lourds drapés enveloppant les palais ; de ces ponts enchanteurs qui enjambaient les flots. Il imaginait le loup des femmes de carnaval, troussées non loin du Rialto, à l'ombre des arcades, chantant les parfums de la Méditerranée ; il souriait à la mémoire restituée de ces vives couleurs, parmi lesquelles déambulaient les personnages de la comédie italienne, la comédie humaine ; oui, il aimait la Sérénissime, et comprenait qu'en ce pays, on ne pouvait songer qu'à l'amour. Ici, le *palazzo Ducale*, le palais des Doges, chef-d'œuvre du gothique vénitien, semblait vous happer aux temps des splendeurs d'autrefois ; du pont des Soupirs montait encore la longue lamentation des prisonniers de jadis, et l'ombre de Casanova y planait comme un songe ; la flèche élancée du campanile dominait le lion ailé qui, de son œil fauve, surveillait la lagune.

Tandis qu'il avançait au milieu d'une nuée de pigeons s'envolant autour de lui, Frédéric continuait de penser au Cygne. Il avait été totalement pris au dépourvu par son entretien avec Elie et murmurait encore : *C'est incroyable.* Ce n'était pas la première fois qu'il entendait parler d'instruments extraordinaires. Depuis que l'homme préhistorique avait essayé d'imiter les bruits de la nature et découvert le plaisir du son, en faisant tournoyer un os au bout d'une liane, les recherches les plus belles et les plus extravagantes n'avaient jamais cessé en ce domaine. En 1761, Benjamin Franklin avait voulu fabriquer un harmonica de verre, fondé sur le principe du verre que l'on fait siffler en y frottant un doigt mouillé ; la chose fut prise très au sérieux, en particulier par de grands compositeurs, dont Mozart, qui lui consacra un quintette. Frédéric se souvenait d'ailleurs des représentations données par l'Américain Jim Turner qui, dans les années 1980, avait joué ce morceau ainsi que des classiques du jazz sur soixante verres à liqueur. Au XVIe siècle déjà, des esprits imaginatifs avaient inventé le Serpent, boyau noir et sinueux dans lequel on soufflait pour entendre une sorte de ronflement assez voisin de celui d'un gros bœuf… Haendel l'avait utilisé dans sa *Music for the Royal Fireworks*, tout en affirmant que ce serpent n'était certainement pas celui qui avait tenté Eve au paradis... Un soir, peu avant 1750, un violoniste de Saint-Pétersbourg avait fait sonner un clou par inadvertance, en suspendant son archet au mur ; il inventa le premier violon à clous, suivi du piano à clous et des clavicylindres de Chladni. Au XXe siècle, les expérimentations les plus invraisemblables avaient été entreprises. Erik Satie, dans sa *Parade*, utilisait des pistolets, des sirènes d'usine et des machines à écrire ; dans les années 50, l'Anglais Hoffnung avait donné une *Ouverture grandiose pour aspirateurs, fusil, canon, orgue et grand orchestre.* George Antheil, un Américain, avait écrit son *Ballet mécanique* pour huit pianos, autant de xylophones, un piano mécanique, deux sonneries de porte et une hélice d'avion... Ces joyeuses excentricités n'étaient pas toujours restées dans les mémoires. Mais combien d'instruments de musique, anciens ou non, orpharion, cétérone, virginal, courtaut, cromorne, étaient restés inconnus du grand public ? Frédéric sourit. Dans sa tête dansait une forêt d'objets merveilleux qui lui rappelait les délires de son père, autrefois, lorsqu'il s'amusait lui aussi à dessiner des instruments ésotériques par lesquels il inventerait, enfin, le Son Unique et Eternel.

Peut-être la rencontre entre Igor et le Cygne permettrait-elle de toucher à cette forme de pureté recherchée depuis tant de siècles. *C'est une révolution*, songeait Frédéric, *si ce Borg a vraiment existé.* Mais pouvait-il en douter ? Toute la force de son âme lui demandait d'y croire. Les trois mesures qu'il avait jouées, porte ouverte sur un univers de sensations et d'émotions aussi soudaines qu'inconnues, lui criaient que tout cela était vrai. Il le sentait. Voilà qui pouvait renvoyer les Stradivarius aux oubliettes. Stradivarius – le Sorcier de

Crémone, comme on l'appelait – avait vécu quatre-vingt-treize ans, et produit plus de mille instruments disséminés dans le monde, chacun portant un nom – le *Dauphin*, le *Vieux Temps*, le *Viotti*, le *Messie*… Yehudi Menuhin, grand rival d'Igor, avait joué sur le *Prince Kevenhüller*, un Stradivarius de 1733, avant d'alterner entre un Soil de 1714 et un Guarnerius del Gesù. On avait bien essayé de copier la formule ancienne, en tout cas d'en percer le mystère. Frédéric se souvenait de ce Joseph Nagyvary, un professeur du Texas, biophysicien et biochimiste, qui avait affirmé avoir trouvé la clé de l'énigme – ici même, à Venise. C'était de la lagune que Stradivarius faisait venir son bois de sapin, criblé de trous minuscules à cause de l'humidité, des trous que l'on pouvait observer, aujourd'hui, à l'aide d'un microscope électronique. Grâce à son père, Frédéric avait eu l'occasion d'observer ces étranges myriades d'alvéoles. C'est qu'Igor Vissevitch, bien qu'il ne possédât pas le Cygne, ou du moins pas encore, n'était pas en reste. Lui aussi avait son *Canone* : depuis près de vingt ans, il jouait sur le *Viotti*, un Stradivarius qui, comme les autres, valait maintenant plus d'un million de dollars.

Le *Viotti*. Un million de dollars…

Alors un Borg… Frédéric passa la main dans ses cheveux et sourit encore.

Giacomo Vivarini habitait au-dessus de sa boutique, dans la rue Spadaria.

Lorsque Frédéric y parvint, il longea un instant un canal sur lequel glissait une gondole noire, dans un délicieux clapotis. Il s'aventura sous le porche et frappa au moyen de la tête de lion qui semblait en barrer l'accès. Vivarini ne tarda pas à lui ouvrir. Il devait avoir la soixantaine. Rond, le teint hâlé, il était vêtu d'une chemisette et d'un pantalon de flanelle. Son nez disgracieux lui donnait l'air d'un boxeur sur le retour – ce qui, pour un luthier, n'était pas le moindre des paradoxes. Ils échangèrent quelques mots et Vivarini, souriant de toutes ses dents, invita le jeune homme à entrer. Il lui fit visiter sa boutique ; Frédéric fit semblant de s'intéresser aux instruments. Au bout de quelques minutes, Vivarini lui proposa de monter à l'étage prendre un rafraîchissement et discuter affaires. Ils pénétrèrent dans une bibliothèque, et le jeune homme s'assit dans le fauteuil que Giacomo lui présentait. Deux fenêtres étaient ouvertes sur la *piazzale dei Leoni*, et la rumeur de la ville montait jusqu'à eux. Le luthier servit à Frédéric une *spremuta* et s'installa de l'autre côté du bureau, devant lui.

— Alors, *signore*… Qu'est-ce qui a amené votre père à penser à moi ?

Frédéric croisa les jambes et se racla la gorge.

— Comme je vous l'ai dit, c'est Elie Bogdanowicz qui nous a conseillé de venir vous voir.

— Ah, ce vieil Elie… En effet, je savais qu'il s'occupait des instruments personnels du grand Vissevitch… J'ai eu de ses nouvelles il y a deux jours, figurez-vous. Nous avons discuté de nos récentes acquisitions. Il a été bien inspiré de vous envoyer ici. Et même…

Vivarini sourit encore, en haussant les sourcils.

— … Cela m'étonne un peu.

Frédéric but une gorgée de son jus de fruits et enchaîna :

— Mon père est un grand amateur d'instruments, même de ceux dont il ne joue pas, vous le savez… Alors, il m'envoie repérer ici et là les joyaux que votre art permet de faire exister… Et, parfois, des objets plus anciens, de collection, dirons-nous.

— *Si, si*… Mais dites-moi, ce n'est pas un nouveau violon qu'il souhaiterait me commander, si je comprends bien… Je vous avoue (il se pencha en avant en inclinant la tête, une main sur son cœur) que c'est ce que j'avais espéré…

Frédéric saisit la balle au bond.

— Un nouveau violon, non. Pourtant, il a brisé un archet récemment – vous savez ce que c'est…

— Un archet ?

C'était ici que l'on entrait dans une passe difficile. Mais autant ne pas tourner autour du pot.

— Mon père adore les archets. Leur forme… Leur élégance. Pour lui, un archet, c'est le doigt de Dieu dans le prolongement de la main de l'homme. Il en a de toutes sortes et de toutes les époques.

— J'en ai également plusieurs qui… Ah ! Tenez… Ne bougez pas.

Vivarini se leva. Frédéric sourit, content de lui. Le luthier s'absenta quelques secondes pour se rendre dans une pièce voisine, puis revint. C'était presque trop facile.

— Regardez celui-là.

Il posa sur le bureau un rectangle de verre dans lequel était disposé l'objet que Frédéric convoitait. Son attention fut immédiatement attirée par le sceau minuscule, gravé au bout de l'objet. Un *S* et un *B*, entrelacés autour d'une tête de cygne, ainsi que l'avait dit Elie.

— Voyez, dit Vivarini. J'en ai fait l'acquisition à Moscou. Un archet de la fin du XVIIe, ou du début du XVIIIe siècle. Malheureusement, le corps de l'instrument avait disparu. Le Moscovite à qui je l'ai acheté n'a rien pu me dire de sa provenance, mais j'ai eu un petit coup de folie. Regardez, ici, ces deux initiales. Là… on dirait un cygne. Hé ! Dommage qu'il ne soit pas à vendre, celui-là…

Frédéric se mordit la lèvre. Il sortit ses lunettes, s'approcha encore. Autrefois, les archets étaient une spécialité bien française. Certains facteurs d'instruments en avaient fait leur spécialité ; ces archetiers s'étaient ainsi distingués des luthiers ordinaires. Celui que Frédéric avait sous les yeux était à la hauteur du corps du violon lui-même. Du bois de pernambouc, provenant du Brésil, pour la rigidité, la flexibilité et la légèreté. Le bois avait été débité en planches, puis taillé en baguettes ensuite cintrées au feu. Une plaque d'ébène collée à une extrémité, une autre fixée à la hausse. Cent cinquante crins blancs de cheval passés à la colophane pour accrocher convenablement les cordes du violon. Un travail d'une incroyable minutie et d'une grande beauté.

— Oui, oui… Pas à vendre, dites-vous… Dommage, en effet… C'est tout à fait le genre de chose qui aurait plu à mon père…

— Ah ! dit Vivarini, des archets, si vous en voulez, ce n'est pas un problème, mais celui-ci… Qu'en ferait le grand Vissevitch ? On ne joue plus avec ça. Tout seul, cet objet n'a pas beaucoup d'intérêt, n'est-ce pas ?

L'Italien s'apprêtait à repartir avec. Il prit le rectangle de verre sous son bras. Frédéric sentit qu'il ne fallait pas insister ; en tout cas, pas de cette façon.

— S.B. A votre avis, qu'est-ce que cela signifie ?

Vivarini s'arrêta.

— Oh ! Marque de fabrique, sans doute ! Nous autres luthiers, il faut bien que nous laissions notre griffe quelque part…

Frédéric se jeta à l'eau.

— Se pourrait-il qu'il s'agisse des initiales de Svetlan Borg ?

Vivarini reposa l'objet sur le bureau.

— Comment dites-vous ?

— Borg. Svetlan Borg. Cela ne vous dit rien ? Un de vos célèbres confrères, russe, justement…

Vivarini fronça les sourcils et se gratta le front.

— *No, signore*. Ça ne me dit rien…

Frédéric posa les mains sur le bureau.

— Je crois que ça vaudrait le coup de vérifier.

Le jeune homme se leva et marcha vers la bibliothèque, derrière Vivarini.

— Dans tous ces livres, là… On doit bien pouvoir le trouver…

Surpris, l'Italien s'approcha.

— Hé ! Voyons cela.

Il sortit quatre lourds volumes de ses étagères, se rassit et les compulsa successivement.

— Borg, Borg… Non, rien du tout… rien… *Ma* vous savez, il ne faut pas vous exciter… S.B., ce peut être n'importe quoi… Vous avez de drôles d'idées, *signore*.

Il se racla la gorge, s'enfonça dans son fauteuil et laissa courir les doigts sur ses lèvres. Il se leva encore et alla chercher deux autres livres, dont une énorme *Encyclopédie de la Musique*, qui datait de 1786.

— Aïe aïe aïe. Rien non plus… Vous êtes sûr qu'il a existé, votre Svetlan Borg ? Parce que je ne le vois nulle part…

— Disons que… oui, j'en suis sûr, je…

Vivarini regarda le jeune homme, puis ses yeux se perdirent dans le vide quelques secondes.

— Un Russe, dites-vous… Vers la fin du XVIIe siècle, ou la première moitié du XVIIIe… Mmhh…

Il se leva pour la troisième fois et se dirigea vers une porte, au fond de la pièce. Frédéric l'attendit quelques minutes. Enfin, Vivarini revint, les bras chargés de nouveaux livres. Il les déposa en vrac sur le bureau.

— Chez moi, on ne fait pas les choses à moitié, mon ami ! Tenez, voilà pour vous... Et autant pour moi...

— De quoi s'agit-il ?

— De biographies, *signore*. Biographies des grands compositeurs de l'époque. J'ai compté un peu plus large. Regardez à la fin : la plupart ont des index répertoriant les noms cités...

Frédéric regarda les livres un à un. Lully, Delalande, Charpentier, Couperin, Rameau chez les Français. C'était l'époque des *Fables* de La Fontaine. Praetorius, Schütz, puis Pachelbel et Bach en Allemagne. Purcell et Haendel en Angleterre. La fin de Monteverdi, les débuts de Corelli, Torelli, Vivaldi, l'essor des concertos et de la musique instrumentale.

— Tenez : celui-là, la *Querelle des bouffons*. Je vous le recommande, dit Vivarini. Il raconte la lutte entre les partisans de l'opéra à la française et ceux de l'opéra à l'italienne... En France, le roi était avec les premiers, la reine avec les seconds. C'est très amus...

— Je l'ai, dit soudain Frédéric.

Vivarini leva les yeux.

— Comment ?

— Je l'ai !

Il venait de se plonger dans un chapitre consacré à la genèse du *Canon* de Pachelbel. Le livre était rédigé en français. Il lut avec excitation :

— « Le nord de l'Allemagne, protestant, résista mieux aux influences italiennes que le Sud, catholique, où Pachelbel et le violoniste Biber donnèrent naissance à un art musical nouveau, l'école viennoise. Biber avait fait concevoir son instrument auprès d'un fabricant russe, lui-même compositeur à ses heures : Svetlan Borg. On ne sait que très peu de choses sur ce dernier, sinon qu'il avait rencontré Biber à Augsbourg, à l'occasion de l'un de ses voyages. La légende veut que Borg ait conçu un violon tellement exceptionnel qu'il décida finalement de le garder pour lui, et de ne pas honorer la commande que Biber lui avait faite. Ce violon avait, dit-on, le pouvoir de faire naître tour à tour le chagrin et l'amour chez quiconque en entendait le son, et d'offrir à l'interprète un lien direct avec Dieu. Sans doute Borg n'utilisa-t-il que modérément cet instrument si extraordinaire, car il mourut à une date indéterminée (vraisemblablement aux alentours de 1703), dans la plus parfaite solitude, et l'anonymat le plus complet. On soupçonne, enfin, que Borg avait entretenu une correspondance lointaine avec Amati et Antonio Stradivarius. Certains affirment qu'il aurait soufflé au célèbre luthier le dessin de la forme définitive du violoncelle, ainsi que quelques autres de ses secrets… »

Frédéric releva vers Vivarini des yeux brillants.

— Vous voyez ! Vous voyez !

Il continua :

— « L'hypothèse que le Sorcier de Crémone tint quelques-uns de ces secrets d'un obscur luthier russe n'a jamais reçu l'assentiment des spécialistes. Toutefois, il semblerait que la famille Borg ait de nouveau fait parler d'elle, lorsqu'elle confia le fameux violon à Niccolo Paganini, à l'occasion de l'une de ses dernières parutions en public. Légende ou réalité, le violon mythique sembla disparaître avec celui que l'on avait surnommé : le Diable. »

L'Italien, une main sur son menton, lui demanda :

— Mmh… Bon. Admettons. Et vous voudriez m'acheter cet archet…

— Oui. Pour mon père. Autant être franc avec vous, Giacomo. Il le veut.

— *In nomine padre !* dit Vivarini en levant les bras au ciel. Et vous aimeriez croire que cet archet, sur lequel on devine vaguement les initiales de votre homme, est bien celui de Svetlan Borg…

— J'en suis sûr.

— Mmh… Moi, je trouve que vous êtes un peu fou, *signore*. Ce Borg, jamais je n'en avais entendu parler. Vous pensez aussi que vous allez trouver le Son de Dieu et tomber les filles rien qu'avec l'archet ?

Frédéric sourit.

— Ecoutez, Giacomo… Voilà un point sur lequel nous sommes d'accord. L'archet sans le violon, quel qu'il soit, c'est comme…

Il chercha ses mots.

— Euh… comme une montagne sans vallée, dit-il. Par conséquent, pourquoi ne le céderiez-vous pas à mon père ? Je suis d'accord avec vous, Giacomo, tout cela est sans doute de la pure invention. Mais n'empêchez pas mon père de rêver, et aidez-moi à satisfaire l'un de ses caprices. Cela l'inspire pour composer. Ainsi, vous… vous participerez à son œuvre…

Giacomo, sceptique, regarda le jeune homme. Il joua quelques instants avec le coin d'un livre, d'un geste machinal. Puis il revint à Frédéric.

— Pour combien l'avez-vous acheté ? demanda le jeune homme.

— Eh bien… A l'époque… Plus de 120 millions de lires.

— 120 millions de lires ? s'étonna Frédéric. Pour un archet seul ? Mais qu'est-ce qui vous a pris ?

— J'aime la musique, *signore*. Et les belles choses. Il m'avait séduit, je vous l'ai dit. J'avais dû boire un peu trop de vodka. Mais les Russes ne savaient rien de votre histoire, là… Et si – je dis bien *si* – l'archet est effectivement celui de Borg… C'est quelque chose de beaucoup, beaucoup plus extraordinaire qu'il me faudrait… Vous en conviendrez, n'est-ce pas ! Une pièce aussi unique… C'est un pari mutuel qu'il nous faudrait faire…

Une idée avait germé depuis quelques minutes dans la tête de Frédéric. Unique, oui… Il faudrait à Giacomo quelque chose d'unique en retour ! Mais il ne sortirait sa botte secrète qu'en dernier recours.

— Je vous en offre l'équivalent de 300 millions de lires. Vous y gagnez encore. De toute façon, il n'y a que l'archet, Giacomo ! Qu'allez-vous en faire ? Le regarder dans une vitrine pour le restant de vos jours ?

— C'est ce que l'on fait avec la majeure partie des œuvres d'art, jeune homme. Et vous, qu'allez-vous en faire ?

— Je vous l'ai dit : satisfaire mon père qui m'a envoyé pour cela. Les grands artistes ont leurs lubies. Elles valent bien le bonheur qu'ils nous donnent.

— 300 millions, ça ne m'intéresse pas.

— Donnez un prix.

— Le double.

Il mordait. Frédéric fit un rapide calcul dans sa tête. Cette plaisanterie allait coûter près de trois millions de francs, soit… plus de 450 000 euros.

Mais il ne s'agissait pas d'une plaisanterie – n'est-ce pas ?

— C'est une somme, mais… d'accord.

Frédéric crut qu'il avait gagné. Il tendit la main au luthier.

Celui-ci réfléchissait encore.

— Marché conclu ?

Vivarini regarda l'archet, puis la main tendue. Il haussa les sourcils, sourit. Sa langue claqua et il hocha la tête en signe de dénégation.

— Non… Finalement… Ce n'est pas une question d'argent, dit-il.

Les doigts de Frédéric restèrent quelques instants tendus dans le vide.

Il commence à m'énerver.

Alors il décida de sortir le grand jeu.

⁂

— Tu as *QUOI ?*

Igor Vissevitch venait de hurler dans le téléphone. Frédéric écarta le combiné de son oreille en faisant la grimace.

— Je lui ai dit que tu lui dédicacerais un concerto. Qui porterait son nom.

— Enfin, Frédéric !

— C'était la seule façon de l'amadouer. Il était crispé sur cet archet comme un enfant sur sa poupée et j'ai failli le perdre en lui parlant de Borg. Mais il était trop fin pour se laisser embobiner s'il sentait que je lui cachais une quelconque vérité… je lui ai donné toutes les garanties. Allons, papa. Des concertos, tu en as fait près de cinquante ! Ah ! Je prends l'avion demain midi. Nous en reparlerons. Je t'embrasse.

Frédéric raccrocha et sourit.

Le violon, l'archet, l'étui. Le Cygne et ses ailes.

Mission accomplie.

⁂

Frédéric était assis dans un fauteuil de velours rouge, devant le balcon de l'hôtel qui donnait sur le Canaletto. Il avait ouvert les fenêtres de sa chambre et les rideaux diaphanes bruissaient doucement dans le soir, sous l'impulsion d'une brise légère.

De l'autre côté du canal, il pouvait observer les façades des villas vénitiennes, plongeant dans les flots.

Certaines étaient rongées par l'eau et le temps ; leurs couleurs s'étaient ternies et semblaient chercher, dans la lune montante, l'écho de leurs splendeurs anciennes. Leurs tons délavés s'accrochaient à ces liserés d'algues mousseuses que drainait la lagune, et qui venaient caresser les escaliers de pierre ou les pilotis émergeant des profondeurs. D'autres façades respiraient de récentes embellies. En particulier, juste en face de Frédéric, mais en contrebas, une anse baroque s'évasait à l'arrivée de gondoles chargées de fleurs et de flambeaux. Ce devait être une soirée privée donnée par quelque artiste ou dignitaire vénitien. De temps à autre, des invités costumés arrivaient à ce qui s'annonçait comme un bal enchanteur et poudré. Perruques XVIIe et XVIIIe, mouches au coin des lèvres et loups de circonstance, masques et bergamasques, robes somptueuses aux friselis de dentelles ; ces dames débarquaient des gondoles les unes après les autres, des hommes chapeautés leur tendaient une main ou une canne, pour les aider à se hisser auprès des escaliers, avant de les accompagner dans un frôlement de cape vers l'intérieur de la villa, croisant les vases de pierre qui encadraient l'entrée. De l'endroit où il se trouvait, Frédéric entendait une vague musique parvenir à ses oreilles – du Vivaldi, probablement. Il distinguait à l'intérieur un sol en damier sur lequel tombaient les étoiles de lustres scintillants. Avec ses lumières irisant la nuit, c'était toute la villa qui donnait l'impression d'un château féerique, d'un musée imaginaire, porte ouverte et prélude à tous les plaisirs. Il n'en fallait pas plus pour être électrisé des fantasmes les plus érotiques : dames masquées furieusement investies, éventails glissant sur les drapés, gémissements de plaisirs lovés sous les arcades, orgies ininterrompues dans la chaleur du soir, sous les étoiles montantes, déchirure soyeuse de la chair contre les dentelles.

Embarquement pour Cythère.

Oui, se dit Frédéric, il faisait bon ce soir – si bon.

Dans ce climat propice à toutes les rêveries, il se saisit du violon, et de son archet.

Il leva un instant les yeux vers le plafond de la chambre, inventant pour son plaisir le tourbillon de chérubins imaginaires, entre arabesques nuageuses et volutes ondoyantes.

Toujours assis, il ferma les yeux et inspira.

Il regarda le Cygne.

Des centaines d'heures de travail avaient été nécessaires, pour assembler environ soixante-dix pièces : au couteau à détabler, pour détacher la table de l'instrument, lors des réparations ou corrections ; à la pointe-aux-âmes, pour piquer l'âme en son milieu et la positionner exactement entre la table et le fond ; aux béquettes, grandes pinces de bois taillées dans des morceaux de hêtre ou de charme, pour poser les contre-éclisses ; à la colle de Cologne, dont le parfum si lourd et si caractéristique envahissait les ateliers de luthiers.

Et l'archet. L'archet du Cygne.

L'ensemble tenait du pur joyau.

Frédéric n'avait pu s'empêcher de sortir l'instrument de son étui ; et pas seulement pour le contempler encore. Il voulait en jouer, désirait ardemment profiter de cette soirée solitaire, si douce, devant son balcon et son bal vénitien, prélude à tous les dévoiements, pour essayer le Cygne avant son père, et savourer ce moment unique, ce plaisir insigne d'entendre crier ces cordes pour la première fois depuis si longtemps, avec ce seul véritable archet. Onanisme langoureux des mélomanes.

Il inspira encore.

Chante, le Cygne. Chante.

Sa main resta suspendue un bref instant.

Puis il attaqua, les yeux fermés.

Il mesurait la puissance et la qualité sonores d'un violon au déluge provocant d'images qui jaillissaient en lui dès le premier contact. Oui, c'était bien ce feu d'artifice dont il guettait les contours, cette conflagration intime, cette implosion secrète de sa propre intériorité. Dans le meilleur des cas, il ne tardait pas à en éprouver des manifestations physiques – suées, tressaillements, tremblements, poussées d'adrénaline. On parlait à Florence de ces visiteurs frappés d'étourdissements par le fameux syndrome de Stendhal, à la seule vue d'une toile de maître. Un Stradivarius pouvait avoir sur Frédéric un effet comparable.

Et un Borg ?

Quel serait l'effet de ce son-là ?

Le cri jaillit au bout de l'archet.

Frédéric ne s'était pas échauffé, ses doigts étaient encore gourds. Pourtant, il lui sembla que le son *s'envolait*, que déjà, il lui fallait courir après, avant même qu'il n'eût effleuré les cordes. Il compta mentalement la mesure, *un, deux*, puis attaqua cette fois avec plus de fermeté.

Et l'explosion attendue se produisit.

Il vit le chœur d'une cathédrale immobile. Son père jouait à l'intérieur.

C'était une cathédrale de nuages, un bâtiment jeté au milieu des cieux. Des lignes infinies, des rosaces inachevées, des figures géométriques s'entrecroisaient dans l'espace. A mesure que l'image d'Igor jouait dans cette nef ouverte sur la voûte du ciel, la cathédrale se disloquait, des fragments s'en détachaient un à un, à la manière d'un puzzle se décomposant dans le vide. Les fragments dansaient dans l'azur, tournoyaient lentement, s'échappaient dans l'immensité, oui ! De flamboyants piliers plongeaient vers un inframonde indescriptible, rencontrant les lignes et les rosaces et les figures tourbillonnant en cet étrange ballet. Et Igor était là, tantôt en violoniste, tantôt en chef d'orchestre, usant de sa baguette pour commander aux éléments, mage et sorcier, auprès de ce tabernacle flottant, de ces reliquaires qui se démontaient eux aussi les uns après les autres, des cylindres d'orgues qui tombaient en éventail, en épis de blé, sur des coussins alizéens.

Fragments.

Lorsque la cathédrale se fut entièrement désintégrée, que les miettes de ce puzzle étrange eurent achevé de se dissoudre parmi les nuées, de gigantesques gréements se dressèrent au seuil de son imagination. Un antique navire s'armait devant lui, soulevant ses voiles jusqu'aux lunes nouvelles ! Entre ces vapeurs océanes, le vaisseau fantôme filait dans l'espace de sa semi-conscience. Conduit par un invisible timonier, le gouvernail tournait sur lui-même, solitaire ; et Frédéric se vit en figure de proue, sirène androgyne au cri silencieux, la chevelure au vent, ange ou harpie.

Dieu, que c'était beau !

Son délire onirique l'envahit tout entier à mesure que le Cygne lui parlait. Et il le vit de nouveau, ses ailes déployées, son duvet immaculé, qu'une flèche vint transpercer en plein poumon, libérant le sang. Le Cygne parlait, Frédéric tendait l'oreille, la sueur le gagnait, son front devenait fiévreux, des frissons lui parcouraient l'échine, il souriait d'une extase qu'il ne pouvait s'expliquer, et enfin, un visage féminin vint se superposer à cette rêverie.

C'était elle.

Sublime. Sensuelle. Fulgurante.

Célia et son visage d'ange.

Bientôt, songea-t-il. *Bientôt, Célia, je te reverrai.*

Il ouvrit les yeux, s'arrêta et, lentement, serra le violon contre son cœur, comme un enfant.

Oh oui ! Cela, papa...

Tu vas aimer.

6

Forteresse de Terezin

1944

Bedrich jetait autour de lui des yeux affolés. Mais il n'y avait rien, que ce mur à la peinture blanche et écaillée. Et cette lucarne, là-haut, dans le coin à gauche, seul espace d'aération de la pièce condamnée à tous les diables. L'ampoule au plafond. Non loin, le Boucher, le *Schlächter*, l'exécuteur scientifique du ghetto, avait disposé ses instruments sur une tablette d'inox luisant.

L'officier de la Gestapo se leva dans un claquement de langue. Il passa les mains derrière son dos, puis attrapa une sorte de boîtier qui traînait sur le sol. Il l'ouvrit, l'installa sur la table. L'œil froid, il regarda Bedrich, sourit et désigna le tourne-disque qu'il venait de dévoiler. Il toussa, compulsa le revers du boîtier où étaient rangés des trente-trois tours. Des disques de cire, 30 cm, à sillons larges. L'officier sembla hésiter un instant, puis choisit l'un d'eux, qu'il libéra de sa pochette. Lentement, savourant son plaisir, il plaça le disque sur l'appareil. Il le regarda un instant tourner dans le vide, puis, avec un soin minutieux, il y posa le diamant. Le disque légèrement gondolé crépita à cette rencontre. Quelques infimes particules de poussière dansèrent avec les ondes. Le crépitement dura quelques instants, et la musique se fit entendre.

Paganini, *La Campanella.*

Deutsche Grammophon.

Très délicat, pour amorcer la soirée.

Souriant de plus belle, l'officier fit mine de battre la mesure, s'improvisant chef d'orchestre, le pouce et l'index joints. Il savoura le morceau quelques secondes, puis baissa le son. Il s'éclaircit la gorge et sa voix couvrit la musique. Auprès de lui, le Boucher, dans une posture hiératique, semblait absent.

— Bedrich Bogdanowicz…

Il s'arrêta et regarda sa montre, avant de se tourner vers le prisonnier.

— Le soir tombe au-dehors, Bedrich. Nous avons la nuit devant nous. *Dou-ouce Nuit*, *Heilige Nacht*… Je suis arrivé de Berlin cet après-midi et je dois y retourner demain. Voyez : j'ai abandonné la garde prétorienne du Führer pour passer la nuit avec vous. Vous êtes… ma *liaison* de ce soir, comme disent les Français. J'espère que vous en êtes heureux.

Bedrich, la bouche sèche, ne répondit pas.

— Nous devons avoir fini avant l'aube, quoi qu'il arrive.

Il se tut un instant, sembla regarder ses pieds, puis continua :

— A compter de cette minute, deux options s'offrent à vous, mon cher Bedrich. La première consiste à me dire très vite tout ce que vous savez de l'affaire qui m'a fait me déplacer, sur les instances du Haut Commandement. C'est l'hypothèse selon laquelle, demain, vous voyez se lever l'aube nouvelle. Celle dans laquelle vous demeurez… vivant.

L'officier avait un accent prononcé qui trahissait une provenance régionale. Inconsciemment, Bedrich chercha à se rappeler laquelle. *Bavière*, conclut-il au souvenir de ses précédentes rencontres avec les officiels du ghetto. *Il vient de Bavière.*

— La seconde consiste à vous taire et à vous obstiner. Autant dire que, dans ce cas, la nuit sera longue et que vous serez perdant, de toute façon. Au mieux, votre vie sera le prix de votre silence. Quant au pire…

Il se tourna vers le Boucher.

— … Regardez cet homme : c'est celui que vos familles, je crois, ont baptisé le Boucher. Il fait partie de cette race assez rare de personnages qui n'éprouvent pas la moindre émotion, ni le moindre sentiment de culpabilité, à faire souffrir autrui. Au contraire, bien que lui et moi ayons quelques difficultés de communication, je pense qu'il y éprouve un certain plaisir. Voyez-vous, le *Schlächter* parle peu. J'ai parfois du mal à le contrôler. A vous de voir si vous souhaitez que je vous laisse entre ses mains…

Bedrich sentit une grosse boule rouler dans sa gorge. Il jeta un regard vers le Boucher, dont les yeux porcins, légèrement en amande, fixaient un point imaginaire sur ce mur dépouillé.

Un psychopathe en gants blancs.

L'officier se tut quelques instants, tandis que continuait *La Campanella*.

Puis il claqua la langue… et se remit à marcher.

Gut. Il est temps de commencer.

— Hem-hem…

Il porta une main à ses lèvres.

— Le 22 janvier dernier, un train de marchandises est parti du ghetto de Terezin en direction de la ville de Prague, à 23 h 47 très exactement. Il n'est jamais arrivé à destination. Et cela parce que *vous*, Bedrich, ainsi que vos amis, l'en avez empêché. Vous l'avez saboté en pleine campagne, à mi-chemin de son voyage.

Quatre heures vous ont suffi pour mettre la main sur ce qu'il contenait et tout dissimuler en lieu sûr. Quatre heures… Malheureusement, deux jours plus tard, un rescapé allemand a dit vous reconnaître. Vous avez été enfermé ici avec votre femme. Exact ?

Bedrich ne répondit pas.

Les liens autour de ses poignets le brûlaient.

Il se souvenait. Le crissement des roues contre le rail. Ces pluies d'étincelles dans la nuit. Les canons crachant le feu, au milieu d'une fumée âcre. Les caisses, par centaines. Le départ du convoi secret, l'enfilade de camions dans la nuit. L'opération avait tenu du miracle.

— Miladena Bogdanowicz, dite *Mila*, trente-cinq ans, poursuivit l'officier. Enfermée dans le quartier des femmes.

— Elle… elle est vivante ? demanda Bedrich, tendu.

L'officier s'était de nouveau assis derrière son petit bureau. Il leva les yeux de son papier et haussa les sourcils en souriant.

— Elle l'était, en tout cas, au moment où cette fiche a été remplie… Il y a un mois.

Bedrich fit la grimace. Son regard chavira vers le plafond. Il y a un mois. *Un mois*… mais cela pouvait dire tout et son contraire.

— Dites-moi, je vous en prie… Où est-elle ? Est-elle vivante ?

— Je vous dis que je n'en sais pas plus, mon ami. Je vous l'ai dit : je viens juste d'arriver…

Mila… Une fois de plus, le visage de sa femme passa dans l'esprit de Bedrich. Sa chevelure noire, ce chignon qu'elle portait si souvent. Son corps menu. Et ses lèvres, que Bedrich avait si souvent embrassées… Mila !

Interrompant net ses pensées, le nazi reprit, avec son accent bavarois à couper au couteau :

— Vous aviez également un fils, du nom d'Elie. Disparu, paraît-il. Exact ?

Bedrich acquiesça.

L'image de son fils vint se superposer à celle de son épouse, dans une même douleur.

— Elie…

L'officier regarda Bedrich.

— Ce que je peux vous dire…

Il se renfonça dans son siège.

— … Ce que je peux vous dire, continua-t-il, c'est que certains de vos amis ont été fusillés devant le mur de Terezin. Joachim Heidelberg, Viktor Czesko, Arturo Meranova. Cela vous rappelle quelque chose ?

Morts. Ses amis. Ainsi… ils les avaient tués.

Bedrich ne put retenir un gémissement. Joachim. Czesko. Arturo, l'Italien immigré.

Tous morts.

— Vous êtes-vous demandé pourquoi vous-même n'aviez pas encore été exécuté ? Dites-moi, Bedrich. Pourquoi, selon vous, êtes-vous encore en vie ?…

L'officier se tut. Il tapotait sa fiche de sa main gantée.

— … Pour une raison simple, Bedrich. Vous êtes en vie parce que nous – parce que *je* compte sur vous pour me donner l'identité de ceux de vos camarades qui nous échappent encore. Et surtout… parce que je veux savoir ce que vous avez fait de *la totalité des biens de la communauté du ghetto de Terezin*, qui revient de droit aux autorités du Reich.

Une nouvelle fois, il y eut un long silence. Le diamant du tourne-disque quitta le trente-trois tours, dans un ultime crépitement.

— Les biens de Terezin ne vous appartiennent pas,

souffla Bedrich, la bouche pâteuse. Vous n'avez aucun droit. Vous avez dépouillé nos familles. C'est un pillage monstrueux.

L'officier se leva et fit quelques pas.

— C'est un point de vue. Un autre est que nous sommes en guerre, Bedrich, que cette guerre est mondiale, et que l'Allemagne a besoin de toutes les ressources disponibles. Voyez-vous, les Alliés ont débarqué et nous n'avons plus guère le temps de tergiverser. Nous estimons la perte due à votre opération à quelque cinq millions de marks. Le train ne convoyait pas seulement les biens de Terezin, Bedrich, mais également des œuvres d'art de grand prix... et toutes sortes de bibelots qui auraient été du plus bel effet dans les bureaux du Führer. Vous saisissez ?

Bedrich eut un sourire amer.

— Vous êtes aux abois, n'est-ce pas...

Le ton de l'officier se fit plus incisif ; la remarque lui avait déplu.

— Ne dites pas n'importe quoi, Bedrich. Vous nous connaissez mal.

Puis il se radoucit.

— Heureusement, vous êtes là. Et j'ai une nuit devant moi pour vous faire parler.

Il s'arrêta, se dressant de toute sa stature devant la chaise où se trouvait Bedrich.

— Je veux savoir où vous avez caché le butin de Terezin. Je sais que vous l'avez laissé intact, quelque part.

Les choses se précisaient. Bedrich leva les yeux vers l'officier, puis il laissa retomber sa tête sur sa poitrine. Il tentait de mesurer à la fois l'importance des enjeux et l'étendue des possibilités qu'il avait de s'en sortir indemne ; mais il lui apparut rapidement que ces « possibilités » étaient à peu près nulles. Il sentit soudain les doigts gantés de l'officier se poser sur son menton, de manière inattendue. Ce fut entre eux le premier contact. Il le *caressait*, presque. Il l'invita à redresser le visage.

— Rassurez-vous, je ne suis pas d'un naturel emporté. Je sais remercier ceux d'entre vous qui font preuve de bonne volonté. A la différence du *Schlächter*, je n'éprouve que peu de plaisir à la torture. On est humain, après tout. Je suis seulement un professionnel, qui déteste l'échec… et qui a l'habitude de forcer le destin. Vous me comprenez ? A la ville, Bedrich, je ne suis pas très éloigné de vous. J'ai une femme, Doris, et deux enfants, Martin et Friedrich. Deux jolies têtes blondes. Le samedi, vous allez à la synagogue ; moi, le dimanche, je les emmène à l'église… J'aime voir ces voûtes séculaires, battues par les ans, imprégnées d'histoire. J'aime la simplicité presque grossière de son architecture – je vous parle de la petite église de Rosenheim, en Bavière…

Ce disant, l'officier continuait de caresser le menton de Bedrich.

— J'aime la précision colorée de ses vitraux, de ses peintures, de ses statues. Ce balcon tournoyant qui monte en chaire, jusqu'à disparaître dans l'obscurité… Cet harmonium derrière lequel on imagine je ne sais quel fantôme, revenu d'outre-tombe pour faire retentir sur l'ordre de Dieu les sons d'une marche funèbre… J'aime ces ombres chuchotantes… Ici, on a adoubé un chevalier de Thuringe… Là, un roi est passé… Lorsque je ferme les yeux, j'y vois des processions solennelles, des fidèles repentants, le dos encore tout endolori de mortifications zélées, des pèlerins aux pieds las et poussiéreux… Cela me rappelle un texte qu'avait écrit l'un de mes professeurs, autrefois. Je l'avais trouvé très beau, je l'avais appris par cœur.

La main de l'officier quitta le visage de son prisonnier. Il ferma les yeux, puis il prit un air inspiré en écartant légèrement les bras, comme pour déclamer.

— « Ici, des révoltes avaient mûri, des légions s'étaient mises en marche… Et combien ce village avait-il abrité de baptêmes, de mariages et de confessions ? Ici, dans ces champs et ces collines, derrière ces chalets et ces forêts de sapins aux cascades moussues, des gens s'étaient aimés et avaient tué. L'Histoire tissait encore sa toile inextricable, mêlant à la nostalgie des joies souveraines l'écho transfiguré des détresses les plus profondes, des supplications les plus vibrantes, accueillant en son sein le cortège des bannis et des révoltés, des pauvres et des riches. Elle enfermait ou libérait les consciences, jouant son credo du regret sur un air de fanfare. Folklore. *Hier in diesem Dorf*… Ici, dans ce village… »

L'officier recula de quelques pas. Le Boucher, non loin, était toujours immobile.

— C'est beau, non ? C'est cela, Rosenheim. Oh, mon professeur n'était pas Goethe, bien sûr. Mais il ne manquait pas de talent.

Il toussa.

— Et ici… Je suis en service et je suis loin de chez moi. Pardonnez-moi cette digression, *Herr* Bogdanowicz. Revenons à nos moutons.

Il se pencha sur lui, posant les mains de chaque côté des accoudoirs.

Bedrich était de plus en plus nerveux. Des frissons couraient le long de son corps. Il n'avait que trop compris où tout cela risquait de le conduire. L'étau se resserrait. Inexorablement. Il plongerait, il allait être broyé, à son tour. C'était fatal.

— Où sont les biens de Terezin ? demanda l'officier.

Bedrich émit une sorte de ridicule gargouillis.

— Je vous demande pardon ?

Céder ? Céder eût été pire que tout. Il ne pouvait pas.

Bedrich s'humecta les lèvres de sa langue. Son souffle était rauque. Insidieusement, la tension continuait de se répandre dans l'ensemble de son système nerveux.

— Bedrich, ne partons pas sur un malentendu. Dites ce que vous savez et je vous laisse retourner à votre cellule. Votre venue dans cette pièce ne sera plus qu'un mauvais souvenir. L'image du Boucher elle-même finira par s'effacer de votre mémoire. Il ne se sera rien passé, en quelque sorte.

— Vous me tuerez de toute façon.

— Mettriez-vous en doute la parole d'un officier nazi ?

Bedrich ne répondit pas. L'Allemand inspira, tout en se redressant.

— Ça m'ennuierait que vous le preniez comme ça. Oui, cela m'ennuierait. Les choses seraient plus simples si chacun jouait son rôle loyalement. Vous avez déjà perdu, Bedrich, vous devez vous y résoudre. Vous savez, moi aussi, je me bats pour mon pays, pour mon peuple. Je comprends votre situation et sa difficulté. Sa… précarité. Mais l'obstination, Bedrich, l'obstination muette *ne-vous-sera-d'aucun-secours.*

Il avait détaché nettement chacune de ces syllabes. Elles résonnèrent dans la tête de Bedrich comme un glas. Etait-ce bien vrai ? N'y avait-il donc aucune issue ? Ses pensées se bousculaient maintenant en un va-et-vient douloureux. Seule l'horreur de la situation où il se trouvait lui apparaissait avec une pathétique lucidité. Il eut un hoquet, un rire amer qui céda la place à une irrépressible vague de panique intérieure, une panique absolue, confondante, qui le tétanisait. Le moment était venu de choisir ; et il n'y aurait pas de retour en arrière.

L'officier sourit.

— Alors. Concentrez-vous.

Tout à coup, les mots surgirent de la gorge de Bedrich, à toute vitesse, avec violence.

— Je ne dirai rien.

Le sourire disparut du visage de l'Allemand. Il devint dur.

— C'est regrettable. Nous courons tout droit à une impasse. Allons, un effort. Je n'aime pas tourner en rond, vous savez. Ma patience a des limites.

— Je ne peux rien dire.

— Bedrich, courage et sottise sont des choses bien différentes. Réfléchissez.

— Je ne peux rien dire !

Bedrich avait crié, fermant les yeux. Cette fois, le Boucher s'était réveillé. L'une de ses prunelles, logée au fond de ses yeux porcins, avait fugitivement vrillé dans la direction du prisonnier. *Je ne peux rien dire.* Peut-être Bedrich répétait-il ces mots pour se persuader lui-même qu'il était fort, qu'il avait encore le pouvoir d'exister, en refusant – en *refusant*, tout simplement.

— Bedrich… Les Alliés en France, les Russes à l'Est… Tous marchent sur nous, c'est vrai. Mais tendez l'oreille. Entendez-vous ces cris, qui montent de toute l'Europe ? Nous organisons nos défenses. Pensez-vous que le Reich puisse se retrouver à genoux ? C'est impensable, Bedrich. Il nous faut croire jusqu'au bout. Nous en avons vu d'autres, rien n'est perdu. Ecoutez le mouvement de nos troupes, le cheminement des blindés, le vrombissement des appareils de combat. Les Aigles ne meurent pas, Bedrich. Savez-vous ce qui fait les conquérants ? Je vais vous le dire. Ce n'est ni l'ambition, ni le courage. C'est la capacité de résistance et la faculté de retourner les situations. Vous devriez relire *La Guerre des Gaules.*

Il insista :

— La capacité de résistance… Nous allons tester la vôtre.

Bedrich, contracté à l'extrême, se mordit la lèvre. L'Allemand le fixait intensément, guettant une réaction, un assentiment, une dénégation, un mot.

Rien ne vint.

— Ah, vous n'êtes pas raisonnable.

Cette fois, quelque chose s'était brisé.

L'officier se pencha encore, dans un froissement de son manteau noir, et dit sur un ton presque confidentiel :

— Alors, Bedrich, vous allez comprendre le sens du mot… *souffrance.*

Bedrich sentit la sueur couler le long de ses aisselles. La chaleur gagnait maintenant son front. La voix de l'Allemand se fit plus feutrée. Il plissa les yeux.

— Nous allons commencer par… le visage ? Les yeux… Les narines ?

Joignant le geste à la parole, il laissa de nouveau courir sa main gantée sur les joues du prisonnier, autour de ses paupières. Puis la main descendit à la rencontre de celle de Bedrich.

— … Les doigts ?

Bedrich serra aussitôt les poings, très fort.

— Nous en casserons un, puis deux, clac ! D'un coup sec. Vous savez, c'est facile. Vous hurlerez, puis vous parlerez. Ou bien nous continuerons. Bedrich, je vous rappelle… que vous avez *dix* doigts.

Son sourire s'élargit.

— Et toutes vos dents.

Bedrich ferma les yeux. Sa respiration se faisait plus

profonde, ses jambes se raidissaient de peur. L'officier le regardait, à quelques centimètres seulement de son visage. Bedrich pouvait sentir son souffle chaud, cette haleine de cigarette, contre sa peau. Le nazi murmura :

— Il est tard, Bedrich Bogdanowicz, bien tard pour invoquer le Ciel. Il est plein d'avions et de feu, votre ciel. Il est noir. Trop longtemps, vous l'avez contemplé, en attendant de lui des miracles. Mais il faut se battre dans la vie, Bedrich, vous savez. Toute vie est lutte… Il faut devenir dur, pour grandir, surmonter les épreuves. Devenir dur pour vaincre… Il n'est plus d'autre morale que celle-ci, aujourd'hui. La morale, Bedrich. Elle n'est plus aujourd'hui qu'une ruse d'esclave. Avez-vous lu Nietzsche ? *Devenez durs et vous vaincrez ! Also sprach Zarathoustra*. Qu'il est douloureux de renoncer à son innocence, n'est-ce pas ? Mais votre seul salut est en nous, désormais… Croyez-vous que là-haut aussi, l'Apocalypse a commencé ? Croyez-vous que le chœur des anges a commencé d'affronter celui des démons, Bedrich, et que les torrents de feu et de glace ont aussi embrasé leur Ciel ? Croyez-vous…

Il haussa les sourcils d'un air interrogateur.

— Croyez-vous que vous verrez se lever le jour prochain ?

Devant les yeux de Bedrich dansèrent alors des étendards déchirés, barbares.

Les étendards du sang.

Parle.

Dans cette pièce, tout ce qui avait fondé l'humanité et le pari du vivre-ensemble n'avait plus de sens. Seuls restaient la logique animale de survie, l'instinct de conservation et l'inexpugnable volonté de traverser l'épreuve. Il fallait retarder le moment où se lèverait le tourbillon de violence. Parler, dire n'importe quoi, gagner du temps. N'importe quoi, sauf...

— Où sont les biens de Terezin ?

— Je ne sais pas.

Parle trouve quelque chose à dire n'importe quoi

TROP TARD.

L'Allemand venait de claquer des doigts en direction du Boucher.

Alors, la masse adipeuse sortit de son immobilisme. Le *Schlächter* s'anima comme un golem émergeant de sa torpeur. Figés jusque-là, ses traits bougèrent également. Ses bajoues dansèrent un instant lorsqu'il passa une main sur ses lèvres. Il prit un instrument, le reposa, en prit un autre, s'activant sur sa petite table. Il ne disait rien. On entendait seulement, de temps à autre, une sorte de grognement, comme s'il se parlait à lui-même. Ou bien, il toussait. On entendait aussi sa respiration. Bedrich fut alors submergé par une vague de terreur telle qu'il n'en avait jamais connu.

Il leva les yeux vers le ciel.

Il vit luire un crochet entre les mains du Boucher.

Il aurait voulu tout dire, les noms et les cachettes, il aurait voulu cracher tous ses secrets, mais le flot de paroles s'échouait brutalement au bord de ses lèvres, il n'était plus capable d'articuler un mot. Un filet de salive coula sur sa poitrine. Il serra les dents, une nouvelle onde de chaleur vint bouillonner autour de son cerveau ; le rythme de ses pensées s'accéléra, comme électrisé, et des images fulgurantes lui traversèrent l'esprit. Bedrich vit encore les visages de ceux qui étaient morts, de ceux qui étaient vivants, de Mila, d'Elie.

Sa famille. Ses amis.

Elie.

Mon Dieu, je n'aurai pas le courage, c'est au-dessus de mes forces, je n'y arriverai jamais !

Et pourtant, une inscription en lettres capitales, en lettres de feu, vint s'imprimer en lui, avec une violence insoupçonnée.

TU NE DIRAS RIEN.

Bedrich, tendu à l'extrême, rejeta la tête en arrière.

L'ombre du Boucher, immense, pesante, fondit sur lui.

— Dehors, il est 20 h 45, dit l'officier. Et la nuit est tombée.

Le crochet.

Il brilla devant ses yeux, s'approchant dangereusement de ses paupières.

— Où sont les biens de Terezin ? demandait encore l'officier, en sourdine.

Le crochet de métal, glacé, descendait vers les narines, les lèvres. Amoureusement.

— Où sont les biens de Terezin ?

Un instant, le regard de Bedrich croisa celui du Boucher. Et ce qu'il y contempla le mit au comble de l'horreur. Car dans ces petits yeux étroits et rapprochés, *il n'y avait rien.* Un vide insondable. Pas la moindre trace d'humanité, ni d'émotion. Il y avait… le noir.

Bedrich sentait que le *Schlächter* lui prenait la main gauche et il tenta de se débattre. Il ne parvint qu'à resserrer la douloureuse étreinte des liens autour de ses poignets, tenaillés, frottés jusqu'au sang.

— Où sont les biens de Terezin ? Parlez, ou il vous tuera de douleur.

Ce disant, l'officier s'approcha de nouveau de son boîtier noir et du tourne-disque.

— Je vais mettre un peu de musique, parce que vous allez crier.

Il hésita une seconde et choisit cette fois les valses de Strauss.

— Toujours rien, Bedrich ?

Ils s'entre-regardèrent.

TU NE DIRAS RIEN.

— *Comme vous voulez.*

Alors, Bedrich leva les yeux vers le plafond, et cette ampoule suspendue au bout de son fil.

La pointe acérée du crochet se glissa sous son auriculaire.

Un petit coup sec et elle se faufila entre l'ongle et la chair, jusqu'à la lunule, dans un bruit qui mêlait le craquement au frémissement meurtri des minuscules veinules.

Bedrich hurla. Ses yeux virent le plafond tourner, puis les murs, à toute vitesse, happant leur blancheur et la multiplicité de leurs pierres, de leurs lézardes, de leurs déchirures, et il se souvint de ces images des prophètes et des saints et des martyrs qui étendaient leurs bras en signe de charité, toujours, toujours – toujours.

Le cri se répercuta à l'infini entre les quatre murs de la pièce, et son écho, accompagnant un instant les quatre temps de la valse de Strauss, se prolongea interminablement.

Il était 20 h 47 et la nuit, la douce nuit
était tombée sur la forteresse de Terezin.

7

Paris, rue de Birague

2001

Commencée sous Henri IV, terminée sous Louis XIII, la place des Vosges, dans le Marais, s'appelait autrefois place Royale ; et royale, elle l'est encore, à en juger par ses arcades élégantes sous lesquelles s'égaillent de temps à autre quelque musicien, jongleur ou amuseur itinérant ; par ses façades roses, la devanture de ses boutiquiers, galeristes et brocanteurs ; la place des Vosges et ses allures de vieille douairière en dentelle, forte de son classicisme souriant et de ses minauderies d'Ancien Régime, abritant en ses drapés ce jardin planté d'arbres minces et jalonné de fontaines souvent asséchées et balayées de feuilles mortes à l'automne ; la place des Vosges et sa géométrie sereine, *à la française*, continuant d'écrire, d'une saison à l'autre, les pages changeantes de l'histoire de la capitale. C'était entre ses arcades que marchait à présent Frédéric, l'étui sous le bras, traînant derrière lui sa valise à roulettes.

Il parvint bientôt dans la rue de Birague et leva les yeux vers l'entrée de l'hôtel particulier où il habitait avec son père. Une voûte ocre et légère en surmontait les portes. Une cour pavée. Une façade blanche, récemment ravalée. Et là, une plaque discrète qui évoquait le nom d'un poète du XVIIe siècle, oublié par le temps.

Frédéric pénétra à l'intérieur et salua André, qui fit aussitôt résonner la clochette qu'il tenait en main. André était l'homme de maison du Maître, l'intendant chargé de ses menues affaires quotidiennes. Il l'accompagnait dans tous ses déplacements depuis près de vingt ans. Grand, émacié, André aussi commençait à se faire vieux ; mais il n'avait rien perdu de sa prestance, malgré son visage las et moucheté de scories. Il ramassait les vestiges du jour avec la dignité compassée des majordomes d'antan ; un symbole de plus qui avait empêché Frédéric d'être totalement en phase avec son siècle. Eternellement engoncé dans son gilet strié de noir, André, lui aussi, avait son dada – une autre forme de musique. Il collectionnait les cloches, plus exactement les clochettes, de toutes tailles et de toute nature, tintantes et trébuchantes, sonnantes et tintinnabulantes, en cuivre, en étain, en fer ou en bronze ; il en avait même une en or massif, qui trônait dans sa chambre comme le plus beau des trophées.

— Le voyage de Monsieur s'est-il bien passé ? demanda-t-il tandis que Frédéric passait devant lui, en laissant sa valise auprès de l'ample escalier.

— Formidable, mon cher André. Pardonnez-moi, je n'ai pu vous ramener de clochette cette fois-ci.

André sourit et sonna de nouveau.

— Je vous absous, Frédéric… Mais que cela ne se reproduise pas !

Le jeune homme sourit à son tour. Il s'apprêtait à monter avec l'étui au premier étage.

— Monsieur est là-haut ?

— Monsieur est là-haut, Monsieur. Monsieur répète avec Mademoiselle Célia.

— Merci.

Frédéric était impatient de voir la réaction de son père lorsqu'il lui donnerait enfin le Cygne. Il gravit les marches quatre à quatre et franchit le vestibule du premier étage, glissant sur la moquette pourpre et ornementée de fleurs. De part et d'autre du couloir, des tableaux de maîtres couvraient les boiseries. Un Chardin, trois impressionnistes, et un portrait du Maître lui-même, Igor Vissevitch, le violon en main. Frédéric tendit l'oreille : quelques accords lui parvinrent. A n'en pas douter, Igor avait sorti son fameux Stradivarius, le *Viotti*. Le jeune homme resta quelques secondes devant les portes lambrissées qui donnaient dans le grand salon. Il prit une inspiration. Igor détestait être dérangé pendant ses répétitions. Frédéric se passa la langue sur les lèvres et, sans bruit, fit tourner la clenche de la poignée. Il poussa doucement la porte et risqua un regard à l'intérieur.

Igor, en costume noir, était debout et lui tournait le dos.

Célia était là, de dos elle aussi.

Une chaise se trouvait auprès des portes. Frédéric entra discrètement, sans être vu.

Il s'assit alors sur la chaise et resta ainsi, prenant garde à ne pas perturber la séance de travail du Maître et de sa nouvelle égérie.

Célia…

Il la regardait, dans sa longue robe rouge. Elle se trouvait non loin du balcon. La place des Vosges à ses pieds. D'où il se trouvait, Frédéric ne pouvait voir son visage, mais il devinait son petit menton dressé vers le ciel, comme si elle guettait quelque chose, peut-être le tremblement des rideaux dans le soleil descendant, son nez mutin frémissant des parfums de Paris qui montaient par les fenêtres ouvertes du salon. Il croyait voir la rougeur de ses pommettes et, déjà, confondait cette rougeur avec le doux embrasement du crépuscule, qui réveillait ses sentiments et ses rêveries.

Célia.

Les épaules en arrière, les bras détendus le long du corps, Célia chantait. Ses seins se soulevaient au rythme de sa respiration. Frédéric contemplait les arabesques de sa chevelure blonde, presque châtain, enroulée autour d'une broche d'argent. Il admirait son cou de cygne, frais et dégagé, la sveltesse de sa taille, et la chute de ses reins, que l'on devinait sous le fil de soie qui lui servait de ceinture. Il imaginait, sous cette robe, de longues jambes fuselées, et lorsqu'il se laissait aller, il y décelait des dentelles finement ouvragées, qui lui faisaient monter les sangs. Il en souriait, presque honteux de ce désir qui revenait le tarauder sitôt qu'il avait la jeune femme sous les yeux. Son front s'empourprait, il sentait sa respiration s'accélérer, il goûtait comme au premier jour la morsure de son cœur, plaisante et agaçante, délicieuse et terrible. Frédéric avait posé l'étui entre ses jambes, les mains ballantes sur ses genoux. La lumière du soir jetait des rayons d'or sur le parquet, et là, sur le sol, le jeune homme pouvait aussi observer la silhouette de cette Muse étrange.

Et cette voix – *Seigneur Dieu ! cette voix…*

Frédéric, souriant, savoura ces instants où il pouvait contempler Célia tout à loisir, sans qu'elle sût encore sa présence. Mais Igor Vissevitch aussi était là, cette deuxième ombre. Toujours si puissante, si envahissante. Pourtant, en cet instant, il semblait au jeune homme qu'elle s'évanouissait devant l'enchantement que Célia faisait naître en lui. Igor disparaissait ! Et il laissait place à l'interprète.

La voix.

Frédéric ferma les yeux plus fort.

Il y avait, dans la tessiture de cette voix, quelque chose de très particulier, de suave et de léger, de corsé et de velouté tout à la fois. Une fermeté, une autorité que démentait le charme de ses envolées d'oiseau, de ces notes parfois si haut perchées. A l'écoute de ses montées et ses descentes en *mezza voce*, certains n'avaient pas hésité à la comparer à la Catalini. Son extension vocale couvrait près de trois octaves, du *la* au-dessous de la portée au *la* au-dessus. Tantôt, elle y allait *pianissimo*, et vous enveloppait d'une mélopée onctueuse, souvenir d'une sirène abandonnée sur un roc des Cyclades, d'une Ariane délaissée sur les rives solitaires ; et tantôt, elle tonnait, réveillait les morts, vous surprenant soudain par la vigueur étourdissante de son *fortissimo*. De l'un à l'autre, elle se faufilait entre ces notes comme entre les gouttes d'une pluie d'or, dont elle s'abreuvait, dont elle se caressait les lèvres, la langue, la gorge, le ventre. Il y avait en elle quelque chose d'antique. Elle évoquait à Frédéric ces choristes grecques, ou ces vestales romaines, drapées de blanc, coiffées de lauriers et de roses tressées, qui dissimulaient la beauté de leur hymen sous des ceintures de fleurs. La voix. Hymne en vers ou en prose, trilles subtils d'inaccessibles nymphes. Puis, Célia se faisait trouvère, femme-enfant, androgyne, ange travesti libérant le torrent de sa passion contre la suprématie de toutes les Eglises, refusant de voir sanglées ses médiévales aspirations. Elle devenait Renaissance, temps de l'équilibre et des harmonies, sa voix basculait du madrigal à l'opéra, de la ritournelle aux accents les plus vibrants, les plus solennels. *Célia*... La voix. Un timbre clair, plongeant parfois au creux de son estomac, pour rejaillir avec une puissance inattendue pour une poitrine si menue, laissant de nouveau échapper sa joie ou sa détresse, *soprano* léger, *colorature*, virtuose et agile dans les aigus, puis lyrique, toute de profondeur et d'expression, dramatique enfin, ample et forte, la voix de Célia glissait, ou plutôt, ondoyait vers le *mezzo-soprano*, mouillait au bord de sonorités chaudes et riches proches du *contralto* ; Célia semblait tout cela, elle était toutes ces voix en une. Frédéric était-il seul à les entendre, ces appels fondus en un même chœur, ces clameurs mêlées, jaillies d'aussi loin que le premier souvenir du monde ?

Mon Dieu, songea-t-il, au bord des larmes, abandonné à ce plaisir volé à la dérobade,

Mon Dieu, je l'aime de toutes mes forces.

Frédéric éprouva alors quelque chose de presque... maudit à voir ainsi Igor, son père, accompagner au violon cette jeune fille de la plus grande beauté ; quelque chose d'indécent, même. En tout cas, ce fut ainsi qu'il le ressentit, de manière plus ou moins consciente. Il y décela quelque chose de trop humain pour elle, et « trop humain » devant cette déesse ne pouvait signifier que corruption et prochaine damnation. Pourtant c'était lui, Vissevitch, le Maître, qui donnait le ton. Mais n'était-ce pas précisément cela qui troublait Frédéric : le fait que ce fût son père, et personne d'autre ? En le regardant, à cet instant, Frédéric voyait brûler dans les yeux d'Igor des sentiments qu'il n'avait jamais pris au sérieux jusqu'alors, mais qui ne pouvaient plus faire de doute. Il y voyait brûler autre chose que cet amour furieux et halluciné pour la musique. Dans les reflets changeants des iris du Maître, dont Frédéric lui-même semblait absent – comme peut-être, au fond, il l'avait toujours été – le jeune homme devinait des émotions tout aussi profondes que les siennes, et que son âme profane, possessive, jalouse sans raison, associait à tort ou à raison à des éclairs de convoitise, de luxure, de concupiscence. Ce feu suintait d'autres humidités. Ce frémissement ne pouvait échapper à la finesse de Frédéric ; il en conçut une rage folle, absurde, qui s'empara de lui quelques secondes avant de disparaître aussitôt qu'elle était venue, le laissant pantois, désorienté, sans qu'il puisse bien comprendre lui-même les mouvements successifs de son cœur. Mais quelque chose se passait. *La musique maudite*… La musique de tous les sortilèges, de tous les crimes, de toutes les jalousies, la musique du Diable, celle qui envoûtait les amants au bord de sceller d'illégitimes unions, la musique de Pan et des satyres, celle des lacets adultérins… Frédéric se souvint de ce roman de Tolstoï qui l'avait bouleversé, lorsqu'il allait sur ses seize ans : *La Sonate à Kreutzer*. Le roman racontait comment un mari amoureux commettait l'erreur de confier sa femme à un professeur de piano, assistant à leurs répétitions avec la confiance naïve des gens honnêtes, sans savoir que la fleur qui grandissait par-dessus ce clavier, où le professeur et l'élève répétaient cent fois les premières mesures de *La Sonate à Kreutzer*, était celle, vénéneuse, qui allait lui ravir sa femme. Le pianiste séduisait, entortillait, absorbait le regard et les sens de la belle, de la biche, qui bientôt ne voyait plus que lui, et laissait chavirer son cou dans le clair de lune de ces bras nouveaux, de ces mains aux doigts longs et efféminés, happée par le visage pâle de ce grand artiste, ou qui se prétendait tel… Et lui, le mari, impuissant devant la force surnaturelle de ce maléfice, assistait sans pouvoir rien dire à cette morne, absolue décomposition de sa propre vie.

Il y avait de *La Sonate à Kreutzer* dans le violon d'Igor.

Et contre cela, Frédéric ne pouvait rien, il n'avait jamais rien pu.

Il respira et fronça les sourcils.

Mais voyons, qu'est-ce que tu racontes, c'est complètement stupide... Tu te rends compte de ce que tu vas imaginer ? Il pourrait être son grand-père, ou presque !

Heureusement, lorsqu'il tendait le cou vers Célia, rien ne pouvait laisser supposer que cette scène intime dans laquelle il était entré comme par effraction ne fût pour elle autre chose que ce qu'elle était. Un moment de musique.

Il se décida enfin à l'interrompre.

Il regarda le Cygne et toussa.

La Sonate à Kreutzer.

L'archet d'Igor resta suspendu dans le vide.

Il se tourna vers l'entrée et vit Frédéric assis sur sa chaise. Son visage s'éclaira, celui de Célia également.

— Frédéric ! dit Igor. C'est toi ! Mais dis-moi, cela fait longtemps que tu nous observes ?

— Une minute à peine, papa. Je viens d'arriver.

Les yeux d'Igor plongèrent vers l'étui que le jeune homme tenait entre ses cuisses.

Ils étincelèrent.

— Tu l'as ?

Frédéric haussa les sourcils et sourit à son tour.

— Je l'ai.

Igor rangea précieusement le *Viotti*. Son excitation était perceptible. Célia, elle, toute d'élégance et de sérénité, marcha en ondulant jusque vers Frédéric et lui tendit une main fraîche. Il l'embrassa.

— Vous êtes toujours aussi…

Il ne trouva pas le mot et lui sourit encore, non sans un fond de minauderie – ces lèvres, cette carnation parfaite, cette gorge…

L'ombre d'Igor fut bientôt sur eux. Il tendit les deux mains en tremblant. En cet instant, il eut une expression singulière, presque comique, un peu comme celle du loup de Tex Avery, prêt à se saisir de sa proie. Frédéric fut tenté de faire durer le plaisir, mais n'eut pas la force de prolonger la torture. Il lui remit l'étui du Cygne, comme il eût donné à une mère éplorée son enfant rescapé de quelque récent holocauste. Igor s'en empara et recula lentement, avec solennité, vers le bureau en acajou qui se trouvait dans un coin de la pièce. Il s'y assit et posa le violon devant lui.

— *Lebed*, murmura-t-il. *Lebed*… Est-ce possible ? Est-ce vrai ?

Il prit une profonde inspiration et ferma les yeux, caressant le liseré brun qui courait sur le pourtour de l'étui, les images d'Epinal qui en couvraient la surface. Le cerf au milieu des bois, la perdrix, le singe… et le cygne lui-même, sur sa rivière de diamants imaginaires. Que pouvait-il bien se passer en cet instant d'étrange approche, de subtile communion ? Quelles sensations Igor pouvait-il bien éprouver ? Et que donnerait cette rencontre entre un suprême génie et un tel instrument ? A elle seule, cette dernière question suffisait à créer un suspense et une tension tout à fait inhabituels entre ces quatre murs. Frédéric était accroché à cette image soudaine comme à une icône orthodoxe, de celles qui peuplent les églises de l'Est de leurs forêts de symboles. *Lebed* face au *Maestro*.

Un choc.

Il n'y a pas de musique pure, disait souvent Igor Vissevitch.

Ces paroles qu'il avait tant entendues revenaient maintenant aux oreilles de Frédéric.

Il n'y a pas de musique pure, ni de pureté absolue dans la musique. C'est une totale illusion que de penser cela. La musique est toujours un mariage mixte. Le geste de l'interprète, son corps ne lui sont pas extérieurs. Il faut incarner la musique, au sens strict. Elle doit prendre chair.

Frédéric observait son père. Célia s'était elle aussi tournée vers lui, comme si elle comprenait qu'il se passait quelque chose d'important. Ils étaient tous trois silencieux.

Le geste et le corps du musicien sont des éléments constitutifs de la musique elle-même. Elle ne se réduit pas à la partition, ni même à la volonté du compositeur qui l'a créée. La musique des sphères, la musique de l'espace, la musique de Dieu n'existe pas… Elle n'existe pas sans la chair incarnée de celui qui la joue. Oui, c'est cela : un mariage.

Une rencontre.

Igor ouvrit les yeux. Puis il fit sauter les taquets de l'étui.

Il regarda à l'intérieur. De l'endroit où ils se trouvaient, Frédéric et Célia ne pouvaient voir le Cygne lui-même. Igor avait le regard fixe. Il semblait jubiler.

Exsultate Justi. Laudamus Jesus. Gloria.

L'air satisfait, il étira ses lèvres dans un nouveau sourire.

Et contre toute attente, il referma l'étui.

— Bien. Nous verrons cela plus tard, dit-il d'une voix presque détachée.

Frédéric eut du mal à se remettre de sa frustration. Il aurait voulu voir Igor se saisir du Cygne et s'amuser, crier, tempêter de l'archet. Mais non. C'était comme si le Maître, tout à une inexplicable réserve, avait décidé de différer le moment de cet orgasme. Frédéric attendait de voir son visage s'embraser, s'illuminer aussitôt des peintures colorées de cette musique échappée des cordes vibrantes du violon de Svetlan Borg. Au lieu de cela… Igor les planta là tous deux, Célia et lui, et se retira dans son bureau sans plus rien dire. Il emporta avec lui le *Viotti*, en laissant l'étui du Cygne sur la table du salon.

Comme assommé, Frédéric n'avait pas quitté sa chaise. Il hochait la tête, ses mains vides ballant encore entre ses jambes. Il regardait la porte derrière laquelle Igor avait disparu.

Il n'a même pas dit merci.

La jeune Italienne s'approcha de lui.

— *Federico !* Ça va ?

Il leva les yeux vers elle.

— Euh… Oui.

Il se gratta le sommet du crâne. Il entendit, au loin, sonner l'une des clochettes d'André.

Décidément, papa, je ne te comprendrai jamais.

⁂

François Lebrun, juriste et coadjuteur de Frédéric dans la régulation des affaires du Maître, se tenait dans le bureau d'Igor Vissevitch. A la demande de ce dernier, Frédéric les avait rejoints. Frédéric n'avait jamais vraiment apprécié la compagnie de François Lebrun.

Grand, la cinquantaine, des petites lunettes rondes, propre sur lui, Lebrun avait toujours évoqué à Frédéric l'un de ces miliciens de la guerre de 40, un Doriot échappé de quelque meeting populiste où il aurait pavané sous des dehors si « fréquentables ». Frédéric savait que cette impression était absurde, et il n'aurait su dire pourquoi il n'avait jamais senti le personnage. Toujours est-il que les deux hommes ne s'entendaient guère, et que seule la communauté d'intérêts autour de l'œuvre du Maître pouvait soutenir leur alliance contre nature. Vissevitch, lui, trouvait Lebrun d'une grande vivacité d'esprit et d'une redoutable efficacité dans le traitement des questions juridiques et financières de tous ordres – ce qui était indubitable. Il faut dire que le mépris profond et à peine voilé d'Igor pour ces matières ne le rendait que trop heureux de les abandonner à quelqu'un dont c'était, au contraire, le violon d'Ingres…

Lorsque Frédéric les rejoignit, Igor et Lebrun n'étaient pas tout seuls. Un autre homme se trouvait là. Elancé, sa chevelure blanche tombant par-dessus un manteau marine, l'homme avait sous le bras des rouleaux de papier. Certains étaient déroulés sur le bureau d'Igor et calés entre un presse-papiers et la statuette d'une danseuse afro-cubaine. La conversation semblait animée. Igor s'isolait souvent dans cette pièce où tous se trouvaient à cet instant. Une pièce chaude, calfeutrée, que dominait une imposante bibliothèque. Des rideaux rouges, un tapis persan sur le parquet, une mappemonde déroulant les rivages de continents oubliés, un secrétaire aux tiroirs finement ouvragés… Et sur le mur, une esquisse préparatoire à *La Ronde de nuit* de Rembrandt. Frédéric s'installa sur l'un des fauteuils en face du bureau de son père, faisant distraitement tourner la mappemonde auprès de lui. Vissevitch,

Lebrun et l'autre homme étaient debout. Tout en les écoutant, Frédéric plissait les yeux et s'exerçait à lire les titres des ouvrages rangés dans la bibliothèque. P. BAILLOT, *L'Art du violon, nouvelle méthode dédiée à ses élèves par P. Baillot, membre de la légion d'Honneur, de la musique particulière du Roi et professeur au Conservatoire de musique.* P. BAILLOT, P. RODE, R. KREUTZER, *Méthode de violon.* E. BUNTSCHU, *Les Sources de la technique du violon.*

Frédéric quitta la bibliothèque et le contact de la mappemonde.

La *Terra incognita* cessa de tourner.

— Que se passe-t-il ? demanda-t-il, interrompant son père qui pérorait avec véhémence.

Igor s'arrêta, se calma une seconde, puis repartit en roulant de gros yeux.

— Il se passe que je n'ai pas Starziki et Borsch pour les trombones ! Voilà !

Frédéric fronça les sourcils.

— Je t'en prie, papa, calme-toi. Pense à ton cœur. Ce n'est pas bon de t'emporter comme ça. Si tu m'expliquais…

— C'est *Consolation*, Frédéric, tu comprends ? *Consolation !* J'ai besoin de Starziki et Borsch dans le troisième mouvement pour soutenir la voix de Célia. Je les veux, *eux* et personne d'autre !

Ah.

Consolation.

Le dernier projet en date du Maître. Le plus beau, sans doute. Sa pièce maîtresse, son ultime chef-d'œuvre. Un symbole, une fois encore. Igor travaillait à sa symphonie *Consolation* depuis des mois. Il y avait mis toutes ses forces. Il avait confié à Frédéric qu'il n'avait jamais rien écrit de plus beau, de plus dense, de plus original. C'était sans doute la nature même de la demande qui avait nourri son inspiration. Frédéric avait jeté les yeux sur quelques feuillets de la partition. Il avait été soufflé. Autrefois, Igor lui faisait lire les recueils des *Sacrae symphoniae* de Gabrielli, lui expliquait comment la *Sonata da chiesa* de Scarlatti avait annoncé la symphonie préclassique ; il lui donnait à écouter le premier mouvement des œuvres instrumentales de Lully et les *Suites pour orchestre* de Bach, qui avaient accompagné le développement de la symphonie naissante. Mais c'était surtout à partir de 1765 que celle-ci avait pris toutes ses dimensions. Haydn l'avait dotée de quatre mouvements, bientôt suivi par Mozart. D'orchestre simple – un quintette à cordes, une à deux flûtes, deux hautbois, deux bassons, deux cors, avec trompettes, cymbales et clarinettes – l'orchestre symphonique avait conquis de nouveaux espaces avec Beethoven. Premier mouvement, Cinquième Symphonie. *Le destin frappe à la porte.* Trois notes courtes et rapides, suivies d'une plus grave et plus longue. *Allegro con brio.* Clarinettes et cordes, reprise du motif rythmique à l'unisson, répétition en deux séquences ascendantes. Le premier thème s'épanouit alors, utilisant encore le motif principal à différentes hauteurs de son, donnant à la phrase mélodique sa tragique intensité. Puis l'orchestre frappait à grands coups, avant de conclure le mouvement par dix accords vigoureux… Plus tard, avec Liszt et Berlioz, la symphonie avait pris la dimension d'une musique à programme. Bruckner et Mahler l'avaient élargie encore, par le nombre de mouvements et l'hypertrophie des formations, avant que l'effectif orchestral ne retrouve sa plus simple expression avec la *Deuxième Symphonie de chambre* de Schoenberg.

La symphonie *Consolation* d'Igor Vissevitch le hisserait définitivement au rang des plus grands. Frédéric en avait été convaincu, du moment où il avait posé les yeux sur les premiers feuillets de la partition.

Consolation commençait par une variation sur le thème du fameux *Concerto en mi mineur op. 64* pour violon et orchestre de Felix Mendelssohn. Les paris audacieux d'Igor dans son attaque avaient immédiatement sauté aux yeux de Frédéric. Igor subordonnait l'ouverture orchestrale à l'accroche par un soliste dès la seconde mesure, qui devait fournir le matériau du premier motif et le dérouler du premier au second mouvement, liés par un *si* de basson. L'introduction était indiquée *Allegro molto appassionato* et répétait le motif rythmique plus de deux cent cinquante fois dans le premier mouvement. Bien que *Consolation* fût sans conteste une symphonie, ce dont témoignait la structure mélodique et orchestrale, Igor avait laissé libre cours à sa volubile passion. Il avait conçu sa composition en s'inspirant des prémisses de la symphonie classique, optant pour trois mouvements plutôt que quatre, ou davantage ; surtout, il avait introduit, à partir de l'*Andante* du second mouvement et à des moments très déterminés, *une voix*. Une voix seule, une voix de femme, qui devait dompter l'orchestre, soutenir ponctuellement un trille, accompagner en cadence tel ou tel phrasé mélodique avant de regagner le silence. Cette ponctuation inhabituelle, qui jouait du contrepoint entre la fanfare instrumentale et le timbre impromptu d'une voix solitaire, donnait à la symphonie un relief singulièrement émouvant. Et cette voix solitaire et sublime, cette voix qui accompagnerait le Cygne, serait bien sûr celle de Célia. Dans le troisième mouvement, elle devait rejoindre les chœurs, qu'Igor avait également introduits en *Largo maestoso* pour son Final. Certes, sur ce point il avait déjà été devancé par les plus grands, comme Beethoven et son *Hymne à la joie*, dans la Neuvième Symphonie. Le tour de force résidait ici dans l'efficacité absolue de la progression dramatique de *Consolation*, et dans l'équilibre calculé de ses parties, à la mesure près, qui transformait son œuvre en une sorte de tout organique, dont la justesse et la douloureuse authenticité ne pourraient que transporter son auditoire.

Cela, Frédéric n'en doutait pas une seconde.

Ses yeux étaient revenus sur la bibliothèque.

D. HOPPENOT, *Le Violon intérieur*. S. JOACHIM-CHAIGNEAU, *Aperçus modernes sur l'art d'étudier le violon suivis de 20 exercices quotidiens essentiels à l'entretien et au développement de la technique du violon*. L. MABRU, *Donner à voir la musique : les techniques du corps des violonistes*.

— Je veux un orchestre parfait, disait Igor. Monsieur Waltzer, *Consolation* ne sera jouée qu'une fois, vous le savez. Une seule représentation… Je veux mes trombones !

Le dénommé Waltzer, grattant son abondante chevelure blanche, ne savait trop que dire. Frédéric se leva, tandis qu'Igor et lui continuaient de discuter. Il contourna le bureau où était étalée la composition de l'orchestre, sur un rouleau de papier blanc, disposé sur le sous-main de cuir. Igor avait choisi une disposition quasi wagnérienne. Trois cents exécutants, dont les chœurs, devaient soutenir *Consolation* ; mais on était encore bien en deçà de la mégalomanie du compositeur de *L'Anneau des Nibelung*, qui était parfois monté jusqu'à mille interprètes. Le schéma détaillé que Frédéric avait sous les yeux évoquait une ancienne arène romaine, ou un théâtre grec, avec plusieurs arcs de cercles concentriques, autant de vagues écumantes qui devaient mourir aux pieds du public. Quintette, petite flûte et trombones, contrebasson et cors doublés, batterie fournie…

— Qu'en pensez-vous, Frédéric ?

Le jeune homme redressa le visage. C'était François Lebrun qui venait de l'apostropher. Il souriait derrière ses binocles ronds. Frédéric n'avait pas écouté les derniers mots des uns et des autres. Lebrun devait le savoir – c'était d'ailleurs sûrement pour cela qu'il lui demandait son avis maintenant…

— Ce que j'en pense ?… Euh…

Il regarda le plan, sur le bureau.

L'arène envahit tout son champ de vision, comme s'il était soudain happé, absorbé par elle.

Comme s'il allait s'y noyer.

— Je pense que ce sera magnifique.

Frédéric comprenait qu'Igor, pour la seule et unique exécution de *Consolation*, souhaitât que tout soit parfait. L'enjeu était de taille et dépassait de loin chacune des personnes présentes dans cette pièce, y compris le Maître lui-même.

L'endroit où l'on donnerait la symphonie avait son importance. Igor, au début, n'avait pas choisi de composer *Consolation* ; il avait répondu à une demande bien particulière, que lui avait adressée la communauté juive de Pologne, relayée par le gouvernement israélien et les organisations représentatives de la diaspora.

Igor devait jouer *Consolation* en République tchèque.

Dans les murs de l'ancien camp de concentration de Terezin.

En souvenir des morts.

Oui, ce sera sublime, pensa Frédéric.

⁂

Le soir tombé, ils avaient dîné tous les trois – Igor, Célia, Frédéric.

Depuis qu'elle avait quitté Florence pour Paris, Célia logeait dans l'une des chambres de l'appartement du Maître. Ils ne travaillaient ensemble que depuis deux semaines ; une simple mise en bouche. Dès que l'orchestre serait constitué, les véritables répétitions commenceraient. Ce soir-là, Célia était ravissante. Ses boucles d'oreilles scintillaient discrètement. Un collier de perles mettait sa gorge en valeur. Elle riait souvent et sa joie était communicative. Son délicieux accent italien ne faisait qu'accentuer son pouvoir de séduction. Admiratif, Frédéric la dévorait des yeux. Elle le consumait. Le dîner se passa sous ces auspices. Malgré son emportement de l'après-midi, Igor, ragaillardi par l'arrivée du Cygne et la vivacité de Célia, avait retrouvé le sourire. A n'en pas douter, la compagnie de la jeune Italienne le rajeunissait. Frédéric goûta chaque minute de ce repas, contemplant les reflets cristallins que s'échangeaient les verres au-dessus de plats savamment mitonnés par un André dont ce n'était pas là le moindre des talents. Précédé par un son de clochette, il allait et venait, le buste droit, et donnait au dîner une tonalité définitivement surréaliste. Lorsque tout fut terminé, Célia dissimula mal un bâillement. Elle était fatiguée et demanda à se retirer. Igor lui baisa la main, qu'il retint avec une légère insistance. Tandis que le Maître annonçait qu'il allait se rendre au salon avec le Cygne, Frédéric emboîta le pas à l'Italienne.

Il la rattrapa dans le couloir.

Elle tourna vers lui un regard innocent. Plonger soudain dans le vert et la lumière de ses yeux embarrassa Frédéric au plus haut point. Elle rit.

— Eh bien, *Federico* ! Vous me suivez ?

— Non, oui. Enfin… Je vais à ma chambre moi aussi.

Ils glissaient sur la moquette et ses motifs de fleurs.

— Je suis ravi que vous séjourniez chez nous, Célia.

Il s'en voulut aussitôt d'une tournure qu'il jugea, comment dire, banale et obsolète.

— Moi aussi, je suis très heureuse. Et Paris est une ville magnifique.

Autant pour les platitudes. Elle s'arrêta à sa porte, qu'elle entrebâilla avant de se tourner vers le jeune homme ; d'un coup d'œil indiscret, il venait de remarquer le déshabillé de soie qui traînait sur le lit. Célia défit ses cheveux, se hissa sur la pointe des pieds et, alors que Frédéric ne s'y attendait pas, elle déposa un baiser sur sa joue.

— *Buona notte, Federico !*

— Ah ! Euh… Bonne nuit, Célia.

Elle referma la porte et il resta devant quelques secondes.

Puis il repartit dans l'autre sens. Il avait envie d'un petit cognac.

Tandis qu'il repassait devant le salon, le son du violon l'arrêta.

Igor n'avait pas entièrement fermé la porte.

Il tenait le Cygne sous la clavicule, retenu par le menton du côté senestre de la queue, légèrement incliné vers la droite, soutenu horizontalement par la main gauche, de manière que l'extrémité du manche se trouve devant le milieu de l'épaule. L'attitude du corps, celle de la tête, nobles et aisées, maintenaient cette pose, favorisant le développement des doigts et de l'archet, pour augmenter la force d'exécution. On eût dit qu'Igor se tenait en face de la musique elle-même, l'épaule la moins avancée possible, le flanc dégagé pour agir avec la plus grande liberté, tout en conservant l'aplomb général. Mais il était ainsi dans une posture presque crispée. Ce fut la première chose qui frappa Frédéric. Igor paraissait contraint, dans une position académique, *à l'ancienne*, qui ne lui ressemblait guère. Frédéric plissa les yeux, car un instant – était-ce du fait de la semi-obscurité dans laquelle le salon était maintenant plongé ? – il crut voir, superposée à l'image de son père, une autre image, plus ample celle-ci, plus libérée. Au-dehors, la nuit était tombée, les rideaux sous le clair de lune envoyaient dans la pièce des éclairs bleus, et la silhouette d'Igor, dressée comme celle d'un fantôme, sembla soudain ne plus lui appartenir. Un homme élancé, à la chevelure noire et au teint livide, était là, à sa place, jailli de nulle part. Ses doigts virevoltaient sur l'archet et les cordes. Ce spectre au visage blême avait sous les yeux des cernes profonds, mais son regard était semé de mille comètes. Ses bras longs et agiles, son corps tout entier était secoué d'une cadence électrique ; des perles de sueur jaillissaient des mèches qui lui barraient le front ; elles volaient autour de lui dans ce faux crépuscule, le crépuscule d'un Dieu – ou d'un Diable.

Frédéric se frotta les yeux devant cette hallucination passagère.

Il était tard déjà, la nuit avançait, Igor jouait avec *Lebed*. Frédéric n'en revenait pas.

Igor jouait en sourdine, mais le jeune homme avait reconnu le morceau dès la troisième mesure. C'était le *Moto perpetuo* de Paganini, le Mouvement perpétuel. Et là où Frédéric se serait attendu à une communion solennelle, un offertoire, une vibrante homélie, il assistait à quelque chose de tellement inattendu qu'il en fut suffoqué.

Igor jouait affreusement mal.

Il écorchait ce morceau, qu'il avait pourtant joué des milliers de fois, de la manière la plus effroyable.

Naturellement, le Maître s'en rendait compte. Il jurait, tonnait, avant de se rappeler que Célia et Frédéric risquaient de l'entendre. Tout de colère contenue, il rompait l'équilibre, sa lourde poitrine s'affaissait, il tremblait de tous ses membres et se mettait à marcher de long en large. Lui qui avait l'habitude de jouer de tête certaines compositions de Paganini avait, ce soir-là, ouvert la partition sur le pupitre. Il y revenait sans cesse, comme si sa mémoire le fuyait. Il enchaînait quelques mesures, puis faisait la grimace. Frédéric, lui, rentrait la tête dans les épaules en entendant soudain le désaccord grinçant, la fausse note assassine qui transformait l'harmonieuse envolée en tapage insupportable. Igor se postait alors en face de l'un des miroirs qui se trouvaient dans le salon. Il contemplait sa propre exécution et le mal allait s'amplifiant. Frédéric n'y comprenait rien. Il ne reconnaissait plus ces mouvements que le Maître Vissevitch accomplissait devant la glace. Le *Moto perpetuo* disparaissait dans une sourde cacophonie… Il jouait, ou plutôt il ânonnait devant son double, qui lui renvoyait l'image de ses contorsions… Frédéric hocha la tête en silence, continuant d'observer son père dans la pénombre. Que se passait-il ? Comment un tel massacre était-il possible ? Pourquoi ce jeu incompréhensible devant le miroir et ces notes sans suite, si copieusement trahies ?

La voix d'Igor, persiflante, frémissante de rage, lui parvint distinctement.

— Non, ce n'est pas ça. Ça ne peut pas être ça !

Le Maître apparut soudain aux yeux de son fils comme un enfant perdu dans le noir, une abeille que le Cygne avait rendue ivre, et qui tourbillonnait sans trouver la lumière. Igor était possédé, peut-être, mais cette fois, son talent semblait en décomposition, une décomposition aussi brutale qu'avancée. Non... à ce point, ce n'était pas normal. Igor jouait devant sa glace comme un disque rayé.

Bon Dieu, que lui arrive-t-il ?

Frédéric songea à la mappemonde qui se trouvait dans le bureau de son père ; cette mappemonde où figuraient des continents oubliés, et cette inscription : *Terra incognita.*

Et, sans qu'il pût expliquer pourquoi, il fut saisi d'une terreur absolue.

⁂

Plus tard dans la nuit, Igor Vissevitch se rendit dans son bureau.

Tous dormaient à présent. Igor, fiévreux, se tenait seul dans la pièce encore plongée dans l'obscurité. Il n'avait pas allumé la lumière. Devant ses yeux passaient les images de la partition de Paganini. Les images de ses propres mouvements. Mais aussi... les pages de ce rapport d'expertise sibyllin qu'il avait fait effectuer à la demande d'Elie Bogdanowicz, quelque temps plus tôt. Le rapport d'expertise du Cygne. Il était là, dans son coffre, derrière l'esquisse de Rembrandt, avec d'autres documents. Igor s'épongeait le front. Il se souvenait du regard de Frédéric, lorsque celui-ci lui avait ramené le violon. Ce regard incrédule. Frédéric ne comprenait pas pourquoi Igor n'avait pas aussitôt essayé l'instrument, là, devant lui. Pourquoi le *Maestro* ne s'était-il pas précipité sur le Cygne ? C'eût été, certes, une manière de remercier son fils, ne fût-ce que pour le déplacement. Pourquoi cette apparente indifférence ? devait se demander Frédéric. Etait-ce parce qu'Igor n'avait pas été aussitôt pénétré de cette rencontre, espérée, attendue comme magique, entre lui et l'instrument ? Etait-ce par la vertu de quelque énigme dont seule la solitude du génie a le secret – la pudeur du roi, en quelque sorte ?

Le Cygne.

Il manqua de faire tomber la danseuse de bois cubaine posée à côté de son sous-main. Il chercha un mouchoir, s'épongea le visage à petits coups et fit la grimace. Cette douleur… cette douleur dans le ventre, intolérable, qui ne le quittait plus.

Il ne put alors s'empêcher de décrocher son téléphone.

Lentement, il composa le numéro du rabbin Elie Bogdanowicz.

Les sonneries retentirent longtemps dans le silence. Le Maître mit cela sur le compte de l'heure tardive. Il raccrocha, réitéra trois fois son appel, hésita. Mais il ne pouvait pas attendre davantage ; il devait parler à Elie. Il se retourna, jeta un œil sur l'esquisse, derrière lui. Ce croquis préparatoire au tableau de la *Ronde de nuit.* Elle était bien silencieuse, la ronde, ce soir. Les personnages, à peine ébauchés sur le dessin, semblaient figés dans leur sourd hiératisme, vaguement écorchés par le temps. Celui-là et son chapeau, le bras tendu. Une silhouette d'enfant courant devant lui… Cet autre à la lanterne. Tous, pourtant, semblaient dire : *il va arriver quelque chose…* Igor réfléchit. Il ferma les yeux. La pensée d'Elie ne le quittait pas. Il vit se dérouler dans son esprit d'infinis parchemins griffonnés de lettres hébraïques. Il songea aussitôt à sa Torah à lui, ses chères partitions, son Pentateuque, sa seule loi mosaïque. Ses feuillets multiples, frappés de signes tout aussi étranges et énigmatiques, dont il n'avait cessé de vouloir pénétrer le secret… Il les voyait, les imaginait qui tombaient en pluie devant ses yeux. Il passa les mains sur son visage, se massa les paupières, et se décida à changer de stratégie. Il composa de nouveaux numéros et finit par avoir au bout du fil un autre responsable de la synagogue Vieille-Nouvelle, qui avait coutume d'assister Elie dans ses offices.

La ronde, la ronde, la ronde.

Elle tourne la ronde.

Il va arriver quelque chose.

La conversation qu'Igor Vissevitch eut avec son interlocuteur, à la voix ensommeillée mais au français impeccable, fut de courte durée.

Lorsque Igor raccrocha, il resta longtemps devant son bureau, incapable de faire le moindre geste. Il avait les yeux grands ouverts dans la pénombre, les mains crispées sur les accoudoirs de son fauteuil. Les mots qu'il venait d'entendre tourbillonnaient dans sa tête. Et le *Moto perpetuo*. Et sa douleur.

— *Je dois absolument parler au rabbin Elie Bogdanowicz.*

— *Vous êtes de sa famille ?*

— *Je suis… un ami. Je vous en prie, passez-le-moi.*

— *Mais, monsieur… Vous n'êtes pas au courant ?*

— *Au courant de quoi ?*

— *C'est que… le rabbin Elie Bogdanowicz est mort, monsieur.*

Igor ne bougeait plus.

Officiellement, c'était un accident. Elie s'était rompu les os dans les escaliers.

Officiellement… Mais c'était autre chose, bien autre chose qu'Igor redoutait à présent.

Seigneur… Un accident ? Maintenant ? Non, ce

n'est pas normal. Il est possible que le rabbin ait vu juste. Cela confirmerait sa... théorie.

C'est de la folie !

Igor se prit de nouveau la tête entre les mains, en pensant au Cygne et à Paganini.

La ronde, la ronde, la ronde.
Elle tourne la ronde.
Il va arriver quelque chose.

DEUXIÈME MOUVEMENT

Andante

8

Saint-Pétersbourg

1703

C'était au cœur de Saint-Pétersbourg que se trouvait niché, au fond d'une ruelle obscure, l'atelier du maître luthier Svetlan Borg. Lorsqu'il ne travaillait pas à la fabrication des instruments qui avaient fait sa réputation, Svetlan Borg se promenait souvent sur les rives de la Neva, jusqu'à l'embouchure du fleuve. Il se rendait en fiacre jusque sur les quais du port, où il était amené à traiter les affaires qui lui permettaient de faire venir, parfois de l'autre bout du monde, les matériaux dont il avait besoin pour mener sa tâche à bien ; à moins qu'il n'envoyât ses commis négocier les commandes qu'on lui passait avec les représentants des plus grands compositeurs et instrumentistes de son temps. Mais le Saint-Pétersbourg de ce temps-là n'avait rien encore de cette métropole emblématique de l'âme russe, telle qu'on la connaîtrait plus tard. En cette année 1703, la ville venait d'être fondée par Pierre Ier Alekseïevitch, dit Pierre le Grand ; c'était au milieu de quartiers en plein développement que déambulait Svetlan Borg. Il s'y était installé tout récemment, peut-être pour y retrouver une dernière fois la jeunesse qui lui manquait. Une ville nouvelle, un siècle nouveau… Borg avait alors quatre-vingt-neuf ans. C'était déjà un âge exceptionnel. Il savait qu'il ne lui restait plus grand temps à vivre, mais il entretenait encore sa santé par de longues marches au milieu des palais et des maisons en construction, à la lisière de la campagne environnante. Il soufflait, ses membres lui faisaient mal. Il s'aidait d'une canne dont le pommeau figurait une tête de dragon. Le vieux était donc encore alerte, bien que voûté et le visage creusé de rides. Il y avait une chose qu'il n'avait pas perdue : l'habileté de ses mains, sa lucidité et la précision de son geste. Au contraire, alors même que se flétrissait son corps, l'art du maître luthier, lui, atteignait son apogée. Il se préparait d'ailleurs à le prouver, peut-être pour la dernière fois. L'enseigne de son atelier, cernée de lettres d'or, au fronton de sa devanture vert foncé, se trouvait à l'endroit même où, bientôt, s'installerait l'architecte italien Rastrelli pour concevoir le palais d'Hiver. On pouvait déjà deviner, avec quelque effort d'imagination, le visage que prendrait Saint-Pétersbourg d'ici à quelques années. Il suffisait de fermer les yeux pour y entrevoir des places couronnées de brillants théâtres et de doctes académies ; Thomas de Thomon y construirait une Bourse maritime et Adrian Zakharov une Amirauté digne de ce nom. Il faudrait attendre les Anna Ivanovna et autres souveraines de talent pour attirer dans la cité les représentants de la plus haute noblesse russe. Pierre le Grand lui-même viendrait y mourir. Mais pour l'heure, l'atelier de Borg était encadré d'échafaudages et de chantiers, trouée au fond de la ruelle. Sur les bords de la Neva, tout était à faire.

La place de Borg dans cet univers en gestation était à la fois originale et incomparable. Il était à l'écart des grandes écoles de lutherie européennes ; c'était pour son nom, et son nom seul, qu'on venait le trouver.

Avant d'élire domicile en Russie, la famille de Svetlan, d'origine juive, était installée dans le Bassin méditerranéen – en Espagne, puis en Italie. Au XVIe siècle, la plaine du Pô était des plus prospères ; des musiciens juifs accouraient de toute l'Europe, expulsés d'Espagne ou issus de l'école de lutherie allemande de Füssen. Les aïeux de Svetlan étaient passés par Brescia, puis Crémone, qui aujourd'hui encore dominait les autres centres de lutherie de l'école française, flamande ou germanique. La perfection des violons avait coïncidé avec l'arrivée de virtuoses comme Corelli ou Locatelli. Svetlan avait rencontré les représentants des fameuses « Cinq familles » de Crémone – les Amati, les Guarneri, les Stradivari, les Rugeri et les Bergonzi. Leurs ateliers se trouvaient tous côte à côte, en enfilade, sur la *piazza San Domenico*. Il avait longtemps entretenu une correspondance avec les Amati, ainsi qu'avec Antonio Stradivarius, allant même, en sa naïveté, jusqu'à leur confier quelques-unes de ses astuces. Le vrai Sorcier, c'était lui. Mais face à ce foyer culturel sans égal, à ces ateliers rutilants et à la puissance dynastique de ces familles, Svetlan ne pouvait guère rivaliser. Il disposait de trois apprentis et d'autant de commis, mais c'était bien peu comparé à la puissance des Italiens. Pour qui ne connaissait pas ce dont il était capable, il eût pu sembler étrange qu'il se décide, sur la fin de sa vie, à choisir Saint-Pétersbourg comme lieu de retraite. Heureusement, sa réputation avait suffi à drainer dans son sillage un grand nombre d'artistes de premier plan. Pendant plus de soixante ans, Svetlan avait étendu la vaste toile de son réseau ; aujourd'hui, alors qu'il sentait que la fin était proche, il avait décidé de concevoir son chef-d'œuvre. C'était le violoniste Biber qui le lui avait initialement commandé ; mais finalement,

Svetlan avait choisi de ne pas souscrire à cette commande. Il garderait le violon pour lui. Ce violon, à la fois le dernier et le premier entre tous, il le créerait sans mettre à contribution ses apprentis, sans même leur en parler. Il le concevrait seul et ce serait la somme de sa vie.

Pour *Lebed*, le Cygne, Svetlan Borg n'avait rien laissé au hasard.

La qualité du timbre. La puissance et la rapidité d'émission du son. Les différentes nuances de la palette acoustique et l'équilibre dans les divers registres. Oui, Svetlan Borg était un Alchimiste. Il portait sur chaque détail un regard extrêmement minutieux. Plus que quiconque, il savait que la moindre des composantes avait son importance. Il suffisait d'un rien pour que l'harmonie du tout ne fût rompue par l'une des parties. Le violon, en quelque sorte, était un organisme dont les éléments prenaient vie sous la baguette et les dosages de l'Alchimiste. La courbure des voûtes, le choix du vernis, l'emplacement et l'orientation des ouïes en forme de *f*, la qualité de l'âme et des cordes, le renversement du manche… Un violon ordinaire demandait cent cinquante à deux cents heures de travail. Celui-ci en avait demandé trois mille.

Svetlan s'était fait ébéniste. Dans la pénombre de son atelier, il avait tapoté sur le bois, y approchant son oreille pour l'écouter. Erable, épicéa : c'était déjà une histoire d'amour, et une certaine musique. Il fallait alors au luthier une mémoire prodigieuse : il devait se souvenir de ce bruit particulier du bois qu'il choisissait, car tout l'enjeu de son travail consisterait à en développer la sonorité initiale. Le séchage était déterminant ; à cette occasion, Svetlan avait procédé à l'un de ses plus grands tours de force : une altération calculée de ce bois, dont lui seul, après des années de pratique et d'analyse minutieuse, maîtrisait l'exacte proportion. La digestion sélective des substances gardant l'humidité ne relevait pas du simple aléa du transport par bateau et de sa conservation ultérieure : Svetlan l'avait accompagnée, organisée jour après jour, continuant de le tester, l'écouter, le peser au milligramme, sans l'exposer à la lumière. Ce seul labeur, décisif, avait pris de longs mois. Dessinateur, Svetlan avait tracé les contours de son modèle, avant d'élaborer un moule en bois dur, du hêtre la plupart du temps ; pour le Cygne, il avait utilisé un moule en vieux chêne. Il avait ainsi délimité les contours de la caisse de résonance. Le Grand Œuvre pouvait alors commencer. Borg assemblait par un joint central les deux pièces de la table. Il découpait les six tasseaux intérieurs, qu'il allait coller dans chacun des coins de l'instrument, ainsi qu'au sommet et à la base du moule. Avec un fer chaud et rougeoyant, il procédait à la délicate opération qui consistait à plier les éclisses pour leur donner la forme convenable, avant de les coller et de les maintenir serrées par des presses en métal. Il s'accordait une pause, soufflait sur ses mains pour en chasser la poudre de bois, les lavait pour évacuer les particules de colle. Puis il adjoignait à l'instrument les contre-éclisses. Avec le moule, il préparait le tracé des contours de la table et du fond, façonnait les voûtes.

L'Alchimiste devenait marqueteur. Les filets devaient être posés avec minutie le long des bords du violon, en faisant le plus grand cas de la ligne générale de l'instrument. Il creusait une gorge autour de la table pour apporter davantage de souplesse à la voûte. Il dessinait les *f*. Rondeur parfaite ; inclinaison au millimètre. Il prenait son couteau. La lame blanche luisait devant ses yeux, la pointe effilée étincelait un instant.

Il découpait soigneusement les *f*, le geste assuré, mais pointilleux, par touches successives. Il ajustait la barre d'harmonie sous la table. Puis il décollait le fond du moule. C'était à ce moment, en général, que Svetlan apposait son sceau, sa signature. La griffe de l'Alchimiste. *S.B.* entremêlés. Sa marque de fabrique. L'envers du génie, porté au cœur même de l'instrument. Il assemblait la table et le fond. Les deux éléments resteraient serrés par des vis, tant que durerait le séchage de la colle. Sculpteur, il travaillait alors la volute en laissant libre cours à sa personnalité dans le choix des motifs. Svetlan aimait les fleurs ; rosaces et arabesques limpides. La tête du violon enclavée selon un angle précis, il pouvait ensuite unir la touche au manche. Puis il préparait son vernis. Celui qu'il avait conçu pour le Cygne était inimitable. Un autre de ses secrets. Il prenait une texture et une profondeur extraordinaire. Le son du violon s'en ressentirait. Enfin, il mettait la touche finale : outre les accessoires restants, il lui fallait poser les cordes – et, surtout, ce qui donnerait définitivement vie à l'instrument : l'âme. Geste de haute précision, une fois de plus, indispensable à la mise en vibrations de l'ensemble. Svetlan se passait la langue sur les lèvres, faisait craquer ses doigts, les agitait dans l'air, agile comme un pianiste au bord d'attaquer un Concerto. A l'aide d'une pointe-aux-âmes, il plaçait l'âme à l'intérieur de la caisse et partait à la recherche de son « point acoustique ». Le point d'orgue, cœur de toutes les conflagrations sonores. Il l'écoutait. Il faisait respirer le violon. Architecte du son. Médecin-accoucheur d'harmonie.

Le Cygne avait un point acoustique dont Svetlan lui-même avait été surpris. Sa main y avait été guidée comme par magie, après quelques tâtonnements. L'ensemble du processus, pour ce violon si particulier, s'était étendu sur près d'un an. Et l'oiseau avait brui, inspiré, déployé ses ailes. Oui, c'était la première chose qui était venue à Svetlan le jour où il en avait enfin testé la sonorité, dans le silence de son atelier. Il avait songé à la beauté, la majesté, l'innocence d'un cygne qui s'ébroue et sort de l'eau pour prendre son envol. A son reflet irisé sur la surface d'un lac. *Lebed.* Le baptême poétique de cet instrument lui était venu sans mal. Et il l'avait gardé, regardé longtemps. Le violon, dressé, trônait au milieu de son établi. Sa couleur brune luisait sous la lumière de la lampe posée à quelques mètres. Soixante-dix pièces assemblées pour ce prodige.

Svetlan Borg était très fier.

Il savait que personne, jamais, ne pourrait faire mieux que cela – et à cet instant, seul à le savoir, seul maître en son empire, il lui semblait dominer le monde, aussi bien son monde intérieur que celui de l'extérieur, des steppes de Russie aux plus belles cours d'Europe.

Il fallait au Cygne un archet digne de lui.

Il en fabriqua la hausse, à partir d'un bloc d'ébène dégorgé au foret d'archetier. Une, deux, trois. Ses pensées s'électrisaient. Ses mains semblaient maintenant travailler seules. Il était emporté par le vertige et la jouissance de sa propre création. Une, deux, trois. Alchimiste démiurge, non, il n'était plus rien de tout cela. Il était envoûté. Maintenant, c'était le Cygne, et la perspective imminente de l'entendre chanter, qui l'envoûtait. Borg le Magicien était ensorcelé. Il coupait le dégorgement à la scie. Le bruit grinçant montait à ses oreilles, en cadence. C'était un nouveau concert. Un premier concert. Il achevait la hausse dans les sons râpeux de la lime. Il choisissait une baguette de pernambouc et souriait en la faisant vibrer entre ses doigts. *Caesalpinia echinata.* Variété des Amériques, du Brésil très exactement. Il l'avait obtenue d'un marchand portugais. Dense, proche de l'acacia, on pouvait discerner les cernes qui en avaient marqué les ans. Dans le climat chaud et sur le terrain sec où avait eu lieu sa pousse difficile, on le coupait lorsqu'il avait entre cent vingt et cent cinquante ans. Broyé, on le destinait à la teinture. On le débitait en planches ou en billes. Svetlan ne l'avait pas acheté à l'aveuglette, bien au contraire. Il l'avait choisi avec art parmi des centaines d'autres échantillons. Il le goûtait, le portait à sa bouche. Il convoquait tous ses sens dans cette sélection. Il savait que, sucré, le bois serait plus lourd ; acide, il serait léger et poreux. Il avait découpé plusieurs baguettes avec sa scie à ruban. Les planches avaient séché quatre ans et demi, et comme pour le corps de l'instrument, le séchage avait eu lieu à l'abri de la lumière.

Il profilait le pernambouc en sections octogonales, à l'aide de son rabot. Il en amincissait les épaisseurs à mesure qu'il se rapprochait de la tête, puis chauffait la partie supérieure de la baguette, avant de la forcer sur un coin de son établi pour qu'elle conserve sa cambrure, indispensable au contrôle du musicien sur cette partie de l'instrument. Au bout d'une demi-heure, la baguette trouvait sa forme définitive. Il dessinait la volute au crayon, la chantournait à la scie. Il collait la plaque de tête sur laquelle figuraient encore ses initiales, *S.B.*, entremêlées cette fois avec une tête de cygne, et la maintenait serrée avec des élastiques. Il posait la garniture de la mèche en orfèvre. Cent cinquante crins de la queue d'un cheval, un cheval de sa chère Ukraine, qu'il imaginait galopant en toute liberté, au milieu de paysages lumineux, enneigés et sauvages.

Et tout était achevé. Soixante grammes de pure perfection.

Svetlan Borg n'avait qu'un talent. Non pas celui de compositeur, de ceux qui savaient imaginer, inventer, faire danser et marcher les croches en cadence. Celui de concepteur d'instruments. De fabricant. D'artisan besogneux. Mais lorsqu'il créait, c'était avec la même passion, la même inspiration, la même fièvre de possédé. C'était une impulsion qui allait au-delà de lui, à la fois charnelle et spirituelle. Il en tirait autant de plaisir que de souffrance. Il y jetait toute son humanité. Il convoquait à lui ses propres Muses. Muses, *musica.* Cette force vitale était terrible. Elle le tuait. Elle vampirisait son énergie. Noire et lumineuse, vibrante, féconde et tellement dévastatrice. Il voyait Dieu.

Apothéose.

Il contemplait le Cygne croisé de son archet.

Son bijou. Son Excalibur à lui. Une épée légère comme une colombe. Comme un Cygne prenant son envol. Il la déposerait aux pieds de qui en serait digne, de qui aurait la vertu nécessaire pour en être le roi.

Et le silence tomba tout à fait sur l'atelier du luthier Svetlan Borg.

9

Archives municipales de Gênes

2001

Giacomo Vivarini attendait impatiemment que l'employée municipale lui fasse signe de la rejoindre dans la Salle des Archives, où elle était allée se terrer depuis près d'une demi-heure. Il se gratta le front et passa sa main rugueuse contre son nez de boxeur. Il faisait chaud aujourd'hui, dans cette bonne ville de Gênes. Depuis le bureau où il se trouvait, il pouvait voir les jardins qui bordaient l'hôtel de ville et les rideaux qui dansaient doucement dans la brise. Ce temps lumineux l'avait ragaillardi après son voyage. Il était parti de Venise pour mener lui aussi sa petite enquête, au sujet du Cygne. Il connaissait une ou deux personnes ici, dont M. le Maire en personne, Ernesto Spandori ; et bénéficier des autorisations nécessaires pour compulser les documents qu'il espérait trouver dans les archives municipales n'avait pas posé de problème majeur. Cela faisait longtemps qu'il n'était pas venu à Gênes. Autrefois, Giacomo avait une vieille tante qui habitait non loin du *campo santo*. Il était repassé devant sa belle villa, pas plus tard que ce matin même. Il avait eu un petit pincement au cœur en s'attardant à regarder ces balcons fleuris, cette façade ocre et souriante. Il se souvenait de quelques étés génois de son enfance qui avaient su réveiller sa nostalgie. Aujourd'hui, la villa servait d'annexe à la mairie, justement. Ah ! Giacomo était assez content de retrouver pour cette escapade momentanée la Ligurie qu'il aimait. Il s'était promené du côté du palais Rosso, puis était allé faire un tour sur le port, toujours en pleine effervescence ; la vue du golfe et de cette mer d'huile sillonnée de bateaux l'avait incité à se poser tranquillement sur un banc pour y faire un somme.

Maintenant, il s'agissait de se mettre au travail.

A la réflexion, Giacomo regrettait un peu d'avoir lâché son mystérieux archet à Frédéric Vissevitch. Ces initiales à la calligraphie d'inspiration florale, *S.B.*, lui avaient trotté dans la tête un bon moment. Il s'était décidé à rassembler les informations qu'il avait pu sur Svetlan Borg. Il avait en effet obtenu quelques renseignements complémentaires, mais rien de bien extraordinaire ; en tout cas, pas de trace du Cygne. Juste avant de gagner l'hôtel de ville, Giacomo avait fait un détour par le musée voisin, où était exposé le Guarnerius 1742 de Paganini. Il s'était recueilli devant le *Canone* comme devant une fresque religieuse et, surtout, il avait essayé de chercher dans divers documents consacrés au virtuose une référence quelconque aux autres instruments qui avaient pu lui passer entre les mains. Chou blanc. A présent, il suivait une autre de ses idées : relire la copie du testament de Niccolo Paganini lui-même, et vérifier que la mairie ne disposait pas de quelques pièces susceptibles d'éclairer davantage sa lanterne. Giacomo s'épongea le front ; il suait et deux auréoles sombres s'étaient dessinées sous ses aisselles, ce qui n'était pas du meilleur effet. Il se décida à renfiler son veston malgré la chaleur et remua sur sa chaise. Giacomo soupira, tout à ses réflexions. Il y avait autre chose qui l'intriguait en cet instant. Lorsqu'il s'était adressé à l'employée pour lui faire part de ce qu'il cherchait, elle avait dit : « Encore !

— Comment cela, encore ? » s'était-il alors inquiété. La jeune femme avait fini par lui confier que le grand compositeur Igor Vissevitch lui-même avait souhaité bénéficier de renseignements similaires, à une date toute récente. Etait-il possible de voir ces documents ? Qu'avait-il trouvé ? L'employée avait hésité, mais après tout, les pièces en question ne semblaient pas présenter de quelconque caractère discrétionnaire. Elle était donc allée lui préparer le terrain. Giacomo, lui, était perplexe. Décidément, les Vissevitch paraissaient avoir une idée derrière la tête. Cela ne réconfortait guère Giacomo, qui avait d'habitude le don de flairer les bonnes affaires, et qui craignait maintenant d'être passé à côté de quelque chose. Une sensation qui lui était très désagréable.

Enfin, au bout de quelques minutes, l'employée reparut. La trentaine, le visage ovale, pas spécialement belle, mais assez chic, avec une chevelure de lionne. Elle s'était présentée sous le nom de Cassandra. De quoi rêver. Elle sourit à Giacomo et l'invita à la suivre. Giacomo avait noté cette curieuse manie qu'elle avait de porter la main à sa boucle d'oreille à tout bout de champ. Alors qu'il lui emboîtait le pas dans un couloir, puis dans un petit escalier, elle recommençait à se caresser le lobe. Giacomo y chercha quelques instants une signification d'ordre psychanalytique, mais ses réflexions sur le sujet s'interrompirent lorsqu'elle le fit entrer dans une salle faiblement éclairée, assez grande mais sans fenêtres. Il devait s'agir d'une sorte de bibliothèque, à ceci près qu'au milieu des rangées de livres se trouvaient également des casiers chaotiques, des boîtiers de métal et quelques vieux ordinateurs, tout cela dans un joyeux fourbi, qui heurtait un peu le sens esthétique du luthier vénitien. Cassandra s'approcha d'une table sur laquelle se trouvait ouvert l'un des boîtiers, empli de petites fiches manuscrites, ainsi que quelques ouvrages et autres dossiers triés à l'avenant.

— Voilà, *signore*, ce que je vous ai mis à disposition ; j'espère que vous y trouverez votre bonheur. Vous pouvez également vous servir de ces fiches pour compulser d'autres archives dans les tiroirs que vous voyez derrière moi. Les ordinateurs – là-bas – possèdent des banques de données assez complètes sur la nature de nos archives datant de la période qui vous intéresse. Elles sont très faciles à manier – c'est moi qui les ai faites ! Le classement, c'est ma spécialité. Quand vous aurez terminé, je vous demanderais de bien vouloir me prévenir. *Si ?* Voilà. Ça ira, *signore* ?

— Formidable, dit Giacomo.

Tandis que Cassandra retournait vaquer à ses occupations, Giacomo ne tarda pas à s'installer et à se plonger dans ces quelques archives de la municipalité génoise, qu'on lui avait atteintes si obligeamment. Il toussa, se frotta les mains et examina les pièces qui lui parurent les plus intéressantes. Un sourire satisfait s'étira sur son visage lorsqu'il lut, non sans une certaine jubilation intérieure, le document qui venait d'attirer son attention.

Il se renfonça dans sa chaise.

> En l'an de grâce mille huit cent trente-sept, le vingt-sept avril à Gênes. Par le présent testament, je, soussigné Niccolo Paganini, fils de feu Antonio et Teresa Bocciardo, prends les dispositions suivantes.

Premièrement, j'ordonne que dans un délai convenable à partir du jour de ma mort, on constitue le placement de deux capitaux, l'un de soixante-quinze mille lires nouvelles, l'autre de cinquante mille lires nouvelles, soit en immeubles, soit avec une garantie immobilière, et avec toute la prudence possible. Je lègue l'usufruit du premier placement de soixante-quinze mille lires nouvelles à Domenica Passadore, ma sœur. Je lègue l'usufruit du second placement de cinquante mille lires nouvelles à Nicoletta Ghisolfi, et cela tant que durera leur vie…

Je désigne et institue comme légataire universel Achille Paganini, mon fils bien-aimé, avec l'obligation de conserver, et de rendre à ses enfants, tant nés au moment de mon décès que à naître, toute la part des biens que les lois en vigueur au moment où la succession sera ouverte, permettront de faire porter sur l'héritier institué pour une semblable institution, lois auxquelles j'entends me conformer pour toutes les dispositions relatives à une telle substitution,

et cetera, et cetera.

Le Testament. Le Testament du Diable.

Giacomo passa la langue sur ses lèvres. C'était par ce testament que Paganini avait légué son Guarnerius à la ville de Gênes. Il s'agissait là d'une copie de l'intégralité de ses dernières volontés. A en croire Cassandra, Igor Vissevitch avait dû se le procurer. Mais pourquoi ? Pour y trouver lui aussi la trace du Cygne, quelque part ? C'était sans doute cela l'explication. Giacomo poursuivit sa lecture exhaustive du document.

J'interdis toute pompe à mes funérailles. Il ne me plaît pas que les artistes exécutent des requiem pour moi. On fera célébrer pour moi cent messes par les RR. PP. Capucins. Je lègue mon violon à la ville de

Gênes pour qu'il soit perpétuellement conservé. Je recommande mon âme à l'immense miséricorde de mon Créateur.

Ceci est mon testament.

Naturellement, on trouvait là l'évocation du Guarnerius, mais point de Cygne à l'horizon. En revanche, une autre page était annexée à la copie testamentaire. C'était – et là, Giacomo faillit tomber de sa chaise – un historique du Cygne. *Lebed ! Lebed, je te tiens !* Le document portait la mention : *Chronologie essentielle de l'histoire du Cygne.* Le texte était signé de Luigi Guglielmo Germi. Giacomo cilla. Germi était le fameux avocat avec lequel Paganini avait correspondu, toute sa vie durant, et qui s'était toujours chargé de ses affaires, autant que de ses déboires. Il était d'ailleurs cité dans le testament, où Paganini encourageait sa progéniture à suivre les saints conseils de l'homme de loi. Giacomo se frotta les yeux et, les mains soudain tremblantes, se pencha en avant.

Santa Madonna, c'est pas vrai.

CHRONOLOGIE ESSENTIELLE
DE L'HISTOIRE DE « LEBED », LE CYGNE

1701 – Le violoniste Biber commande à Svetlan Borg un instrument qu'il veut « hors du commun ».

1703 – Année de fabrication du Cygne. Pour une raison inconnue, S. Borg n'honorera pas la commande faite par Biber. Le violon reste dans son atelier. S. Borg meurt peu de temps après. Il semble que le Cygne ait été sa dernière création.

1705 – L'atelier de S. Borg, repris par deux de ses apprentis qui ne supportent plus la concurrence des familles de lutherie italienne, est fermé. La vente du

Cygne concourt à une liquidation de l'affaire en des termes honorables. Le violon échoit à un obscur instrumentiste génois. Il est impossible de retrouver sa trace jusqu'en l'an 1807, soit 5 ans après que mon ami Niccolo Paganini a reçu à Livourne, d'un mécène français, son Guarnerius del Gesù.

1833 – Durant une tournée de concerts en Grande-Bretagne, Niccolo confie son Guarnerius au cocher de sa voiture. L'instrument subit un choc catastrophique. Niccolo le porte aux bons soins du luthier Vuillaume de Paris. Les réparations ne seront achevées qu'en 1838 et Vuillaume en fait une copie que Paganini cédera pour 500 francs à Camillo Sivori, lequel le donnera en 1894 à la Commune de Gênes qui le conserve dans la même vitrine que le Guarnerius et d'autres objets. Mais à la date de 1833, la présence du Cygne est de nouveau mentionnée dans un inventaire effectué par Vuillaume lui-même. Il semble que, pour la première fois, Paganini ait été informé de l'existence de cet instrument, qualifié par Vuillaume de « chef-d'œuvre incomparable, seul capable d'accompagner le talent du plus grand virtuose de son temps ».

1837 – Paganini rédige son testament à Gênes.

1839 – A l'occasion de l'un de ses derniers concerts en France, Paganini casse la corde du Guarnerius sur laquelle il jouait la *Sonate Napoléon*. L'incident est mineur mais Vuillaume, qui assiste à la représentation, lui confie le Cygne le soir suivant pour une représentation unique. Voici ce qu'en dit mon ami : « J'y ai joué la *Sonate Napoléon*, le *Streghe*, deux de mes Caprices ainsi que mon *Concerto en si mineur* et le *Moto perpetuo*. Jamais de ma vie, si ce n'est au plus fort de ma complicité avec mon cher Guarnerius, je n'ai tiré tant d'émotion et d'expressivité d'un violon. Vuillaume avait raison : cet instrument ne saurait être que celui de Dieu… ou du Diable. Au cours de ma dernière académie, trois femmes se sont évanouies à l'entendre, et six autres ont dû, tremblantes, quitter la salle où je donnais concert. »

1840 – Paganini souhaite conserver le Cygne, mais ses ennuis avec la justice française ainsi que sa santé défaillante l'empêchent de continuer à jouer. Il achète le violon à Vuillaume à prix d'or et me le remet au mois d'octobre à Gênes.

Suivant sa volonté, qu'il me manifesta expressément à l'occasion de notre dernière entrevue, volonté postérieure à la rédaction de son testament, j'ai conseillé à Achille, lorsque son père serait enterré dans une sépulture décente, le Guarnerius étant légué par lui à la ville de Gênes, de disposer le Cygne, quant à lui, dans le tombeau même de mon ami, le regretté et illustre Niccolo Paganini.

Luigi Guglielmo Germi,
Fait en la ville de Gênes,
le 18 novembre
de l'an mille huit cent quarante-deux.

Ainsi, le Cygne était bel et bien passé entre les mains de Paganini ! Giacomo mit encore quelques secondes à réaliser ce qu'il avait sous les yeux. Puis il examina l'en-tête du document avec plus d'attention ; il portait le cachet de la municipalité de Gênes, ainsi qu'une référence explicite à la ville de Saint-Pétersbourg. Mais d'où était-il sorti ? De Saint-Pétersbourg, en effet ? Où se trouvait l'original de cette pièce ? Comment était-elle arrivée ici, perdue au milieu de ces archives poussiéreuses ? Etait-ce Vissevitch qui en avait retrouvé la trace, qui l'avait pistée et dépistée ? Indubitablement, Giacomo tenait quelque chose. Il sentait l'excitation faire redoubler ses sueurs et glissa fugitivement la main dans sa chemise. La divulgation d'une telle information était susceptible de faire l'effet d'une bombe dans les milieux musicologues, de quoi s'étriper longtemps ; en même temps, la frustration du Vénitien était à son comble. Il se prit la tête entre les mains. Il s'était fait embobiner ! Il avait abandonné l'archet et maintenant, Vissevitch devait avoir non seulement cet archet, mais encore, le violon lui-même : le seul et unique Cygne ! Giacomo se rappelait distinctement que Frédéric Vissevitch avait mentionné le nom d'Elie Bogdanowicz au cours de leur entretien. Bogdanowicz… *Borg !* Etait-ce lui qui, tout ce temps, avait détenu le corps de l'instrument ? Bien sûr… C'était pour cela qu'on était venu le trouver. Giacomo se mordait les doigts ; ainsi, ses craintes étaient fondées. Il s'était fait avoir comme un bleu. Tout cela pour que le *Maestro* Vissevitch lui dédicace un Concerto, dont il ne verrait probablement jamais la couleur !… Quelle insupportable légèreté. *Vanité, quand tu nous tiens…*

— *Porca miseria*, lâcha Giacomo, seul dans la bibliothèque, en frappant du poing sur la table.

Mais il savait, à présent, qu'il ne pouvait guère espérer remettre la main sur ce joyau.

Il y avait de quoi se mettre une balle dans la tête.

Giacomo ne trouva rien d'autre mais cela lui suffisait amplement. Il appela bientôt Cassandra et la laissa ranger ses fiches et ses dossiers. Il avait besoin d'air à présent et réfléchissait avec frénésie aux solutions qui pouvaient se présenter à lui. Il s'estimait floué mais ne voyait pas vraiment ce qu'il pouvait bien imaginer pour obtenir gain de cause, sinon protester avec vigueur auprès du plus grand compositeur de son temps – ce qui ne le conduirait pas très loin.

Giacomo avançait d'un pas haché sur l'esplanade de l'hôtel de ville. Il résolut de redescendre en direction du port pour se calmer. Voir la mer et pleurer. Bon, il ne fallait pas exagérer ; mais tout de même… Cette fois-ci, on lui passait sous le nez, et encore, avec un certain brio… Il chercha un mouchoir dans sa poche, il faisait décidément trop chaud. *Basta !* Il ôta sa veste et la passa sur son épaule en flattant son ventre rebondi. Il huma les parfums qui montaient de la ville, regarda le feuillage des arbres alentour ; voilà qui le calma un peu. Il lorgna avec nonchalance sur une voiture noire qui, après l'avoir suivi quelques instants, venait de s'arrêter non loin de lui.

Une vitre se baissa et il entendit distinctement :

— *Signore* Giacomo Vivarini ?

Surpris, Giacomo se pencha et chercha à distinguer le visage de son interlocuteur en se penchant près de la vitre. De l'autre côté, la portière s'était ouverte. Un homme en descendit, vêtu d'un pardessus. Giacomo enregistra inconsciemment l'incongruité de la chose – *comment peut-on porter un pardessus par une journée pareille ?*

Le canon du revolver qu'il sentit contre son flanc lui fournit une première explication.

— Mais…

— Vous avez récemment parlé à… un certain Frédéric Vissevitch, si je ne m'abuse ? Et vous cherchez le Cygne, n'est-ce pas ? Oh, je crois, monsieur Vivarini, que vous faites fausse route. Mais montez, cher ami, montez donc ; nous aimerions avoir avec vous une petite conversation à ce sujet.

— Mais enfin…

Giacomo roula des yeux exorbités.

Il n'eut même pas la force de crier tandis qu'on le poussait à l'intérieur de la voiture.

On retrouva le corps du luthier vénitien noyé quelque part dans le golfe de Gênes.

En réalité, Giacomo avait cherché à s'enfuir. On conclut simplement à un accident.

Sur le port, les quais étaient assez glissants.

10

Forteresse de Terezin

1944

Une cloche sonnait à la volée.

Deux mains applaudissaient.

Engoncé dans son costume râpé et passé par le temps, le Maître appelait les enfants et criait : *Allez, dépêchez-vous !* Loin au-dessus de lui, des nuages gris déroulaient leurs formes compliquées et là, dans la cour de Terezin, un vent froid balayait quelques feuilles mortes. Tout échevelé, Bedrich se retourna et regarda son camarade ; un éclat de rire donna le signal de départ d'une course effrénée. Le Maître frappait toujours dans ses mains. La joyeuse nuée des enfants s'engouffrait dans la salle de classe. Bientôt, la cloche se tut. Le Maître rentra à son tour, refermant la porte derrière lui. A la bourrasque du dehors succéda le silence. Le Maître gagna lentement son bureau. Il avait un visage curieux, avec des yeux rapprochés et des sourcils fournis, une bouche aux lèvres charnues et un double menton. Parfois, il mettait de grosses lunettes qui le transformaient de manière inquiétante ; et quand il s'énervait, ses épaules se voûtaient, son poitrail se gonflait démesurément, il prenait un abominable teint carotte qui le rendait tout à fait terrifiant. On ne plaisantait pas, avec le Maître. Installés à leur pupitre, derrière ces tablettes écornées et ces encriers d'un autre âge, les élèves attendaient qu'il se décide à parler. Derrière lui se trouvait un tableau noir, sur lequel une main inconnue avait écrit : OÙ SONT LES BIENS DU GHETTO ?

Et Bedrich cilla.

— Bedrich Bogdanowicz ! gronda le Maître.

Bedrich blêmit et se leva, tandis que les autres élèves s'esclaffaient.

— Allez-y, je vous prie.

Le Maître avait un accent étrange. Un accent bavarois qui sonnait curieusement aux oreilles de l'enfant. C'était l'heure de la récitation. On avait appris à Bedrich ce poème français, dont il ne savait pas même le sens, mais qu'il devait dire maintenant sans une seule faute. Il avait peur de ne pas s'en souvenir. On lui administrait des coups dans les chevilles, sous la table. Il commença péniblement :

> Sois sage, ô ma Douleur, et tiens-toi plus tranquille.
> Tu réclamais le Soir ; il descend ; le voici…

A mesure qu'il récitait, le message du tableau paraissait s'estomper. La lumière elle-même semblait fuir la salle de classe, chassant un rayon de soleil pâle et contrarié. A nouveau, un silence pesant, uniquement perturbé par sa petite voix claire, s'installait. Autour de lui, les silhouettes, les contours des objets s'évanouissaient peu à peu, rejoignant les nuages qui envahissaient l'horizon, dans une même et sombre uniformité. Seul le Maître restait là, derrière son bureau, écoutant avec attention.

Ma douleur, donne-moi la main ; viens par ici,
Loin d'eux. Vois se pencher les défuntes Années,
Sur les balcons du ciel, en robes surannées ;
Surgir du fond des eaux le Regret souriant ;

Une pluie noire se mit à tomber contre les vitres.

Le Soleil moribond s'endormir sous une arche,
Et, comme un long linceul traînant à l'Orient,

Le tourbillon gagna ce qui restait de lueur et Bedrich fut happé à son tour au cœur d'une spirale insensée. Ce fut une conflagration silencieuse, abolissant l'espace et le temps, s'échouant à l'infini dans les limbes de l'inconscient.

Entends, ma chère, entends la douce Nuit qui marche.

⁂

Secousse.

— Mon cher Bedrich, vous nous quittez trop vite.

L'officier tenait un linge humide dans sa main ; il venait d'éponger le visage de son prisonnier. Bedrich sentit quelques gouttelettes couler le long de son front et de son nez. Il lui fallut plusieurs secondes avant de réaliser où il était revenu, et il ferma les yeux. Son corps, engourdi encore de son évanouissement, était glacé. Le réveil de la douleur lui arracha un gémissement de bête blessée.

Je n'y arriverai jamais. L'évidence lui sauta de nouveau au visage.

Je vais mourir.

Et après ? Qu'y aurait-il, après ? Mila ? Une lueur, un souffle ?

Ou tout était-il désespérément vain ? Insensé ?

Mon Dieu, dites-moi. Dites-moi quelque chose.

Mais Bedrich n'entendit pas Dieu.

Il entendit Strauss.

L'officier avait remis les valses viennoises. Il tenait un livre en main, le feuilletait.

Le souvenir fugitif de ce poème français qu'on lui avait assené dans sa jeunesse, cet extrait des *Fleurs du mal*, passa encore dans la tête de Bedrich. Avait-il vraiment vécu la scène de son cauchemar, ou une scène comparable ? se demanda-t-il. C'était comme si une voix lointaine, distante, venait prendre le relais de celle qui continuait de hurler sa souffrance sous son crâne. N'était-ce pas plutôt le fruit de son délire, embrouillamini confus, propice à tous les kaléidoscopes ?... Dans un froissement de son manteau noir, l'officier passa comme une ombre devant le *Schlächter*, qui avait repris sa posture de Sphinx immobile. Le crochet maculé de sang était de nouveau posé sur la table en inox. L'officier tournait les pages dorées de l'Ancien Testament. Bedrich continuait de gémir. Il sentit des larmes couler sur ses joues. Il n'osait regarder en bas, mais devinait l'ongle pendant au bout de son doigt, retenu par Dieu sait quoi.

Et l'officier tournait les pages.

Il parla et sa voix était plus incisive encore qu'auparavant. Pourtant, il affectait un ton de badinerie tranquille.

— Tout ce sang... Et ce Peuple Elu en marche vers son inéluctable destin...

> Yahvé marchait avec eux, le jour dans une colonne de nuée pour leur indiquer la route, la nuit dans une colonne de feu pour les éclairer, afin qu'ils puissent marcher de jour et de nuit. La colonne de nuée ne se retirait pas de jour devant le peuple, ni la colonne de feu la nuit…

— … Mais ce peuple, Bedrich, lequel est-il, aujourd'hui ? Le peuple des ombres de Terezin ? Quelle mystification… Et cela, encore…

> Au moment que le soleil se levait sur la terre et que Lot rentrait à Tsoar, Yahvé fit pleuvoir sur Sodome et sur Gomorrhe du soufre et du feu venant de Yahvé, et il renversa ces villes et toute la Plaine, avec tous les habitants des villes et la végétation du sol. Or la femme de Lot regarda en arrière, et elle devint une colonne de sel…

— Une colonne de sel. Cela m'a toujours frappé de voir à quel point la Bible est un vrai jeu de massacre… Tant de violence, de plaies, de foudre s'abattant sur nous autres, pauvres humains. Vous ne trouvez pas ?

Le brassard à croix gammée de l'officier glissa devant les yeux de Bedrich taraudé par la douleur. Il cherchait à rassembler ses pensées, à rester maître d'une souffrance qui le menaçait jusque dans son âme ; et une fois encore, comme une bulle crevant à la surface d'un lac de lave, il les vit. Mila et Elie.

Oh mes amours, mes chéris, où êtes-vous ?

Il se souvint de la dernière fois qu'il les avait vus tous deux.

L'instant de l'adieu.

Un froissement de tissu.

Il s'était avancé vers son fils. Il frémissait de tout son corps.

Son front ruisselait de sueur.

— Ecoute-moi, Elie, écoute-moi. Tu vas aller chez Natalja Löw, rue Břehová. Elle prendra soin de toi.

Il avait posé les mains sur ses épaules, avec une extraordinaire vigueur ; il avait planté ses yeux dans ceux du garçon.

— Garde le violon. Toujours. Garde-le, tu m'entends ? Ne t'en sépare jamais. Pas avant que le jour ne soit venu. N'oublie pas, Elie. Garde le Cygne. Tu comprendras, un jour.

— Et toi ? Et maman ? Qu'est-ce que…

Mila avait pris leur enfant dans ses bras, l'avait serré de toutes ses forces contre son cœur, versant des larmes sur son front.

— Je t'aime, Elie. N'oublie pas que ta maman t'aime.

Puis, dans la cour principale de Terezin, on avait séparé les femmes des hommes.

Il revoyait encore le visage livide de Mila alors qu'on les arrachait l'un à l'autre. Il voyait ce visage s'éloigner parmi la foule des prisonniers.

Ils n'avaient pu s'échanger un seul mot.

Là-haut. La tour. La fumée. La nuée.

Une colonne de sel.

Il lui sembla qu'une odeur de sang lui remontait dans la bouche.

OÙ SONT LES BIENS DU GHETTO ?

Les visages continuèrent alors de se mêler les uns aux autres. C'était un jeu de miroirs accumulant des réminiscences confuses, traversé de bribes de voix défuntes, de chants lointains et inachevés… Le barbier du ghetto, le rabbin Tomase, les paysans des environs, l'instituteur Vladejnska, ces femmes avec leurs fichus blancs dans les cheveux, leurs bras vigoureux et leurs airs interdits, la belle Natalja Löw, et encore Joachim Heidelberg, Viktor Czesko, Arturo Meranova, tous ses amis. Ce cortège carnavalesque, ainsi composé, paraissait défiler au hasard, et venait déposer en songe, aux pieds de Bedrich souffrant dans cette salle de torture, l'hommage d'une étincelle de vie qui, déjà, était menacée d'oubli. Un instant, un bref instant, ce souffle d'une candeur parfaite, jailli de ces paradis d'autrefois, dénaturé aujourd'hui par le sceau indélébile de la triste aventure humaine, fit à Bedrich l'effet d'un baume apaisant. Puis tout disparut.

— Vous aurez compris, Bedrich, que je ne plaisante pas. Il vous reste neuf doigts.

Il compta jusqu'à neuf, prenant son temps.

Puis il se pencha sur son prisonnier.

— On étouffe ici, vous ne trouvez pas ?

Il glissa un index ganté dans son col, comme pour se donner de l'air.

— Vous paierez… pour cela… dit Bedrich.

— N'inversons pas les rôles, mon ami. Pour le moment, c'est moi qui mène la danse. Toute cette guerre est là, Bedrich Bogdanowicz, dans cette pièce. Vous, attaché, prisonnier – et moi. Qui ai les armes.

Une tension sauvage continuait d'envahir la salle. L'officier avait raison : la guerre était là, réduite à sa plus simple expression. Dépouillée. Létale. Mortifère. Le germe du chaos. Au cœur de ce microcosme paraissait se jouer le sort de l'univers ; et c'était bien cela, en quelque sorte.

— Parlez, dit l'officier.

Bedrich était terrorisé, l'autre le savait. Il en jouait.

— Nous perpétuons ensemble une longue tradition, d'une certaine manière, aussi vieille que l'homme lui-même. Les Carthaginois aussi organisaient des sacrifices humains. Les peuples d'autrefois étaient nombreux à vouloir ainsi s'attirer les faveurs des dieux… Je me suis longtemps interrogé sur notre nature profonde, Bedrich. Il faut admettre que notre propension à souffrir est égale à notre faculté de faire souffrir. Il faut accepter cette double nature… La cruauté joue en nous un jeu égal à celui du chagrin, et de la pitié. Anges ou reptiles, tel est notre drame. Qu'en pensez-vous ?… Qu'allons-nous faire, maintenant, tous les deux ?… Jouer aux cartes ?… Chanter des cantiques ?

Il fit une pause, avant de reprendre :

— Savez-vous ce qu'il nous faudrait ? Une danse macabre. Ou bien, quelques mesures de la *Symphonie du destin.* Cela vous plairait-il, Bedrich, pour nous accompagner ? Ou encore, une charge héroïque. Nous y mettrions les accents d'un Wagner. Une *Chevauchée des Walkyries*… Eh oui, Bedrich, je suis comme vous : mélomane, moi aussi. Je voulais faire de la musique autrefois. Mais mon professeur de piano était détestable. Il m'a fait haïr le solfège !… Oh, vous ne devinerez jamais la meilleure : il était Juif. Je l'ai retrouvé l'année dernière. Je l'ai tué.

Il eut un ricanement.

— Oui. Une petite danse des morts…

D'un air inspiré, il imagina ses gants noirs tapoter les touches d'ivoire d'un piano ; les sons, graves et solennels, résonnant sous les arcanes ; les vibrations emplissant la pièce. Un bref instant, l'officier fut comme ailleurs. Il avait l'air d'un enfant, tout à coup. De ceux qui arrachent les ailes des libellules pour voir si elles ont mal. Restait-il quelque chose au fond de cet homme ? Quelque chose de pur, derrière cet alibi qu'il ne cessait de mettre en avant pour mieux jouir de ses crimes en toute impunité : *nous sommes en guerre* ? Non, sans doute n'y avait-il plus que cela : quelques moments d'absence, de rêves enfuis, oubliés, détruits, qui n'avaient su entretenir que la rancœur, la frustration et la volonté de puissance. L'officier revint à Bedrich.

— Je vous le demande encore une fois : où sont les biens de Terezin ?

Bedrich refusa de réfléchir, de peser les conséquences de sa subite réponse, qui jaillit d'entre ses lèvres comme s'il n'en était pas l'auteur.

— Jamais.

A côté, le Golem s'anima, mécanique.

Le crochet tinta sur la table en inox alors qu'il s'en saisissait.

— Voyons, cela ne vous suffit pas ? N'en avez-vous pas assez de souffrir ainsi ? Tout cela pour ces quelques mots absurdes que j'attends de vous et qui ne viennent pas ! Seraient-ils coincés, Bedrich ? Faut-il que nous allions les chercher ?

L'officier prit les doigts de Bedrich. Le *Schlächter* s'approcha, passant le croc auprès de cette main blessée. Bedrich se crispa, dans un gémissement terrorisé, guettant le moment où le fer de l'instrument entrerait en contact avec la plaie à vif. L'Allemand tendait la main de son prisonnier vers le bourreau. Il avait fermé les yeux durant deux ou trois secondes. Il plongea de nouveau ses yeux dans ceux de Bedrich.

Il fut surpris de lire dans son regard de la détermination.

— JAMAIS ?

Il plaqua la main de Bedrich contre l'accoudoir.

Cette fois, ça y était – ENCORE.

Son annulaire était immobilisé. Le contact froid du métal vint courir contre sa peau, le Boucher se pencha. Bedrich fixa l'officier intensément, d'un air à la fois accusateur et implorant. Il adressa une prière au Ciel et se jura qu'il ne fermerait pas les yeux.

— *JAMAIS, BEDRICH BOGDANOWICZ ?*

Le Boucher donna un coup sec.

Le croc déchira la chair et une moitié d'ongle sauta dans une pluie infime de particules vitreuses.

Bedrich blêmit tandis qu'un hurlement inoubliable retentissait dans la pièce.

Il n'avait fermé les yeux qu'un bref instant. Mais à présent, la souffrance était intolérable. Alors sa tête tourna ; et, aspiré dans un noir siphon, il perdit de nouveau conscience.

11

Banque Internationale de Genève (BIG)

2001

Charles de Rubempré avait toujours habité dans la patrie du calvinisme. Il y était né. Proche de la maison de Savoie, cité indépendante, puis foyer de controverse politique et religieuse avant son entrée dans la Confédération suisse en 1814, Genève, ville-jardin aux parcs cernés de roses, alignait ses façades bancaires et institutionnelles d'un bout à l'autre du lac Léman. Le siège de l'ancienne Société des Nations, de la Croix-Rouge et de l'Organisation mondiale de la santé, les devantures de l'Union des banques suisses et du Crédit suisse, tout cela rappelait la bienveillante neutralité helvète et sa spécialité locale, les comptes à numéros. Mais si Charles aimait Genève, c'était tout simplement parce qu'elle lui offrait chaque jour d'ouvrir les yeux sur les cimes toutes proches des Alpes et du Jura, et que cela lui donnait l'impression de respirer. C'était aussi parce qu'à ses moments perdus, il pouvait errer des heures dans le cœur de la cité, enroulé autour de la cathédrale Saint-Pierre. En amoureux de l'Histoire – et comme tout Suisse qui se respecte, d'horlogerie mécanique de précision – Charles vagabondait souvent dans l'un ou l'autre des trente musées que comptait la ville. Ses collègues de travail, d'ailleurs, s'en moquaient. Charles en était venu à gérer des portefeuilles, parce qu'il était suisse ; mais en tant que « citoyen du monde », il aurait aimé ajouter sa pierre à quelque édifice universitaire qui eût pu vanter les mérites de la Confédération et faire de lui une sommité.

Au lieu de cela, il n'était qu'un modeste employé de la BIG.

Et il était dans de sales draps.

Allons. Il ne faut pas traîner maintenant.

Charles de Rubempré éjecta le CD-Rom de son ordinateur.

Il y avait tout rassemblé, toutes les données depuis 1945, depuis que le compte avait été ouvert, ce compte au nom d'un certain M. Alleith Ford.

Il regarda sa montre. 20 h 45.

La sueur perlait à grosses gouttes sur son front.

Il glissa le CD dans sa sacoche et éteignit l'ordinateur avant de quitter son bureau.

Il ne savait pourquoi, mais la sensation de malaise qui lui donnait ces vertiges n'avait cessé de l'étreindre tout l'après-midi. Quelque chose comme un bacille spongieux et tentaculaire qui étendait ses ramifications au creux de son estomac, autour de son cœur, de ses poumons. Un intrus. Un sale virus.

Un virus, oui. Alors ça, pour un virus…

Il passa devant les caméras, salua le veilleur de nuit et pressa encore le pas.

Arrivé au-dehors, il respira l'air frais à pleins poumons. Cela lui fit l'effet d'une bénédiction. Vivant, il était vivant. Comme tous les soirs, il rentrerait par la promenade le long du lac. Depuis vingt ans qu'il travaillait à la Banque Internationale, il faisait toujours le même chemin, à pied, matin et soir. Il longeait le lac Léman sur cinq cents mètres, contemplant le jet d'eau qui fulgurait en son centre, et que contournaient les bateaux illuminés, tantôt à l'aube, tantôt au crépuscule. Puis, aux abords du jardin botanique, il bifurquait sur la gauche dans l'avenue de la Paix. Il quittait alors les rives du lac et empruntait une rue pavée, qui montait encore sur trois cents mètres, avant qu'il ne parvienne à destination. Bien sûr, pour faire ce trajet qui, au total, comptait près d'un kilomètre, Charles aurait pu prendre sa voiture. Mais cette petite marche lui offrait une sorte de parenthèse dans le quotidien de sa vie. Une parenthèse propice à la méditation. Il était seul avec ses pensées, sans sa femme Zilla, sans ses deux enfants, sans ses collègues de la BIG. Il se rassemblait, réfléchissait aux soucis du moment et en général, d'ailleurs, sa promenade l'aidait à trouver les solutions qui lui manquaient.

Sauf ce soir.

Ce soir, il faisait déjà nuit noire et le problème était de taille.

La façade encore illuminée de la Banque Internationale avait disparu derrière lui.

Ils vont le deviner. Ils vont savoir. Ils ont déjà... Dieu du Ciel, ils ont déjà tué le luthier à Prague... et le Vénitien ! Ils les ont tués !

Charles avait peine à le croire... Mais ce ne pouvait pas être une coïncidence, non. Sûrement pas. Alors cela valait bien qu'il risque de se brûler les ailes.

Alleith Ford... Ah ! Ils ne manquent pas d'air.

Il rentrerait chez lui tranquillement et, après une bonne nuit de sommeil, il appellerait... Il les appellerait tous. Les radios, les journaux, la télévision. Et il dirait tout, tout ce qu'il savait, il dirait ce qui se tramait dans l'ombre. Bien sûr, il pouvait encore se tromper.

Ce qu'il pensait avoir déniché était tellement… fou qu'il ne se faisait aucune illusion. La presse voudrait certainement des preuves. Des preuves…

Sa main se crispa sur la poignée de sa sacoche.

Il continuait de marcher sur les bords du lac lorsqu'il lui sembla entendre un frôlement derrière lui. Il se retourna. Un quart de seconde, il crut voir une ombre disparaître derrière les buissons, taillés en groupe sur les parterres. Il sonda l'obscurité quelques secondes, les yeux affolés derrière ses lunettes. Il ne vit rien et n'entendit que le vent, ainsi que la rumeur de la ville.

Tu es nerveux, Charles. Ton imagination te joue des tours.

Mais demain… Demain, tout sera terminé.

Il prit une inspiration, pressa encore le pas. Il tournait la tête par-devers lui de temps à autre.

CrraaAAC.

Nom de Dieu.

Il s'arrêta encore, se retourna.

Cette fois, il les vit distinctement.

Deux ombres, en pardessus noirs.

Elles s'étaient immobilisées à une dizaine de mètres de lui. L'un des hommes était accoudé sur le parapet, auprès du lac. L'autre, debout, mains dans les poches. Il avait marché sur la branche d'un buisson.

Charles retourna la tête, lentement.

Son cœur battait la chamade.

Ne me dis pas que ce sont eux ne me dis pas qu'ils viennent aussi pour

Il pouvait encore crier, il pouvait…

pour me TUER

Il courait maintenant. Et le doute n'était plus possible : derrière lui, les deux ombres s'étaient mises à courir elles aussi.

Charles sentit venir un cri, du plus profond de son

ventre, qui ne demandait qu'à éclater. Mais il resta coincé dans sa gorge. Fugitivement, cette sensation lui rappela ce rêve qu'il avait fait tant et tant de fois, lorsqu'il était plus jeune. Il courait, poursuivi par le Monstre ; il courait de toutes ses forces et pourtant, il n'avançait pas – comme si ses membres empesés pédalaient vainement dans de la glu. Il courait sur place, il ne pouvait pas crier, et finalement le Monstre était sur lui.

Mais cette fois tu ne te réveilleras pas en sueur dans tes draps blancs.

Il y eut deux détonations silencieuses.

La première balle toucha Charles entre la nuque et la clavicule. Aucun organe vital n'ayant été atteint, il aurait pu s'en tirer s'il n'y avait eu que cette seule blessure. Il vit comme dans un cauchemar jaillir une gerbe de sang de son épaule et la brûlure, inattendue, le fit vaciller. Mais la deuxième balle l'atteignit en pleine tête, alors qu'il se retournait, et lui enleva un œil tout en faisant exploser l'un des carreaux de ses lunettes.

Il pensa à Zilla, à ses deux enfants, au Monstre.

Et il tomba.

La mort était venue très vite. Les deux hommes dissimulèrent le cadavre sous un buisson. Au loin, auprès des rangées de lampadaires, les silhouettes d'autres passants approchaient. Les assassins se saisirent de la sacoche, allèrent se mettre à l'abri au bord du lac, quelques centaines de mètres plus loin. L'un d'eux fouilla dans la sacoche, ôtant le CD-Rom. Le disque luisait dans la nuit, entre ses gants noirs. Il le considéra quelques secondes, puis le donna à son confrère, qui venait d'ouvrir un ordinateur portable. La machine s'alluma dans un *bip* suivi d'un grésillement. Elle se connecta automatiquement sur le web, puis à l'adresse *alleithford@compuserve.com.* L'homme sourit et prépara son courrier électronique avant d'assurer le transfert des fichiers sous un mode sécurisé. Puis, tandis que son compère se penchait par-dessus son épaule, il se mit à lire les documents, les yeux brillants.

FONDS DE L'HOLOCAUSTE
Par M. René-Louis Sandron,
Rapporteur de la Commission des Finances

Au printemps 1996, une campagne médiatique sans précédent a entaché la réputation de « bienveillante neutralité » si chère à la Suisse – un concept dont ce pays avait fait son étendard et qui, soudain, se voyait mis en doute par des accusations d'une haute gravité : la Suisse aurait profité de sa situation de non-belligérante durant la Seconde Guerre mondiale pour spolier des millions de Juifs fuyant la Shoah.

Rappelons les faits. Le 30 janvier 1933, Adolf Hitler devient Chancelier du Reich. Les diverses lois votées par la suite, dont celles de Nuremberg, inquiétaient vivement les Juifs allemands, non seulement parce que leur personne même devenait la cible du régime, mais aussi parce que leurs avoirs, en Allemagne comme à l'étranger, étaient menacés. Avec l'assentiment des banques, le gouvernement suisse introduisit une nouvelle législation afin de placer le secret bancaire sous la protection du Code pénal. La loi du 8 novembre 1934 institua le secret bancaire (article 47 du Code pénal suisse) et rendit passible d'une peine de prison ou d'une amende élevée quiconque violerait cette disposition.

L'homme qui se tenait debout n'attendit pas longtemps pour prendre son mobile et composer un numéro.

— Oui, ici Dukas. Le petit banquier a décroché le

gros lot. Nous avons… un CD gravé. On y trouve le rapport Sandron et un tas d'autres fichiers. Mais il y a mieux. Il y a des informations sur vous. Oui… Toutes sortes d'informations. Pas de doute, il devait être sur le point de faire des confidences.

— Bien… Et le Cygne ? A-t-on retrouvé sa trace ?

C'était une voix lointaine, faible, chevrotante.

— Nous tenons quelque chose. Le luthier italien a confirmé ce que nous pressentions, monsieur. Il nous a fait quelques confidences avant de… compléter ses connaissances en pisciculture. Le possesseur du violon est aujourd'hui Igor Vissevitch. En personne.

— Igor Vissevitch…

Pendant ce temps, l'autre continuait de lire.

Autre nouveauté, la mise en place des comptes à numéros : au lieu d'un nom, c'était un numéro qui se trouvait affecté au client. Le nom de chacun d'entre eux n'était connu que par deux ou trois personnes, exerçant dans les banques des postes à responsabilité, et n'était en aucune manière divulgué aux employés. Il s'agissait initialement de protéger les Juifs allemands qui avaient prudemment déposé leurs fonds en Suisse.

En 1946, les banques suisses tentèrent de retrouver leurs clients juifs de façon à identifier les détenteurs de fonds non réclamés et de « comptes dormants ». Elles affirmèrent que ces fonds avaient été remis aux ayants droit ou au gouvernement d'Israël. Les organisations juives internationales affirmèrent que les chiffres fournis par les banques helvètes sous-estimaient largement la réalité et qu'au moins 30 millions de dollars non récupérés se trouvaient toujours en Suisse.

Les diverses procédures ouvertes s'enlisèrent jusqu'en 1962, quand le Conseil fédéral se décida à

> contraindre les banques à fournir tous renseignements utiles relatifs aux comptes dormants depuis 1945 et susceptibles d'appartenir aux étrangers, apatrides ou victimes de persécutions raciales, politiques ou religieuses. Cependant, aucune institution ou organisme extérieur n'était autorisé à vérifier ces comptes. On comptabilisa 1 048 comptes représentant un montant global de 9,4 millions de francs suisses, auxquels s'ajoutèrent 824 comptes dormants non réclamés en 1966. En 1969, seuls 19 % de ces comptes avaient été soldés au profit des ayants droit retrouvés, soit 1,6 million de francs suisses.
>
> La Guerre froide et le rideau de fer rendaient complexe la recherche des héritiers qui, lorsqu'ils étaient ressortissants de pays communistes, risquaient de s'attirer de graves ennuis. Les comptes en question furent transférés dans un fonds spécial, intitulé « avoirs non réclamés ». En 1972, le Conseil fédéral fit le bilan global des recherches. Les 9,4 millions de 1962 furent portés à 10,8 millions, à la suite de nouvelles vérifications. La moitié de cette somme fut versée dans le « fonds spécial » ; l'autre fut répartie entre un fonds de charité suisse, la Fédération des communautés israélites de Suisse, la Hongrie ainsi que la Pologne, en vertu d'accords de compensation passés avec ces deux pays durant les années 50.

Il y avait eu un long silence. Puis l'homme au bout du fil avait poursuivi :

— Vous allez vous rendre à Paris. Mais soyez prudent. On ne peut aborder Vissevitch comme le dernier des imbéciles. Offrez-lui ce qu'il veut et ramenez le Cygne. N'utilisez la force qu'en dernier recours.

— C'est compris, monsieur Ford. Pas d'inquiétude.

— Qu'avez-vous fait du CD ?

— Nous venons de transférer les informations chez

vous, monsieur Ford. Vous pourrez voir de vous-même de quoi il est question. Apparemment, notre employé modèle était en relation avec l'Association Wiesenthal. Mais ils n'en savent guère plus. Il leur manque l'essentiel. Des preuves.

— Nous aussi, il nous manque des *éléments essentiels*, monsieur Dukas. Il nous faut le Cygne.

En novembre 1989 tombait le mur de Berlin. Les organisations juives purent aider les membres de la diaspora des pays de l'Est à faire valoir leurs droits, et créèrent pour ce faire la World Jewish Organization. En 1995, les médias américains portèrent le débat sur la place publique et de nombreuses voix s'élevèrent pour exiger l'ouverture des archives bancaires suisses – ce qui, pour la Suisse, signifiait à terme la fin du secret bancaire.

Le président du Congrès juif mondial, Edgar Bronfman, rencontra George Krayer, président de l'Association suisse des banquiers, qui autorisa l'enquête, mais seulement sur les comptes dormants. Les premières négociations, placées sous le sceau du secret, ne furent pas satisfaisantes pour Bronfman. La Commission bancaire du Sénat des Etats-Unis et le sénateur de l'Etat de New York Alfonse d'Amato portèrent de nouveau la question sur la place publique.

En février 1996, on retrouvait 775 comptes inactifs depuis 1945 pour un montant de 38 millions de francs suisses. Aux USA, d'Amato ouvrit une série d'auditions devant le Sénat américain. Le 2 mai 1996, l'Association suisse des banquiers, le Congrès juif mondial et la World Jewish Organization créèrent la Commission Volcker, du nom de son président, ancien président de la Banque centrale américaine, mandaté pour conduire une enquête dans toutes les banques suisses, pour identifier tous les comptes en déshérence ouverts avant, pendant ou immédiatement après la Seconde Guerre mondiale.

Le *Times* du 10 septembre 1996 présenta un rapport de 23 pages, sous le titre « L'or nazi : des informations tirées des archives britanniques », estimant à 200 millions de dollars les montants d'or retenus par les banques helvétiques, incluant les dents en or arrachées par les nazis et vraisemblablement fondues en lingots anonymes. D'autres sources montaient à 500 millions de dollars, soit, en tenant compte de l'inflation, environ 4 milliards de dollars, autant de chiffres jugés grossièrement exagérés par les banquiers suisses. En décembre 1996, le Conseil fédéral annonça une levée du secret bancaire de 5 ans concernant les « avoirs ayant abouti en Suisse à la suite de l'avènement du régime national-socialiste ». Une commission d'experts indépendants fut chargée d'examiner la question.

La tension, pourtant, continuait de monter, si bien qu'en février 1997, les grandes banques helvètes décidèrent de mettre la somme de 100 millions de francs suisses à disposition d'un fonds humanitaire en faveur des victimes du nazisme, somme qui fut bientôt portée à 265 millions. Puis ce fut la création d'une fondation de solidarité pour les victimes de la misère ou de graves violations des Droits de l'Homme. Ces mesures ne suffirent pas. Le 23 juillet 1997, l'Association suisse des banquiers publia une liste de 1 756 comptes en déshérence pour un montant de 61,2 millions de francs suisses, puis une seconde liste de 14 562 comptes pour un total de 18,8 millions de francs suisses. Toutefois, l'examen de ces comptes ne fit apparaître aucune découverte significative concernant les fonds juifs en déshérence.

— Le Cygne, monsieur Ford, j'ai bien compris.

— Détruisez le CD. Il n'a aucune valeur en soi mais il ne doit pas rester en notre possession.

— C'est bien ce que nous avions l'intention de faire.

— Prenez l'avion dès demain. Et ne vous inquiétez pas pour vos honoraires, Dukas. Ce n'est pas une question d'argent. Message reçu ?

En décembre 1997, les menaces de boycott contre les banques suisses donnèrent lieu à un ultimatum qui devait expirer le 31 mars 1998. Les représentants des trois grandes banques suisses rencontrèrent à Zurich le sous-secrétaire d'Etat américain Stuart Eizenstat afin de trouver une solution globale au conflit. La menace d'une guerre économique totale se profilait et les deux gouvernements, américain et suisse, demandèrent aux parties impliquées de renoncer à des solutions extrêmes dans l'attente de l'issue des négociations. Le 19 juin 1998, les banques suisses annoncèrent une dernière offre de 600 millions de dollars, « à la limite du supportable », qui fut aussitôt jugée inacceptable par les organisations juives.

Des plaintes furent déposées contre la Banque nationale suisse ; les représentants des villes et des Etats américains réunis en conseil de guerre à New York décidèrent de lever le moratoire sur le boycott des banques suisses. L'Etat de Californie déclara qu'il ne ferait plus appel aux banques suisses pour ses opérations financières, celui de New York annonça des mesures allant jusqu'au boycott total des produits suisses dès 1999.

Un arrangement devenait vital pour la Suisse. Le 12 août 1998 eut lieu un ultime et intense round de négociations. Les parties aboutirent à un accord conclu sous l'autorité du juge fédéral Edward Korman. Cet accord prévoyait, dans le cadre d'un règlement global de l'affaire des fonds juifs en déshérence, qu'un montant de 1,25 milliard de dollars serait versé par les banques aux survivants de l'Holocauste.

A l'heure d'aujourd'hui, l'Autriche en particulier, les autres pays de l'Est en général – y compris la Russie – font également l'objet de l'attention du Congrès juif mondial. L'épilogue de l'affaire des fonds juifs en déshérence n'est peut-être que provisoire.

— Message reçu, monsieur Ford.

L'homme éteignit le portable.

L'autre retira de l'ordinateur le CD-Rom, sur lequel tomba un reflet de lune. Il fit tourner le disque entre ses doigts et regarda le jet d'eau, là-bas, au milieu du lac.

— *C'est la vie, à Paris*, chantonna le tueur.

12

Paris, rue de Birague

2001

Le lendemain de cette nuit où Frédéric avait surpris Igor jouant au Diable dissonant devant le miroir, le Maître avait paru soucieux toute la journée. C'était à contrecœur que, à la nuit tombante, il s'était décidé à se rendre au vernissage d'une exposition à laquelle on lui avait demandé de participer, le temps de couper un ruban et de dire quelques mots. *Musipictura – De la musique en peinture.* Il s'agissait de toiles censées représenter, sous forme symbolique ou métaphorique, l'émotion éprouvée à l'écoute de différents morceaux de musique. Malgré l'intérêt de la chose, Igor aurait refusé, si la requête n'avait été formulée par l'un de ses vieux amis, un collectionneur qui dirigeait plusieurs galeries d'art entre le Louvre et la rue de Rivoli. Ce genre de manifestation bouleversait la discipline du Maître et il n'aimait guère s'adonner aux mondanités. Il savait que le représentant chargé de ses intérêts chez Sony Music, abonné compulsif aux rencontres du Tout-Paris, serait présent lui aussi, ce qui ne faisait que l'ennuyer davantage. D'ordinaire, c'était François Lebrun qui se rendait en son nom à ces sauteries artistiques ; l'administrateur principal du *Maestro* l'accompagnait d'ailleurs ce soir, mais Igor serait bien obligé, cette fois, de faire la conversation avec celui qu'il appelait son « marchand du Temple » de Sony. Igor Vissevitch avait trois cartons pleins de ses œuvres et de celles d'autres compositeurs qu'il avait jouées ou dirigées lui-même ; il en avait couvert une commode entière, et il lui en manquait. Les enregistrements qu'Igor avait effectués à Radio France et dans les plus grandes salles de concert du monde l'avaient fait passer successivement d'un label à un autre. Il surveillait les évolutions de l'industrie du disque uniquement pour vérifier que l'on traitait son travail avec la dignité requise. Pour le reste, comme d'habitude, il avait un comportement paradoxal : il tirait de cette profusion de jaquettes prestigieuses une certaine fierté, tout en persiflant contre ce qu'il considérait être une nouvelle sujétion, lui dont l'utopie était d'être affranchi de toute forme d'exploitation économique. Un reste, sans doute, de ce marxisme-léninisme qu'il avait pourtant passé sa vie à fuir comme la peste. *EMI, Sony, Deutsche Grammophon*... Tous avaient édité les *Concertos atomiques*, *Sibéria* ou *Die Mauer*. Bien qu'épris de l'Occident et des pays de liberté, Igor ne pouvait se faire à ce nouveau totalitarisme consumériste qu'il avait découvert parmi les rayonnages des grands magasins. L'achat obsessionnel pour combler la vacuité de l'existence, jusqu'à l'écœurement – et lui, Igor Vissevitch, ravalé au rang des « coups » de la nouvelle mercatique, comme les *Trois Ténors* et leurs pochettes de fanfare ! Il avait malgré tout le sentiment d'être manipulé. Paradoxe insoluble de qui se donne en public tout en craignant ce sacrifice. Il avait été trop pris en otage par le passé pour ne pas demeurer sensible à ce genre de questions. Lui, au moins, n'avait pas fanfaronné sous la tour Eiffel ou au bas des Champs-Elysées. La musique de Mozart, Beethoven – ou la sienne – n'avaient pas besoin de tour Eiffel ou de soldes de 50 % pour combler les âmes. N'être plus qu'un produit de consommation, après avoir été à son corps défendant une arme idéologique : voilà qui heurtait son orgueil. Ce soir, inévitablement, son « marchand du Temple » lui tomberait dessus. Après lui avoir tressé avec componction les lauriers de circonstance et s'être essayé à quelques génuflexions (*Touchez ma bosse, Monseigneur !*), il parlerait de son dernier CD, de ses projets et l'on dévierait peu à peu sur le poids en europétro-dollars qu'il représentait au niveau planétaire. La conversation prendrait alors ce tour invariable. On se lamenterait sur la pauvreté de la musique classique française, musique d'école repliée sur elle-même, sclérosée, affectée de snobisme, de strabisme et d'absence de talents d'envergure ; on incriminerait les médias, plus prompts à dégoiser sur les derniers récits de partouzes pseudo-littéraires qu'à rendre aux Beaux-Arts les honneurs qui leur étaient dus ; on conclurait une fois de plus que rien n'existait en dehors d'Igor, et de quelques autres.

Il restait que ce soir, en arrivant sous les arcades de la rue de Rivoli, non loin du Louvre et du Palais-Royal, Igor Vissevitch, smoking et écharpe blanche, avait fait une entorse à sa règle de vie quotidienne et à ses principes quasi bénédictins. Une pluie fine avait commencé à tomber dans la rue illuminée. Les phares des voitures glissaient derrière lui en filaments rouges tandis qu'il s'avançait vers l'entrée à colonnades, encadrées des banderoles stylisées de l'exposition. Igor soupirait en se disant qu'il repartirait dès que possible. Il s'était privé d'une soirée en compagnie de Célia, et il n'avait pas l'esprit disponible. Il était inquiet. Il n'avait pas cessé de songer au décès brutal d'Elie Bogdanowicz. Il s'était également empressé de retrouver la trace de Giacomo Vivarini, que Frédéric était allé trouver à Venise, mais ses efforts n'avaient pas été couronnés de succès. Il était seul et le *Moto perpetuo* continuait de jouer la tempête sous son crâne.

Le *Moto perpetuo*. Ce problème insoluble. Ce casse-tête chinois.

Pourtant… songeait-il, *il doit bien y avoir une solution.*

Pendant ce temps, Frédéric et Célia dînaient sur le pouce, en tête à tête, ce qui les écartait un peu du rituel empreint de solennité auquel la présence d'Igor les avait habitués. Pour une fois, André n'avait pas à jouer les maîtres de cérémonie. Comme au bon vieux temps, *Igor lui avait donné sa soirée.* L'expression même amusait André, qui ne se lassait pas de jouer avec le Maître ce jeu d'un autre âge. Frédéric se sentait plus à l'aise, comme libéré de la présence, ou plutôt de l'omniprésence paternelle. La Florentine était gaie. Ils s'étaient laissés aller aux confidences. Elle lui avait longuement parlé de son enfance, ainsi que de ses parents et de ses trois frères, qui vivaient toujours en Italie. Son père avait longtemps été en poste diplomatique au Venezuela, avant de revenir à Rome, dont il était originaire, puis à Florence où, des années plus tôt, il avait rencontré son épouse. Puis Célia évoquait ses séjours napolitains, auprès de sa grand-mère, la Vieille, comme on l'appelait – avec autant d'irrespect amusé que de déférence pour cette femme qui, autrefois, avait risqué sa vie en s'opposant farouchement à Mussolini. Célia riait et le jeune homme se laissait persuader qu'elle n'était pas insensible à son charme. Les regards ardents de la Florentine et le velours de sa bouche l'obsédaient ; il se trahissait par mille petits détails qui ne pouvaient échapper à la jeune femme. Celle-ci, enfin départie de ses airs de vestale, s'enhardissait et paraissait savourer la faiblesse de Frédéric, qu'elle taquinait ou encourageait avec une égale assurance. Le jeune homme était ravi de la voir ainsi choir de son piédestal ; elle ne jouait plus les Grace Kelly et laissait libre cours à son naturel. Pour la première fois, elle lui parut vraiment accessible. Plus encore, il sentait qu'il se passait vraiment quelque chose : quelque chose de rapide et d'inattendu, mais qui l'emplissait d'une joie obscure. Ils s'étaient longtemps fréquentés sans rien se dire, ou presque. L'un et l'autre s'apercevaient soudain, à la faveur de cette soirée tranquille, que les signes de connivence se multipliaient. Leurs mains se frôlaient trop souvent pour que seul le hasard en fût responsable ; à leur grand étonnement – et en premier lieu à celui du timide Frédéric – leur complicité prenait des allures d'évidence. Elle, qui ne buvait jamais, avait pris plusieurs verres de vin ; la tête lui tournait un peu. Elle se laissait couler mollement dans la douceur de ces moments. Après le dîner, ils se rendirent au salon. Frédéric accompagna Célia quelques instants au violon. Oh, il savait qu'il ne pourrait souffrir la comparaison avec son père, mais là où Igor aurait mis toute sa virtuosité, Frédéric, lui, y mettait de la légèreté, car pour une fois, il s'agissait de leur seul plaisir et non d'une séance de travail.

Entre deux rires, ils engagèrent ensuite une conversation plus sérieuse.

— Je m'inquiète pour votre père, avait dit Célia, revenant soudain à la réalité.

A l'évocation d'Igor, le visage de Frédéric s'était assombri. C'était comme si la figure du Maître était venue soudain s'interposer entre eux deux, alors que le jeune homme aurait préféré l'oublier. Pourquoi parler de lui *maintenant*, au beau milieu de leur divertissement ? Ne pouvait-il les laisser en paix pour une soirée ? La réflexion de Célia était tout à fait innocente ; sa résonance dans l'âme de Frédéric, elle, ne l'était pas. La question qu'il posa à cet instant fut sans doute aussi ridicule que déplacée, mais la Florentine ne parut pas en prendre la mesure exacte.

— Vous l'aimez, n'est-ce pas ?... lui demanda-t-il.

Elle le regarda de ses grands yeux de biche, presque étonnée :

— Mais... bien sûr !

Sans savoir pourquoi, Frédéric repensa soudain au visage de sa mère. Sa mère, qui les avait quittés tous deux... Et cette vieille rancœur, cette sourde mais tenace impression que c'était à cause d'Igor que Frédéric avait perdu son amour. L'amour de Juliette, de celle qui l'avait enfanté. Oui, elle glissait maintenant dans sa mémoire, Ophélie en ses grands lys, fanée dans le miroir du souvenir. Certes, Frédéric et son père avaient fini par aller au-delà de ces reproches implicites qui avaient si longtemps encombré leur relation, avant qu'ils aient suffisamment de lucidité pour tourner la page. L'irruption sous leur toit de cette jeune femme à la voix exceptionnelle semblait réveiller d'anciens démons.

— Je trouve... qu'il se fatigue vite, dit Célia.

Frédéric perçut l'absurdité de sa précédente question et, chassant ses impulsions idiotes, se remémora cette scène étrange à laquelle il avait tout récemment assisté. Igor jouant devant la glace un succédané du *Moto perpetuo*, comme un damné en quête de lumière...

— Oui... confirma-t-il alors. Il se passe quelque chose qu'il est le seul à pouvoir comprendre.

Il hésita à lui parler de la scène à laquelle il pensait, mais jugea qu'il n'était pas nécessaire de l'inquiéter davantage. Puis la conversation se détendit de nouveau. Ils jouèrent encore un peu. Il n'était pas prévu que les choses se passent si promptement. Sous l'effet de quelle impulsion se manifesta soudain l'impétuosité de leur désir ? Ils étaient ailleurs, dans un autre monde ; c'était comme si le déroulement de cette soirée avait été écrit d'avance ; toujours est-il que, d'abord à leur insu, puis de façon de plus en plus consciente, ils se rapprochèrent l'un de l'autre. Ils étaient dans l'un de ces moments de grâce qui font oublier le cours ordinaire de l'existence. Leurs regards s'effleuraient, pudiquement d'abord, puis avec plus d'insistance ; ils en venaient à s'affronter, se nouer comme deux mains tendues à la recherche du moindre frémissement. Frédéric ne cachait plus son trouble, découvrant avec ravissement que Célia, par d'autres signes, lui répondait. Elle, biche surprise au milieu d'un gué ; et lui, stupéfait de voir qu'elle ne détalait pas à son approche. Il usait de tous les prétextes pour la frôler encore, tandis que la Florentine s'arrangeait pour favoriser et prolonger ce contact. A l'écoute de ces instants, sans cesse sur le qui-vive, ils multipliaient l'un et l'autre les petites provocations, s'abandonnant à ce jeu avec le pressentiment singulier de son issue, qui devenait, au sens propre comme figuré, de plus en plus palpable. Cette gorge brièvement dévoilée, ce rire clair, ce geste suffisamment discret pour laisser croire qu'il était fortuit, pas assez pour être vraiment pris comme tel, rien à présent n'était laissé au hasard. Ils s'acheminaient vers l'inéluctable. Leurs émotions se précipitaient vers l'intime, ils en étaient conscients, et cette conscience éveillait en eux le frisson d'une plongée dans l'inconnu, autant que le désir ardent de s'y perdre, de s'y noyer tout à fait.

Frédéric n'avait cessé de dévorer des yeux la jeune Florentine.

Au bout d'un moment, n'y tenant plus, il l'entoura de son bras.

Célia leva vers lui son visage radieux ; il vit danser ses yeux verts, tandis que son sourire se figeait. Il admira encore cette bouche voluptueuse, il ne vit plus qu'elle. Il posa la main sur sa joue. Il sentit cette peau fraîche et douce sous ses doigts, osant à peine l'effleurer tout d'abord, puis y approchant sa paume dans une tendre caresse. Il y avait de la lumière dans le regard de Célia. Elle lui dit, de cette voix qui à elle seule le faisait chavirer :

— Mais… Que faites-vous ?

Il s'approcha encore. Ce moment où leurs lèvres suspendues n'étaient plus qu'à quelques centimètres. Il tremblait. Sa main passa derrière la nuque de la jeune femme, ce long cou d'oiseau ; il sentit de petits cheveux s'électriser sous ses doigts. Et cette bouche appelant son baiser…

— Et… votre père… murmura-t-elle.

— Cessez de me parler de lui.

Il l'embrassa enfin, sentant son cœur battre à toutes forces. Une onde de résistance, fragile, animait encore Célia ; puis il la sentit fondre, il l'entoura de ses bras, tandis que la jeune femme acceptait le jeu de sa langue malhabile.

Il se sépara d'elle, plongeant son regard dans le sien :

— Il y a si longtemps que j'attends ce moment, souffla-t-il.

Elle se pressa contre lui. Il sentit sa poitrine contre la sienne, et son bassin qui se coulait contre son ventre. Il désigna le divan, d'un mouvement imperceptible ; Célia sourit. Elle faillit se prendre le pied dans les rideaux, dont l'extrémité traînait sur le sol. Il la rattrapa, elle rit. Puis ils avancèrent gauchement, continuant de s'embrasser. Il fit basculer Célia sur le divan ; elle posa la tête contre le velours rouge, semblant vouloir différer le moment de l'hallali, encore hésitante à se donner. Céderait-elle ? Elle s'en voulait presque de tant d'évidence, de tant de facilité. Mais c'était ainsi, et elle n'avait envie de lutter que dans la mesure où sa décence appelait l'indécence. Frédéric lui caressa de nouveau la joue, cette joue rose, qui lui donnait un teint de fleur. Puis sa main glissa sur sa gorge, sur son pendentif, et vint toucher la courbe d'un sein. Il lui sembla que la jeune femme se cambrait légèrement, lui offrant sa poitrine. Elle ferma les yeux, guettant la sensation de bien-être qui montait jusqu'à elle. Electrisé, Frédéric emprisonna le sein plus fermement, puis il la fit se redresser. Elle toléra ce mouvement, et le laissa faire lorsque, centimètre par centimètre, il fit glisser sur ses épaules les deux bretelles de sa robe.

Leur jeunesse irriguait chacune des fibres de leur être.

— Tu es tellement belle, mon Dieu… Tellement…

Elle posa ses lèvres sur sa main. Il regarda, sous la robe, le soutien-gorge de dentelle, la rondeur de ces formes venant se rejoindre en un « v » délicieux ; il écarta légèrement le balconnet, puis plongea sa tête en avant, noyant sa chevelure dans les seins de Célia. Ses mains montèrent en coupe sous la poitrine. Elle palpitait. La jeune femme ferma encore les yeux. Puis elle sentit que la main de Frédéric se posait sur son genou.

Derrière eux, le *Viotti* était là. Blasphème suprême, c'était avec lui que Frédéric avait joué ce soir. Igor avait caché quelque part le Cygne et son étui.

Disséminées sur le sol, les partitions, dont les notes semblaient danser dans la chaleur du soir, devant ce pupitre vide.

— Je ne… souffla Célia, tandis que la main de Frédéric remontait inexorablement sous sa robe.

— Chht, dit Frédéric.

Il caressa son intimité. Le doux contact du tissu, le dernier obstacle à franchir.

— Je vous aime, dit-il. Je t'aime.

Elle écarta lentement les genoux. Frédéric glissa devant elle, baissa le visage. Son désir se faisait impérieux. Il remonta la robe sur les hanches de Célia, saisit les deux échancrures de dentelle. Elle souleva le bassin tandis qu'il achevait de la découvrir. Elle ne put retenir un geste de pudeur ; il écarta doucement ses mains.

— Tu es une muse, un rêve, un mirage.

Il approcha les lèvres de sa fleur, humecta sa bouche de la rosée féminine, s'y plongea tout à fait. La Florentine l'accompagna en se tendant vers lui, presque solennellement d'abord, puis avec plus de franchise, laissant ses mains courir dans les cheveux de Frédéric.

— Je t'aime, dit-elle. Je t'aime. *Federico.*

Derrière la porte, Igor s'arrêta.

Il était rentré, seul. Lebrun l'avait quitté dans la cour de l'hôtel.

Les pas du Maître avaient été étouffés par la moquette du salon.

Il s'approcha en entendant des chuchotements, un soupir, un petit cri.

Il entrebâilla le battant du salon, prêt à pousser un joyeux *C'est moi !* qui s'étouffa dans sa gorge.

Célia chercha la ceinture du jeune homme, le caressa à son tour ; elle s'enhardit, le libéra, puis redressa le visage pour plonger ses yeux dans ceux de Frédéric. Elle avait un regard à la fois sérieux et mutin, que traversaient les reflets du désir. Frédéric passa la main dans les cheveux de la Florentine. Ils se fixèrent encore l'un et l'autre, tremblants ; elle prit appui de ses coudes sur le divan tandis que Frédéric entrait doucement en elle.

Hébété, Igor regarda les partitions, le violon, et ce couple qui s'épanchait devant lui.

Ah ! pensa-t-il seulement. *Bien sûr.*

Comment ai-je pu être aussi stupide.

Va-et-vient. Elle écartait les cuisses, les enroulant contre le corps de son fils. Elle y prenait tout le plaisir et le bonheur de sa jeunesse ; lui aussi. Elle guettait la sève qu'elle allait puiser en lui, comme pour y trouver une seconde vie. Il y avait de l'amour, du sacré et de la musique, dans cette pièce.

Frédéric la cloua contre le divan ; elle crocha ses mains dans le tissu.

— Oui, oui ! Je t'aime ! Je t'aime !

Igor, assommé, ne put supporter davantage ce spectacle insoutenable. Le poids des années… de ses illusions… de sa naïveté redécouverte avec le temps de la vieillesse… le poids de son lourd, incommensurable, inutile génie… Tout cela fondit sur lui.

Comme une nouvelle et définitive malédiction.

Il se produisit en lui une irrémédiable cassure, tout s'effondra d'un coup.

Il se retira.

Les pas sur la moquette.

C'est amusant, cette moquette, avec toutes ces fleurs.

Dans le salon, Célia jouissait, et Frédéric avec elle.

⁂

Le lendemain, Igor Vissevitch demanda à Frédéric de le rejoindre dans son bureau.

Ce genre de manières solennelles était bien son style. Mais le jeune homme ignorait encore que son père l'avait surpris la veille en compagnie de Célia. Il avait passé la nuit dans la chambre de la Florentine, qui dormait encore du sommeil du juste dans ses draps de soie. Il trouva le Maître assis dans son fauteuil, son imposante carrure trônant derrière le Cygne. Pendant un moment, Igor considéra son fils de ses yeux gris-bleu, ce regard slave, impénétrable, lisse comme la surface d'un lac. Ce regard que seule la musique avait su illuminer. Igor avait revêtu un costume noir un peu guindé, avec un foulard bordeaux autour du cou. La première réflexion que se fit Frédéric en voyant son père fut de noter à quel point il avait l'air fatigué. En vérité, il avait pris dix ans. Il se remémora encore le Maître jouant le *Moto perpetuo* devant le miroir… et la peur qu'il avait éprouvée à ce moment-là.

L'évidence lui apparut alors, même s'il n'osait encore y croire vraiment.

Il est malade.

Il est malade ! Peut-être à en mourir.

Mais en cet instant, Igor pensait à autre chose. Peut-être était-ce justement parce qu'il sentait sa vie, et ses heures, lui filer entre les doigts, qu'il s'était abandonné au charme de Célia. Même si, du bout de sa vieillesse, il avait toujours su qu'il se berçait d'un songe, celui d'animer la jeune femme d'une passion toute platonicienne, il s'était réchauffé le cœur. Il s'était rassuré à l'idée que ce sentiment n'était pas… partageable. Que par la musique, elle penserait à lui. Qu'il la posséderait par les croches et les doubles-croches, par d'autres mouvements, d'autres caresses. *Giocoso, grazioso, leggiero, maestoso.* D'une certaine façon, elle lui appartiendrait ainsi. Oui. Igor Vissevitch, du haut de ses soixante-quinze printemps, était tombé amoureux. Il aurait aimé en rire mais ne pouvait plus. Il aurait voulu… Il aurait soudain voulu ne pas passer ainsi à côté de sa vie. Cueillir les fruits qu'il aurait pu cueillir, avant qu'il ne soit trop tard. Ce matin, il était sombre, amer. Vaincu. Il n'était plus que regrets. Quelque chose d'intime avait achevé de se briser en lui. Comme une illusion, la dernière, la plus fondamentale peut-être, celle qui l'avait poussé à vivre jusqu'à maintenant. Mais qu'aurait-il pu espérer, penser d'autre ? Bien entendu. Il était écrit que les choses se passeraient ainsi. Igor aurait dû applaudir. Il aurait dû en être heureux. Etre heureux pour son fils, pour Célia. Mais il était triste et de cela même, il s'en voulait.

Il regardait Frédéric en silence, semblait guetter ses réactions.

Le jeune homme devinait-il ce qui l'agitait ? Savait-il ? Savait-il que lui-même savait ?…

Igor, quand lui diras-tu que tu vas mourir ?

Il fronça les yeux et ferma les poings sous le bureau, jusqu'à s'en blanchir les jointures, refrénant ses larmes.

Il fut submergé.

Consolation. Il faut d'abord que soit jouée Consolation.

Il rouvrit les yeux, regarda le Cygne.

Et il y a autre chose.

— Papa, tu es sûr que ça va ?

Ils étaient restés l'un en face de l'autre durant près d'une minute sans rien se dire, se contentant de s'observer mutuellement.

Igor fit un geste de la main qui signifiait que cette question était « sans importance ». Cela inquiéta Frédéric d'autant plus.

— Tu n'as pas l'air en forme. Tu devrais faire venir le docteur Laubrac... Veux-tu que je l'appelle ?

— Célia...

Igor avait la bouche pâteuse. Il se racla la gorge :

— ... Célia n'est pas levée ?

Frédéric répondit, de l'air le plus innocent qu'il put :

— Je ne l'ai pas encore vue.

Igor hocha la tête, un léger pli tordant le coin de sa bouche.

— Nous devions répéter ce matin.

Frédéric hocha la tête. Ces répétitions à n'en plus finir, tant que l'orchestre n'était pas réuni... Igor en avait aussi fait un prétexte pour voir Célia davantage que ne l'exigeait la nature même de leur travail. De ce point de vue, le Maître avait été... excessif. Le jeune homme aurait pu tout dire ; il aurait pu parler à Igor de la nuit passée. Il jugeait cependant que cela était encore prématuré. Et il eût fallu, pour cela, que leurs relations fussent bien différentes. Alors, les mots mouraient au bord de leurs lèvres. Ils parlèrent quelques instants de choses et d'autres, affectant un ton dégagé qui n'était que façade.

— Nous devions répéter ce matin. Je suis fatigué. Il n'y aura pas de répétition, dit Igor.

— Oui, repose-toi un peu, cela te fera du bien, dit Frédéric. Tu es certain que...

Igor baissa les yeux.

— Laisse donc Laubrac là où il est. André s'occupera de moi. Et... emmène donc Célia faire un tour. Aux Tuileries, par exemple.

— Oui, c'est une bonne idée, dit Frédéric sautant sur l'occasion.

Ils se turent encore quelques instants. Puis les yeux du jeune homme se posèrent sur le Cygne.

De nouveau, le père et le fils s'entre-regardèrent.

— Tu l'as… essayé ?

Les paupières d'Igor se plissèrent légèrement. Il passa dans son regard quelque chose de profondément énigmatique. Sa langue vint effleurer ses lèvres, comme s'il cherchait ses mots. Puis il dit simplement :

— Oui.

Frédéric attendit. Ce ne pouvait être que cela ! Pas un simple oui ! Il lui fallait d'autres explications. *Vas-tu parler, à la fin ! Pourquoi toujours tant de secrets ? Que faisais-tu devant la glace, à massacrer Paganini ?* Ces explications ne venant pas, Frédéric s'enhardit :

— Et alors ? Qu'en penses-tu ? Le *son*… Il faut que je t'avoue une chose. Je l'ai essayé avant toi… Une fois, à Venise. J'ai été transporté. Je n'avais jamais rien senti de pareil. Ne me dis pas que tu ne t'en es pas aperçu, pas toi ! C'est impossible. C'était un son… envoûtant… Presque maudit. Qui m'a enveloppé de sa suavité, de ses déchirures… comme la voix de Célia.

Igor tiqua, mais ne laissa plus rien paraître de ses émotions.

Après quelques secondes, il finit par dire :

— Ce que c'était… Tu veux savoir, Frédéric, ce que c'était que de jouer du Cygne… du violon de Svetlan Borg…

Il eut alors un sourire, presque imperceptible, et ses yeux s'allumèrent.

— C'était cosmique. Ou plutôt…

Il prit une inspiration et fronça les sourcils.

— C'était *diabolique*.

⁂

Lorsque Frédéric et Célia furent sortis pour leur promenade, Igor se leva. Il alla se poster auprès des fenêtres de son bureau qui donnaient sur la place des Vosges. Il resta ainsi longtemps. Par le passé, son fils l'avait souvent trouvé ainsi. Dans son bureau. Debout devant les fenêtres. Mains dans le dos. Le visage méditatif. Tourné vers l'au-dehors. L'au-delà. Vers d'autres univers. Igor inspira profondément et porta une main à son cœur. Il regarda disparaître les silhouettes de Frédéric et de Célia, de l'autre côté de la place. Puis il entendit un bruit de clochette. Il eut un mouvement de tête imperceptible, un sourire. Il sut que l'ombre d'André venait de franchir le seuil de la porte de son bureau.

André était là, droit et digne, dans son veston noir et son gilet de guêpe.

— Ah, André… Le jour où je ne serai plus, vos clochettes me manqueront bien.

— Je les ferai toutes sonner pour vous, Igor. Mais ne dites pas de telles choses. Vous savez que je suis capable de partir avant vous.

— Oh… J'en doute, mon ami. J'en doute.

Il porta les mains à sa tête. Et lors de ce simple geste, ce geste par lequel Igor Vissevitch portait la main à ses cheveux, alors qu'il lui tournait le dos et que sa silhouette massive, imposante, semblait occuper toute l'embrasure des doubles-fenêtres, à contre-jour, oui, lors de ce simple geste, André eut le sentiment secret d'assister à un moment unique, universellement unique, comme si Beethoven lui-même s'était trouvé en face de lui, là, sonné de son désespoir et d'une surdité inexorable, dont il prenait pleinement conscience. Vissevitch n'était pas sourd, non, c'était pire encore. Il ployait et il en était d'autant plus grand. André éprouva alors la plus grande compassion, en même temps qu'une jubilation intérieure, paradoxale, mais source d'une incomparable plénitude : celle de savoir que lui,

André, était le témoin privilégié de ces instants que ne retiendraient pas les livres d'Histoire de la musique. Les services qu'il avait rendus à Vissevitch tout au long de sa vie étaient bien peu en regard de l'émotion que lui avaient procurée la fréquentation et les œuvres du Maître. Cela avait été – *c'était* – un honneur véritable de le servir et d'être là, encore, pour recueillir ses confidences. En ces instants où le monument était au bord de s'effondrer.

— Combien avez-vous de clochettes aujourd'hui, André ?

— Exactement trois cent quarante-deux, monsieur Vissevitch, dit André. Toutes dans ma chambre.

Igor sourit encore et hocha la tête.

— Trois cent quarante-deux…

Son sourire se fit plus franc, plus large.

Plus authentique.

— … Ce que j'aime avec vous, André, c'est que vous n'avez jamais cessé de me rappeler la vanité de nos passions humaines… Y compris de celles qui ont la coloration la plus spirituelle, la plus sublime, la plus propice à l'élévation de l'âme. Oui, mon cher André… On m'a tant crié mon génie que parfois, à certains moments… *je l'ai cru*, vous comprenez ? Mais la mort, André, voilà la grande égalisatrice…

— Certaines sont d'argent, de cuivre, de fer, d'étain, d'autres matières encore. Aucune ne produit le même son. C'est parfois un *la* bien clair, l'un de ceux que vous faites au piano de temps en temps ; ou bien un *ut* grave, qui semble comme… expectoré d'une poitrine bronchiteuse, agressée par l'hiver, qui résonne d'une toux à fendre l'âme. L'une d'elles fait un *si* qui lui, est plutôt printanier, coloré, rafraîchissant. J'en ai une en laiton, gravée d'un cheval bondissant dans l'écume, et qui pourtant s'endort dans un *fa* comme un dragon après la digestion... De ces digestions lourdes qui succèdent aux épiphanies ou aux repas de Noël...

— Oui, continuez, André, mon ami... Ecrivez-vous toujours ces poèmes dans votre chambre ? Ils étaient assez réussis, André. Voilà un talent que je n'ai jamais eu. J'aurais aimé chanter la vie et la mort autrement qu'en musique. Mourir... En face de cela, nos passions ne sont plus que bris de verre, pluies d'étoiles ravalées par l'écume... Des appels à l'aide... Les cris tendus de notre art, notre science, notre technologie. Et moi, que laisserai-je ? Une empreinte sur le sable, que balaiera la marée suivante. Qu'est-ce que Mozart à l'échelle des Sumériens ? Rien. Même le génie est avalé par la poussière. Celle du temps. Celle de l'immensité de l'univers. Celle de... ces changements d'échelle.

— Sur la troisième étagère, à droite, j'ai déposé ma préférée. Elle est couverte de rouille, elle ne sonne plus guère, elle est presque éteinte. Elle a sûrement beaucoup servi, je me demande souvent à quoi. Elle a tinté pendant un moment, elle est passée en ce monde sans savoir trop pourquoi... Et puis elle s'est tue. Elle a terminé avec les autres. Au milieu des planches de bois...

— N'être rien et être tout à la fois, voilà ce que l'on demande à l'homme, voilà ce qu'il est. Grand et misérable en un seul et même trait, en un clin d'œil.

Ils continuaient leur poème, leur ode, leur conversation à deux voix. Oui, il s'agissait bien d'un poème. Car ce n'était pas la première fois qu'André parlait ainsi à Igor.

Mais ce morceau – ce morceau-là – ils étaient seuls à le comprendre.

Et puis, ils se turent. Les mains toujours croisées dans le dos, Vissevitch se retourna.

Ils se regardèrent longtemps, en silence.

André crut voir dans les yeux de Vissevitch un voile de larmes.

Le majordome se racla discrètement la gorge, toujours raide. Mais sa voix avait la chaleur d'un soleil.

— En avez-vous parlé à votre fils ?

André inspira et porta la main à ses paupières.

— Non... Je n'ai... pas eu le courage.

— Il faut l'en informer.

— Je sais.

Nouveau silence.

— André... pourquoi toujours, tout est-il si compliqué ?

Le majordome haussa un sourcil.

— Vous savez, Igor... Lorsque j'étais petit, je chapardais des pommes sur les marchés du XVIIIe arrondissement, le visage couvert de crasse. Tous les soirs, entre la mort de mes parents et ma quinzième année, je faisais le mur de l'orphelinat, la Prison, comme je l'appelais, et je m'amusais de ces policiers qui m'avaient pris en grippe. On sourirait aujourd'hui, de ce qui ressemble à un vieux Chaplin. Pourtant, tout cela n'est pas si lointain. Et je vous assure que les gargouillis de mon estomac n'avaient rien de fictif. A cette époque, Igor, vous étiez encore en Union soviétique. C'est vous qui m'avez donné une chance, à votre arrivée en France. Je n'ai jamais su par quel miracle vous m'aviez choisi, moi plutôt que mille autres, lorsque je me suis présenté à vous. Je n'y croyais pas une seule seconde. Oui : sans vous, je serais sans doute mort à l'heure qu'il est. Je serais passé dans cette vie de la façon la plus vaine qui soit. Je me suis glissé dans cette fonction comme dans un jeu. Un jeu d'un autre temps, mais qui m'a plu infiniment. Un jeu que j'ai fini par prendre en affection... Très au sérieux. Ce jeu est devenu le centre de ma vie. Il m'a donné cette dignité que la naissance m'avait refusée. Je me suis inventé une paternité, une généalogie. Et j'ai partagé la vie intime d'Igor Vissevitch. Des milliers de personnes auraient rêvé d'être à ma place. Que pouvais-je demander de plus ?... Voilà ce que moi, je vous dois. Et Frédéric, même s'il s'en défend, par certains côtés, vous doit bien plus. Seulement... Vous aussi, vous avez des devoirs envers lui.

Igor regarda André. Après un long moment, le Maître acquiesça.

— Oui... Je lui parlerai. C'est promis.

André eut un sourire. Puis le Maître regarda le Cygne et son étui, sur son bureau. Un instant, une sombre pensée lui traversa l'esprit.

Il faut rappeler Vivarini.

Et toi, Lebed... Je dois te mettre en sûreté... le temps que je trouve enfin ce que tu me caches.

Il se dirigea vers l'esquisse de la *Ronde de nuit* qui se trouvait derrière son bureau, auprès de la bibliothèque. Il retira le tableau et découvrit un vaste coffre. Il y rangea le Cygne dans son étui, avec la partition du *Moto perpetuo*.

Il referma le coffre, puis il retourna vers la fenêtre.

André, sur le seuil de la porte, n'avait pas bougé.

— Ce sera bientôt l'heure de notre baroud d'honneur, André...

Il laissa filer une ou deux secondes, qui s'écrasèrent quelque part au fond de leur conscience.

— *Consolation*. Le chant du Cygne...

Il inspira encore.

— Oh ! André. *Mon* chant du cygne.

⁂

Une demi-heure plus tard, André se rendit dans un kiosque voisin pour y chercher la presse du jour. Lorsque les deux intrus en pardessus noir se glissèrent à sa suite dans le hall, avant que les portes de l'hôtel particulier ne se fussent refermées, le majordome ne cacha pas son mécontentement. Un instant, les trois hommes se firent face.

Leurs ombres se découpaient sur le sol en damier.

— Nous voulons voir Igor Vissevitch.

André répondit sèchement :

— M. Vissevitch ne reçoit personne. Et rien ne vous autorise à entrer ici de cette manière. Je vous prie de sortir immédiatement.

— Dites-lui que c'est au sujet du Cygne. Je suis convaincu qu'alors, votre Maître comprendra l'intérêt qu'il a à nous recevoir.

André cilla.

— J'ai dit : quittez cette maison. Ou j'appelle la police.

L'un des deux hommes s'approcha. Ils n'avaient manifestement pas l'air décidés à partir. Tous deux étaient en costume assez chic – *Armani, apparemment*, songea André. Celui que le majordome avait en face de lui était un grand brun au visage émacié. Sur sa joue gauche, la trace d'une ancienne brûlure. Il avait un léger accent étranger. André jeta un coup d'œil sur le second, un peu en retrait. Un colosse silencieux, avec des cheveux noir comme jais, et quelque chose de profondément inquiétant dans le regard. Il avait ramené ses mains jointes devant lui et se tenait parfaitement immobile.

Dimitri Dukas ouvrit sa veste et fit quelques pas, regardant le sol.

— Nous nous sommes mal compris. Il est inutile de

jouer les chiens de garde. Dites au *Maestro* que nous venons… de la part d'Elie Bogdanowicz.

Les yeux d'André se plissèrent.

— Cela m'étonnerait bien, tonitrua une voix depuis le haut de l'escalier.

Tous levèrent la tête.

Igor Vissevitch était là, au premier étage, une main sur la rambarde. Le visage fermé, les traits sévères. Ses cheveux de cendre par-dessus son front ridé. Ses yeux de braise. Sa voix était aussi imposante que sa stature. Un véritable volcan. Il semblait tous les dominer de plusieurs têtes. Ses paroles avaient résonné en écho dans le hall. Il resta immobile quelques secondes, à moitié plongé dans l'ombre. Puis il fit quelques pas, descendant une ou deux marches, et s'arrêta.

— Cela m'étonnerait bien, car je sais qu'il est mort.

Dukas passa sa langue sur ses lèvres.

— Ah… Je vois. Vous êtes Igor Vissevitch, n'est-ce pas ? Le grand Igor Vissevitch.

— Je viens également d'apprendre le décès d'un luthier italien, du nom de Giacomo Vivarini…

Encore sous le choc, Igor était tendu. Il fusilla les intrus du regard. Sa lèvre trembla lorsqu'il dit, contenant à peine sa colère :

— J'ose espérer qu'il n'y a pas de lien entre les deux épisodes. Remarquez comme le destin est curieux…

Superbe, Igor considéra encore Dukas et son acolyte de toute sa morgue. Il resta silencieux quelques instants, puis ajouta, d'une voix à faire trembler les murs :

— Qui êtes-vous ? Et qu'êtes-vous venus faire ici ?

Dukas eut un sourire mielleux et baissa légèrement la tête, non sans ironie. Nullement intimidé, il jeta sur Igor son regard le plus sournois.

— Nous sommes venus négocier, monsieur Vissevitch.

André n'avait pas coutume d'écouter aux portes, ou de regarder à travers les serrures ; il le fit pourtant cette fois-ci. Au début, il ne comprit pas grand-chose ; mais très vite, le ton monta.

A l'intérieur de la pièce, Igor Vissevitch, sanguin, s'était assis derrière son bureau. Il n'avait pas invité les deux nouveaux venus à faire de même : ceux-ci se tenaient debout devant lui. Sa main s'était crispée brièvement sur son coupe-papier, puis son visage était allé s'empourprant, au point que des gouttes de sueur commençaient à perler sur son front. Il donnait de la voix de plus en plus. Il entra bientôt dans une rage folle. Les veines saillaient à ses tempes lorsqu'il éclata, postillonnant :

— *Négocier ?* Il n'y a rien à négocier !

— Monsieur Vissevitch, comprenez qu'il est dans votre intérêt d'accepter notre offre.

— Qu'est-il arrivé exactement à Elie Bogdanowicz et à Giacomo Vivarini ?

— Monsieur Vissevitch… Vous devez nous remettre le Cygne. Nous paierons ce qu'il faut pour cela.

Igor, s'appuyant sur les bras du siège de son bureau, se leva brusquement. Il eut une brève inspiration, comme un haut-le-cœur, qui fit se dresser son thorax et ses épaules puissantes. Le fauteuil bascula en arrière dans un bruit sourd, tandis que le Maître tendait un doigt accusateur vers les deux comparses.

— IL N'EST PAS À VENDRE ! Et moi non plus ! Non, mais ! J'ai tenu tête à des agents du KGB pendant plus de vingt ans ! Au plus fort de la Guerre froide, par la seule force de ma musique, je les tenais en échec ! Alors ce ne sont pas… deux corbeaux, venus de je ne sais où, qui vont me faire peur ! Pour qui me prenez-vous ?

Dukas se mordit la lèvre.

— Oh là, dit-il en levant la main. Comme vous y allez…

Il sourit largement, découvrant une dent en or.

— J'ai appris à reconnaître la fourberie à des kilomètres, dit encore Igor. Dites-moi *qui vous envoie*. Dites-moi ce qui est arrivé à Elie et au Vénitien ! Maintenant !

Dukas échangea un regard crispé avec son partenaire.

— Je me doutais que les choses se passeraient ainsi. Monsieur Vissevitch, vous pourriez être un peu plus coopératif…

Igor fit le tour de son bureau, élevant la main.

Il était prêt à les prendre l'un et l'autre par le collet pour les jeter dehors.

— Oh, non, monsieur Vissevitch, non…

Dukas soupira. Igor s'arrêta net. Dukas venait de sortir une arme de son veston.

Il le pointait sous le nez du compositeur.

— Walter PKK 9 mm. Egalement utilisé dans les services secrets. Il vous arrive d'aller au cinéma, Maître Vissevitch ? Dites-vous bien que celui-ci est tout à fait réel. Je crois que ce petit instrument va nous permettre de renouer le dialogue.

Il s'éclaircit la gorge.

— Franchement, je suis très peiné de devoir en venir aussi vite à de telles extrémités.

Igor n'en crut pas ses yeux. Il resta là quelques instants, interdit, à trépigner sur place. Il était suffoqué.

— Mais… vous avez un culot…

Il tendit la main vers le téléphone et saisit le

combiné. Un instant, un éclair d'inquiétude passa dans les yeux de Dukas.

— Tout cela a assez duré. Où vous croyez-vous ? Dans un album de *Tintin* ?

La voix du tueur se fit tranchante. L'autre aussi avait sorti une arme.

— *Réfléchissez*, monsieur Vissevitch. Je n'hésiterai pas à appuyer sur la détente. Vous ne me connaissez pas encore suffisamment pour mettre en doute ma parole. Reposez ce téléphone… *Tout de suite.*

Le combiné resta suspendu dans le vide.

Dukas sourit, passant une main fugitive sur son visage, à l'endroit où la peau était brûlée.

— Reposez le téléphone et dites-moi… *où est le Cygne* ?

Il y eut un bruit de clochette et la poignée de la porte tourna.

Ce fut à cet instant qu'André se décida à entrer.

Non ! Non André, n'entre pas !

Les trois hommes se tournèrent ensemble vers la porte.

⁂

Frédéric entra dans la cour intérieure de l'hôtel ; Célia lui donnait le bras. Le bruit de leurs pas retentissait contre le pavé.

Ils entendirent alors la première détonation.

Tous d'eux s'arrêtèrent, échangeant un regard.

Bon Dieu, je sens…

Passé le premier instant de stupeur, Frédéric se jeta dans le hall, franchissant en coup de vent les portes d'entrée. Cette irruption soudaine dans la fraîche pénombre du hall contrastait avec la chaleur du dehors.

Frédéric mit une seconde à s'habituer au changement de lumière. Il leva alors les yeux en direction de l'escalier. Il reconnut, au sommet des marches, la longue silhouette d'André, qui lui apparut en contre-jour. Mais le majordome se tenait étrangement. Son épaule décrivait un angle bizarre, il était à demi affalé sur la balustrade.

... qu'il se passe quelque chose.

— M... Monsieur Frédéric, souffla André dans un râle.

Et tout se déroula très vite. Le majordome bascula soudain par-dessus la rambarde. Célia poussa un cri, joignant ses deux mains auprès de sa bouche.

André s'écrasa quelques mètres plus bas.

Une tache de sang noirâtre ne tarda pas à se répandre autour de son corps.

Frédéric écarquilla les yeux, le souffle coupé. Puis il se précipita sur André.

— André ! André, Seigneur Dieu !

— *Votre... père...*

Les doigts du majordome étaient crispés sur sa petite clochette. Elle tinta, accompagnant son dernier spasme, avant de se taire à tout jamais. La Florentine s'était précipitée à son tour, en larmes ; elle était agenouillée auprès de Frédéric. Elle prit la tête d'André au moment où la vie le quittait. Elle montra à Frédéric la plaie qu'il avait au niveau du cœur, d'où s'échappait un flot de sang. Puis il y eut une seconde détonation et le regard du jeune homme, comme dans un cauchemar, quitta le corps inerte d'André pour remonter aussitôt les volutes de l'escalier en direction de... de...

Là-haut.

Laissant Célia auprès du cadavre d'André, Frédéric s'élança vers l'escalier.

Mon Dieu non, faites qu'il n'ait rien !

Il montait les marches quatre à quatre. Il arriva au

premier étage en quelques secondes et se rua dans le couloir en direction du salon de musique, puis du bureau. Il entra si brusquement que la porte claqua avec violence contre le mur. Il entrevit Igor, qui glissait depuis son fauteuil sur la moquette… Le Maître avait l'index dressé ; Frédéric suivit des yeux la direction que désignait son doigt, vers les fenêtres de la pièce. Elles étaient ouvertes sur l'extérieur, les rideaux diaphanes dansaient dans le vent. Frédéric aperçut deux hommes, dont l'un semblait porter un étui de violon, qui s'échappaient en direction de la place des Vosges. Ils avaient enjambé le balcon ! Ils avaient sauté et…

— Papa !

Igor se tenait la poitrine. Il ahanait comme une bête et crachait du sang. Ses yeux, immenses, roulaient dans ses orbites, son teint était rouge. Il ruisselait de sueur.

— Je n'ai pas… cédé… Fréd… éric… Je…

Non ce n'est pas vrai c'est un cauchemar ce n'est pas POSSIBLE

— A l'aide ! Au secours ! hurla le jeune homme.

Il se jeta sur le téléphone.

⁂

Il était au bord d'un lac – lui, ou du moins son regard, qui semblait voler à la surface. Serti dans un écrin de verdure, le lac écoutait le murmure des aulnes et des saules moussus penchés sur ses rives. A l'ombre de ces barbes sylvaines, et entre les reflets du ciel, des nénuphars dansaient. Soudain, il y eut un frémissement, presque imperceptible ; puis ce fut comme le jet d'une fontaine, et des milliers de perles cristallines vinrent iriser les flots. Depuis la berge, Frédéric vit alors arriver l'animal. Vivante épiphanie de lumière. Tout de grâce, de blancheur, de puissance, il filait sur l'onde sans effort, les ailes repliées. On sentait en lui le mâle orgueil d'un dieu et l'innocence d'une vierge ; terre et ciel, nymphe et chasseur, dont le cœur sacré palpitait sous son manteau de plumes, ce cœur que guettait sans cesse la flèche du mal. L'oiseau ouranien glissait sur le lac, son bec semblait fermé et pourtant, il chantait. Il ouvrait le chemin menant aux Hyperboréens, au-delà des vents du Nord ; on attendait de le voir s'envoler pour le suivre sur un char conduit par ses semblables, dans une nouvelle pluie de lumière. Sa tête sublime se tendait un instant, avant qu'il ne se rengorge avec audace. Puis, subitement, son plumage se gonfla comme une vague. Il se dressa fièrement, déployant ses ailes immenses. Il parut ainsi à Frédéric, tout de majesté tranquille, continuant de chanter, puis il s'éleva au-dessus du lac. Lentement, il monta vers le ciel, jusqu'à disparaître dans la brume.

Igor Vissevitch fut transporté à l'hôpital le plus proche.

La sirène de l'ambulance hurlait au-dessus d'eux. Célia était restée auprès d'André avec une autre équipe médicale, mais c'était maintenant la police qu'il fallait appeler. Igor était entre la vie et la mort. La balle s'était logée à peine à deux millimètres du cœur. Toute intervention chirurgicale risquait de le tuer. Il avait perdu beaucoup de sang. Les yeux du Maître chaviraient, mais il n'avait pas perdu conscience. Frédéric était auprès de lui tandis que de tous côtés, on s'activait.

— Papa… papa, mon Dieu, qu'est-ce qu'ils t'ont fait…

Le regard d'Igor cessa de bouger pour se focaliser sur Frédéric. Il tendit une main désespérée vers son fils. Nom de Dieu, il souffrait ! Il souffrait ! C'était intolérable de le voir ainsi ! Lui, le monstre Vissevitch, l'empereur de la *Danse des nymphes*, du *Mauer* et de *Consolation*, râlait sous les yeux de son fils et s'apprêtait à mourir, poussant des soupirs à fendre l'âme ! Il était là, son ombre immense, son aura quasi mystique l'entourait, et il mourait !

Il vit le chœur d'une cathédrale immobile. Son père jouait à l'intérieur.

C'était une cathédrale de nuages, un bâtiment jeté au milieu des cieux. Des lignes infinies, des rosaces inachevées, des figures géométriques s'entrecroisaient dans l'espace. A mesure que l'image d'Igor jouait dans cette nef ouverte sur la voûte du ciel, la cathédrale se disloquait, des fragments s'en détachaient un à un, à la manière d'un puzzle se décomposant dans le vide. Les fragments dansaient dans l'azur, tournoyaient lentement, s'échappaient dans l'immensité, oui ! De flamboyants piliers plongeaient vers un inframonde indescriptible, rencontrant les lignes et les rosaces et les figures tourbillonnant en cet étrange ballet. Et Igor était là, tantôt en violoniste, tantôt en chef d'orchestre, usant de sa baguette pour commander aux éléments, mage et sorcier, auprès de ce tabernacle flottant, de ces reliquaires qui se démontaient eux aussi les uns après les autres, des cylindres d'orgues qui tombaient en éventail, en épis de blé, sur des coussins alizéens.

Fragments.

Pas ainsi, non, pas ainsi, dans une pauvre ambulance hurlant entre les trottoirs.

C'était impensable.

Igor repoussa l'infirmier qui voulait poser sur sa bouche un masque à oxygène. Il agrippa soudain les cheveux de Frédéric avec une vigueur insoupçonnée, forçant le jeune homme à se pencher vers son visage. Il lui murmurait quelque chose à l'oreille.

— Oui, papa ! Qu'y a-t-il ! Tu veux me dire quelque chose ! Que…

— Elie… Ils… l'ont… tué aussi…

Les neurones de Frédéric étaient électrisés. Il mit une seconde à comprendre.

— Elie… Tu veux dire… *Bogdanowicz* ? A Prague ?

— Il… mort… et l'autre… aussi… le Cygne…

— L'autre ? Le Cygne ? De quoi parles-tu ? Le Cygne, c'est ça qu'ils voulaient ? Ils l'ont pris !

— Ils se sont trompés… Ces moins-que-rien… Frédéric ! *Ils ont pris le Viotti*… Ils venaient… le Cygne… *Lebed*… Frédéric… Sous la *Ronde de nuit*… Il y a… un secret…

— Monsieur ! s'écria l'infirmier avec autorité.

Igor était maintenant sous perfusion ; le masque à oxygène dansait au-dessus de sa tête.

— Frédéric… Le Cygne… il a… un secret… Le rabbin voulait… voulait…

Igor poussa un nouveau râle. Il regarda Frédéric une dernière fois, plongeant ses yeux dans ceux du jeune homme ; des yeux comme il ne lui en avait jamais connu, éplorés, emplis de chagrin et d'un amour si démesuré qu'il en était palpable. De nouveau, l'infirmier approcha le masque à oxygène et de nouveau, la main puissante d'Igor l'arrêta. Il soufflait comme un buffle.

— Tu donneras *Consolation* pour moi. Frédéric…

— Comment ?

— Tu dirigeras *Consolation*… à Terezin. Promets-moi… Je le veux…

— Mais…

— Frédéric… Je… le… veux… Je… t'aime… Fr… éd… éric…

Sa main se crispa encore.

— Oui, oui ! Je te le jure !

— Monsieur !

Les yeux d'Igor papillonnèrent. Le masque tomba sur ses lèvres.

Les lumières bleues du gyrophare couraient sur le visage lunaire et décomposé de Frédéric.

Lorsque la cathédrale se fut entièrement désintégrée, que les miettes de ce puzzle étrange eurent achevé de se dissoudre parmi les nuées, de gigantesques gréements se dressèrent au seuil de son imagination. Un antique navire s'armait devant lui, soulevant ses voiles jusqu'aux lunes nouvelles ! Entre ces vapeurs océanes, le vaisseau fantôme filait dans l'espace de sa semi-conscience. Conduit par un invisible timonier, le gouvernail tournait sur lui-même, solitaire ; et Frédéric se vit en figure de proue, sirène androgyne au cri silencieux, la chevelure au vent, ange ou harpie.

Dieu, que c'était beau !

Igor Vissevitch mourut deux heures plus tard, en dépit de tous les efforts pour le sauver.

Comme si cela n'était pas suffisant, Frédéric apprit de la bouche de leur médecin de famille, le docteur Laubrac, qu'Igor était atteint d'un cancer du pancréas qui le condamnait de toute façon, à brève échéance. Maigre consolation. Et son père… Igor le lui avait caché, tout ce temps. Et André était mort lui aussi. Tout cela en quelques heures…

Frédéric levait les yeux vers le ciel. L'ironie dramatique de la situation lui apparaissait dans toute sa splendeur.

Consolation… Oh, mon Dieu !

Moi aussi, papa.

Je t'aime.

Son délire onirique l'envahit tout entier à mesure que le Cygne lui parlait. Et il le vit de nouveau, ses ailes déployées, son duvet immaculé, qu'une flèche vint transpercer en plein poumon, libérant le sang.

Une autre clochette tinta, quelque part, au loin.

Igor Vissevitch, l'immense Igor Vissevitch, violoniste et compositeur, était mort.

13

Forêt-Noire (Schwarzwald)

2001

L'ombre de celui qui se faisait appeler Alleith Ford s'allongeait devant les grandes baies vitrées du *Gott im Himmel*, un chalet en Forêt-Noire.

La Forêt-Noire. *Schwarzwald.* C'était dans ce massif montagneux, jadis séparé des Vosges par le fossé d'effondrement rhénan, que M. Ford avait élu domicile depuis de nombreuses années. Au cœur de l'Allemagne. De son chalet, il ne pouvait voir la ligne française des Vosges, ni même le Feldberg. Non : il ne pouvait contempler que les sombres étendues de conifères, des arbres sur les collines, des arbres partout, rangés en ordre comme pour la bataille, ces bois obscurs au sein desquels était terré son chalet, le repaire du dragon, son antre. Seul et isolé dans son écrin nocturne, ce chalet prenait figure de tombeau, celui de quelque Nosferatu jeté en marge des vivants. *Nosferatu, le Non-Mort.* Autrefois, un sourire d'amertume se serait peint sur le visage de M. Ford, à cette pensée. Plus aujourd'hui. M. Ford ne pouvait plus sourire. Son visage, comme le reste de son corps, était ravagé par un sida en phase terminale. C'était un comble, il ne savait même pas comment il avait contracté la maladie, cette lèpre des temps modernes. Il ne le saurait sans doute jamais. Et s'il était debout, ce n'était que parce que la jeune infirmière qui veillait sur lui, Kirstin, avait soulevé au maximum le lit sur lequel il était sanglé, pour qu'il puisse faire face aux baies vitrées et au paysage funèbre qui s'étendait devant lui.

Le chalet était là, à des kilomètres de la moindre route, avec juste ce petit sentier de rien, qui disparaissait au milieu des frondaisons. Les yeux palpitants de M. Ford regardaient la cime des sapins, son oreille cherchait à écouter le bruit du vent passant dans leurs épines. Il aurait voulu avoir les prunelles d'un chat, pour percer l'obscurité environnante… Sa main décharnée avança vers un pupitre sur lequel il attrapa une télécommande, avant d'appuyer sur un bouton. Non loin, le visage blême de Klaus Kinski disparut d'un écran de télévision. Lui, il était là : Alleith Ford. Le vrai *Nosferatu.* Richissime. Seul au monde. Malade à en mourir. A ressasser, ruminer inlassablement ces sombres pensées qui l'obsédaient, n'avaient cessé de l'obséder. Il resta longtemps encore à regarder la nuit tombant sur les massifs. Il la rejoindrait, la nuit. Avec son grand manteau noir. Il se déguiserait en loup et il irait hurler avec elle. Alleith Ford se cachait. Alleith Ford était au rebut du monde, de la civilisation. Alleith Ford cumulait contre tout l'univers les plus sourdes rancœurs que l'on puisse imaginer. Il allait sur ses cent ans et n'était plus qu'un débris haletant, gangrené par une maladie qui l'emporterait d'ici quelques semaines. Derrière ses yeux, déjà, on devinait le vide de ses orbites. Derrière sa peau lacérée de rides, de taches et de bubons, on voyait ses os, prêts à laisser glisser sur eux des lambeaux de chair. Mais dans tout cela, le plus extraordinaire était qu'il avait encore toute sa tête

– enfin, c'était une façon de parler. En tout cas, il fallait faire vite… Pendant qu'il avait encore des éclairs de conscience.

Kirstin s'avança dans la pénombre. Sa lourde poitrine semblait s'agiter dans son chemisier. Elle avait défait sa chevelure rousse. Elle venait pour la piqûre. Pendant un temps, M. Ford s'était livré à toutes les chimiothérapies imaginables. Finalement, il avait décidé de revenir au chalet pour ses derniers jours, ses dernières heures. Il n'était que l'ombre de lui-même, et il ne lui restait que l'ombre d'un traitement. Il préférait s'en amuser. Il avait trop vécu, beaucoup trop. Mais, damné pour damné, il s'était juré de régler une affaire importante avant de s'enfuir à tout jamais, et de regagner ces autres enfers que les puissances de l'au-delà lui avaient sans doute préparés, en expiation de ses fautes. Aujourd'hui, il n'avait plus peur du Moloch de ses cauchemars ; le Moloch, c'était lui.

— *Wie geht's ?* demanda Kirstin d'une voix charmante, sur un ton familier.

Il savait qu'elle était écœurée, mais admirait cette désinvolture avec laquelle elle parvenait encore à lui adresser la parole. Il ébaucha un rire, jaillissant du fond de sa gorge, qui se solda par une sorte de sifflement sardonique, à la lisière de ses lèvres. Il respirait avec difficulté. Son souffle, son haleine, tout en lui semblait déjà épouser la mort, la putréfaction.

— *Gut, Danke…*

Il voulut rire encore. *Je suis le souvenir… Le souvenir odieux d'un siècle mort*, se prit-il à penser tout en continuant de regarder la nuit tomber. *Je suis le gouffre d'une civilisation éteinte…* Au moment où Kirstin enfilait ses gants de caoutchouc, s'apprêtant à lui prodiguer ses soins, il y eut une sonnerie de téléphone.

— Passez-le-moi, dit aussitôt M. Ford.

Il y eut encore deux longues sonneries, puis il appuya sur une touche du portable.

— Allô…

— Allô, monsieur Ford ? Dukas à l'appareil.

— *Ich glaube*… Je crois que vous avez des choses à me raconter, dit M. Ford.

— C'est-à-dire que… Les choses ne devaient pas tourner de cette façon… hem… il a résisté… Monsieur Ford : Vissevitch est mort.

— Je sais cela ! persifla M. Ford, d'une voix tranchante comme un rasoir. Que croyez-vous ? Que je ne regarde pas la télévision ? Le monde entier est au courant… Le dictionnaire manque de mots pour qualifier votre incompétence, Dukas. Vous ne m'avez pas écouté.

Il partit d'une quinte de toux, cracha dans le linge que lui tendait la main gantée de Kirstin. Puis il reprit, sans pouvoir refréner davantage sa colère :

— Vous êtes en train de me saboter ce travail, Dukas… Je ne vous pardonnerai pas cela, vous m'entendez ? Je ne vous le pardonnerai pas. Qu'avez-vous fait du Cygne ?

— Nous avons l'étui du violon, monsieur Ford. Et le violon lui-même. Mais il n'y avait rien. Pas trace de quoi que ce soit.

Les lèvres d'Alleith Ford tremblèrent de plus belle.

— Attendez, imbécile… Avez-vous vu à un endroit ou à un autre les initiales S.B. ? Dites-le-moi : avez-vous vu sur l'archet, ou l'étui, ou ailleurs encore, les initiales : *S.B.* ?

— Non, *mein Herr*…

— Et vous savez pourquoi ?

— C'est que…

— C'est que vous N'AVEZ PAS LE BON VIOLON, monsieur Dukas, voilà pourquoi ! Celui que vous avez volé vaut une fortune… mais ce n'est pas le Cygne ! C'est à tous les coups le *Viotti*, le violon personnel d'Igor Vissevitch. Un Stradivarius ! Mais bien sûr, pour vous, tous les instruments se ressemblent, n'est-ce pas ?… Vous avez intérêt à retrouver *Lebed* sous les trois jours, Dukas. Je me moque de la façon dont vous vous y prendrez. Mais je ne tolérerai plus d'autre erreur, c'est compris ? Je veux le Cygne, par tous les moyens !

— En tout cas, je peux vous garantir, monsieur Ford, que personne ne pourra remonter jusqu'à vous. Comment serait-ce poss…

— Taisez-vous, mon pauvre ami, vous ne savez pas ce que vous dites.

— Mais qu'est-ce qu'il a de si important, ce violon, pour que…

— Ceci, monsieur Dukas, dépasse de loin votre compréhension. Je ne vous paie pas pour vous poser de mauvaises questions, mais pour m'apporter de bonnes réponses. *Alles klar ?*

— Oui, monsieur Ford. C'est compris.

— Trois jours, pas un de plus, Dukas. Ou je m'arrangerai pour que quelqu'un s'occupe personnellement de votre cas. Retrouvez le Cygne !

Il raccrocha violemment.

— Barbares, persifla-t-il.

Il haletait comme une bête. Il murmura encore quelques mots, de sa voix chevrotante.

Trois jours. Il ne savait même pas s'il serait encore vivant, dans trois jours.

Kirstin lui passait une main dans le dos.

— Vous ne devriez pas vous énerver comme cela, monsieur Ford. Quelle importance…

Manifestement, elle ne comprenait pas. Elle ne savait rien. Elle voulait le réconforter, mais la main qu'elle lui passait dans le dos lui faisait mal. Alleith Ford s'en moquait. Cette douleur, il l'acceptait.

Non, cette gourgandine ne savait rien. Elle lui avait dit, une fois :

— M. Ford… Alleith Ford… C'est curieux… Ce n'est pas votre vrai nom, n'est-ce pas ?

M. Ford essaya de se calmer.

Ce n'est pas votre vrai nom, n'est-ce pas ?

Il se souvenait, le jour où il avait ouvert ce compte à numéros à la Banque Internationale de Genève. Ce jour faste… Faste ? Non. C'était, déjà, un jour de fuite. De cette fuite sans fin, qui l'avait conduit aux quatre coins du monde, puis ici – jusqu'à cette réclusion volontaire dans ce chalet de la Forêt-Noire… quand il avait été suffisamment vieux. Quand les esprits s'étaient calmés. Le jour où il était passé à la BIG, il avait reçu son code secret en échange d'un pseudonyme qu'il avait servi pour l'occasion. Alleith Ford.

Il en riait encore.

Alleith Ford…

Ce n'est pas votre vrai nom, n'est-ce pas ?

Une identité… Avait-il seulement une identité, depuis ce temps-là ? Non, ce n'était pas son vrai nom. Il s'était amusé à une pauvre anagramme… en souvenir de quelqu'un… quelqu'un qui avait compté dans sa vie.

Alleith Ford
Aferd Lolith
Alfred Litho
Adolf Thiler
Adolf HITLER.

Il regarda à travers les baies vitrées, au-dehors.

La nuit était tombée sur les sapins de la Forêt-Noire.

Alors, M. Alleith Ford partit d'un grand rire… un rire qui se termina dans de longs sanglots étranglés, allant se perdre au cœur de la *Schwarzwald.*

14

Paris, rue de Birague

2001

Frédéric ouvrit les yeux.

Dieu, qu'il était abattu.

Il était assis dans l'un des grands fauteuils du salon de musique, rue de Birague.

Les funérailles d'Igor et d'André avaient eu lieu le matin même. Célia était venue, naturellement. Mais le jeune homme avait voulu rester seul cet après-midi. La Florentine avait compris. Elle s'était rendue à l'église Saint-Sulpice – pour prier, avait-elle dit. Frédéric, lui, était totalement déphasé. Peu de temps auparavant, la police les avait longuement interrogés. Mais ils n'avaient pas de témoins. Aucun indice, si ce n'était la balle qui avait tué Igor – autant dire rien. Frédéric ne savait plus où il en était. Il avait gardé pour lui les dernières paroles de son père. Tout cela ne menait nulle part. Et il était là, dans ce salon, dont il avait fermé les rideaux. Tirés sur ses souvenirs. *Camera oscura.* Lanterne magique, semée d'ombres chinoises. Frédéric regardait autour de lui. Ce trépied, ce pupitre auquel il manquait des partitions. Et derrière, il manquait une ombre, cette ombre tutélaire, pour les faire danser. Le cours suspendu d'une baguette ou d'un archet, décrivant dans l'espace ses volutes harmonieuses. Ce miroir. Il manquait aussi le *Viotti* et son étui, que l'on avait volés. Il manquait…

Frédéric baissa la tête, passa les mains sur son front, dans ses cheveux.

Igor avait demandé à être incinéré. André avait suivi le même chemin.

Leur crémation, à tous deux, avait été atroce.

Papa… Tu savais que tu allais mourir de toute façon…

Pourquoi ne m'as-tu rien dit ? J'aurais pu… comprendre…

Comment ai-je pu être aussi aveugle ?

Il était arrivé à Igor de parler de sa mort à plusieurs reprises ; surtout ces derniers temps. L'ironie du sort était sans limites. On avait tué un homme déjà mourant. Et Frédéric, lui, se sentait coupable de n'avoir pas décelé plus tôt l'ampleur du problème. Obsédé, sans doute, par sa petite personne. Maintenant, il était trop tard. Igor avait toujours dit qu'il souhaitait une cérémonie dans la plus stricte intimité. Il y avait quelque chose de presque rassurant à l'idée que le majordome fût avec lui jusque dans la mort. Ils s'étaient, une fois de plus, accompagnés. François Lebrun, grand intendant des affaires du Maître avec Frédéric, avait fait diligence dans l'organisation de ces funérailles. On n'avait pu éviter quelques caméras et photographes de presse ; mais les journalistes avaient été triés sur le volet. Le fait même du double assassinat n'avait pas manqué d'être rendu public et la consternation était à la hauteur de l'événement. Comment avait-on pu tuer ainsi un musicien, le plus grand de ses contemporains, le symbole de tout ce que l'homme pouvait avoir d'âme et d'aspiration artistique ? Oui, c'était bien un symbole que l'on avait tué ; et personne n'en comprenait la raison, si ce n'était le vol du *Viotti*. Mais la presse, comme Frédéric d'ailleurs, ignorait la plupart des détails cruciaux. Heureusement, la cérémonie s'était déroulée de façon digne et solennelle. Igor Vissevitch et son majordome avaient terminé leur route au Père-Lachaise, dans la concession que le Maître leur avait réservée autrefois, et où Frédéric lui-même irait un jour – derrière des plaques de marbre, au milieu du cimetière, à quelques centaines de mètres de Piaf, Morrisson, Molière et Rossini. On en avait parlé dans les journaux, on avait vu quelques images au journal télévisé de vingt heures. Mais bientôt, il ne resterait d'Igor que sa musique. Ce matin, on avait demandé à Frédéric un hommage à son père. Il en avait été totalement incapable. Là encore, François Lebrun avait été l'homme de la situation. Ensuite, tandis que l'on apposait les plaques de marbre, un enfant s'était mis à jouer quelques mesures de la *Danse des nymphes*, l'une des premières compositions du *Maestro*. Le garçon était un jeune prodige venu de l'Est, comme Igor autrefois. Ces instants avaient été pour Frédéric une insupportable torture. Entendre le cri du violon des *Nymphes*, devant son père réduit en cendres, était bien plus que ce à quoi il s'était préparé. Les muscles tendus à l'extrême, les dents serrées, les yeux rouges, il n'avait dû son reste de calme et de lucidité qu'à l'étreinte de Célia. L'Italienne lui avait pris le bras et l'avait serré fort, si fort… Ses doigts blancs de crispation accrochés à son veston. Et quelle douleur aussi pour la mémoire d'André, dont jamais plus, il n'entendrait les tintements fantaisistes, décalés, qui avaient tant fait partie de son quotidien…

Il avait regardé cette plaque, derrière laquelle reposait son père…

IGOR VISSEVITCH
1925 – 2001
Un Maître de Musique
– Bien au-delà des murs –

Trompettes, rideau. Frédéric n'avait pu s'empêcher de penser aux funérailles d'autres célèbres compositeurs. Mozart, abandonné dans sa fosse commune. Paganini et sa dépouille tourmentée, tournée et retournée, exhumée sept ou huit fois de suite… Igor lui avait raconté ces épisodes. Et dire qu'à ce moment, le Cygne avait peut-être été le compagnon du Diable… Les cendres d'Igor, elles, ne bougeraient plus de cet endroit perdu du Père-Lachaise. Mais aucun instrument ne l'accompagnerait dans l'au-delà, comme le noble égyptien ou le guerrier mort les armes à la main, en quête de son Walhalla. *Tu es poussière…* C'était une chose de le savoir, une autre de l'admettre lorsque l'on se trouvait, soudain, en face de la mort et de sa propre finitude. L'empereur avait rejoint les ombres dans une navrante apothéose.

Mort… assassiné.

Frédéric resta là longtemps, assis dans le grand fauteuil du salon.

Il était seul. Si seul. Encore obsédé par le vertige de ces deux disparitions, qui l'empêchaient de penser, de juger, de comprendre, Frédéric ne pouvait rassembler les pièces d'un puzzle qui lui demeurait étranger. Les heures innombrables passées avec le Maître revenaient le hanter. Igor était là, Frédéric le sentait autour de lui. Tout lui revenait, images, paroles, odeurs. Frédéric se revoyait enfant, lorsque Juliette était encore de ce monde, que ses parents s'aimaient. Il courait du salon à la cuisine ; il allait se blottir dans les bras de sa mère, qui lui disait de faire moins de bruit, parce qu'Igor répétait. De temps en temps, son père s'interrompait, venait le serrer à son tour contre lui, une main jouant avec les boucles de cheveux de son petit garçon. Frédéric levait vers le *Maestro* un regard clair et heureux. Il n'était pas un seul des objets de cette maison qui ne lui rappelât quelque souvenir d'Igor. C'étaient d'abord ces instants de détente, si rares pour le virtuose, lorsque enfin il abandonnait son archet et se souvenait qu'il avait une famille. Ces baisers échangés avec Juliette au détour d'un couloir. Ces soirées passées à plaisanter, à jouer aux cartes, aux dames ou aux échecs. Mais c'étaient aussi ces moments d'apprentissage musical, dont chaque nuance restait gravée dans l'âme du jeune homme ; il lui semblait qu'il n'avait pas oublié un seul mot de cette longue et souvent douloureuse initiation.

Et la voix d'Igor, voix d'outre-tombe maintenant, rejaillissait à sa mémoire.

L'équilibre, Frédéric. L'harmonie. Tout le monde saisit cette idée et lui donne la coloration affective qu'il veut. Mais personne ne sait la définir avec exactitude. Dans le premier stade de ton apprentissage, apprends à ton corps à se plier à la technique. Dans le second temps, offre-lui de se libérer. Oui, le premier enseignement consiste en la conquête du corps-machine. Savoir mettre son corps « à distance », à distance de soi.

Prends le violon, Frédéric.

Prends-le.

Frédéric leva le visage et poussa un gémissement vers le plafond. Il se leva. Il cheminait maintenant de pièce en pièce, dans ce décor vide, désormais hanté par le deuil. Il avait l'air d'une bête blessée, hagarde. La musique emplissait sa mémoire. Chaque pièce avait sa tonalité. Toutes s'accordaient en mode mineur. Son cœur battait au rythme d'un métronome, ponctuant de soupirs ces bribes oubliées qui, inlassablement, se réveillaient en lui, venant accuser sa douleur.

Quand tu te sens sûr de la manière dont tu tiens le violon, tu peux alors jouer devant une glace, et vérifier s'il n'y a pas dans ton visage ou dans tes membres trop de raideur ou de contractions... Regarde, Frédéric. Mets-toi en face de toi-même, de ton double... Ton reflet dans ce miroir limpide... Mais attention, la glace est trompeuse. Elle change notre perception des mouvements de droite et de gauche, et donne à nos mouvements une apparence contraire à la vérité. Il ne faut donc jouer devant une glace que pour observer ton attitude générale...

Jouer devant la glace. Frédéric se souvint de ce soir où il avait assisté à cette scène si étrange. Igor exécutant cette parodie, ce succédané du *Mouvement perpétuel*, devant le miroir – et l'exécutant si mal que le jeune homme s'était dit : *ce n'est pas normal*. Peut-être avait-il mis cela sur le compte de la santé défaillante du Maître. Peut-être avait-il subodoré, plus ou moins consciemment, les méfaits de la maladie qui le rongeait...

Frédéric s'appuya contre le chambranle de la porte du bureau.

Vacillant.

Il porta la main à sa tête et ravala ses larmes.

Il le revoyait glisser de son siège, atteint de cette balle qui l'avait tué.

Le fauteuil du Maître était là, devant lui.

Vide. Désespérément vide.

Absent à tout jamais.

C'est seulement maintenant que je réalise à quel point je t'aimais.

Mais n'était-ce pas toujours ainsi ? Ce sentiment d'être passés l'un à côté de l'autre. Les regrets de n'avoir pas assez balayé leurs préventions, leurs prétentions, pour simplement parler. Frédéric avait-il seulement compris la véritable solitude de son père ? Il s'avança, fit tourner de ses doigts la mappemonde qui se trouvait près du bureau. Une grosse boule roula dans sa gorge. *Terra incognita.* Voilà bien ce qu'Igor, toujours, avait été pour lui. Voilà encore où il s'en était allé. Igor Vissevitch avait-il jamais été de ce monde, finalement ? N'avait-il pas été comme sa musique ? Sublime, irréel, insaisissable. Si loin au-delà de l'humanité ordinaire que, ni Juliette sa femme, ni Frédéric n'avaient su l'y rejoindre. Sur la mappemonde, les doigts du jeune homme tremblaient.

Il releva les yeux. Cette fois, une larme qu'il ne put retenir coula sur sa joue.

Il fit une grimace.

Nous aurions dû en profiter.

Il contourna le bureau et, lentement, s'assit à la place qu'occupait d'ordinaire le Maître, devant la bibliothèque et l'esquisse de Rembrandt. Comme une tempête dans son crâne, la leçon posthume d'Igor se poursuivait. Une leçon de maintien.

Il était là, enfant, l'archet en main, la joue contre la mentonnière.

Tout lui revenait, par vagues successives. Il aurait aimé y retourner, retourner autrefois.

Frédéric devait tout à Igor. Grâce à lui, il avait appris la rhétorique du violon. La conquête d'un « naturel » qui ne l'était pas. Ce naturel paradoxal du musicien cherchant à susciter l'admiration de son public, juge et censeur de sa prestation. Le violon tourné vers l'Autre. Il y avait là la reconnaissance implicite d'une catégorie éthique. Cela, tout au moins au début, Igor le lui avait bien montré. De la même façon que la mesure devait être présente dans les actions humaines, l'ornementation au violon devait être soumise à la raison et signifier la reconnaissance de l'Autre. Frédéric avait appris comment éthique et esthétique en arrivaient ainsi à se mêler. Mesure et modération du corps, pour un jeu intégrant les convenances sociales. L'économie dans le geste, l'élimination des tics parasites... Le naturel... Mais y avait-il un « naturel » au violon ? C'était ce qu'Igor avait fini par lui demander. Il lui avait fait parcourir l'histoire même de ces attitudes qu'avaient eues les violonistes, au cours des siècles, face à leur instrument. Il lui avait montré comment on était allé jusqu'à codifier les diverses positions des musiciens solistes : debout dans les grands orchestres, face au public ou en présentant le violon du côté des cordes ; assise, pour les concerts plus intimes... C'était jusqu'au rapport des artistes à leur pupitre et à leur partition que l'on avait ainsi cherché à normaliser ; ou encore, lors des enseignements qu'ils dispensaient, leur place par rapport à l'élève, et les signes dont tous deux pouvaient convenir, pour échanger et s'entendre...

Puis, usant alors de cette pédagogie radicale – et des plus risquées – qui n'appartenait qu'à lui, le Maître s'était aussitôt employé à démonter tout ce qu'il avait appris à Frédéric ; tout ce que ce dernier avait pourtant conquis, à force de sueur et de travail.

Un jour, d'un coup, il lui avait dit :

Maintenant que tu sais cela... Nous pouvons tout recommencer.

Et il lui avait fait écouter Paganini. Frédéric n'avait pas huit ans. Il avait joué lui-même à la manière du virtuose pour mieux se faire comprendre.

Cette rencontre avec Paganini avait été une révolution.

Adieu les conventions. Adieu le « bon goût », l'attitude sage et réservée des violonistes français. Tout, dans le Diable, était opposé aux canons de la « mesure » classique. Il avançait trop l'épaule gauche, gardait collée le long du corps la partie supérieure du bras droit. Au dire de Penesco, il jouait du poignet comme d'un « mouchoir placé au bout d'un bâton et que le vent fait tourner de tous les côtés ». Paganini en faisait trop, toujours trop. Il perdait – et faisait perdre – la mesure. Alors que l'on n'avait pas cessé de combattre cette hantise de la fausseté menaçant d'affleurer à la surface du corps, le Diable, lui, avait refusé d'étouffer son naturel. Non plus celui fabriqué de toutes pièces par la morale sociale, mais bien celui des cris du corps, ces cris qu'il avait refusé de sangler. Paganini jouait et c'était du délire. Il inclinait son violon vers le bas, les coudes se frôlaient presque ; il réduisait ainsi son effort musculaire, ce qui facilitait la course rapide des doigts sur les cordes, jusqu'à atteindre le chevalet. Son archet était d'une dimension supérieure à la normale. Il imitait le chant des oiseaux, les flûtes, les trompettes, les cordes, avec l'extravagance de son seul instrument. Igor avait longuement dépeint ce personnage unique à Frédéric. A Lucques, Paganini jouait toujours *a capriccio*, accompagné par le pianoforte ; un jour, à midi, la Cour réclama un concerto pour violon et cor anglais, destiné à être joué le soir même. Le maître de chapelle, jugeant le délai impossible à respecter, refusa. Paganini le composa en deux heures avec l'accompagnement d'orchestre et fit un triomphe. Sa vie était jalonnée de ces tours de force. Un soir, il retira deux cordes à son violon et improvisa une sonate intitulée *Scène amoureuse*, la quatrième corde restante figurant Adonis, le jeune homme, et la chanterelle, la femme, Vénus. Aux congratulations de la souveraine pour laquelle il jouait, et qui lui demanda s'il était capable de jouer sur une seule corde, il répondit : « Certainement » et composa une sonate à variations sur une seule corde qu'il joua le jour de la Saint-Napoléon. L'emploi de sons harmoniques – dont on avait prouvé, depuis, qu'ils étaient susceptibles de déclencher des troubles d'origine nerveuse – faisait se pâmer les femmes, à la manière de ces « effets mortels » produits par le *Glassharmonika* pour lequel Mozart avait écrit quelques morceaux. Paganini sur-accordait son violon pour obtenir des sons harmoniques plus nets et d'une sonorité plus brillante. Les duels organisés en académies avec les plus grands violonistes de son temps tournaient invariablement à son avantage. Frédéric se souvenait également de cette histoire qu'Igor, le sourire aux lèvres, lui avait racontée. A Livourne, un clou pénétra dans le talon du Diable alors qu'il entrait en scène. Il arriva en boitant au milieu des rires. Lorsqu'il se mit à jouer, les lumières du pupitre s'effondrèrent, ce qui provoqua une nouvelle hilarité. Il commença le concert et la chanterelle se cassa. Il joua le concert sur trois cordes et fit fureur. Sa notoriété fut telle qu'à Vienne, on vit apparaître des châles, des mouchoirs, des chapeaux, des chaussures, et même des steaks et des omelettes *alla Paganini* ; la monnaie autrichienne de valeur maximale fut appelée *Paganinerl*, allusion au prix parfois très élevé de ses prestations.

Il incarnait le désir, la démesure, la folie, la douleur. Pourtant, il inspirait autant de crainte que d'admiration ;

il ne se tenait pas droit et lorsqu'il marchait, c'était en balançant les bras ; il manquait des dents à son sourire. Sa tête trop grande, son nez en bec d'aigle, ses cheveux toujours décoiffés composaient une physionomie des plus étranges. Son épaule gauche était plus haute que la droite, sans doute d'avoir trop joué. Il pliait ses doigts de façon extraordinaire, au point qu'un diagnostic moderne l'avait soupçonné d'être atteint du syndrome de Marfan, dont les symptômes sont mis en évidence notamment par des mains « arachnéiformes ». Il pouvait tant allonger le pouce à gauche qu'il parvenait à l'enrouler autour de l'auriculaire, comme si ses mains étaient dépourvues d'os et d'articulations. Il jouait une mélodie sur deux doigts tout en l'accompagnant en *pizzicati* avec les trois autres, donnant l'impression que trois violonistes jouaient en même temps.

Le Diable avait de drôles de dispositions.

Mais, par-dessus tout peut-être, c'était l'oreille qui caractérisait Paganini – *une incroyable perception des sons*, avait commenté Igor. Niccolo entendait ce que l'on disait à voix basse à grande distance et la sensibilité extrême de son tympan le faisait souffrir, lorsque l'on parlait à voix haute auprès de lui. Les médecins s'étaient penchés très sérieusement sur la composition de cette oreille, au pavillon admirablement disposé pour les ondes sonores, avec une conque large et profonde, des saillies fortement dessinées, des hélix et anthélix proéminents. Ce qui était le plus remarquable était la courbure en avant des cartilages composant le pavillon, et l'ouverture du conduit externe, très allongé de haut en bas. A quatre ans, il sentait le rythme de la musique au point de corriger son père lorsque, jouant de la mandoline, il manquait à la mesure. L'oreille d'Igor, elle aussi, était capable de prodiges. Frédéric l'avait constaté à de multiples reprises. La délicatesse musicale de son ouïe était telle qu'au milieu de l'assourdissante fanfare des instruments de percussion de l'orchestre le plus nombreux, il lui suffisait d'un léger toucher du doigt pour accorder son violon ; et lorsqu'il dirigeait, c'était la même chose : il identifiait la discordance d'un instrument des moins bruyants à une distance étonnante.

Paganini. Vissevitch.

L'oreille.

Pourquoi Frédéric repensait-il à tout cela ? Igor l'avait-il perdue, cette oreille, le soir où il avait éreinté Paganini devant la glace ?

Le jeune homme fronça les sourcils.

Le rouleau de papier sur lequel était décrite l'organisation des instruments pour la symphonie *Consolation* se trouvait encore déployé sur le bureau.

Le regard brûlant de son père.

Tu donneras Consolation pour moi. Frédéric... Tu dirigeras Consolation... à Terezin.

Frédéric porta la main à sa tête.

Les questions se bousculaient en lui dans la plus grande confusion.

Ils se sont trompés... Ces moins-que-rien... Frédéric ! Ils ont pris le Viotti... Ils venaient... le Cygne... Lebed... Frédéric... Sous la Ronde de nuit... Il y a... un secret...

Frédéric se retourna lentement sur le fauteuil. Il leva les yeux vers le dessin de Rembrandt. Quelqu'un avait tué, au moins à deux reprises, pour retrouver le Cygne. Pourquoi ? Frédéric resta de longues minutes à contempler l'esquisse, sans pouvoir bouger. Le tic-tac d'une pendule lui rappela vaguement une chanson de Brel. Il se souvint encore du visage d'Igor... puis il eut une profonde inspiration.

Il prit alors une résolution inébranlable.

Nom de Dieu, je vais trouver.

Je te jure que je n'aurai pas de répit avant d'avoir trouvé.

Il commença ses recherches.

Il alla ôter l'esquisse, qu'il déposa debout sur le sol. Il se retrouva face à la porte verdâtre du coffre. C'était là qu'Igor avait rangé quelques bijoux de prix, ainsi que ses papiers personnels. Mais le coffre, de quatre-vingts centimètres par quarante, aux dimensions exactes du dessin qui le recouvrait, était assez grand et assez profond pour conserver dans son écrin le *Viotti* ou le Cygne. Seuls André et Frédéric avaient été informés par Igor de la combinaison. En cas de force majeure… C'était une combinaison à huit chiffres et une lettre. J comme Juliette. 12, 75, 99, 34. Dieu seul savait pourquoi le Maître avait choisi ces chiffres-là. Sans doute avait-il fait confiance au plus parfait hasard, qui était encore le meilleur allié. Frédéric n'eut pas de mal à l'ouvrir. L'étui du Cygne se trouvait en effet à l'intérieur. Avant même de s'en saisir, Frédéric attrapa le dossier qui se trouvait posé dessus. Il comprit vite de quoi il retournait : c'était le rapport d'expertise qu'Igor et Elie avaient commandé au sujet du Cygne. Frédéric s'assit derrière le bureau, l'ouvrit et commença à le parcourir.

RAPPORT DE M. ROLAND KIRCHER

CABINET D'EXPERTISE KIRCHER

LE CYGNE

… Le violon est particulièrement léger ; le fond, les éclisses et le manche sont en érable, la table en épicéa. Les éclisses sont en six morceaux. Quatre tasseaux sont disposés aux encoignures. Deux autres se trouvent, l'un en bas, pour soutenir le bouton de cordier, l'un en haut, pour supporter le manche. Douze morceaux composent les contre-éclisses, enchâssées dans les tasseaux des coins, d'une hauteur de 6 mm et d'une épaisseur de 2 mm et demi. L'épaisseur des éclisses est de 1 mm et demi, si bien qu'entre l'épaisseur des éclisses et celle des contre-éclisses, on obtient une épaisseur totale de 4 mm, sur laquelle reposent le fond et la table d'harmonie. La hauteur des éclisses est de 30 mm en haut, de 30 mm et demi au centre et de 31 mm et demi au fond.

La hauteur totale de la caisse d'harmonie, depuis les éclisses, est de 35 mm ; la largeur, de 208 mm pour la partie basse, de 112 mm au centre des C, de 170 mm en haut. Du centre aux bords externes, les fibres de la table d'harmonie forment un ensemble de 70 mm dans le sens longitudinal, avec une largeur de 7/10 mm au centre allant s'élargissant vers les bords où elle atteint 3 mm. On peut compter 70 fibres dans la largeur d'une demi-table. L'ensemble de la table est large de 208 mm pour 140 fibres.

Pour la longueur, le fond et la table mesurent 355 mm en mesure plane et 358 mm en mesure incurvée. Si l'on regarde l'objet de face, la mesure des ouïes est de 83 mm pour celui de gauche et de seulement 80 mm pour celui de droite. En haut, les deux ouïes sont distantes de 41 mm. La figure B reproduit les incurvations montrant le contour des voûtes de la table et du fond.

La hauteur de la crosse, du sillet au faîte, est de 112 mm, avec 35 mm de côté et 43 de face. La hauteur de la voûte est de 41 mm. Le dessin en coupe, figure C, montre l'intérieur du Cygne avec les tasseaux, les contre-éclisses, les épaisseurs de la table et du fond, ainsi que le profil de la barre. La couleur du vernis est d'un rouge orangé tirant vers le brun.

Soulignons que ces relevés sont assez voisins de ceux effectués par Cesare Candi sur un autre violon d'exception, celui de Niccolo Paganini, *il Canone*. La facture attribuée à Svetlan Borg pourrait, pour la plupart de ses aspects, être aussi bien attribuée à celle des Guarnerius. Comme pour le *Canone*, le cordier classique a été corrigé par un autre, de dimensions plus proches de celles de l'alto. La touche est plus courte que la normale, mesurant 260 mm contre 270 mm, d'où une incurvation accentuée de 45° contre 40°.

Il faut toutefois noter plusieurs particularités remarquables :

1/La consistance du vernis originel : sa composition, reproduite dans le tableau 7, fait apparaître l'utilisation de produits d'appoint dont seul le fabricant de l'instrument devait avoir connaissance.

2/Le dessin des échancrures latérales et la disposition des anses de panier : raccordées en cercle, elles sont conçues pour résister au jeu des cordes sur les planchettes jusqu'à une tension supérieure aux 30 kilos de la tension habituelle.

3/Le traitement du bois : l'analyse microscopique a en effet permis de mettre au jour la présence de myriades d'alvéoles ayant altéré sa composition cellulaire, d'une manière rappelant celle des Stradivarius, avec cette différence que leur répartition quasi égale sur la surface examinée suggère un développement volontaire et organisé des champignons, par une digestion sélective des substances retenant l'humidité, lors du séchage du bois. En l'absence d'instruments de mesure modernes, au moment même de la création de l'instrument, cette disposition, si elle avait été vraiment calculée, relèverait du miracle.

Tout cela était passionnant, mais Frédéric n'en apprenait pas plus que ce qu'il savait déjà. Hors les propriétés extraordinaires du Cygne, aucune information spécifique ne permettait de faire le lien avec la mort d'Igor. Bien sûr, le violon étant en soi un objet « relevant du miracle » : cela pouvait suffire à susciter toutes les convoitises. Frédéric, en d'autres circonstances, se serait sans doute arrêté à cette explication. Le Cygne valait plusieurs millions de dollars. Pourtant, cela ne le satisfaisait qu'à moitié. Voilà qui ne cadrait pas tout à fait avec ce que lui avait dit son père avant de mourir, ni avec ce que le jeune homme avait cru lire dans ses yeux. Il avait parlé d'un secret… S'agissait-il « seulement » des secrets du Sorcier Svetlan Borg ? Non, Igor aurait employé d'autres mots. Le Maître était convaincu que ses assassins s'étaient *trompés* de violon. Et le *Viotti* aussi valait plusieurs millions de dollars… Les intrus étaient venus chercher le Cygne, rien d'autre. Frédéric sentait que quelque chose lui échappait encore. Il se leva, retourna vers le coffre et prit l'étui du violon. Il le posa sur le bureau et éloigna le coupe-papier qui s'y trouvait. Il fit sauter les attaches de l'étui et contempla de nouveau le violon de Svetlan Borg.

Une première chose lui apparut aussitôt.

A l'intérieur de l'étui, le velours avait été déchiré, sur toute sa longueur. Derrière la partie du velours ainsi lacérée dépassait les feuillets d'une partition. Une partition notée *Allegro vivace*, *Allegro* de concert pour violon seul. Frédéric chercha ses petites lunettes rondes et les ajusta sur son nez. Il n'eut pas de mal à reconnaître la partition en question.

— Tiens, tiens…

MOUVEMENT PERPÉTUEL
MOTO PERPETUO OP. 11 Nº 6

Frédéric resta interdit quelques instants.

Cette partition, Igor l'avait remise ici intentionnellement… Mais était-ce également de l'étui qu'il l'avait sortie ? Avait-elle été dissimulée dans ce double-fond, derrière le velours qui abritait le Cygne ? Mais alors… Perplexe, Frédéric s'enfonça dans son fauteuil. Il ferma les yeux, se remémorant son entrevue à Prague avec Elie et la conversation téléphonique qu'il avait eue par la suite avec son père. La silhouette vieillissante du rabbin Elie Bogdanowicz, lointain descendant de Svetlan Borg, revint danser dans son esprit. La décision de commander un rapport d'expertise tel que celui que Frédéric venait de lire pouvait se concevoir, étant donné les présomptions du rabbin sur l'authenticité du Cygne. Mais c'était la confidentialité absolue de tout cela qui attirait maintenant l'attention du jeune homme. Selon les propres termes d'Elie, Igor avait préféré ne rien dire pour rester le plus discret possible. Il avait souhaité, pour ce déplacement apparemment « anodin », une personne en qui il pouvait placer toute sa confiance. Pourquoi ? Pour protéger cet émissaire – Frédéric, en l'occurrence ? Sans le savoir, Frédéric avait peut-être servi de passeur. Un passeur, imaginez-vous ça ! Comme aux pires moments de la Guerre froide. Bienvenue sur le pont des espions. Non, c'était trop incroyable pour être vrai. Et pourtant… Le problème était qu'en voulant soi-disant « protéger » Frédéric, Igor l'avait sans doute exposé à son insu. C'était bien le style paternel, ça… Mais admettons. Le protéger de quoi, contre qui ? La réponse était évidente : contre ces assassins qui étaient venus chercher le Cygne jusqu'à Paris. Le Cygne représentait un danger : restait à savoir lequel.

Maintenant, c'était bien la voix d'Elie qui revenait seriner aux oreilles de Frédéric. Il se massa le front, cherchant à se souvenir de la nature exacte de l'échange qu'il avait eu avec lui. Elie lui avait confié que le Cygne lui avait été remis par son propre père, avant la déportation de celui-ci à Terezin. Il avait raconté la légende du violon – n'avait-il pas suggéré que Paganini s'était servi de l'instrument pour l'une de ses dernières exécutions des *Caprices* et du *Mouvement perpétuel* ? Le Guarnerius del Gesù de 1742, le *Canone*, était conservé à Gênes. Le Cygne, lui, avait été récupéré par un certain… Ondriceck, oui, c'était bien ce nom qu'avait proféré Elie. Ondriceck, un ami de l'arrière-grand-père Borg. Il avait retrouvé le Cygne dans la tombe même du Diable…

Borg. Le Cygne. Terezin. Le Mouvement perpétuel.

Il y avait bien un lien, là, quelque part ! Un lien caché, une sourde cohérence vers laquelle Frédéric progressait pas à pas. C'était comme s'il ouvrait des portes, les unes après les autres, pour tomber chaque fois dans de nouveaux abîmes de réflexions. Igor et Elie avaient eu vent de quelque chose d'important, de suffisamment important pour que cela pût justifier des meurtres… Tous les deux, assassinés, nom de Dieu ! C'était impensable ! Et Vivarini, le luthier vénitien ? Qu'était-il devenu, celui-là ? Il faudrait s'en enquérir au plus vite. Frédéric n'avait d'abord pas songé qu'il pût être mêlé à l'affaire. Sur son lit de mort, Igor, à l'agonie, ne l'avait pas cité nommément ; mais peut-être n'en avait-il tout simplement pas eu le temps… S'ils avaient remonté la piste du violon et de son étui, les tueurs pouvaient aussi avoir eu connaissance du détenteur de l'archet. Jusqu'où étaient-ils déjà allés ?

Etait-ce une intuition, avait-il mal compris ? Frédéric, tout à coup, se préparait au pire. Oui, Elie et Igor savaient quelque chose… Frédéric se souvenait distinctement que lorsqu'il avait eu Igor en ligne, depuis Prague, il avait été étonné de la toute première réaction de son père. Elle n'avait pas porté sur le violon lui-même, mais sur *l'étui.* Sans doute parce que celui-ci recelait la clé de leur secret arrangement. La clé, autrement dit cette partition surgie de nulle part, cette partition du *Moto perpetuo.* Tout le reste n'avait-il été que prétexte ? En tout cas, une chose était sûre. L'étui était là. Avec ces énigmes d'Epinal sur son couvercle, le cerf dans les bois, le singe, le cygne sur la rivière de diamants, ce velours lacéré… et la partition.

Frédéric la considéra de nouveau.

Il caressait l'archet du Cygne et ses pensées revenaient inlassablement à cette scène à laquelle il avait assisté : son père jouant Paganini dans le noir. Igor, qui semblait soudain transformé. Comme si le Diable lui-même s'était trouvé dans la pièce. Igor pestait, et sa façon de jouer avait alerté le jeune homme. Cette impression de disque rayé… Ce n'était peut-être pas seulement parce que, déjà, sa santé était altérée. Il s'affaiblissait mais il était resté de bout en bout parfaitement lucide. Sa mémoire et son talent étaient encore intacts. Le cancer qui le rongeait était insuffisant à expliquer ce comportement, et à justifier l'étendue des dégâts qu'il avait infligés à la partition.

Frédéric franchit alors un nouveau cap.

Ce fut comme une illumination. Et si Igor ne jouait pas vraiment devant sa glace… mais si, en jouant, il *cherchait* quelque chose ? Une sourde excitation commença de s'emparer de lui.

Tu crois que…

Il hocha la tête de droite et de gauche. Sa main, qui caressait l'archet, s'arrêta… puis elle repartit.

Joue, Frédéric. La meilleure façon de le savoir est de jouer à ton tour.

Prends le violon. Prends-le.

Frédéric se leva, non sans précipitation. Il prit le Cygne, l'étui et la partition. Il se dirigea d'un pas rapide vers le salon, glissant sur la moquette couverte de fleurs ; il ouvrit largement les doubles portes et les rideaux. Ses yeux s'attardèrent un instant sur ce divan, d'un rouge profond, où il avait fait l'amour avec Célia pour la première fois… Puis il avisa le pupitre qui se tenait non loin et y cala la partition. Il s'échauffa les doigts quelques instants. *Trouve, Frédéric, je t'en prie, trouve.* Il se saisit de l'archet. Les doigts. Les doigts et l'archet. Chaque mouvement, chaque expression avait son jeu. Retenue dans l'*Adagio*, où l'on tirait la note jusqu'à l'extrême, pour ne la quitter qu'à regret. Appuyer le doigt, le relever peu à peu, pour donner aux demi-tons cette expression tendre et mélancolique qui convenait aux mouvements lents. Oui, les doigts avaient leur *expression*, furieuse ou caressante, tombant d'aplomb sur la corde ou l'effleurant, glissant ou la coinçant avec force… Il fallait ménager la gamme de ces expressions avec une infinie délicatesse. Et de ces expressions, de ces mouvements d'âme, on avait pu être tenté de déduire non seulement une rhétorique, mais une mathématique du corps. Un nouveau langage. Un second solfège. Le solfège comportemental du violoniste. Mais tout l'art d'un Igor Vissevitch tenait dans ce paradoxe entre sentiment et mécanique. Le Paradoxe du comédien cher à Diderot s'appliquait aussi bien au virtuose. Le sentiment sans technique se perdait dans l'utopie d'une communication inachevée ;

la technique sans sentiment avait la coloration des flambeaux désincarnés. *C'est qu'être sensible est une chose, et sentir en est une autre…* disait Diderot. *Et la faculté d'embrasser toute l'étendue d'un grand rôle est l'ouvrage d'une tête froide, d'un profond jugement, d'un goût exquis, d'une étude pénible, d'une longue expérience et d'une ténacité de mémoire peu commune.* Ici, le *Moto perpetuo.* Finesse cristalline. En *allegro vivace.* Rapidité et souplesse. Une cascade ininterrompue, qui devait à tout prix éviter la bousculade.

Pourquoi jouais-tu devant la glace ?

Les doigts. Dix doigts. Dix ongles…

Frédéric inspira…

Un, deux, trois

Et ce fut l'attaque.

Dans la tête de Frédéric, alors qu'il donnait le ton, la leçon posthume continuait. De cet écho qui traversait sa mémoire, de cette voix intérieure avec laquelle il semblait discuter en silence, naissait soudain une étrange mélopée. Conversation musicale. Lorsque Igor évoquait ce genre de conversation, c'était au sujet des instruments. *Le dialogue charmant des quatuors à cordes*, disait-il, en décrivant de la main une gracieuse arabesque. La métaphore du quatuor comme conversation intime était chère à Igor. Il disait, à propos de l'écriture de Haydn, que ce qui le séduisait le plus était son *ton de conversation.* Second violon et alto résignés, renonçant à leur mélodie sur un ton de comédie aimable, pour accepter l'entrée d'un premier violon… Dialogue jouant de cet amour des agencements et des subtilités de syntaxe. Ce n'était pas un hasard si ces badineries, cet art de la rhétorique et des conversations spirituelles, étaient le fruit du siècle des Lumières… L'histoire du violon avait fait du corps le serviteur de la musique. Il s'était fait *musicans. Oui, Frédéric, ton corps est musique. Tu es musique. Musique tout entier. Tu n'es plus qu'une antenne, comme un paratonnerre, un médiateur musicans, palpitant de la musique que le compositeur a eue dans son âme, pour la faire passer dans celle de l'auditeur.* Et d'une certaine façon, c'était cela qui se produisait maintenant. Une conversation spirituelle, spirite presque. Non plus entre deux instruments, qui n'étaient jamais que le média des âmes discutantes… mais entre les âmes elles-mêmes. Il y avait dans la musique une autre musique : celle des sentiments. Celle du fils et celle du père, par-delà la mort.

Les voix.
Les morts.
Et les notes.

Voix 1 : sostenuto :
Et toi, papa ? Quelle était ta… « conversation » avec le Mouvement perpétuel ? Dis-moi… Parle-moi, s'il te plaît… Si tu es là, quelque part… Parle-moi, je t'en prie…

Voix 2 : Paganini en allegro vivace :

Voix 3 : Igor Vissevitch, con spirito :

Le solfège comportemental ? Mais Paganini était tout l'inverse. Il était l'esprit romantique, l'excès, l'outrage. Loin de la gymnastique codifiée pour le public et un « naturel » qui n'était qu'apparence. Sais-tu pourquoi je l'aime, Frédéric ?... Parce qu'il est le premier à partir à la conquête du Violon intérieur... Comprends-tu, Frédéric ? Le Violon intérieur.

IiiiiiIII*IIII*.

Frédéric s'arrêta en grimaçant.

Fausse note. Tout à coup, l'harmonie s'était brisée. Frédéric n'avait pas joué ce morceau impraticable depuis longtemps et il ne répétait plus de manière quotidienne comme autrefois. Il avait du mal à retrouver ses marques et la lointaine mémoire de ses doigts. On ne jouait pas du Niccolo comme cela, en passant... Défaut de pratique, assurément. Sur un morceau aussi complexe, au cœur de la cascade, il pouvait immédiatement s'en apercevoir. Il avait accroché.

Il recommença.

Le *Mouvement perpétuel*.

Exécution véloce comme l'avait indiquée une

annotation portée sur l'une des adaptations originales de la partie d'alto, 2 272 notes ininterrompues en trois minutes et vingt secondes ; il était parvenu aux générations suivantes en deux versions différentes quant à l'articulation de l'instrumentation ; une première version faisait succéder le *Moto perpetuo* à un *Andante amoroso* pour un effectif comprenant les cordes plus une flûte ; une seconde remplaçait l'*Andante* par un *Larghetto* rappelé expressément par Paganini lui-même, avec une orchestration réduite à six cordes seulement ; on trouvait aussi une réduction de la partition pour piano – main droite main gauche, pas de répit et tour de force, décalque du Finale du *Quatorzième Quatuor* pour cordes et guitare, mais sans rapport avec cet opus 11 qu'entamait Frédéric, publié de façon posthume dans la fameuse édition Schonenberger. 2 272 notes venant et revenant pas le temps de dire ouf doigts virevoltants mouvement perpétuel perpétuel perpétuel…

La musique résonnait dans le salon.

IiiiiiII*IIII*.

Encore.

— Non, ce n'est pas ça ! Ce ne peut pas être ça !

Frédéric éprouva une étrange émotion en prononçant ces mots. Ils avaient jailli spontanément de sa poitrine, et alors qu'il les proférait, il s'aperçut qu'Igor avait prononcé exactement les mêmes le soir où

Frédéric l'avait surpris. Il en resta bouche bée. Mais pas de doute, il avait accroché pour la deuxième fois. Un peu plus loin. Il fronça les sourcils, soupira, claqua la langue. Non, non, quelque chose n'était pas… naturel. Les notes qu'il avait jouées étaient bien celles qui figuraient sur la partition à cet endroit. Il se pencha en plissant les yeux, le Cygne retombant momentanément le long de son corps. Pour la troisième tentative, il chercha du regard la glace du salon. Il alla se poster devant elle avec le pupitre. Il se considéra quelques instants. Sa tignasse brune et frisée. Cet air lunaire. Ce teint pâle, exsangue, dû aux récents événements. Oui, le Pierrot avait mal, et devant ce miroir, il se voyait autre. Il était là, les bras ballants, dans ce salon, et il avait encore envie de pleurer. Il se reprit et jeta le violon sur son épaule. Il n'avait pas mis de mentonnière ; il aimait le contact charnel avec l'instrument. La rudesse du bois. Il serra les dents. Il devenait fiévreux. Allons, la main ferme, les doigts souples. « Attaque d'un coup. Cherche le brio, la sonorité. Et plonge dans le tunnel. »

Tu vas crier, le Cygne, jusqu'à ce que j'aie compris.

IiiiiiII*IIII*.

Impossible d'aller plus loin. Quelque chose se produisait qui rendait l'exécution dissonante. Le fragile équilibre se brisait et la nécessaire rapidité du tempo faisait le reste. C'était cela qu'Igor avait dû voir. Et c'était cela qu'il avait joué. A partir d'un point donné, la succession des notes s'effondrait comme un château de cartes. Dominos. Mais ce point, Frédéric devait pouvoir le retrouver. Il refusa de se laisser gagner par l'énervement. La clé était là, sous ses yeux, il en était persuadé. La clé était dans la musique. *Dans la musique !* Il était en sueur à présent. Il passa la main sur son front.

— Vas-tu me dire ce que tu c…

Il s'interrompit, le regard rivé sur les partitions.

Il y a trop de notes.

Il se redressa, sous le coup de sa propre découverte.

Il lui sembla un instant que son cœur s'arrêtait de battre. Il resta figé, les muscles tendus.

Puis il revint à la partition du *Moto perpetuo*.

Nom de Dieu, c'est ça, c'est lumineux. Ce n'est pas la partition originale.

Il y a trop de notes.

Il eut un rire proche de la démence, qui retentit dans le salon. Un rire du Diable.

— C'est encore un de tes coups, n'est-ce pas ?

Il regarda le Cygne, l'archet, les notes. A la mesure 43. Et bien avant, dès la mesure 10. Ce n'était pas la partition originale. Ces notes… Elles étaient responsables du désastre. Une quinte. Une quinte qui n'avait rien à faire ici. Une quinte *ajoutée*, en *la* bémol-*mi* bémol. Cela seul pouvait expliquer la disharmonie. Elle provoquait l'emballement désordonné de la machine. Cette quinte était le point d'inflexion. Deux notes, simplement, *la* bémol-*mi* bémol – juste après *si-la*. Et du coup, elles décalaient l'ensemble des notes de la portée vers la droite ! Presque imperceptible, le changement était chaque fois comme gommé par la ligne suivante, qui reprenait le cours normal du morceau. Frédéric, surexcité, laissait courir ses yeux de bout en bout sur la partition ; il prit un feuillet, un autre, les tourna et les retourna. Ses pensées électrisées volaient par-dessus les annotations et les intervalles. *La clé est dans l'intervalle*, Frédéric ! se dit-il. C'était là, entre des notes de hauteurs différentes, dans cet espace invisible, cette sorte de parenthèse qu'était l'intervalle dans l'écriture musicale – c'était là que le mystère se trouvait. Une phrase d'Elie Stern, autre violoniste de renom qu'Igor et lui avaient rencontré, passa fugitivement dans son esprit : *La musique, c'est ce qu'il y a entre les notes*. Une pause, une respiration. Si Igor avait joué lors de la chute du Mur de Berlin, Stern, lui, avait donné un concert à Jérusalem au plus fort de la guerre du Golfe, devant un parterre d'Israéliens portant… des masques à gaz. *Une respiration.* Au cœur de l'impalpable. Une idée singulière venait d'exploser dans la tête du jeune homme et l'éblouissait maintenant tout à fait. Le secret se cachait dans la *respiration* même de la musique ! Et la voix d'Igor revenait encore : *Le nom de chaque intervalle correspond au nombre de notes de la gamme qu'il réunit. L'ensemble des notes ainsi comptées, incluant la première et la dernière, donne son nom à l'intervalle lui-même. Deux notes consécutives : une seconde ; trois : une tierce ; quatre : une quarte ; cinq : une quinte.* Oui, l'abécédaire de l'apprentissage musical. On avait coutume d'énoncer un intervalle en ne citant que les notes extrêmes : une quinte ascendante *do-sol*, pour un intervalle mélodique, signifiait qu'il fallait jouer successivement les notes *do-ré-mi-fa-sol.* Mais, transposée sur *la* bémol-*mi* bémol, celle qui figurait sur la partition ne correspondait pas au déroulement tonal de la pièce. Dans ce cas précis, la dissonance, ajoutée au décalage induit le temps d'une mesure sur la portée, était immédiate. Chocs et contre-chocs dont l'original du *Moto perpetuo* ne pouvait s'accommoder... Mais la chose était remarquablement agencée, et la dissimulation particulièrement habile. Frédéric, tremblant, repéra que la quinte ajoutée revenait à plusieurs reprises, de façon apparemment aléatoire, dans la partition. Elle intervenait en effet une première fois mesure 10. Puis mesure 19. Puis mesure 43. Et deux autres fois encore, dans le reste de la partition. Cinq fois en tout. Cela suffisait à rendre ce monument totalement décalé.

Il finit par pousser un cri, sans pouvoir refréner une réaction de recul, se libérant des feuillets disposés devant lui, sur le pupitre. Il fut lui-même étonné de l'état de tension et d'excitation dans lequel il se trouvait. De nouveau, il se passa la main sur le visage. Il reprit sa respiration et rassembla ses pensées. *Frédéric... c'est du délire. Tu divagues complètement...* Pourtant, ce n'était pas la partition originale, cela ne faisait aucun doute, cette quinte se promenait au milieu de nulle part, tuait la respiration musicale, Igor s'en était aperçu, comme lui, et à présent il était mort. Une quinte folle. *Et alors ? Où tout cela nous mène-t-il ?* Frédéric avait besoin d'aide. Cela aussi, c'était une certitude. Il bloquait. Il n'était même pas sûr de partir dans une bonne direction. Au contraire, il naviguait dans un drôle de cauchemar, tout à fait inattendu. L'affaire s'était tant complexifiée qu'elle ne formait plus dans sa tête qu'une nébuleuse incompréhensible. Assurément, il lui manquait encore des éléments suffisants pour rassembler ces faits, ces intuitions éparses, et les organiser de manière cohérente autour de quelque chose qui puisse faire sens. Un autre terme venait de s'ajouter à sa mystérieuse équation : Borg, le Cygne, Terezin, Paganini, une quinte folle. Mais le jeune homme ne pouvait en discerner davantage. Perplexe, dépité, il finit par retourner dans le bureau de son père, tandis que le *Mouvement perpétuel* continuait de valser dans son esprit. Inutile de continuer à se crisper sur l'instrument, maintenant. Il remit le Cygne dans le coffre, avec son étui, et resta assis sur le fauteuil, une main sur le front. Il avait mal au crâne.

Je n'y comprends rien. Il faudrait… Il faudrait que je puisse en parler à….

Le visage d'un homme passa dans l'esprit de Frédéric.

Un instant, il cligna des yeux, se caressa le menton.

Il fallait continuer l'enquête.

Lui, oui… Il pourra peut-être m'aider à y voir plus clair.

15

Forterresse de Terezin

1944

Baroukh atah adonay
elohênou melekh ha-ôlam
borêh peri ha-gefen
Baroukh atah adonay
elohênou melekh ha-ôlam
asher kideshanou be-mitzwotaw…

Bénis sois-Tu, Toi notre Dieu,
roi de l'univers,
créateur des fruits de la vigne
Bénis sois-Tu, Toi notre Dieu,
roi de l'univers,
qui nous as sanctifiés de ta grâce…

Une vague de douceur balaya le paysage. Bedrich souleva le voile de sa femme. Il lui caressait la main. Mila souriait. Ses yeux brillaient. Sa bouche respirait le plaisir d'être jeune. Oui, ils seraient heureux ainsi. Autour d'eux, on chantait, on dansait. Les enfants leur jetaient des pétales de fleurs. Ce rideau multicolore semblait tomber au ralenti depuis le ciel. Bedrich tenait Mila par la taille. Il n'entendait que des exclamations joyeuses et des éclats de rire. C'était un beau mariage.

Mazel Tov ! Qu'elles étaient belles, ces tables blanches dressées dans la campagne. Les nappes légèrement agitées par la brise. Les verres tintant l'un contre l'autre, pour s'échanger des vœux de lumière. Tout contribuait à la chaleur du festin. Les nuages avaient tiré leur révérence. Derrière les champs, déjà, le soleil se couchait. Les plus petits jouaient dans l'herbe et revenaient de temps à autre vers le banquet pour y voler un morceau de gâteau. Mila glissait, majestueuse, au milieu des embrassades. De rouges baisers claquaient sur les joues des invités. Bedrich bénissait Dieu d'avoir eu une telle chance – celle de rencontrer et d'épouser une femme comme Mila. A la regarder ainsi, il exultait. Les anciens commençaient à somnoler sous leurs chapeaux. Que le temps était doux, ce soir-là, malgré le crépuscule. Ils étaient rares, ces moments où soudain, on touchait à la paix de l'âme. Instant de plénitude arraché au monde. On avait installé des chandeliers, ici et là ; on les allumait les uns après les autres. Bedrich regardait Mila et le temps lui semblait suspendu. Il en aurait pleuré. L'un des enfants rit. *Arrête, arrête !* Un jet d'eau. La maison resplendissait dans le couchant. Elle était là-bas, elle les attendait, Mila et lui. Lorsque tout serait terminé, ils iraient la retrouver et ils feraient l'amour, des heures durant, dans leur grand lit.

L'enfant est tout mouillé. Mila ! Tes cheveux dans le soleil. Une fillette court, court. *Boum !* Par terre. Elle se relève et frappe ses petites mains l'une contre l'autre pour essuyer la terre. Toutes ces fleurs ! Aurons-nous des enfants, plein d'enfants ? Irons-nous sur les bords de ce fleuve pour… Mon amour, tu es si loin ! Tu te souviens du bal ? Où nous nous sommes rencontrés. Valse valse valse. Toutes ces fleurs. Ça sent bon. *Arrête !* Jet d'eau.

Eau froide.

⁂

Bedrich eut un regard halluciné.

L'Allemand était penché sur lui.

— Hem… Huit doigts, Bedrich.

— *Noooooon…*

Nouveau hurlement. Réveillée, la douleur. Pas de mots pour la décrire – une sorte de seringue acérée, fichée en Bedrich jusque dans son cœur, le transperçant de part en part. Il n'avait pu s'empêcher de baisser les yeux vers sa main. Vision de cauchemar. Un doigt sans ongle, un autre avec une moitié pendouillante, tout cela baignant dans le sang. *C'est à MOI ça, c'est ma main ?* L'officier souriait, convaincu qu'il en aurait bientôt terminé. Il avait une certaine expérience de ce genre de séances. A combien d'entre elles avait-il procédé ? Il essaya mentalement d'en faire le calcul. Il ne se souvenait que des plus pénibles. On l'avait chargé, notamment, d'instruire le « dossier » d'un membre de la Cinquième Colonne, que l'officier avait connu lui-même par le passé. Oh, les informations tardaient parfois à venir. Mais tous, en définitive, avaient parlé. Dans le pire des cas, le tournant survenait… au point même où en était Bedrich. Au moment du troisième ongle, pour les plus coriaces. A la vue de l'instrument qui approchait leur chair, les prisonniers craquaient. L'officier refusait de fléchir devant la puissance de son imagination et de s'interroger sur la souffrance qu'il causait. En guerre, tout le monde risquait la même chose, lui y compris. Et cela ne dépendait pas de sa propre volonté. Oui, il savait être dur. Mais ces moments lui… plaisaient-ils ? A vrai dire, il y avait là un obscur parfum de vengeance. De revanche sur la vie. Sur quelque chose comme le vide de l'indicible. Le néant de sa propre condition. Son désir de mort.

— C'est pourtant simple, Bedrich. Quelques mots… et libre.

Quelle heure pouvait-il bien être ?

— Allons, mettez un terme à votre agonie. Après tout, qui protégez-vous, et pourquoi ? Vos amis sont entre nos mains, Bedrich, pour ceux d'entre eux qui sont encore vivants. Ils vous ont piégé, Bedrich. Vous n'auriez pas dû vous associer à leur utopie. Tout aurait été différent si vous ne vous étiez pas mis en tête de nous résister. Tout aurait été si… tranquille. Mais tout peut encore changer, Bedrich, sur un signe de vous. Vous pouvez retrouver le calme. Faire s'enfuir la douleur. Vos plaies sont chaudes, Bedrich. Mais vous savez, avec le temps, la douleur va se réveiller et vous gagner encore avec cent fois plus de force. Et moi, Bedrich, je peux vous l'ôter, cette douleur. Dites-moi ce que je veux savoir et le mal s'en ira. Douleur ou soulagement, Bedrich. Punition ou récompense, c'est ce qui fait marcher le monde.

Bedrich sentait toujours sa tête tourner. Il leva les yeux et eut une impression bizarre, comme si l'officier prenait soudain un visage nouveau, plus conciliant, moins agressif. Consolateur… Oui, il était si simple de se laisser glisser, enfin…

Il ferma les yeux.

⁂

Un rayon de lune dormait sur les draps immaculés que des mouvements furtifs agitaient dans le soir. La nuit, chargée du ruisselant murmure des songes, véhiculait les parfums de l'été jusque dans la chambre, fenêtres ouvertes sur les étoiles. Les rideaux recevaient les effluves portés par la brise, les accueillaient de leurs frémissements. Paix, silence, sérénité. Dans la pièce plongée dans la pénombre, la commode d'ébène, le chandelier, le bureau dégarni, la petite chaise écoutaient les soupirs. Une couverture déroulait son écume de coton au rythme de la houle des corps. Lentement, sans bruit. Loin des souffrances amères, abolies dans ce lieu d'oubli et d'exil, que la nature assoupie chargeait de nuances mystiques. Les cœurs se rejoignaient, se mêlaient, assoiffés d'une impossible symbiose, par-delà la frontière de la chair – boire, boire à la source de l'unité retrouvée, enfin et pour toujours.

Bénis sois-Tu, Toi notre Dieu,
roi de l'univers,
créateur des fruits de la vigne

Le ciel se fendit en deux, vomissant ses anges guerriers dans une nuée d'étincelles ; une pluie de parachutistes dessina au milieu du chaos une constellation blafarde, soudain traversée par une comète tournoyant en piqué dans l'atmosphère. Un oiseau de feu, perclus de flèches métalliques, poussa un dernier mugissement avant de s'effondrer dans la campagne, soulevant avec la poussière un noyau de lave qui monta en champignon vers les étoiles. Un étourdissant concert, une symphonie apocalyptique éclata de toutes parts. Bienvenue dans le ballet de la Guerre. Des spots s'allumèrent en série, croisant leurs faisceaux depuis la terre pour dévoiler la Scène. Une armée de sirènes hurla, saluant l'arrivée des combats. Les appareils fusèrent entre les nuages, et au sol un rideau de flammes s'ouvrit sur des bataillons décomposés. Les batteries grondèrent, la mitraille s'envola et la campagne trembla sous les chenilles des blindés crachant au hasard leur ahurissant tonnerre.

Bénis sois-Tu, Toi notre Dieu,
roi de l'univers,
qui nous as sanctifiés de ta grâce…

Le temps s'étirait, ondoyant et rieur. Les astres différaient encore le moment d'incliner leur courbe infinie et lactée pour saluer, en leur galante révérence, le miracle du monde et de la convergence universelle ; c'était l'explosion de la vie, une vie nouvelle, embryon d'étoile incandescente diffusée au cœur du placenta maternel, subtil et invisible remous imprimé à l'espace. Flux et reflux, l'humaine nef tanguait de gauche à droite, d'avant en arrière, se rapprochant toujours plus du Centre, point d'orgue et de ralliement ultime des lignes et des hyperboles, soutenant les voûtes et les orbes célestes ; et ce flot jailli de profondeurs insoumises, étincelant, intarissable, montait, montait encore, immergeant peu à peu les dimensions confondues d'un monde qui s'acheminait vers le Renouveau… Le divin musicien enleva ses mesures avec plus d'ampleur et d'élan, son souffle grandit, les pulsations vertigineuses du chœur des planètes se mêlèrent en un sourd martèlement…

Baroukh atah adonay
elohênou melekh ha-ôlam
borêh peri ha-gefen

Les radio-transmetteurs crièrent en vain au milieu de la panique ; l'un d'eux s'aperçut qu'il venait de perdre un bras ; un autre, mi-homme mi-cadavre, titubait et alla rouler dans un fossé en adressant ses dernières pensées à tous ceux qui jamais ne le retrouveraient, anonyme, perdu ici pour l'éternité ; un médaillon s'échoua et fut avalé par la terre. De la fournaise jaillit un soldat, dans des éclats de chair, entre les arbres calcinés dont les ramifications crispées se découpaient sous le ciel déchiré d'éclairs. Quelque part dans la campagne, une femme d'un village voisin, égarée, courait à perdre haleine pour échapper à la tempête. Elle glissa sur une flaque, trébucha, se releva. Elle s'aperçut que les éclaboussures sur sa robe n'étaient pas de la boue mais du sang – tout près de là, un jeune homme achevait de se vider. Elle fut fauchée, un peu plus loin, par un tir inconnu.

Baroukh atah adonay
elohênou melekh ha-ôlam
asher kideshanou be-mitzwotaw.

Et ce fut la libération de toutes ces forces enchevêtrées, jetant dans l'immensité une mosaïque de couleurs, de nuances, de lumières scintillantes ; Dieu avait semé et Son geste retomba, sans jamais devoir s'arrêter.

— Je t'aime, souffla Bedrich à Mila.

— Je t'aime, lui répondit-elle.

Elie était né.

⁂

Bedrich ne s'était pas évanoui, cette fois ; il avait simplement fermé les yeux. Dans son aveuglement, la frontière entre rêve et réalité s'estompait. Mais le souffle de l'officier était toujours sur lui. Plongé dans une lourde torpeur, les membres engourdis, Bedrich admit enfin l'inadmissible. Ainsi, il mourrait ce soir. Dans cette petite pièce. Seul avec la folie de ces hommes. Sa dépouille serait abandonnée quelque part dans une fosse voisine. Ou brûlée. Pourquoi s'était-il engagé dans ce chemin sans issue ? Au nom d'un idéal dont la vie se raillait à chaque instant ? Que valaient ces vains principes ? Tous, ils avaient été entraînés. La rançon en était cette nuit. Nuit de mutilation. La souffrance montait graduellement – pourtant, en son désarroi, le corps abandonné parvenait à *composer* avec elle, comme si elle portait avec elle son antidote obscur, sa propre anesthésie. Il arrivait un seuil, un moment où plus rien n'avait d'importance, y compris la douleur elle-même. Il ne resterait de tout cela que les implacables conséquences de la bêtise humaine. Des cortèges de diminués, noyés de chagrin et d'amertume. Ce monde ne valait rien. L'homme ne valait pas que l'on se batte pour lui. La seule solution était de le laisser à ses égarements insensés – comme Dieu semblait l'avoir fait, désespéré sans doute par ses créatures, conçues jadis avec d'autres espoirs. Quelle déception. Elle devait être à la mesure de l'enjeu. Il en serait de même pour la punition. La liberté comme chance enfuie, reniée, bafouée – la liberté comme tombeau. Oui, la guerre s'achèverait un jour ; quel que soit le résultat, il dépendrait du rapport de forces mécaniques. On finirait par accepter n'importe quelle allégeance contre un peu de quiétude et de paix. La meute des fous, rassasiée pour un temps, se tairait. Puis la génération suivante oublierait. Elle reprendrait l'œuvre d'anéantissement de ses aînés. Sans raison ni fin. Ainsi jusqu'au bout. Comédie cruelle, faite de complaisance dans l'erreur, de destruction gratuite, d'ineptes rébellions. *Alors que je meure, que je quitte la scène. Peu m'importe.*

L'officier se mordit la lèvre. Il était temps d'abattre sa carte maîtresse.

Un sourire, un rideau de fleurs, une petite fille – *boum !* Par terre. Le visage d'Elie.

— Bedrich Bogdanowicz, je souhaiterais que vous me parliez du violon qui vous a appartenu. Je veux dire celui qui vous servait à jouer dans le ghetto. Celui qu'on appelle *Lebed*, le Cygne. Eh oui, mon ami. Je suis au courant de cela.

Il glissa un doigt sous le menton de Bedrich comme l'eût fait un maître d'école au regard sévère.

— Bedrich… *Parlez-moi du Cygne.*

Le coup porta. Bedrich leva le regard, retrouvant une partie de sa lucidité. Comment l'officier avait-il su ? Il n'y avait qu'une explication. Seuls Elie, Mila et… l'un de ses amis, Viktor Czesko. *Czesko.* Il avait dû être torturé, lui aussi. Il avait dû parler du Cygne. Mais il ne savait pas, il ne pouvait pas savoir que Bedrich l'avait remis à Elie. Cela, Bedrich en était convaincu. *Elie, mon Dieu, qu'ai-je fait ?* Jamais il n'aurait pensé que la situation prendrait un tour si tragique. Et il avait remis le Cygne à son propre fils ! Quelle absurdité, quelle folie !

— Pensez à votre femme, à votre fils, Bedrich, continuait l'officier. Je les vois… Sur le seuil de votre maison… Pas vous ? Ils vous attendent… Imaginez-les, Bedrich… Votre Mila, le visage plein de larmes – mais le cœur rempli d'espoir, Bedrich, si rempli d'espoir ! Elle chante à Elie une chanson. Vous savez ce qu'elle lui dit ? Elle lui dit : *papa va rentrer.* Et elle hurle dans sa tête : il va rentrer.

Bedrich éclata en sanglots. C'en était trop. Il hochait la tête, elle roulait contre sa poitrine, comme pour éloigner de ses oreilles les mensonges de l'Allemand qui composait son tableau pathétique avec une douceur calculée. Il se sentit perdre le contrôle de son corps. Un liquide chaud coula entre ses jambes. Il urinait.

L'officier le devina et s'écarta dans un haussement de sourcils.

— Oh oh…

Il se tourna vers le *Schlächter*, dont le visage se fendait d'un sourire édenté.

Puis il reprit, parachevant l'humiliation :

— Je suis votre seule chance, Bedrich. Quoi que vous fassiez, que vous pensiez, vous demeurez mon prisonnier. Oubliez le reste. Laissez de côté les boniments que vous avez appris. Vous êtes ici, attaché, et vous continuez de me faire la guerre ? C'est elle qui vous empêche de vivre bien. La seule chose essentielle est dans cette main que je vous tends. Pourquoi la refuser ? Je suis votre unique Rédempteur. Parlez-moi du Cygne.

Il lui passa la main dans les cheveux, épongea son front.

— Làààà… Je suis là…

Bedrich releva la tête.

Il pensa à la pluie, à la chauve-souris battant des ailes contre les vitres.

— *SchweinHUND* !

L'officier se redressa.

Il avait craché ! Il lui avait *craché dessus* !

L'Allemand était raide de fureur. Il trembla, perdant soudain contenance. Il se dirigea vers le petit bureau où se trouvait le tourne-disque en déversant un torrent d'injures. Bedrich, devant la réaction de l'officier, se sentit exulter. Oui, il jouissait de ce maigre triomphe. Comme un enfant. Le courage lui revenait, démesuré, à la hauteur de l'événement lui-même. Ses pensées s'entrechoquaient comme des boules de billard. Le simple fait d'entendre la voix de son ennemi déclenchait dans son crâne un martèlement confus auquel répondait l'afflux sanguin, infligeant à ses tempes de vrais coups de boutoir. Mais il ne céderait pas.

— OÙ EST LE CYGNE ? glapit l'Allemand.

⁂

Ecoute-moi, Bedrich.

Ecoute-moi.

Je suis Mila, je suis ta femme.

Je suis là et je t'aime de toutes mes forces. Je ne suis plus qu'amour, seul amour, tout amour. Je ne suis pas une abstraction perdue, ni une ombre, ni un rêve. Je suis ici, je suis vivante avec toi, maintenant.

L'homme que tu as en face de toi représente tout ce pour quoi tu t'es battu, mon chéri. Il essaie de t'abuser, de te faire ployer ; tu le sais, n'est-ce pas ? Il est fou. Entièrement, complètement, absolument fou. Il ne recule devant rien. Ce n'est plus une guerre entre des Allemands, des Juifs, des Français, des Anglais, des Japonais, des Américains. C'est une guerre entre toi et lui. Toi et sa folie.

Il a tout essayé déjà, Bedrich. Et il veut encore te vaincre. Sais-tu ce qui se passe chez lui ? Il joue, quelque part, ce qu'il croit être le salut de son âme – comme toi. A la différence que lui, Bedrich, il se trompe. Alors écoute-moi, mon chéri, écoute-moi !

Quoi qu'il fasse, quoi qu'il dise pour essayer de te faire plier, renoncer, ne parle pas.

Ne lui dis pas où est le Cygne.

Pour Elie, Bedrich. Notre enfant.

Pour Elie.

16

Paris, église Saint-Sulpice

2001

Ce fut sans trop d'espoir que Frédéric se rendit à Saint-Sulpice ; il avait cherché à joindre Anasthase Gloss chez lui, sans succès. Il savait qu'après son lit et sa cuisine, l'endroit le plus fréquenté par Anasthase était cette église. On l'y trouvait souvent, qui répétait derrière son orgue. A l'heure où Frédéric entra, il était près de quinze heures. Il tendit l'oreille et une *Toccata* de Bach lui confirma aussitôt la présence de son vieil ami. Frédéric sourit et avança au milieu des travées. L'intérieur de l'édifice était en réfection. Des échafaudages branlants couraient sur la partie orientale, entre croisées de métal et planches de bois. Frédéric s'arrêta pour allumer un cierge à la mémoire d'Igor. Il se recueillit quelques instants, observant la beauté discrète des vitraux et le visage des statues de pierre ; il portait sous son bras les feuillets du *Moto perpetuo*. Puis il se dirigea vers le chœur, tourna à gauche et avança vers l'orgue. Anasthase Gloss ne l'avait pas entendu ; il lui tournait le dos. Le jeune homme s'amusa un instant à contempler ces épaules voûtées, ces deux touffes de cheveux blancs encadrant un crâne luisant et dégarni. Comme un fait exprès, un rai de lumière tombait de l'un des vitraux et baignait Anasthase d'une aura presque mystique. Le sourire de Frédéric s'accentua. Il s'approcha doucement ; Anasthase, tout à son émotion intérieure, ne se rendit pas compte de cette présence. Puis, ouvrant les yeux, il remarqua une ombre et se tourna enfin vers le fils d'Igor Vissevitch. Après un instant de stupeur, il sourit à son tour. Il portait des lunettes d'écaille qui lui donnaient une sorte de regard halluciné ; ses lèvres à peine visibles, son double menton, son front cerné de rides, sa physionomie insolite évoquaient à Frédéric un drôle de reptile qui pointait soudain la tête hors de l'eau.

Ses doigts restèrent suspendus dans le vide et l'orgue se tut.

— Frédéric ! Frédéric Vissevitch ! Est-ce poss…

Son visage se rembrunit tout à coup.

— J'ai appris la triste nouvelle, Frédéric. Ton père… Un être immense nous a quittés. Et dans des circonstances si épouvantables… L'enquête de la police… a-t-elle avancé ?

Frédéric cligna des yeux, puis redressa le buste en inspirant.

— La police… Il est encore trop tôt pour le dire.

— Je suis désolé, reprit Anasthase. Je pense beaucoup à Igor depuis sa… disparition. Le cadre de cette église s'y prête. J'aime jouer, ici, à la mémoire des disparus. Oh ! N'y vois rien de morbide. C'est qu'après la mort, je ne trouve plus que la musique pour communiquer encore. C'est ma façon à moi de rendre hommage à ceux dont j'ai croisé la vie. Comme ton père…

Frédéric posa une main sur l'épaule du vieil homme. Ils restèrent silencieux un moment, puis Anasthase retrouva le sourire.

— Alors, mon ami, que me vaut l'honneur de ta visite ? Es-tu passé là par hasard, ou bien…

— Non, ce n'est pas le hasard. Je voulais vous voir.

— Tu as eu de la chance de me trouver là, dit Anasthase en croisant les bras. Que puis-je faire pour toi ?

Frédéric sourit.

— Vous savez comme moi que la chance n'a rien à y voir…

Il désigna le rouleau de papier qu'il avait emmené avec lui, sous le bras.

— J'ai besoin de votre aide pour… une petite énigme qu'il me faut résoudre.

Frédéric se mordit les lèvres. Il avait failli ajouter : *quelque chose en rapport avec la mort de mon père*, mais décida qu'il valait mieux ne pas trop en dire.

Anasthase se tut quelques secondes. Il plissa les yeux, claqua la langue et dit enfin :

— Eh bien, voyons cela.

Anasthase Gloss était une vieille connaissance de la famille Vissevitch. Lui aussi avait donné quelques leçons au jeune homme, alors qu'il n'était encore qu'un enfant. Anasthase avait rencontré Igor après son passage à l'Ouest. Durant trente ans, il avait habité un pavillon décrépi de la banlieue parisienne, avant de venir s'installer dans la capitale, à deux pas de Saint-Sulpice. Musicologue averti, Anasthase avait aujourd'hui soixante-dix ans. Il avait étudié les œuvres du Maître Vissevitch avec un tel enthousiasme et une telle passion qu'Igor en avait été touché. *Cet homme ne dit pas que des bêtises*, avait confié Igor à Frédéric. C'était l'une des rares exceptions aux yeux d'Igor, plutôt enclin à traiter les critiques et théoriciens de la musique de son temps comme de parfaits imbéciles. Anasthase avait commis plusieurs opuscules sur les principales compositions d'Igor, décortiquant aussi bien *Sibéria* que ses diverses cantates, sonates ou symphonies. Sans doute Igor avait-il perçu, derrière la précision technique et les envolées hyperboliques d'Anasthase, une lucidité et une humilité profondes qui, pour une fois, avaient su trouver écho en lui. Il s'était même amusé à découvrir dans les commentaires de Gloss plusieurs détails qui l'avaient conduit à prendre conscience de certaines récurrences dans sa façon de jouer, ou dans les partis pris architecturaux de ses compositions. Ce qui avait plu à Igor, au-delà des études qui lui étaient consacrées, était le « feu sacré » avec lequel Anasthase, en spécialiste d'histoire de la musique, avait raconté, dans d'autres livres, les premiers moments musicaux de l'Antiquité et l'essor du chant religieux médiéval, son dada. Igor sentait qu'il y avait là bien autre chose qu'une aride approche universitaire : l'utopie à peine masquée d'Anasthase, prompt à tous les délires poétiques, ne l'avait pas laissé indifférent. A lire les passages les plus inspirés, les plus lyriques d'Anasthase Gloss, on avait l'impression qu'il avait lui-même vécu les époques lointaines dans lesquelles il se plongeait, et cette étrange proximité avait suscité chez Igor une émotion inhabituelle. Ce Monsieur Gloss était quelqu'un de cultivé, assurément. Durant un temps, il avait d'ailleurs été librettiste d'opéra, dans les coulisses de Garnier. Librettiste… et apiculteur ! Peu de gens savaient qu'il existait des ruches sur les toits de l'Opéra de Paris ; c'était pourtant la vérité, et Anasthase s'était amusé à donner des coups de main au « véritable » apiculteur de l'Opéra, un personnage bonhomme, d'une cinquantaine d'années, qui arborait par tous les temps un foulard rouge et recueillait le miel chaque saison, juché au-dessus des toits de la ville. Igor s'était procuré plusieurs pots, le miel étant tout indiqué dans son régime de violoniste *con brio*. Et puis, en dehors de ses passions plus ou moins insolites, Anasthase avait des racines hongroises, par ses grands-parents maternels, ce qui ne pouvait manquer d'intéresser le *Maestro*. Igor avait donc reçu Anasthase à dîner et les deux hommes s'étaient liés d'amitié. Cela remontait à bien longtemps. Aujourd'hui, Anasthase vivait replié sur lui-même. Sa santé était défaillante ; son cœur faiblissait. Il avait eu deux enfants autrefois, avec une femme qui avait fini par le quitter – un autre point commun avec le destin personnel d'Igor. Ses enfants étaient partis aux Etats-Unis vaquer à leurs occupations. Ses rencontres avec Igor s'étaient espacées depuis plusieurs années, même si le cordon n'avait jamais été totalement coupé. Il passait maintenant le plus clair de son temps ici, dans l'église Saint-Sulpice, ou au fond de son lit, avec des piles de bouquins, à préparer son ouvrage suivant. La venue de Frédéric le sortait un peu de sa routine habituelle.

A présent, Anasthase était penché sur la partition et écoutait le jeune homme, qui lui expliquait en quelques mots son étonnement d'avoir trouvé, dans ces feuillets ayant appartenu à son père, la présence de la « quinte folle », et du singulier décalage disharmonique qu'elle engendrait à l'exécution du morceau. Anasthase, inconscient des tenants et des aboutissants de la question qui préoccupait réellement Frédéric, n'y vit qu'un problème de plus posé à son intuition sensible et à sa sagacité de théoricien. Frédéric savait qu'il menait ses recherches en aveugle ; mais la figure d'Anasthase s'était imposée à lui et il avait une confiance absolue en son jugement.

Anasthase resta longtemps les yeux rivés sur la partition, puis il demanda :

— As-tu entendu parler de la Quinte du Loup ?

Frédéric fronça les sourcils.

— La quoi ?

— La Quinte du Loup.

Le jeune homme fouilla dans ses souvenirs. L'expression lui était vaguement familière, mais il ne parvenait pas à se souvenir de l'endroit ou du contexte dans lequel il avait pu l'entendre.

— Non, répondit-il enfin.

— La *Quinte du Loup*... dit Anasthase Gloss, une main sur la bouche, content de son petit effet.

Il ôta ses lunettes.

— Il s'agit d'une sorte de... figure légendaire de l'écriture musicale, si je puis dire. Une quinte folle, en effet. En *la* bémol (*sol* dièse)-*mi* bémol, comme ici. Voilà ce que cela me rappelle. La Quinte du Loup. Un faux intervalle, en quelque sorte. Un intervalle dissonant... C'est le nom que porte la quinte altérée dans les tempéraments inégaux anciens...

Anasthase se passa la langue sur les lèvres.

— Ces deux termes, *sol* dièse d'un côté, *mi* bémol de l'autre, se situent comme tu le sais aux deux extrêmes du cycle des quintes, dans la réalisation d'un tempérament mésotonique classique. Mais à l'origine, c'est dans un traité d'Henri Arnault de Zwolle du milieu du XVe siècle que l'on parle de cette fameuse Quinte du Loup... En fait, il s'agit d'une quinte volontairement faussée, pour accroître la justesse acoustique de certains intervalles préférentiels. Elle excède la valeur exacte de la quinte juste, et ces écarts la rendent discordante...

Frédéric écoutait attentivement, tandis qu'Anasthase continuait :

— Dans la tradition faustienne, on dit qu'elle se trouvait dans les partitions composées par le musicien maudit, après son pacte avec Satan ! Faust la tenait directement du Diable. Un accord qui pouvait vous rendre fou. L'irruption du Diable en musique... Il paraît aussi que Bach se serait amusé à jouer de cette quinte, qui avait la réputation d'être ensorcelante… L'augure d'une proche damnation… Le point d'orgue d'une sorte de sabbat musical… Et cette partition, le *Moto perpetuo*… Une œuvre même du Diable, en quelque sorte ! Ton Niccolo Paganini…

— D'après vous, il s'agirait de la Quinte du Loup ?

Anasthase rit.

— Hé hé hé… Cela m'en a tout l'air. Une adaptation pour violon, en quelque sorte… Je ne sais pas si cela t'avancera beaucoup… Mais la personne qui a glissé cette quinte au milieu de la partition avait peut-être connaissance de ce que je viens de te dire… Pourquoi pas ? Quelqu'un qui aurait eu certaines… prédispositions musicales… ou ésotériques. Peut-être a-t-on voulu signifier par là… Un *secret diabolique*, en effet. Ou bien était-ce une référence cachée à un *personnage* diabolique. Une allusion à un nouveau Béhémoth… que sais-je !

Frédéric se gratta la tête. Il tenait entre ses doigts un bout de la partition, Anasthase tenait l'autre. Et la seule chose qu'il voyait au bout de toutes les questions qu'il se posait était un mur. Anasthase, lui, était lancé.

— Mais voyons cela… dit le vieil homme en remettant ses lunettes d'écaille sur son nez et en tendant l'index vers les feuillets. Rappelle-moi la fréquence de la quinte ?

— Elle revient cinq fois à des moments aléatoires, dit Frédéric.

— Cinq… dit Gloss, portant un doigt à ses lèvres.

Il laissa la partition à Frédéric et corrigea sa position sur le banc inconfortable où il était assis.

— Si ta quinte devait avoir une valeur… Je veux dire, autre chose qu'une valeur musicale…

— Comment cela ?

— Une quinte harmonique en *la* bémol-*mi* bémol.

Mais il faut peut-être la décomposer pour revenir à l'intervalle mélodique. Elle… *enferme* cinq notes, en quelque sorte. Comme la quinte *do-sol* enferme *do-ré-mi-fa-sol.* Tu sais que… depuis les origines, on s'est servi de la musique pour lui trouver des correspondances avec d'autres langages ! Les Egyptiens ont inventé dès la plus haute Antiquité une *chironomie*, si tu me permets l'emploi de ce terme savant, un système…

Les yeux maintenant perdus dans le vide, Anasthase semblait parler autant à Frédéric qu'à lui-même.

— … Elle reposait sur des signes, des bras et de la main, qui correspondaient à certains niveaux de sons, à certains rythmes, pour guider les instrumentistes. Ils avaient déjà des cymbales, des tambourins, des instruments à vent et à cordes… Mais c'est à un autre type de correspondance que je pense. La valeur de ta quinte… ce pourrait être une valeur numérique.

— Numérique ? Comment cela ?

— Eh bien, oui. Souviens-toi des Grecs, Frédéric. J'imagine que… ton père a dû t'en parler. En théorie, la musique grecque a été codifiée par Pythagore, qui avait transformé la composition musicale en problème d'arithmétique. Vois-tu où je veux en venir ?

— Vous voulez dire que… Cette quinte correspondrait à un nombre ?

Anasthase se pencha en avant.

— Un ou plusieurs. Après Pythagore, Aristoxène a défini huit « modes » ; il concevait le mode comme la succession de toutes les notes naturelles à partir d'une note donnée… Les Grecs utilisaient les modes en fonction des sentiments qu'ils voulaient exprimer par la musique. Le *mi* dorien, par exemple, était viril ; le *la* hypodorien, énergique et joyeux ; le *sol* lydien était majestueux… Mais Pythagore, lui, rapprochait la musique de la mécanique céleste. Chaque note était comme l'écho du mouvement d'une planète...

— Ah, oui. La « musique des Sphères »...

— Exactement. Celle-là seule que pouvait entendre une oreille subtile. Une *oreille subtile*, Frédéric. Comme la tienne. Ou celle de ton père. Ou de quiconque aurait pu jouer cette partition du *Mouvement perpétuel*. Selon le statut même du nombre, Pythagore faisait une relation essentielle entre le cosmos, le son et l'âme. Tu sais qu'aujourd'hui encore, la Nasa diffuse dans l'espace les *Concertos brandebourgeois*, dans l'hypothèse d'une prise de contact extraterrestre...

Frédéric était sceptique.

— Des extraterrestres. Ne croyez-vous pas que nous nous écartons un peu d...

— Non, non, pas tant que ça ! (Anasthase lui prit les mains.) A la fin du XVIe siècle et au début du XVIIe, Kepler, le fondateur de l'astronomie moderne, écrivait le *Mysterium cosmographicum*, le Mystère du monde, et l'*Harmonices mundi*, les Harmonies du monde, et pensait que la musique émise par les planètes était organiquement liée à la loi de leur mouvement, dont il élaborait, dans le même temps, l'expression mathématique. Laisse-moi terminer, Frédéric. Pour Kepler, chaque corps céleste possédait une note fondamentale, ainsi qu'un accord orbital spécifique. Par exemple, une octave ajoutée d'une tierce pour Mercure. Ou pour Mars... une quinte *fa-sol-la-si* bémol-*do*. Aussi, il est possible que ta quinte ne soit que l'expression... d'un nombre. D'un ou de plusieurs numéros, incluant d'une façon ou d'une autre le chiffre 5, c'est-à-dire le nombre d'itérations que l'on retrouve dans la partition.

— Des nombres, dit Frédéric, levant le visage. Mais lesquels ?

Anasthase haussa les sourcils.

— Cela, tout dépend de la nature du… du code utilisé. Ce pourrait être, tout simplement, le numéro même des notes dans la partition, ou je ne sais quelle combinaison entre eux…

Des numéros de code.

Frédéric inspira. Un code… Oui, après tout, la chose était concevable. La quinte folle, cette Quinte du Loup, pouvait bien être le maillon d'un code. Des notes renvoyant à des numéros, rien de plus simple, d'une certaine façon. Ce genre de procédés avait été couramment utilisé durant la Seconde Guerre mondiale, autant par les nazis que par les réseaux résistants… Mais il ne s'agissait là que de minces présomptions qui, à la vérité, lui paraissaient tellement délirantes qu'il avait du mal à partager l'enthousiasme d'Anasthase. Code ou pas code, il piétinait ! La frustration profonde de sentir que, de toute évidence, il lui manquait encore des éléments déterminants, le faisait enrager. Le visage d'Anasthase était dressé vers lui.

Frédéric finit par lui sourire et lui mit de nouveau une main sur l'épaule.

— Merci.

Lorsqu'il sortit de l'église, il croyait encore entendre les paroles d'Anasthase Gloss.

La Quinte du Loup. L'accord du Diable.

Entre musique des Sphères et Mouvement perpétuel.

Et cette autre idée qui le tarabustait.

Un nouveau Béhémoth…

⁂

Frédéric retrouva Célia rue de Birague à 16 h 30. Il n'en finissait plus de tourner et de retourner dans sa tête les paroles d'Anasthase. Son idée était loin d'être sotte. A vrai dire, elle prenait des allures d'évidence. A l'origine, la musique elle-même n'était-elle pas un *code* ? Durant longtemps, la musique chrétienne s'était transmise par tradition orale, jusqu'à l'apparition, au début du IXe siècle, des neumes, suites de barres et de points, ancêtres des notes marquées dans une partition. Un Morse… Le répertoire s'étant complexifié, le moine Notker le Bègue avait inventé les tropes, moyen mnémotechnique pour lequel chaque syllabe des mots à chanter, pour un chœur, répondait à une note. Aujourd'hui encore, parallèlement au système de notation classique, les Anglo-Saxons utilisaient un mode fondé sur l'alphabet, dont le point de départ était la note *la*, hauteur du diapason, et non la note *ut*. A égalait *la* ; B égalait *si* ; C égalait *ut* ; D pour *ré*, E pour *mi*, F pour *fa*, G pour *sol*. Le nom même des notes était un code : elles provenaient des premières syllabes de l'Hymne de saint Jean-Baptiste : *Ut queant laxis, Resonare fibris, Mira gestorum, Famuli tuorum, Solve polluti, Labii retum.* Ce n'était qu'au XIVe siècle, par juxtaposition des initiales de *Sancte Iohannes*, les deux derniers mots de l'Hymne, que l'on avait adopté le nom de la septième note, *si*. Oui, tout cela était d'un raffinement troublant… Une telle piste, si elle était sérieuse, ne pouvait que dénoter un esprit cultivé et amoureux de la musique au moins autant que Frédéric, Elie ou Igor lui-même.

Seule avec ses pensées, Célia attendait Frédéric dans le salon. Elle avait les traits tirés ; son visage, d'ordinaire lisse comme de la soie, était marqué par les récents événements. La mort d'Igor l'avait elle aussi profondément affectée. Et il avait fallu qu'une telle tragédie survînt au moment même où une autre histoire, d'amour celle-ci, était née entre elle et le jeune homme. Ce torrent d'émotions contradictoires, en un temps aussi bref, lui avait ôté toute capacité de chanter. Son travail était devenu sans objet. Rossignol étranglé. Frédéric, comme elle, avait craint que le décès d'Igor ne jette une ombre inattendue sur les sentiments qu'ils éprouvaient l'un pour l'autre. Certes, leurs liens s'étaient aussitôt resserrés, de la façon la plus naturelle du monde. Mais dans cette atmosphère trouble et endeuillée, ils étaient tout à la mémoire du disparu. L'omniprésence d'Igor à leur pensée donnait, en effet, une coloration funèbre à leur amour, qui ajoutait à leur tristesse. Célia avait répété seule à seul avec le Maître durant des semaines ; ces images et les mouvements du cœur qui les avaient accompagnées revenaient sans cesse à sa mémoire, accusant son chagrin et celui de Frédéric, sensible non seulement à son propre désarroi, mais aussi à celui de la femme qu'il aimait. La silhouette fantomatique d'André, qui habitait chaque recoin de l'hôtel particulier, semblait rejoindre celle d'Igor dans cette effroyable sensation de manque et d'épuisement. Certaines choses, heureusement, leur réchauffaient le cœur à tous deux. Des témoignages de sympathie étaient parvenus à Frédéric des quatre coins du globe. Des lettres, des cartes, des fleurs par centaines. Rue de Birague, des admirateurs d'Igor Vissevitch étaient venus déposer des couronnes. La plupart reprenaient les mots de l'épitaphe d'Igor, *Bien au-delà des murs.* Lorsqu'il entra dans le salon de l'hôtel particulier, devenu soudain bien trop grand pour eux, Frédéric prit la Florentine dans ses bras.

Une autre surprise l'attendait.

Célia essuya une larme qui coulait sur sa joue, d'un revers de la main.

— Il y a quelque chose de nouveau, *Federico.*

Igor Vissevitch avait laissé un testament.

Celui-ci fut ouvert dans l'étude de Maître Katz, notaire dans le IVe arrondissement. A l'arrivée de Frédéric et de Célia, François Lebrun était déjà là. Il se leva et s'avança vers eux en tendant la main lorsqu'ils entrèrent dans le bureau. Depuis la mort d'Igor, l'opinion de Frédéric sur cet homme avait changé. Il l'avait mal jugé. Bien sûr, Lebrun avait toujours cet air coincé et légèrement hautain qu'il affectait d'ordinaire ; ce visage que Frédéric avait toujours associé à celui d'un milicien de la Seconde Guerre mondiale, sans trop savoir pourquoi. Mais Lebrun n'avait pas échappé à la déferlante d'émotions suscitée par la disparition d'Igor ; bien qu'il fût lui-même touché par ce qui venait de se produire, il avait assumé d'office ce dont Frédéric s'était révélé incapable. Grâce à lui, tous avaient conservé la dignité requise. L'air un peu gauche dans son costume noir, Lebrun avait perdu de sa superbe. Pour une fois – la première, peut-être – la poignée de main que lui et Frédéric échangèrent fut sincère et chaleureuse. Frédéric réalisa que, finalement, tous deux se connaissaient bien peu. Chacun avait campé sur ses positions, réfugié dans le confort de ses préjugés ; les décès ont souvent ce mérite de pousser les proches du défunt à enterrer les haches de guerre, au moins provisoirement. Les crispations anciennes sont alors ravalées au rang de peccadilles. Surtout, Frédéric comprenait que les sentiments qu'il avait nourris à l'égard de François Lebrun étaient d'abord le fait d'une projection de ses propres angoisses. N'avait-il pas toujours lu dans les yeux de Lebrun ce reproche qu'à tout instant, il avait craint de voir proférer par son père : *Tu n'arrives pas à la cheville d'Igor Vissevitch, le Maître* ? Du moins se l'était-il imaginé de longue date, et cela de façon absolument irrationnelle, il fallait bien l'avouer. Voilà pourquoi, sans doute, Frédéric n'avait jamais trouvé sympathique ce François Lebrun, qu'il s'était empressé de cataloguer. Cela avait été encore l'un de ces sentiments absurdes qu'il avait dû traîner toutes ces années, pour refuser de voir en face ses propres complexes et les dégâts qu'ils avaient causés.

François Lebrun s'assit le premier devant le notaire ; puis ce fut au tour de Célia et de Frédéric. Le bureau dans lequel ils se trouvaient était feutré, avec une épaisse moquette rouge et des rideaux de même couleur. Katz, un homme corpulent, qui s'épongeait de temps à autre le front avec un mouchoir, les laissa prendre place. Puis il leur envoya quelques regards silencieux, par-dessus ses lunettes, à la manière d'un praticien au bord de dévoiler son diagnostic. Il s'éclaircit la gorge et leur souhaita la bienvenue. Après les formules d'usage et un mot personnel sur l'admiration qu'il avait toujours éprouvée pour Igor Vissevitch, il se détendit un peu, puis ouvrit le testament comme il eût brisé le septième sceau biblique. Il commença alors la lecture du document. A mesure qu'il en énonçait les paragraphes introductifs, Frédéric se sentait gagné par un étrange engourdissement. La voix du notaire lui parvenait de façon lointaine, comme à travers une brume épaisse. Le jeune homme était toujours dans un état de tension extrême. Et il était sûr d'une chose à présent. Bien qu'Igor n'en eût parlé à personne, pas plus à lui qu'à François Lebrun… il avait tout prévu. *Tu avais tout préparé, papa, bien sûr. Sachant que tu allais mourir. Et je t'ai laissé porter cela tout seul.*

— A François Lebrun, continuait la voix de Katz, qui m'a toujours fidèlement secondé, en réglant avec diligence et une efficacité professionnelle jamais démentie, le cours de mes affaires et la gestion de mon patrimoine, je lègue la somme de 500 000 euros ainsi que ma propriété d'Aix-les-Bains... A mon fils Frédéric...

Le jeune homme tendit l'oreille.

Oh, ce n'était pas le retour patrimonial qu'il guettait, il n'avait aucun doute sur ce qu'il recevrait en legs matériel.

C'était autre chose qu'il voulait entendre.

— A mon fils Frédéric, je veux tout d'abord demander pardon.

Le notaire toussa. Il jeta un regard par-dessus ses lunettes, comme pour guetter la réaction de Frédéric. Les doigts du jeune homme venaient de se crisper imperceptiblement contre les accoudoirs de son fauteuil. Célia posa une main sur la sienne.

— A l'heure de ma mort, je veux qu'il sache que toute ma vie, c'est lui qui m'aura inspiré mes plus beaux morceaux de musique. Qu'il oublie les maladresses d'un père qui dut lutter depuis son enfance contre le fardeau de sa propre destinée ; qu'il me pardonne pour sa mère, Juliette, que j'aimais plus qu'il ne pouvait l'imaginer, et que je n'ai pas su garder. Qu'il sache que l'amour que je leur ai porté, à tous deux, fut la plus belle mélodie qui résonnât à mes oreilles.

Frédéric était bouleversé. Célia tourna son visage vers lui et lui entoura les épaules.

— A mon fils Frédéric, je lègue...

Mais le jeune homme n'écoutait plus. L'hôtel particulier, les toiles impressionnistes, une maison en Normandie, une autre dans le nord de l'Italie, près de Vintimille. Riche, riche, il était plus riche que jamais, il l'avait toujours été. Suivaient des dons aux œuvres de charité auxquelles Igor s'était associé, l'aide aux réfugiés, la Croix-Rouge, une quinzaine en tout.

— Les partitions manuscrites originales de l'ensemble de mes œuvres iront à mon fils Frédéric. Toutefois, je lègue à M. Lebrun le concerto en *ré* mineur dit *Les Lumières du phare*… à Giacomo Vivarini le concerto en *mi* bémol majeur, dont j'aimerais qu'il porte le titre *Giacomo*…

Frédéric n'en revenait pas. Il eut un rire, presque déplacé, au milieu de ses larmes. Vivarini ! Il s'était souvenu de la promesse que Frédéric lui-même avait faite au luthier vénitien ! En effet, le testament datait à peine d'un mois. Igor l'avait rédigé de façon presque prémonitoire, quelques jours seulement avant de mourir… L'image de Vivarini repassa dans la tête du jeune homme. Il fallait prendre contact avec lui dès aujourd'hui.

Katz continuait :

— … A Célia Canova, je lègue ce *terzetto concertante* que j'ai composé *alla Paganini*, baptisé *L'Aurore*. Que cette jeune personne sache qu'elle aura illuminé d'un amour neuf mes dernières heures. Enfin, les partitions de ma symphonie *Consolation* seront léguées au musée de Terezin, en République tchèque.

D'autres mentions de moindre importance suivaient, pour la famille éloignée, les amis, les musiciens qu'il avait croisés ou avec lesquels il avait travaillé. Anasthase Gloss n'était pas oublié : Igor lui léguait une bonne partie de sa bibliothèque.

Maintenant, Célia pleurait elle aussi.

Lorsque le notaire eut terminé, il sortit un porte-documents qu'il remit à Frédéric.

— Votre père a également laissé ceci pour vous.

Frédéric le prit et lut la mention *Personnel et confidentiel* qui figurait sur le dossier.

Il échangea un regard avec Célia.

⁂

L'entrevue avait duré près de deux heures.

De retour rue de Birague, Frédéric appela Giacomo Vivarini.

— *Si ?*

— Giacomo Vivarini ?

Il y eut un silence.

— *No, signore.* C'est Pietro Doffraelli. C'est moi qui reprends son atelier. Qui est à l'appareil ?

— Frédéric Vissevitch.

Nouveau silence.

— Ah… Monsieur Vissevitch… Oui, je sais qui vous êtes, *signore.* J'ai appris la mort de votre père, j'en suis désolé… Mais c'est que… Giacomo est décédé, lui aussi. Vous l'ignoriez ?

Frédéric écarta le combiné de son oreille. L'Italien continuait de lui parler. Il n'écoutait plus. Incapable de dire un mot, il posa le doigt sur l'appareil pour couper la communication et resta là un instant, à écouter les *bip* intermittents, qui résonnaient maintenant dans le vide.

Nom de Dieu, je n'osais pas y croire, je n'osais pas même appeler et pourtant… Pourtant…

— C'est IMPOSSIBLE !

Frédéric sortit du bureau et traversa le salon. Il tournait en long et en large, portant la main à son front. Célia le regardait. Ses mains tremblaient sur les partitions du *terzetto* qu'Igor lui avait destiné. Elle ne savait plus où elle en était.

— Que se passe-t-il, *Federico* ? Que se passe-t-il ?

Il la regarda à son tour, tenta de se calmer.

— Ne t'inquiète pas.

Et maintenant ? Que faire maintenant ? *Mais nom de Dieu, qu'y a-t-il derrière tout ça ?*

Il se tourna alors vers le porte-documents que Maître Katz lui avait remis. Sous le coup de l'émotion, Frédéric ne l'avait pas ouvert.

A mon fils Frédéric, je veux tout d'abord demander pardon.

Le jeune homme sentit de nouveau son cœur se soulever de chagrin.

Il ouvrit le dossier.

Qu'il oublie les maladresses d'un père qui dut lutter depuis son enfance contre le fardeau de sa propre destinée ; qu'il me pardonne pour sa mère, Juliette…

Frédéric ne pouvait s'empêcher de penser à ces mots. Ces mots libératoires. Attendus toute une vie. Igor, finalement, avait été au rendez-vous. Même si ce rendez-vous était le dernier.

Frédéric se massa le front.

Merci, papa.

Mais j'ai encore besoin de toi.

Le porte-documents contenait plusieurs pièces distinctes. Frédéric reconnut la première : c'était une copie du rapport d'expertise du Cygne, qu'il avait également retrouvée dans le coffre. La seconde était une série d'extraits de diverses Histoires ou Encyclopédies de la musique sur la vie de Svetlan Borg. Manifestement, Igor avait également cherché à se renseigner par ses propres moyens. Il s'arrêta sur la copie d'un autre testament, et le fait de le trouver ici, en ces circonstances, résonna dans l'esprit du jeune homme comme une coïncidence troublante.

> En l'an de grâce mille huit cent trente-sept, le vingt-sept avril à Gênes. Par le présent testament, je, soussigné Niccolo Paganini, fils de feu Antonio et Teresa Bocciardo, prends les dispositions suivantes.

Une copie du testament de Paganini. Etait-ce pour s'en inspirer, en vue de la rédaction du sien, qu'Igor se l'était procuré ? Ou, plus raisonnablement, par sentiment de... « proximité » avec ce génie d'autrefois ? Une autre explication était plus plausible... Igor avait sans doute voulu vérifier si le testament faisait mention du Cygne. Frédéric continua de lire, mais ne trouva rien. Sans le savoir, il examinait des documents identiques à ceux dont Giacomo avait retrouvé la trace dans les archives municipales de Gênes, quelque temps plus tôt. Il lut également la *Chronologie essentielle de l'histoire du Cygne*, de Luigi Guglielmo Germi, annexée au testament du Diable ; il n'obtint pas plus de résultats. Les prodiges d'Histoire de la musique qu'il avait sous les yeux, pour prodiges qu'ils fussent, ne menaient nulle part, sinon à la satisfaction de voir que la réalité dépassait la légende. Une satisfaction dont, à présent, Frédéric se moquait. Il était temps d'oublier la musique et ses rêveries de Pierrot. Il avait remarqué, lui aussi, le cachet de la ville de Gênes et l'en-tête faisant référence à Saint-Pétersbourg. Et alors ? Cela ne le renseignait en rien sur le lien que le Cygne avait pu avoir avec la mort d'Igor, d'Elie et de Vivarini. Le puzzle semblait ne jamais devoir se terminer... Frédéric passa rapidement aux autres documents, car il en restait encore, à l'intérieur d'une autre enveloppe contenue par la première. Il pensa aux poupées gigognes, aux poupées russes, avec le sentiment qu'il n'allait nulle part. Célia, une main sur les lèvres, brûlait de l'interroger pour comprendre la cause exacte de son excitation, mais n'osait l'interrompre.

Il ne put retenir un cri.

Célia jeta un regard par-dessus son épaule.

— Mon Dieu, dit-elle effarée, mais qu'est-ce que c'est que *ça* ?

Il s'agissait de près d'une trentaine de photos, légendées et commentées.

Une grille surmontée de la formule tristement célèbre :

ARBEIT MACHT FREI.

Des hommes par dizaines, par centaines, entassés dans les charniers d'Auschwitz.

D'autres, la peau sur les os, que des Américains soutenaient au milieu des camps.

Un couloir sombre.

L'image d'un homme, à l'occasion de ce qui ressemblait à un banquet, de mariage peut-être. La figure de cet homme, d'une quarantaine d'années à peine, moustachu, juif sans doute, était entourée d'un cercle rouge. C'était lui, le marié, apparemment. Il tenait en main un violon. Ce violon, c'était le Cygne. Non loin, une femme.

Et, sous une dizaine d'angles différents, une forteresse, un autre camp sans doute.

TEREZIN.

Frédéric étalait les photos devant lui sans pouvoir refréner son excitation. Célia, incrédule, le front marqué d'incompréhension, le regardait étaler ce kaléidoscope morbide sur le parquet du salon.

— Terezin, soufflait-il. Terezin. Et tout le reste… Nous avons fait fausse route !

Il se saisit enfin du dernier document. Un autre rapport.

— Si tu ne viens pas à Lagardère, Lagardère viendra à toi, murmura-t-il, les dents serrées.

Et il commença de lire.

FONDS DE L'HOLOCAUSTE
Par M. René-Louis Sandron
Rapporteur de la Commission des Finances

Au printemps 1996, une campagne médiatique sans précédent a entaché la réputation de « bienveillante neutralité » si chère à la Suisse – un concept dont ce pays avait fait son étendard et qui, soudain, se voyait mis en doute par des accusations d'une haute gravité : la Suisse aurait profité de sa situation de non-belligérante durant la Seconde Guerre mondiale pour spolier des millions de Juifs fuyant la Shoah…

⁂

Frédéric s'engouffra dans l'église Saint-Sulpice à vingt heures. Un office s'était terminé une demi-heure plus tôt mais l'endroit était désert – ou presque. Il longea les échafaudages par les travées de gauche ; derrière l'autel, un prêtre vêtu d'une aube blanche fermait une bible et se dirigeait vers le tabernacle. Le jeune homme tourna à l'angle des travées, dans le chœur, et rejoignit Anasthase qui, fidèle à son poste, avait accompagné les vêpres de la soirée. Il fut surpris de voir le fils d'Igor se dresser devant lui comme un diable sorti de sa boîte. Sous le bras, il portait l'étui du Cygne.

Il avait le front fiévreux.

— Oh là, mon ami ! Calmons-nous, calmons-nous ! Que se passe-t-il ?

L'église achevait de se vider.

— Le *Moto perpetuo*… le Cygne… La Quinte du Loup… balbutia Frédéric, haletant.

— Oui, eh bien ?

Le prêtre jeta un coup d'œil dans leur direction et adressa à Frédéric un sourire.

— J'ai peut-être trouvé quelque chose de très important. Je ne suis sûr de rien, mais…

Igor, Elie, Vivarini assassinés. Prenant toute la mesure de la situation, Frédéric avait fini par s'en ouvrir à Célia. Celle-ci avait provisoirement quitté la rue de Birague pour la chambre d'un hôtel voisin, *La Herse d'Or*, dans la rue Saint-Antoine. Frédéric, quant à lui, n'avait pu se résoudre à laisser le Cygne dans la grande maison – même à l'intérieur du coffre. Si Anasthase confirmait son intuition, d'une manière ou d'une autre, il se précipiterait au poste le plus proche et mettrait le violon définitivement à l'abri. Il ne savait pas encore trop ce qu'il dirait, mais une chose était sûre : il allait faire du foin. Il ne pouvait ignorer cette petite voix qui, désormais, lui serinait : *Seigneur ! Nous sommes en danger*.

— Ecoutez… Il faut que je vous parle de certaines choses que j'avais préféré garder pour moi. C'est impossible à présent, je… On me prendra peut-être pour un fou, mais…

Frédéric entendit vaguement les portes de l'église se fermer dans un bruit sourd. Le prêtre devait s'apprêter à condamner les lieux.

Condamner les lieux. Quelle drôle d'expression.

— Voyons, Frédéric. De quoi parles-tu ? Je t'en prie, reprends ton souffle et raconte-moi ce qui t'arrive.

Frédéric s'assit un instant sur un banc voisin et jeta un regard distrait vers l'entrée.

Un homme avait fait son apparition.

— Ce que je vous ai montré tout à l'heure… Il faut

que vous sachiez... Ce n'est pas seulement un jeu... Mon père... L'assassinat... Ecoutez, ce que vous m'avez dit à propos de la Quinte du Loup pourrait être beaucoup plus important que tout ce que j'avais pu imaginer. Il y a eu des meurtres, plusieurs meurtres...

Le prêtre mit une main sur son front et plissa les yeux, essayant de distinguer qui venait de fermer les portes de l'édifice. Au fond, l'homme s'était éclairci la gorge.

Le regard de Frédéric se porta dans sa direction. Il s'aperçut de l'incongruité de cette présence à la vue du masque que cet homme portait sur son visage. Un masque lunaire, qui évoquait la figure d'un enfant, ou d'un clown.

Dimitri Dukas ouvrit le bouton de sa veste et resta quelques instants sans bouger.

Une autre silhouette, que Frédéric n'avait pas remarquée jusqu'alors, sortit de l'ombre. Le second personnage portait un masque lui aussi.

— Qu'y a-t-il ? demanda Anasthase, soudain inquiet à la vue du visage décomposé de Frédéric.

— Oh, *mon Dieu*...

Dimitri Dukas avançait lentement du côté gauche du transept, l'autre du côté droit.

Au bout de quelques mètres, il lança, d'une voix que déformait le masque :

— Frédéric Vissevitch ?

Le jeune homme se redressa. Anasthase regarda dans la direction des nouveaux venus.

Le prêtre descendit les quelques marches qui menaient de l'autel à l'allée centrale. Il s'arrêta subitement et eut une expression de stupeur lorsqu'il vit l'éclair d'une arme à feu. Dimitri venait de sortir un revolver et continuait d'avancer à pas mesurés.

Enfin, à cinq ou six mètres d'eux, il s'arrêta.

Deux hommes d'un côté, armés et déguisés ; trois de l'autre, ébahis, atterrés ; tous se regardaient ; en une fraction de seconde, une tension électrique avait envahi l'église. Le silence mortel qui s'était abattu fut brisé par la voix de Dukas.

— Nous sommes venus discuter avec vous, monsieur Vissevitch. Je ne saurais trop vous conseiller, mon père, de rester à l'écart de tout cela. Les portes de l'entrée ont été fermées par les soins de mon collègue... Vous vous apercevrez assez vite que la conversation mondaine n'est pas son point fort. Monsieur Vissevitch, c'est vous que nous venons chercher.

Il plissa les yeux et, fixant l'étui qu'il venait d'apercevoir, il ajouta :

— Donnez-nous le Cygne et tout se passera bien.

Anasthase se tourna vers Frédéric :

— Frédéric... qui sont ces gens ?

Le prêtre, éberlué, regardait les uns et les autres sans savoir que faire. Dukas s'inclina devant lui avec toute l'ironie que lui conférait son masque carnavalesque, au-dessus de son costume ; mais la rapidité de ses mouvements trahissait sa nervosité.

— Désolé de faire ainsi irruption au milieu de votre sanctuaire, Monsieur le curé. Voyez-vous, mon ami et moi sommes un peu pressés.

Il se tourna de nouveau vers Frédéric et répéta :

— Donnez-nous le Cygne, monsieur Vissevitch.

Un bruit soudain retentit. Tous tournèrent la tête.

La porte de la sacristie venait de s'ouvrir. Trois enfants entrèrent en discutant joyeusement.

Dukas les considéra un instant, son revolver hésita.

— C'est que... c'est l'heure du catéchisme, dit le prêtre.

Les enfants étaient entrés par-derrière. Dukas s'approcha aussitôt de Frédéric en dissimulant son arme. Il collait presque le jeune homme. En d'autres circonstances, la situation aurait été du plus haut comique. D'autres enfants entraient, suivis de près par leurs parents. Le prêtre, qui n'osait s'éloigner de l'autel, leur envoya des sourires crispés. Quelqu'un, sur le parvis, essaya d'ouvrir les doubles portes d'entrée que l'acolyte de Dukas avait verrouillées.

— Suivez-moi sans discuter et tout ira bien, murmura Dukas. Quant à vous (il s'adressait à présent à Anasthase), ne tentez rien qui pourrait compromettre la santé de votre ami.

Anasthase, roulant des yeux affolés, acquiesça en silence. Pressé par Dukas, Frédéric, la main sur l'étui du Cygne, avança vers le côté gauche du transept. Dukas avait glissé son revolver dans la poche de sa veste et le jeune homme pouvait sentir le canon contre sa hanche. Ils contournèrent un groupe d'enfants, que le curé de Saint-Sulpice faisait mine de rassembler autour de lui. Une mère de famille fronça les sourcils en voyant s'éloigner cet homme au visage de clown, et cet autre qui, au fond de l'église, ouvrait maintenant les portes d'entrée. Un enfant les aperçut aussi, poussant une exclamation joyeuse avant de les désigner du doigt. Frédéric envoya un regard vers le colosse silencieux, à la chevelure noir comme jais, que l'on devinait derrière son déguisement, et qui l'attendait auprès des portes. L'ombre de sa haute stature se découpait sur le mur, sous l'effet des lumières que projetaient les cierges.

Frédéric marchait à présent sous les échafaudages.

Mû soudain par une folle impulsion, il se jeta de tout son poids contre l'un des montants dont l'architecture branlante s'élevait autour de lui. Il balaya du pied une cale glissée auprès d'un barreau de métal. Dukas jura et leva les yeux ; l'échafaudage tout entier vacillait.

Quelques grains de poussière tombèrent et vinrent salir ses épaules. Frédéric porta la main à son bras, qui lui faisait mal. Dans la nef, parents et enfants se tournèrent de nouveau vers eux. On entendit un long grincement, qui finit par se calmer. Dukas passa les doigts sur son col, fusilla le jeune homme du regard et siffla entre ses dents :

— Mais qu'est-ce qui vous prend ?... Vous n'avez réussi qu'à vous blesser ! Recommencez cela et...

Dukas leva les yeux une seconde fois. Le grincement avait repris. Cette fois, Dimitri n'eut pas le temps de terminer. Une planche de l'échafaudage tomba, tandis que deux de ses montants s'écartaient d'un coup. Tout menaçait de s'effondrer. Frédéric fit un saut de côté ; son genou frappa un banc. Il se tordit de douleur et bascula entre les travées. La planche s'abattit sur Dukas avec violence. Il tomba net sur le sol. Anasthase poussa un cri. Au fond, le second tueur écarquilla les yeux. Il faillit s'élancer dans la direction de son équipier, mais déjà on se précipitait de tous côtés.

— Arrêtez-le ! s'écria Frédéric.

Le colosse hésita encore un instant, puis jura et se jeta au-dehors. Frédéric se releva péniblement et se pencha sur Dukas qui, une main sur la tête, tentait de reprendre ses esprits en balbutiant des mots incompréhensibles. Le masque était tombé à ses côtés. Les parents, les enfants, le prêtre, Anasthase Gloss venaient maintenant les entourer. Il y eut des cris d'effroi lorsque Frédéric se saisit en tremblant de l'arme de Dimitri.

— Mais que se passe-t-il, ici ? murmura une femme.

Dukas était toujours à demi inconscient.

— Appelez la police, dit Frédéric dans un souffle. Vite !

Il se tourna vers Anasthase :

— C'est l'un des assassins de mon père.

⁂

Les interrogatoires avaient commencé.

Frédéric, quant à lui, avait regagné la rue de Birague, choqué et ému, mais également en proie à une colère qui ne faisait que renforcer sa détermination. Célia était inquiète ; il lui avait conseillé de ne pas regagner l'hôtel particulier de feu Igor Vissevitch tant qu'ils n'auraient pas la certitude d'être en sécurité. Tous deux étaient placés provisoirement sous la protection des autorités. Cette fois, Frédéric avait dû parler du Cygne et des soupçons qui l'habitaient, tout en recommandant la plus grande discrétion, en l'absence de preuves tangibles. On l'avait d'ailleurs écouté avec un certain scepticisme, et Frédéric lui-même ne parvenait pas à se persuader entièrement de la réalité du mobile qu'il avait l'intention de mettre au jour. Il avait montré le dossier *Personnel et confidentiel*, les photos de Terezin, la partition truquée de Paganini, et raconté son entrevue avec Elie Bogdanowicz. Le violon était entre les mains de la police comme possible pièce à conviction. Anasthase l'avait accompagné et n'en revenait pas ; il avait assailli Frédéric de questions et lui avait offert de l'aider par tous les moyens. La lutte avait été âpre : Frédéric lui avait fait promettre de se tenir à l'écart de l'affaire, regrettant déjà d'avoir exposé son ami à une situation qui avait failli prendre un tour tragique. Mais peut-être cela n'y suffirait-il pas.

Pourtant, ce qui intriguait Frédéric, à présent, était autre chose.

Il avait pris soin de fouiller Dimitri Dukas avant

l'arrivée de la police. Ses papiers ne lui avaient rien appris… ou presque. Pas de carte d'identité, mais le tampon des douanes suisses figuraient sur son passeport. Une carte Visa internationale. Dans l'une des poches de sa veste, il était également tombé sur son portable. Impossible d'accéder au dernier numéro que le tueur avait composé. En revanche, Frédéric était parvenu à lire le menu de l'agenda. Celui-ci avait manifestement été nettoyé à une date récente – ou bien, M. Dukas ne s'en servait guère. Seuls trois numéros y figuraient. Le premier avait conduit Frédéric dans un hôtel parisien où, peut-être, les deux hommes avaient séjourné. Le deuxième n'était plus attribué, mais, là encore, l'indicateur téléphonique correspondait à celui de Genève. Le troisième, enfin, était signalisé par deux initiales, *A.F.*, mais ne menait nulle part, lui non plus.

Restait une chose. Cette simple carte de visite déchirée en deux qu'il avait trouvée avec le revolver, dans l'une des poches. Une carte incomplète.

Charles de R…
Conseiller cli
Banque Intern
de Genève
36, avenue d
NÈVE

Frédéric faisait jouer la carte entre ses mains.

Le premier vol pour Genève partait le soir même à dix-neuf heures.

17

Schwarzwald

2001

Alleith Ford ne décolérait pas.

Kirstin passa auprès de lui pour mettre à portée de sa main la pochette dans laquelle il avait coutume d'uriner. De sa voix apaisante, elle posa une ou deux questions auxquelles M. Ford ne répondit pas. Mais Kirstin y était habituée. Elle savait que la fin de son calvaire était proche. M. Ford, lui, n'en finissait plus de ruminer. L'un de ses agents était pris. L'autre n'aurait plus guère de temps pour intercepter le fils Vissevitch. Le jeune homme avait en sa possession de nouvelles informations. Que savait-il exactement ? Avait-il percé le mystère du Cygne, ce mystère sur lequel M. Ford lui-même n'avait jamais pu faire toute la lumière ? Peut-être, à cette heure, était-il en route pour Genève. Il serait alors sur la bonne piste. Et il risquait, tout simplement, de remonter jusqu'à sa source : le chalet de M. Ford, en Forêt-Noire. Si ce n'était Vissevitch, ce serait la police française, suisse ou allemande. Quant à récupérer le violon, cela relevait désormais pour M. Ford de la science-fiction. Mais quelle importance à présent ?

Il siffla entre ses dents et ne put retenir un crachat.

Son visage, sa peau, ses membres étaient dans un état indescriptible. Il alternait entre de rares moments de lucidité et un état semi-comateux. Il lui avait fallu toute sa hargne pour se maintenir en vie. Mais il savait qu'à tout instant, maintenant, il pouvait rendre l'âme, et cela ne faisait que renforcer son comportement psychotique. Il était épuisé. Son regard vide, cerné de noir, était celui d'un halluciné. Quelle folie d'avoir pensé qu'il pourrait parvenir au dernier objectif qu'il s'était fixé. *Sarcome de Kaposi*, lui avait-on dit ; plus de 12 % des sidas déclarés. La maladie dégénérait en une forme de cancer particulière. Extension cutanée rapide. Visage, ganglions, muqueuses, rate, poumons, appareil digestif, tout son organisme était touché. Mais, au moins jusqu'à une date récente, le système neurologique n'avait pas été atteint. M. Ford avait conservé sa mémoire, la coordination de ses mouvements, la clarté de son langage, son acuité visuelle. Quant à la façon dont il avait contracté la maladie, s'il n'avait cessé d'y penser, il n'était jamais parvenu à la déterminer avec exactitude. M. Ford n'avait jamais eu de rapports homosexuels. Au contraire, dans sa jeunesse, il aurait volontiers utilisé l'arsenal du Reich pour liquider les homosexuels au même titre que les Juifs ou les Tsiganes. C'était d'ailleurs ce qui s'était produit ; mais M. Ford n'y avait pas directement participé. Il n'avait pas non plus entretenu de commerce avec des prostituées susceptibles d'être atteintes du VIH. Il ne s'était jamais drogué. Alors ? Une transfusion, peut-être… Oui, ce devait être cela, une transfusion. Brésil, 1989, à la suite d'un accident stupide. Mais c'était *lui* qui avait donné son sang ! Une aiguille non stérilisée. C'était sûrement cela… Une aiguille non stérilisée qui avait dû répandre son mal, ici et là. Quelle ironie. Fléau biblique ? Juste retour des choses ? M. Ford n'y croyait pas, cela ne pouvait que lui arracher des rires moqueurs. La rédemption par la souffrance ! Le hasard secrètement agencé par un Dieu souverain, pour punir les coupables ! Une plaisanterie… Les innocents mouraient aussi, de tous les accidents et les virus imaginables. M. Ford, lui, n'éprouvait plus pour lui-même qu'un profond dégoût, et cela depuis très longtemps. Un écœurement parfait. Mais il ne croyait pas en sa propre rédemption. Ses derniers soubresauts, que dictaient son instinct de survie, cette rage biologique de répondre à la volonté belliciste de son organisme, *la garde meurt mais ne se rend pas*, n'étaient pas tendus par la quête d'une réconciliation ultime entre le Bien et le Mal. Les frontières de ces deux concepts vagues, relatifs, n'étaient jamais qu'hypothétiques. M. Ford avait atteint ce degré ultime du mépris de soi qui, par une sorte de retournement des valeurs habituelles, se muait en une métaphysique du Rien, conférait à ses visées une dimension esthétique, la dimension d'un projet définitif. N'être Rien. Renvoyer à Dieu, ce Dieu absent, l'image de sa propre vanité, retourner contre lui la stérilité de l'Etre. Abolir la conscience. S'oublier. Renoncer à soi. Adorer la rampante bestialité de l'homme, comme un veau d'or. Une abnégation renversée, un nihilisme radical où s'accordaient, dans une sorte de brasier final, d'autodafé, le désaveu des ambitions humaines et la joie profonde de pouvoir dire au Créateur, quel qu'Il soit : *je reste libre et jouisseur, dans l'espace infini de Ta propre incurie.*

La mort ne lui faisait plus peur depuis longtemps, au contraire, d'une certaine façon il la réclamait. Il avait tout retourné dans sa tête. Le poids de sa haine, de son fiel – la seule chose qui lui restât –, celui de ses désillusions, l'oscillation permanente entre la reconnaissance de la monstruosité de ses actes, scandée par l'Histoire, et le vide effarant de sa conscience, l'absence absolue d'identité au point d'endosser de façon dérisoire celle d'Alleith Ford, cette anagramme de mauvais goût, tout, *tout* le faisait vomir. Jusqu'à cette certitude cinglante que l'Enfer était préparé pour lui, que l'horreur de ses actes avait dépassé les capacités de la compréhension et de la pitié humaines. Oui, M. Ford avait l'impression de n'être rien, sinon un tas de fumier, dont la maladie n'était plus que le révélateur, à la manière du *Portrait de Dorian Gray*. Il était transformé en *tas de merde*. C'était avec cela que le Monstre avait vécu. Avec cela et avec le souvenir. Des souvenirs sans remords. Depuis ces conflagrations anciennes qui l'avaient privé de ses repères, Alleith Ford avait renoncé à toute forme de pensée construite ou de transcendance, obsédé, obnubilé par le seul spectacle de son propre néant. Hypnotisé comme le cobra par la flûte d'un fakir. Image hallucinatoire que celle de sa finitude. M. Ford contemplait sa part des ténèbres. Il l'aimait. Elle l'avait submergé de longue date, avec son consentement. Son adhésion pleine et entière. Une adhésion presque mystique.

On lui avait dit que le délai moyen d'apparition du sida était de sept à onze ans après la contamination. Quant à la phase de sida déclaré, elle n'excédait pas trois ans, voire deux ans et demi. Il n'avait pas vraiment cru à l'efficacité des trithérapies. Dans son cas, il avait eu raison. Il s'était résigné très vite, avant de s'abandonner presque complètement. Une fois de plus, le destin de M. Ford, *son* destin, lui paraissait insensé. Il n'était jamais aussi à l'aise que dans l'insensé. L'Allemagne nazie avait été insensée. La folie portée à son paroxysme. La nuit de Terezin avait été insensée. Sa foi dans le Führer avait été insensée. Mais il avait beau chercher, M. Ford ne regrettait rien – il n'osait rien regretter. Le regret était stérile, forcément stérile. M. Ford était passé par tous les stades de la réflexion à son propre sujet. Une réflexion égotique et passionnée, analytique, psychanalytique. Les questions avaient toujours été plus nombreuses que les réponses. Il était incapable de se flageller au nom des atrocités qu'il avait commises : ce n'était pas *efficace*. Il se sentait bien responsable, et après ? Aujourd'hui, il était vieux, si vieux, que le fait de mourir de cette façon en valait bien une autre. Il n'y voyait que l'effet d'un noir sortilège, destiné à prolonger en ce bas monde sa torture sans objet. M. Ford répudiait jusqu'à cette détresse qu'il éprouvait au plus profond de lui-même. Ce qui lui restait de piteux narcissisme eût pu lui suffire pour amorcer, sinon une réconciliation, du moins une forme d'« aménagement » avec sa personne ; mais il était absent de sa vie, de sa vie consciente. Il libérait ces forces troubles qui le dépassaient, qui l'avaient toujours dépassé. Cette pulsion-*là*, oui, il la reconnaissait : elle était en lui. Son inconscient, sa Bête, dans tout l'aspect dévastateur de ses manipulations sans limites. De temps en temps, il se souvenait de Rosenheim, en Bavière – pas très loin d'ici, d'ailleurs. Il se remémorait cette maison aux jolis clochetons et aux parterres fleuris. Il se rappelait sa mère qui faisait l'amour avec son père derrière la cloison, avant qu'ils ne lui tombent dessus et que que

Maman arrête je t'en prie ce n'est pas ma faute ma faute ma FAUTE

Torture.

Qu'ils étaient jolis pourtant les clochetons et les parterres de fleurs.

Terezin.

Ces murs criblés de balles, lacérés de honte, le hantaient aussi.

Terezin. Partie intégrante du système de répression établi en Bohême-Moravie. Un bataillon SS de surveillance, et quelques kapos, quelques prisonniers « privilégiés » chargés de tâches administratives. A l'époque où M. Ford s'y était rendu, les Russes progressaient à l'Est, les Américains avaient débarqué à l'Ouest. M. Ford avait longtemps été convaincu que l'Allemagne saurait résister. On parlait des V2 à la Chancellerie, dans l'entourage du Führer. Personne n'avait osé encore renoncer au Reich de mille ans. En tout cas, personne parmi les officiers proches des centres de décision. Avant de quitter Berlin pour Terezin, M. Ford avait eu communication du détail des travaux effectués dans la forteresse. Et après la guerre, les Alliés n'avaient pas manqué de procéder aux décomptes. 27 000 hommes et 5 000 femmes avaient été accueillis à Terezin. Des prisonniers politiques. Arrêtés pour opposition au nazisme, violation de mesures antijuives ou aide aux citoyens poursuivis. Et puis des intellectuels, passés à la résistance militaire avec le soutien d'ex-officiers de l'armée tchèque. Sur le tas, il y avait encore eu près de 2 500 prisonniers étrangers, français, anglais, russes, polonais. 15 000 enfants étaient venus s'ajouter à ce savant dénombrement. Les Tsiganes avaient fait l'objet d'un traitement particulier, après l'interdiction du nomadisme. Au début de la guerre, en Bohême-Moravie, on les avait rassemblés dans des camps de travail. Ils avaient été placés en détention préventive jusqu'à leur déportation, principalement vers Auschwitz. Les camps de Lety au sud de la Bohême et de Hodonin Nad Kunstaten au sud de la Moravie avaient été transformés en camps de concentration. 6 000 Tsiganes de Tchécoslovaquie avaient été déportés. Il en était resté une poignée. Pas plus de 10 % . Et puis… Tout s'était mal terminé. Quelque temps après la nuit que M. Ford avait passée à Terezin, au mois de mai 1945, Prague s'était soulevée. Cette insurrection avait conduit les gardiens à abandonner la forteresse. Les premiers cas de typhus s'étaient déclarés quelques mois plus tôt. Lorsque les troupes soviétiques, à la tombée de la nuit, avaient pénétré dans la prison, ils avaient découvert les ravages de la maladie. Bruit des bottes dans l'obscurité. Silhouettes indistinctes dans les couloirs. Faisceaux des lampes torches éclairant soudain des corps meurtris, malades, martyrisés. Cellules où même un rat n'aurait pu survivre. La prison avait été transformée provisoirement en hôpital. Une mise en quarantaine avait permis d'enrayer la mortalité et de sauver quelques vies. Et Terezin libre était devenue un lieu de pèlerinage pour les Tchèques. Ah ! Il était loin, le temps où l'Allemagne avait voulu en faire une vitrine pour la Croix-Rouge, et où des officiers SS guidaient les médecins dans des chambres douillettes aménagées dans le ghetto, pour montrer les dernières poupées de chiffon fabriquées par de petites filles. Il n'était resté que le cimetière, le cimetière de la forteresse de Terezin. Tombes alignées, nécropole au carré, géométrie méticuleuse et sereine de l'horreur. Rien que de très commun, à l'issue de cette guerre. Non loin, on avait créé une exposition permanente, sur les lieux de l'ancien ghetto. Et depuis ce temps-là, depuis le temps où M. Ford s'était rendu à Terezin… il lui semblait que sa vie s'était arrêtée, sans espoir de jamais reprendre.

— *Scheisse*, murmura-t-il dans le silence et l'obscurité, devant les vitres de son chalet.

Terezin. Il ne s'était pas passé une nuit sans que les cauchemars le réveillent dans des sueurs, sans qu'il songe à son échec, au Cygne, à Bedrich Bogdanowicz. Il allait mourir. Qu'y aurait-il ensuite ? Le Néant, auquel il aspirait ? La comparution devant le Tribunal céleste, comme il le croyait autrefois, dans sa première vie, celle où il était marié, avec deux enfants – avant le mirage du Reich ? Oui, il avait été marié. Sa femme s'était suicidée. Cela, il l'avait su. Il l'avait appris au moment de sa fuite, de la bouche de l'un des sous-officiers dont il avait eu longtemps la responsabilité. M. Ford croyait se souvenir qu'il avait versé pour Doris les dernières larmes de sa vie. Ses enfants, dispersés. Peut-être étaient-ils encore vivants, à la recherche de leur père, quelque part. A la recherche du nazi fantoche. Ils avaient dû souffrir, eux aussi. Tant pis, ou tant mieux. M. Ford les avait perdus pour jamais et n'avait pas, *surtout pas*, voulu les retrouver. Têtes blondes. Têtes de mort. Alors ? Que dirait-il de tout cela, aux juges de l'outre-monde ? Rien. Il leur cracherait à la figure. Il avait été de longue date abandonné du ciel. Il endurerait mille morts, dans quelque enfer conçu spécialement pour lui. Ou bien il serait réincarné en insecte. Qu'importe. Au moins, il serait libéré de ce destin-*là*.

Non loin de lui se trouvait une petite bibliothèque, où quelques ouvrages étaient rangés. Il y avait, notamment, une traduction allemande de *L'Enfer* de Dante. De temps en temps, M. Ford demandait à Kirstin de lui en lire quelques vers.

Nel mezzo del cammin di nostra vita
Mi ritrovai per una selva oscura,
Ché la diritta via era smarrita.
Ahi quanto a dir qual era è cosa dura
Esta selva selvaggia e aspra e forte
Che nel pensier rinova la paura !

Au milieu du chemin de notre vie
Je me retrouvai par une forêt obscure
Car la voie droite était perdue.
Ah dire ce qu'elle était est chose dure
Cette forêt féroce et âpre et forte
Qui ranime la peur dans la pensée !

Kirstin lisait et, du coin de l'œil, M. Ford voyait sa poitrine se soulever sous sa blouse ; seule avec lui, elle était soudain envahie de terreur à l'évocation de ces représentations morbides, dépeintes par le poète avec tant de raffinement. Cette imagerie aujourd'hui désuète amusait M. Ford, au contraire. Il se délectait du florilège de tortures infernales comme d'autres auraient ri de plaisanteries douteuses. Et lui, que deviendrait-il ? L'un de ces réprouvés, couchés sous une stèle branlante au milieu de la boue ? Ou bien, un écorché vif, courant sous une pluie de feu ? Ou encore, l'un de ces êtres décharnés, charriés par les flots grondants du Styx, transpercés par des langues de glace, métamorphosés en serpent, dévorés par des meutes de chiennes ?

En vérité je me trouvai sur le rebord
De la vallée d'abîme douloureuse
Qui accueille un fracas de plaintes infinies.
Elle était noire, profonde et embrumée ;
En fixant mon regard jusqu'au fond,
Je ne pouvais rien y discerner…

Kirstin frissonnait. Pourquoi était-elle restée avec lui, dans ce chalet de mort ? Certes, il la payait grassement. Elle était loin de soupçonner les détails de sa vie passée. Mais sa compassion avait des limites et elle n'avait pu ignorer certaines des perversions de M. Ford. Elle était sur le point de le quitter, il le savait.

Elle n'avait pas été la première : M. Ford en avait eu cinq à son service avant elle. Il les avait toutes renvoyées, ou bien elles avaient craqué au bout de quelque temps. Kirstin était la sixième et il n'y en aurait pas d'autre. M. Ford finirait seul. Alors, il s'arrangerait pour se donner la mort.

Ou, mieux encore… pour que quelqu'un d'autre la lui donne.

Il préparerait ainsi son dernier holocauste.

Au milieu du chemin de notre vie
Je me retrouvai par une forêt obscure…
Car la voie droite était perdue.

18

Banque Internationale de Genève

2001

Frédéric jeta un œil sur le lac Léman et le jet d'eau qui se profilait en son centre ; puis il se retourna vers le 36, avenue de la Paix et franchit les portes vitrées de la Banque Internationale de Genève, qui s'ouvrirent en sifflant devant lui. Une rangée de guichets se trouvait sur la droite. Frédéric, les sourcils froncés, s'approcha de l'un d'eux. Il avait fait un très mauvais voyage – bref, heureusement. Il n'avait cessé de surveiller les alentours par crainte d'être épié ou suivi. Sa main était moite contre la pochette où il avait glissé le dossier *Personnel et confidentiel*. Il sortit le bout de papier sur lequel il avait noté l'heure de son rendez-vous et l'identité de la personne qui devait le recevoir. *Philippe de Voorde, Directeur général.* Lorsque Frédéric lui avait passé un coup de fil depuis une cabine publique, M. de Voorde avait cru à une plaisanterie. Puis il avait fini par prendre la chose au sérieux, jusqu'à ne plus cacher son inquiétude. Il fallait dire que ce que Frédéric avait à révéler ne pouvait que vigoureusement intéresser ces messieurs de la BIG. Il attendait d'autres révélations en retour. Frédéric fit signaler son arrivée. *Huitième étage, couloir B, porte 89.*

C'était ici le siège même de la Banque. Huit étages de bureaux. *L'ascenseur est au fond à votre gauche, M. de Voorde vous attend.*

Frédéric appuya sur le bouton, attendit quelques secondes puis se glissa à l'intérieur de l'ascenseur. Tandis qu'il montait, il se regarda dans la glace et ajusta son nœud de cravate. Il passa une main sur sa nuque douloureuse et fit une grimace. Arrivé au huitième, il trouva sans peine le bureau 89. Là, M. de Voorde l'invita à entrer. Philippe de Voorde était un homme d'une cinquantaine d'années, large d'épaules ; ses cheveux étaient d'une couleur singulière, un jaune prononcé. Frédéric se demanda s'il s'agissait de leur couleur naturelle. Il avait l'air d'un skieur échappé d'une publicité pour dentifrice. Costume impeccable. Poignée de main franche et vigoureuse. Regard bleu et pénétrant. Il proposa un siège à Frédéric, qui s'assit. Le jeune homme avait déjà indiqué au téléphone qui il était et pourquoi il venait. Il ne tarda pas à présenter à de Voorde les documents dont il disposait. En retour, Philippe de Voorde fit pivoter vers lui un article de presse, qui glissa sur le bureau luisant.

Frédéric prit l'article et le parcourut des yeux.

ASSASSINAT D'UN EMPLOYÉ
DE LA BANQUE INTERNATIONALE DE GENÈVE

Le corps de Charles de Rubempré, responsable clientèle de la Banque Internationale de Genève, a été découvert ce mardi, aux alentours de 21 h 30. Le corps se trouvait abandonné dans un buisson sur les bords du lac Léman, au bout de l'avenue de la Paix. M. de Rubempré, qui travaillait à la BIG depuis près de vingt ans, laisse une femme et deux enfants derrière lui. Victime de deux coups de feu, il a ensuite été dépouillé de son portefeuille et des documents qu'il avait avec lui.

La nature de ces documents n'a pu être identifiée. Une enquête est ouverte.

Frédéric échangea un regard avec Philippe de Voorde.

Celui-ci toussa, bougea sur son fauteuil, puis dit :

— En vérité, nous pensons que les « documents » en question étaient en relation avec… l'affaire qui vous a amené ici.

Frédéric ne répondit pas. Philippe de Voorde se leva et fit quelques pas, se dirigeant vers la baie vitrée de laquelle il pouvait contempler le lac.

— Voyez-vous, dit-il en se tournant de nouveau vers Frédéric, Charles de Rubempré traitait parmi son portefeuille de clients un certain nombre de comptes à numéros. Surtout, il avait été chargé par nous de compléter un audit de nos avoirs dormants, à la suite d'une demande de la Commission d'enquête du gouvernement fédéral. Il est possible que l'un ou plusieurs de ces comptes aient attiré son attention. J'ai fait diligenter une enquête discrète en interne. Hem… Monsieur Vissevitch… Avez-vous déjà contacté les autorités françaises, ou suisses ?

— Avez-vous la liste de ces comptes et de leurs titulaires ?

Philippe de Voorde se passa la langue sur les lèvres et mit un temps avant de répondre.

— Naturellement… Toutefois, ces informations sont confidentielles. Nos clients ne peuvent être identifiés que par un nombre très réduit de personnes. Comme vous le savez, monsieur Vissevitch, la pratique du secret bancaire répond à un droit de nos clients, sous la protection de notre Code pénal. Nous sommes également tenus de respecter ce droit.

Les traits de Frédéric se durcirent.

— Je souhaiterais que nous parlions des droits d'Elie Bogdanowicz, de mon père et… des rescapés de Terezin.

Philippe de Voorde lança à Frédéric un regard oblique.

— Monsieur Vissevitch… pour qui me prenez-vous ?

Il retourna s'asseoir derrière son bureau et attrapa un dossier non loin de lui.

— Nous savons que la neutralité suisse est ouvertement critiquée par de nombreuses opinions publiques, en particulier du fait de nos pratiques bancaires. Mais nous ne sommes pas idiots. Et je vous garantis que les précédents, en matière d'indemnisation des survivants de la Shoah, nous ont lourdement affectés. D'autre part, j'ai en ce moment sur les bras une enquête de police à laquelle s'ajoute, comme je vous l'ai dit, l'audit du Conseil fédéral, sans parler de plaintes diverses – mineures, celles-ci, mais qui suffisent à m'empoisonner l'existence. Ne déployez pas votre étendard de croisé, sauf votre respect. Je comprends votre douleur mais ni la Suisse ni la BIG ne sont ennemies de la vérité…

— Allez dire ça aux membres de la Commission Volcker. Il en a fallu du temps pour l'obtenir, cette vérité. Et retrouver d'année en année de nouveaux comptes qui…

— Allons, monsieur Vissevitch. Vous savez bien de quelle manière est traité ce genre de sujet. Il est naturel que toutes les passions s'allument, comme elles n'ont pas manqué de le faire, et il est également aisé de nous faire jouer le mauvais rôle. Les uns exagèrent les chiffres pour obtenir gain de cause, les autres cherchent à les minimiser… C'est finalement la mémoire elle-même de ces martyrs qui est atteinte, en effet.

C'est elle que nous finissons par jeter en pâture à toutes les formes de marchés… et de compromis.

— Avez-vous la liste de ces comptes et de leurs titulaires ?

Philippe de Voorde soupira.

Il ouvrit le dossier qu'il avait sous les yeux.

— Monsieur Vissevitch… Je vais vous aider. Pas parce que vous entrez ici comme en terrain conquis, ni parce que vous me semblez particulièrement sympathique… Certes, ces informations sont confidentielles, mais vous m'en apportez d'autres… C'est de bonne guerre. Pourtant, la loyauté et la finance n'ont rien à voir. Ce que je vais vous dire, je le répéterai de toute façon aujourd'hui même aux policiers et au président de la Commission. Non, si je vais vous aider, monsieur Frédéric Vissevitch… C'est pour une autre raison. C'est parce que la première fois que j'ai embrassé ma femme, c'était en entendant la *Danse des nymphes*. Dans son salon, devant le canapé. Vous voyez ce que je veux dire ? C'est uniquement pour cela.

Il toussa encore.

— Nous avons identifié deux comptes… suspects. Le premier est un compte dormant établi en 1944 au nom d'un certain M. Lebed…

— *Qu'avez-vous dit ?*

Frédéric s'était penché en avant.

— Un certain M. Lebed, disais-je.

Frédéric n'en revenait pas.

— Quel est le numéro du compte ?

— Pardon ?

— *Le numéro de compte !*

— 1391405.

Frédéric venait de sortir un stylo de sa poche, ses lunettes et un bout de papier.

— Mais que… demanda de Voorde.

Frédéric leva la main pour l'interrompre, les yeux rivés sur son papier. *1391405.* La pointe du stylo dansait devant lui. *Ce pourrait être, tout simplement, le numéro même des notes dans la partition, ou je ne sais quelle combinaison entre eux*... avait dit Anasthase Gloss. Il avait aussi évoqué la possibilité de décomposer la quinte pour revenir à l'intervalle mélodique... Mais en l'espèce, il ne s'agissait pas de cela. Ce devait être plus simple encore... Ce devait être... Frédéric plissa les yeux ; il isola les trois premiers chiffres, puis les trois suivants. *139-140-5.* 139 et 140 : le numéro même des notes de la quinte, lors de sa première apparition dans le *Moto perpetuo*... La quinte *la* bémol-*mi* bémol. La Quinte du Loup. Anasthase avait eu raison. Et le dernier chiffre – un autre 5 ? Le nombre d'itérations de la quinte dans la partition... En réalité, c'était simple comme bonjour. Un jeu d'enfant, un véritable pied de nez aux décodeurs de tous bords, désarmant par sa transparence, sa naïveté mêmes ! Frédéric ne put retenir un rire bref.

Il releva les yeux.

— Combien y a-t-il d'argent déposé sur ce compte ?

Philippe de Voorde passa une main dans son col et tendit le cou.

— Disons que... en valeur actuelle et au cours de l'euro... Je vous épargne les détails du calcul, monsieur Vissevitch, mais on peut estimer qu...

— *Combien ?*

— 12 millions d'euros... A peu près.

Frédéric lâcha son stylo. Il retint un cri étranglé. 12 millions d'euros. Il fit automatiquement le calcul dans sa tête. *Près de 80 millions de francs.*

Il eut un rire amer.

— Incroyable comme les diables peuvent sortir de

leur boîte, pour peu qu'on s'y intéresse... N'est-ce pas, monsieur de Voorde ?

— Ecoutez. C'est une lourde responsabilité que de relancer un scandale d'une telle nature. Vous ne pouvez pas ignorer que cela prendra aussitôt une dimension mondiale. Et la chose me paraît bien prématurée, monsieur Vissevitch. Rien ne prouve encore que cette somme soit liée à...

— *Lebed*, murmura-t-il.

Rien ne le prouve ?...

A ses yeux, le pseudonyme choisi était d'ores et déjà suffisant. Mais cela, Philippe de Voorde ne pouvait le savoir. Frédéric sourit encore, puis redevint sombre.

— Vous avez parlé d'un autre compte.

L'entretien prenait un tour qui ne plaisait guère à M. de Voorde.

Il réitéra sa question à Frédéric.

— Avez-vous mis au courant les autorités, sur la seule foi de vos présomptions ?

— Permettez ? Je voudrais voir vos documents.

— Cela, monsieur Vissevitch, je crains que...

Frédéric ne put s'empêcher de s'emparer de la chemise cartonnée. Ses yeux se posèrent aussitôt sur le feuillet de garde. Cette fois, de Voorde était furieux. Il se leva et posa une main sur le dossier pour le récupérer. Un instant, ils eurent l'air de deux enfants qui se disputaient leurs crayons de couleur, de part et d'autre du bureau.

— Non mais, vous êtes fou !

Avant de lâcher enfin le dossier, Frédéric avait eu le temps de lire :

M. Bernard Forany .... 213 458 ..../...........F
M. René Forbach .... 218 912.........../...........G
M. Alleith Ford........................ 432 601.........../...........B

Mme Gisèle Fordet................ 543 828............/............C
M. Jean-Claude Foré.............. 572 651............/............F

L'un des noms, Alleith Ford, était entouré de rouge.

— Vous êtes d'une drôle de distraction, monsieur de Voorde. Qui est ce Alleith Ford ?

Au moment même où il prononçait ce nom, les mystérieuses initiales qu'il avait vues sur l'agenda du portable de Dukas lui revinrent en mémoire. *A.F.* Oui... cette fois, il avait le sentiment de tenir le bon bout. En face de lui, de Voorde était rouge de fureur.

— Votre comportement est inqualifiable, monsieur Vissevitch ! Vous n'êtes pas autorisé à agir de la sorte ! Vous êtes ici à titre personnel, sans aucune espèce d'autorité, et je suis fondé à vous expulser si je le souhaite ! Vous me mettez dans une situation... Si vous n'entendez pas le langage de la raison, je...

Frédéric reprit son stylo et son bout de papier. Il eut un large sourire.

— Pourrais-je avoir ses coordonnées, s'il vous plaît ?

Le Directeur général chercha à retrouver contenance, mais le culot de ce jeune homme qui débarquait de nulle part pour lui faire la leçon le faisait suffoquer.

— Cela est strictement confidentiel, monsieur Vissevitch, grommela-t-il.

Nom de Dieu, il ne sait pas à qui il a affaire, pensa Frédéric.

Le sourire disparut de son visage et il se pencha sur le bureau en joignant les mains.

— Très bien, monsieur de Voorde. Mais moi, je n'ai pas le temps de jouer.

Il agita le stylo et commença à écrire de nouveau sur le bout de papier.

— Regardez bien ce que je vais écrire maintenant, dit-il.

Il se tut et griffonna quelques mots sur le papier.

— Voilà. Pardonnez-moi, mais j'ai quelques coups de fil à passer, conclut-il.

Il se leva et se dirigea vers la sortie du bureau 89. De Voorde jeta un coup d'œil sur le bout de papier, le fit glisser de l'index et le retourna.

Il lut.

World Jewish Organization.

Association Simon Wiesenthal.

Bureau du porte-parole du Sénat (Etats-Unis d'Amérique).

Association…

Il soupira.

— Nom de Dieu, monsieur Vissevitch…

Frédéric ralentit.

— Attendez, quoi !

Le jeune homme s'arrêta.

Il revint prendre place devant le bureau.

⁂

Lorsqu'il sortit de la Banque Internationale de Genève, Frédéric s'arrêta quelques instants. Un vent frais lui balaya le visage. Il regarda de nouveau le lac, et la promenade à quelques dizaines de mètres de lui, de l'autre côté de la route. Quelques véhicules tranquilles passèrent devant ses yeux. Leurs silhouettes étaient brièvement reflétées par les portes vitrées qu'il venait de franchir. Le jeune homme se passa une main sur le front, perdu dans ses pensées. Ainsi… hasard, ironie du sort, ou mystère supplémentaire… Il était possible que la somme portée au compte de *Lebed* soit en relation avec le compte dont le titulaire était ce M. Ford. Frédéric sourit en cherchant le papier dans sa poche. Il pouvait… téléphoner, bien sûr. Mais si c'était bien lui, Frédéric voulait voir l'assassin de son père en face. *Schwarzwald.* Un chalet en Forêt-Noire…

Il consulta sa montre tandis que des pas précipités s'avançaient vers lui.

Frédéric releva les yeux pour voir cet homme, ce géant à la chevelure noir comme jais, qui s'approchait de lui, une grimace déformant les traits de son visage. L'homme ouvrit son manteau et Frédéric devina la présence d'une arme.

Il étouffa un cri de stupeur.

— *Nom de D…*

Tout, alors, se passa très vite.

Une ombre se jeta sur le colosse, puis une autre. Tous basculèrent aussitôt et roulèrent sur le trottoir. Il fallut des renforts pour maîtriser celui qui, à présent face contre terre, poussait des grognements entre ses dents. On lui passa les menottes et on lui ôta son arme ; par chance, aucun coup de feu n'était parti. L'intervention avait été immédiate, discrète et efficace. Une sirène retentit non loin, qui attira le regard de quelques passants.

Un homme vêtu d'un blouson bleu marine s'avança vers Frédéric.

— Vous avez bien fait de nous prévenir, monsieur Vissevitch.

A vrai dire, le jeune homme y avait été à moitié au bluff. Il mit quelques secondes à se remettre ; il soufflait profondément. Il avait alerté la police française avant même de prendre l'avion pour Genève. Les autorités helvètes avaient été contactées et avaient pris le relais de sa protection dès son arrivée à l'aéroport. Il n'avait pas été évident de les convaincre, bien sûr. Mais Frédéric commençait à avoir l'habitude de mener ses affaires comme il l'entendait. Il se découvrait même certains talents dans cet art de la persuasion.

Et il avait tenu à voir Philippe de Voorde personnellement.

Renaud Plaisir, digne représentant de la police suisse, écarta les pans de son blouson. Un talkie-walkie crépitait à sa taille, à l'endroit où sa ceinture allait se perdre sous son ventre rebondi. Un pan de sa chemise était sorti. Il remonta son pantalon, s'essuya le front en grommelant quelque chose, puis se gratta la moustache. Enfin, il leva les yeux vers la façade de la BIG et soupira.

— Je me demande bien ce qu'il se passe encore, dit-il.

Frédéric lui sourit en passant une main dans ses cheveux.

— Vous devriez prendre rendez-vous avec M. Philippe de Voorde, si je puis me permettre.

— De Voorde ? Quelqu'un d'important ?

— Oh ! Oui, dit Frédéric. Directeur général… C'est avec lui que j'avais rendez-vous.

Il s'éloigna en se frottant les bras, comme s'il avait froid.

— … Un homme qui compte, ajouta-t-il.

19

Forteresse de Terezin

1944

Werner Jatzkowski jeta sa cigarette et l'écrasa du bout du pied. Il avait eu besoin de sortir quelques minutes pour prendre l'air et retrouver son calme. Il tournait en rond dans la cour intérieure de la forteresse, levant de temps en temps un œil vers le ciel. Il devait se reprendre. La nuit avançait ; encore une ou deux heures et ce serait l'aube ; or, il n'avait pas encore mené à bien sa mission. Et s'il y avait quelque chose qu'il détestait, c'était bien cela : ne pas *mener à bien* les missions qu'on lui confiait. Depuis dix ans au service du Reich, dont six en temps de guerre, il n'avait jamais échoué. Et ce n'était pas cette nuit que cela commencerait.

— *Scheisse*, murmura-t-il entre ses dents.

Il était fatigué lui aussi. Le prisonnier ne cédait pas. Werner ôta sa casquette et passa les doigts dans sa chevelure cendrée. Il balaya la cour du regard. Ombres froides de la forteresse. Werner eut une inspiration. Tout était silencieux, hors le bruit de ses bottes sur le sol. Les reclus de Terezin, ceux qui survivaient encore, dormaient, poussant parfois un cri entre deux cauchemars. Werner distinguait la silhouette des sentinelles en haut des miradors. De temps à autre, le faisceau d'un spot courait sur les murs, les pavés. A un moment, il avait éclairé Werner et s'était arrêté sur lui. L'officier avait fait à la garde un signe de tête ; le spot avait continué son ballet un peu plus loin. Werner resta encore dans la cour une ou deux minutes, puis se tourna vers la porte qui conduisait dans les profondeurs – en direction de la cellule qu'il venait de quitter, cette cellule blanche et froide où l'attendaient le Boucher et son prisonnier.

Il jura une nouvelle fois, inspira et retourna dans l'obscurité.

⁂

Miladena Bogdanowicz était auréolée de grâce. L'antique Menorah, le chandelier de Moïse, jetait autour d'elle des lumières dansantes. Elle était assise, dans un grand manteau noir. Elle penchait légèrement la tête, les yeux baissés. Le grain de sa peau, blanc et lisse, donnait envie de la toucher – non, plutôt de l'effleurer, simplement de l'effleurer à l'endroit où les manches de son manteau découvraient timidement la pâleur de ses bras. Bedrich avançait vers elle. Elle l'attendait, s'ouvrait à lui, l'accueillait contre elle. Il sentait le soulèvement de sa poitrine, au gré de sa douce respiration. La chaleur de son corps, de son cœur. Elle semblait en deuil et pourtant, elle faisait don d'elle-même. C'était un élan tranquille et spirituel, une invitation à l'offrande lumineuse d'un échange d'amour.

Mila... Mila, c'est toi, c'est bien toi.

Bedrich, entre ses bras, redevenait enfant. Un enfant mort, peut-être. Il ne savait plus très bien où il se trouvait. Elle se faisait le réceptacle, le tendre dépositaire de son corps meurtri. Bedrich avait la bouche entrouverte. Son front était semé d'ombres nouvelles, les plaies de ses mains n'en finissaient plus de lui faire mal. Une tête penchée, une autre pâle et dressée, un regard coupé par le tranchant de la mort ; une larme, un poing, le sein chaleureux d'une foi sans bornes. Et par-dessus tout, ô Yahvé, Toi qui chasses de nos fronts les souvenirs du mal, par-dessus tout, l'Espoir ! Autour d'eux, les cierges de la Menorah, aux flammes ranimées, éclairaient les psaumes et les anciennes Ecritures. Des étoiles dansaient, célébraient une fête cachée, jetant autour d'elles les reflets joyeux de leurs oscillations. Non loin, on pouvait deviner les cercles furtifs laissés par un message que l'on eût dit lancé dans le bain d'une eau pure – cette eau, cent fois bénite, qui comptait les révolutions du ciel en attendant ce Jour où les éléments, enfin apaisés, rejoindraient la quiétude éternelle.

Et Mila disait :

Tu es trop humain, Bedrich. Il te faut maintenant quitter l'humain, mon amour. Etre… au-dessus de lui. Les armes de tes ennemis n'appartiennent plus à cette terre. Les tiennes doivent être trempées dans un métal d'outremonde.

Je suis avec toi. Avec toi, avec toi…

Ah – un message de ton fils.

Tiens bon.

⁂

Werner venait d'allumer un briquet.

— Il n'est pas bon de laisser ces plaies à vif, Bedrich. Nous sommes entourés de bactéries microscopiques, bien plus dangereuses que moi encore.

Imaginez-vous cela ! Non, il n'est pas bon de laisser ces plaies à vif. Je crois qu'il faudrait à présent les désinfecter. Qu'en pensez-vous ? Où est le Cygne ? Voulez-vous que je vous désinfecte ?

Il approchait la flamme de la main du prisonnier. Bedrich se raidit.

Puis l'officier, subitement, se détourna ; il alla se saisir de la Bible, se passa la langue sur les lèvres et ouvrit l'Ancien Testament. Il y porta le feu. Bedrich voyait indistinctement ces pages recouvertes de leur calligraphie minuscule, ces milliers de versets qui commençaient de partir en fumée.

— Que de mots, Bedrich, que de mots…

Le Livre s'alluma bientôt tout entier.

Werner l'abandonna et revint vers Bedrich.

Celui-ci, un instant, s'imagina qu'il parvenait à se libérer. Le rêve prenait forme, l'envahissait tout entier. Oui, enfin, il tranchait ses liens ! Il tendait les doigts, puis refermait le poing sur ses plaies, dans un hurlement de bête sauvage. Le regard vide du Boucher se portait sur lui. La bouche agrandie de stupeur, l'officier se jetait en avant, mais Bedrich parvenait à se saisir d'une arme. Comment, d'où sortait-elle ? Cela n'avait pas d'importance. *Il avait une arme.* Il fondait sur eux à son tour, apparition d'outre-tombe. Ses yeux lançaient des éclairs vengeurs, des éclairs de folie. Il se débarrassait d'eux, puis, vacillant, il enjambait leurs corps gisant à terre. Le poing encore fermé, il comptait les gouttes de sang séché qui maculaient son pull. Il baissait les yeux vers ses chaussures. Il cherchait les nuages, le ciel de sa dernière nuit de guerre. Un ciel de tempête mué en ciel de liberté. Il entendait approcher les armées libératrices. Puis, saisi de vertige, il s'effondrait. Ses bras battaient un instant dans le vide. Il voulait partir, s'envoler… en pure perte. Il se levait, retombait. Il rampait à présent, le regard flou. Un instant, le rêve basculait de nouveau dans le cauchemar. Il rampait sur le sol, dans l'escalier, dans la cour. D'un coup d'aile, une colombe irréelle venait l'accompagner dans son effort, par-dessus les murailles de Terezin. Elle se posait là, non loin des barbelés. Bedrich entendait la voix de Mila et celle d'Elie. Ils l'encourageaient à avancer. *Vas-y, mon amour*, disait Mila, *tu y es presque, le plus dur est fait. Vas-y encore. Viens nous retrouver, enfin. Nous t'attendons. Nous te soignerons, tu te sentiras bien. Tu oublieras. La guerre est finie. Nous vivrons en paix.* Il reprenait son souffle. Et voici que… Oui ! Il était sorti ! Il était sorti du camp ! Il courait dans les prés alentour, il riait de tout son soûl, libre, libre ! Plus rien n'existait, que ce sentiment de liberté reconquise.

Toutes ces fleurs…

AARON Samuel
BERTSMANN Andreï
BERND Sacha
CZESKO Viktor
GOLDSTATT Moshe
HEIDELBERG Joachim
LOW Milos

Etait-ce un rêve, ou sentait-il contre son front la douceur de la brise, les parfums si chers à son cœur ? Etait-ce un rêve, ou courait-il au milieu de ces hautes herbes, gagnant bientôt le sentier de terre ocre, ce sentier qu'il avait arpenté tant et tant de fois ?

MAISEL Theodor
MERANOVA Arturo
POLSKY Arno

PRASNY Sarah
RYKNYIE Vlad

Etait-ce un rêve, ou apercevait-il la maison, au fond, sa maison ? Et ces deux silhouettes, là, devant, sur le seuil de la porte… Mila ! Elie ! *Boum !* Par terre.

Toutes ces fleurs…

REISNAM Gregor
TADDHEUS Karl
TOMASE Salomon
VLADEJNSKA Joachim
WITTGENSTEIN David
ZUSS Petra

Mais ce n'était qu'un songe.

Bedrich était attaché sur sa chaise et il ne resterait de tout cela que des listes de noms. Des monuments aux morts.

— Arrêtez… murmura-t-il. Je vous en prie…

Ils se faisaient face.

— Pourquoi, dit encore Bedrich. Pourquoi faites-vous tout cela ?

De la salive s'échappait de sa bouche, coulait sur son pull.

— Pourquoi ! s'exclama Werner. Vous demandez pourquoi !

Le salut de son âme, avait dit Mila, *il joue le salut de son âme*.

La flamme du briquet dansait toujours non loin des doigts de Bedrich.

La ténacité de son prisonnier jetait Werner dans un trouble profond. Il y trouvait autant un motif de haine qu'un respect et une admiration involontaires ; son propre malaise, bien qu'il le niât encore, ne cessait de croître. Et l'aube continuait de s'approcher. Le temps : on ne pouvait revenir en arrière. La colère de l'officier faisait jeu égal avec la douleur de Bedrich. Dans cet affrontement sans issue, les forces en présence se neutralisaient. Au travers de ce qui lui restait de lucidité, Bedrich se demandait en effet pourquoi il persistait à mener ce combat perdu d'avance. Perdu *pour lui.* Car bientôt, l'Armée Rouge pénétrerait en Tchécoslovaquie. C'était certain. Que signifieraient alors les biens de la communauté, aux yeux d'un Reich courant à sa décadence ? Qu'avaient-ils représenté tout ce temps ? Une goutte dans l'océan. L'absurdité de la situation était sans limites, mais Werner s'acharnait. Bedrich savait qu'au fond, l'officier se moquait bien du ghetto de Terezin et du convoi détourné. Peut-être s'en moquait-il depuis le début. Ce qui intéressait Werner, c'était l'affrontement en soi. Mais alors, *pourquoi ?* Pour l'honneur ? Bedrich en aurait ri, s'il avait pu. Il aurait ri devant tant d'erreurs accumulées. Il détailla ce regard gris, ces cheveux coupés court sous la casquette, ces traits durs et anguleux.

— Et pourquoi *vous*, ne laissez-vous pas tomber ?

Bedrich ne put retenir ses sanglots.

Werner redressa le visage et inspira.

Il avait l'impression, lui aussi, de s'enliser. Ce n'était plus Terezin. C'était Waterloo.

L'officier tenait toujours le briquet dans sa main, mais la flamme s'était éteinte. Bedrich en éprouva un soulagement dérisoire. Werner plissa lentement les paupières, crocodile fendant d'un trait des eaux fangeuses. Les muscles de sa mâchoire se crispèrent. Parcouru d'un tremblement, il se tourna vers le Boucher, puis de nouveau vers Bedrich.

— *Jusqu'où ?* chuchota-t-il.

Bedrich ne comprit pas.

L'officier interpella le Boucher.

— Sortez donc quelques instants, mon ami.

Une émotion, ou quelque chose d'approchant, se peignit pour la première fois sur le visage monolithique du Boucher. Il était surpris. Werner dut réitérer sa requête, distinctement, pour que la masse adipeuse, abandonnant ses instruments en inox, se décide à obéir. Il se déplaça lourdement jusque vers la porte, fit claquer un verrou, l'ouvrit. Un bref instant, il y eut un courant d'air, qui vint caresser le front fiévreux du prisonnier. Bénédiction momentanée. Puis la porte se rabattit dans un bruit sourd.

Un bruit qui résonna longtemps aux oreilles de Bedrich.

— Enfin seuls, ironisa Werner.

Il s'approcha encore.

— Il est temps de prendre les choses en main, ne croyez-vous pas ? Pensez-vous… que j'en aie peur ?

Il avait glissé le briquet dans sa poche.

— Jusqu'où, Bedrich, êtes-vous prêt à aller ?

Bedrich baissa un instant le regard.

— Et vous ?

L'officier plaqua la main de Bedrich sur l'accoudoir et dut presque s'agenouiller devant son prisonnier. Il avait saisi une pince sur la tablette.

Il y eut un silence interminable.

— Deux, dit Werner en levant ses doigts gantés de noir. *Deux doigts*, Bedrich, cette fois.

La pince se ficha dans le majeur avec force et il tira d'un coup.

Pluie presque invisible, mêlant l'ongle, la chair et le sang.

Puis la pince s'éloigna, dans un bruit étrange. Lame acérée, s'arrachant soudain à un fourreau trop étroit.

Werner poussa un cri et s'attaqua à l'index palpitant. Bedrich hurla, secoué de spasmes et de convulsions. Un autre ongle sauta, mais l'officier dut s'y reprendre à deux fois.

LLesalutddesonnââââmmmmeeeeeeee

20

Schwarzwald

2001

Frédéric ralentit et alluma brièvement la lumière du plafonnier pour regarder de nouveau la petite croix rouge, entourée d'un cercle, qu'il avait portée sur sa carte. Croix perdue au cœur du massif de la Forêt-Noire. Il n'était plus très loin et décida d'arrêter la voiture sur le bord de la route. Il chercha à distinguer les contours du paysage, dans la nuit. L'obscurité était presque totale ; une demi-lune apparaissait et disparaissait par intermittence derrière les nuages. Il devinait seulement le profil altier des conifères dont les cimes allaient se perdre dans le noir. Des milliers de sapins, froids, alignés de toutes parts, traversés par un vent qui ne faisait que souligner le silence environnant. Frédéric ouvrit sa boîte à gants et se saisit d'une lampe torche ; il l'essaya, l'allumant et l'éteignant par deux fois. Elle fonctionnait parfaitement, il avait pris garde à mettre des piles neuves dans l'après-midi. Puis il glissa sa main dans la poche droite de sa veste, pour y soupeser l'arme qui s'y trouvait.

On n'était jamais trop prudent.

La demeure d'Alleith Ford se trouvait dans les environs mais aucune route digne de ce nom ne semblait devoir y conduire. Etait-ce une saleté sur la carte, ou le dessin d'un ou deux sentiers allant s'enfuir au milieu de nulle part ? Il ne le savait pas très bien ; mais s'il y avait un moyen d'accès à ce mystérieux repaire, il n'était sûrement pas loin. Frédéric coupa le contact et sortit de la voiture. Il s'étira, huma les parfums de la forêt environnante. Il se répéta, une fois encore, que c'était une folie d'être venu seul ici. Pourtant, il n'avait pu aller à l'encontre de cette impulsion – suivre la piste, *sa* piste. Il était à présent convaincu de ne pas se tromper. A Genève, il avait pris ses précautions… Pas ici. Ici, il avait à traiter une affaire qui ne regardait que lui. Une affaire personnelle. Elle avait coûté la vie à Igor, à André, à Elie. Anasthase et Célia y avaient peut-être échappé de peu. Lui-même avait eu beaucoup de chance. Les autorités seraient averties bien assez tôt. Igor y serait allé seul, lui – oh, pas de doute ! Il avait toujours détesté être accompagné d'uniformes. Il y serait allé, tonitruant et seul, pour affronter. Un frisson parcourut le dos du jeune homme. Il lui sembla un instant entendre un hululement. Puis, plus rien. Frédéric remonta le cours de la route sur quelques pas. Il ne s'agissait pas de se perdre, non plus. Il examina avec attention la lisière de la forêt, à sa droite. Il repéra quelque chose qui ressemblait à un sentier. Finalement, prenant une lourde inspiration, il s'avança au cœur des frondaisons. Il marchait sur des tapis d'épines, contournait des buissons et des bouquets de fougères. Autour de lui, les arbres paraissaient immenses. Il sonda encore l'obscurité, dans l'espoir de tomber sur un autre chemin, un vrai, celui-là. Il marcha ainsi sur quelques centaines de mètres. De temps en temps, il se retournait pour essayer de distinguer la route qu'il avait laissée derrière lui ; mais elle avait bien vite disparu. C'était une boussole qu'il aurait dû emmener ! Et le sens de l'orientation n'était pas son fort. Dans sa jeunesse, Frédéric avait failli faire son service militaire ; c'était encore l'époque, pas si lointaine, où des régiments d'appelés étaient conviés sous les drapeaux. On l'avait réformé pour inaptitude. Il avait sans doute rendu service à l'Armée, et au sort géopolitique du monde, en ne cherchant pas à persévérer ; on s'était vite rendu compte qu'un musicien éthéré n'avait guère de talent pour le combat rapproché et la conduite des tanks de Baden-Baden. Aussi, lorsque Frédéric prenait un peu de distance pour se contempler ici, au milieu de la Forêt-Noire, avec sa torche, il ne pouvait manquer de trouver la situation surréaliste. Mais la morsure de l'air froid suffisait à lui rappeler qu'il n'y avait rien de plus réel, et que l'issue de sa recherche n'aurait certainement rien de réjouissant. Il marcha encore sur deux cents mètres puis s'arrêta. Sa torche retomba avec son bras ballant, irisant d'une lumière crue les fougères proches.

Bon Dieu, mais qu'est-ce que je fous ici, moi…

Au milieu du chemin de notre vie
Je me retrouvai par une forêt obscure
Car la voie droite était perdue.
Ah dire ce qu'elle était est chose dure
Cette forêt féroce et âpre et forte
Qui ranime la peur dans la pensée !

La Forêt.

Le faisceau de sa lampe torche balaya de nouveau les buissons, les fougères, les troncs d'arbres rangés en ordre comme pour la bataille, au milieu de cette végétation touffue. La contemplation de ce spectacle froid et silencieux éveillait en Frédéric de curieuses sensations.

Des souvenirs de ses terreurs d'enfance. Des contes merveilleux, bien sûr – il s'attendait à voir surgir, ici ou là, un ballet de fées ou de lucioles, un Petit Chaperon rouge pressant le pas en balançant son panier d'avant en arrière, avant de s'engouffrer dans la nuit ; mais aussi, l'ombre d'un Ogre tapi derrière ces rochers, les traces fraîches d'une meute de loups, dont il croyait entendre les cris. Il avançait et semblait remonter le temps, à mesure de sa marche. Il croisait le repaire des elfes et de sylvains d'un autre monde… oui, il se sentait enfant en ces lieux, Petit Poucet égaré au milieu de nulle part. L'image d'Igor passa dans son esprit, il eut un nouveau frisson ; il se sentait plus que jamais abandonné, perdu au cœur de la nature sauvage. Il n'y avait pas de musique ici, seulement l'avant-goût d'un au-delà, sombre et déroutant, ou le souvenir essentiel d'une origine qui ressemblait au néant. Il se souvenait de ce placard qu'il n'osait ouvrir, la nuit, dans sa chambre de petit garçon, de crainte d'en faire jaillir un monstre épouvantable venu le dévorer ; il se rappelait ce jour où, par inadvertance, il s'était trouvé enfermé dans la cave d'une de leurs maisons de campagne, et s'était aussitôt persuadé qu'il allait mourir. C'était Juliette qui lui avait ouvert, il s'était jeté dans ses bras. Qu'avait-il senti, qu'avait-il *vraiment* senti dans le noir ?

En vérité je me trouvai sur le rebord
De la vallée d'abîme douloureuse
Qui accueille un fracas de plaintes infinies.
Elle était noire, profonde et embrumée ;
En fixant mon regard jusqu'au fond,
Je ne pouvais rien y discerner…

Soudain, il trébucha. Son pied venait de se prendre dans la racine d'un arbre et il bascula en avant. Ses mains touchèrent terre et il fut submergé de terreur en relevant les yeux. A quelques centimètres de lui s'ouvrait une gueule béante. Elle avait surgi de la nuit, des filets d'écume couraient de part et d'autre de ses babines furieuses, une langue rouge pointait entre deux rangées de dents acérées. Et surtout, ce bruit qui tonna aussitôt à ses oreilles, ce bruit enragé, furieux. Il croisa un regard étincelant, bestial, tandis que son cœur battait la chamade.

Des chiens.

Il se recula précipitamment, dans un cri, levant les bras en s'apprêtant à recevoir contre lui la lourde masse des deux pitbulls qui s'étaient élancés dans sa direction. Toujours au sol, il joua des coudes, racla la terre de ses chaussures pour se reculer encore, pris de panique. Il avait vu le cerbère. Il lui fallut quelques secondes pour réaliser que, contrairement à l'alerte rouge que lui envoyait son cerveau, les chiens ne se jetaient pas sur lui. Ils étaient attachés, tous les deux. Mais ils aboyaient à toutes forces.

Frédéric leva encore les yeux et il le vit.

Le chalet. Un chalet des Sept Nains, dressé au bout d'un chemin qui n'en était pas vraiment un. Il distingua un véhicule, là-bas, une Volkswagen, et se demanda comment elle avait pu arriver jusqu'ici. Son regard se porta de nouveau sur le chalet. Une toiture de chaume imitée. Des rondins de bois. Une fenêtre ouverte comme un œil sous une sorte de toit triangulaire, surmonté d'un clocheton. Une porte, après les quelques marches d'un escalier de pierre, encadré de deux vasques où s'enroulait une végétation grimpante. A l'étage, une baie vitrée. Elle devait faire presque tout le tour de la maison. Le chalet noir… Il y était, au chalet de l'Ogre. Peut-être, en ce moment même, brûlait-on Hänsel et Gretel, dans une gigantesque cheminée… Les photos de Terezin envahirent la mémoire de Frédéric tandis qu'il se relevait. Ces corps décharnés. Un autre *Inferno*, d'autres cercles d'Enfer. *Abandonnez ici toute espérance.* Ces images vinrent se superposer à celles des contes de Grimm et d'Andersen. Kaléidoscope aux troublantes résonances. Frédéric essuya son front en sueur, porta la main à sa poitrine. Sa respiration était lourde, pesante. Il s'efforça de se calmer et de reprendre ses esprits. Il ramassa la torche qui avait roulé non loin de lui et décida de l'éteindre. Au bout de quelques instants, il avança vers le petit escalier de pierre. De l'autre côté, un pont de bois, que l'on eût dit dressé pour des êtres inférieurs à la taille humaine, enjambait un ru sans espoir. Frédéric le contempla quelques instants. Il hésita en arrivant devant la porte, une porte de bois elle aussi. Il n'y avait pas de sonnette – il n'avait pas l'intention, de toute façon, de se faire annoncer. Il glissa la main dans sa veste et y trouva le contact de son arme. Pourtant, cela ne le rassura nullement.

Au moment où il allait tenter de tourner la poignée, celle-ci s'anima toute seule. Frédéric fut de nouveau saisi d'une bouffée d'adrénaline. Il recula et faillit trébucher dans les escaliers.

Une ombre fit son apparition ; c'était une femme, qui portait un manteau noir par-dessus sa blouse. Frédéric ne put distinguer ses traits. Elle était rousse, paraissait assez plantureuse ; elle glissa à côté de lui. Un bref instant, il croisa son regard. Affolement. Pupilles dilatées par l'horreur. Courant à moitié, elle s'échappa aussitôt et se précipita en direction de la voiture. Une portière claqua, elle mit le contact, les feux s'allumèrent. La Volkswagen rugit, fit un bond et tourna en direction d'un chemin qui devait se trouver de l'autre côté de la maison.

Frédéric, surpris et désorienté, n'avait pas eu le temps de réagir. La voiture disparut.

Le silence revint, seulement troublé par les aboiements des chiens.

Le jeune homme resta encore quelques instants devant la porte, toujours entrebâillée.

Finalement, il se décida à la pousser complètement.

Il plissa les yeux et entra.

A l'intérieur, l'obscurité était complète.

Les doigts nerveux de Frédéric cherchèrent un interrupteur sur le mur de bois. Il ne trouva rien. Il marmonna un juron et ralluma la torche. Il était dans une entrée assez vaste qui, en dehors d'une porte devant donner sur une autre pièce, occupait tout le rez-de-chaussée. Un canapé, deux fauteuils, des coussins. Une cheminée. Et devant lui, un escalier.

Frédéric s'y engagea. Les marches grincèrent sous son poids.

Il monta une marche, deux, trois.

Il lâcha la rambarde et plongea de nouveau la main dans sa veste, se répétant, une fois encore, qu'il était fou de s'être aventuré ici tout seul. Il sortit de sa poche l'arme à feu. Le canon luit un instant devant ses yeux tandis qu'il le portait tout près de son visage. Inutile de chercher la discrétion, maintenant ; les aboiements des chiens avaient dû signaler sa présence.

Il parvint au sommet des marches.

Il se trouva de nouveau dans une pièce, sombre et vaste. A sa droite, une porte ; une autre sur sa gauche. Et cette baie vitrée qui faisait presque tout le tour de l'étage. Observatoire ou mirador, perché devant la ligne d'horizon du massif forestier. A travers la vitre, Frédéric distinguait à peine le contour des sapins, masse ténébreuse qui semblait prête à fondre sur le chalet pour l'engloutir à tout jamais.

Soudain, Frédéric réalisa qu'il n'était pas seul.

Il venait d'entendre… une respiration. Sourde. Profonde.

Il leva le revolver d'une main tremblante. Ses mains étaient moites contre la crosse. Il tenait cette arme sans la moindre familiarité, du bout des doigts, comme il aurait tenu un archet. De nouveau, l'incongruité de la situation le tétanisa. Il était bel et bien ridicule. Ridicule et en danger. Il était encore temps de rebrousser chemin, il pouvait redescendre les marches quatre à quatre, retourner dans la forêt, regagner sa voiture et prévenir quelqu'un… Il était encore temps ! Il regarda devant lui. Il commençait à paniquer. Le faisceau de la lampe balaya une moquette grise, un ordinateur en veille, auprès d'une petite table ; puis il aperçut autre chose, comme une forme dissimulée dans le noir.

Et une voix, cette fois, se fit clairement entendre.

Frédéric sursauta.

— Monsieur Frédéric Vissevitch… Je vous attendais.

Frédéric vit alors… un lit. Un lit dressé par un système à ressorts, presque à la perpendiculaire. Un homme y était attaché. Non loin, une petite table, une bassine, des gants de caoutchouc, du matériel médical en abondance, une perfusion, des seringues, des boîtes de médicaments, de la morphine. Une vague odeur d'urine dans l'air. La torche s'arrêta sur un visage décomposé. Frédéric étouffa un cri. C'était une vision d'horreur qu'il venait d'avoir sous les yeux. Une figure couverte de taches et de bubons. Les traits d'une momie putréfiée, d'un autre âge. Des membres décharnés, pulvérulents comme ceux d'un lépreux.

La voix reprit, dans un sifflement.

— Avez-vous décidé de m'apporter le Cygne ?

Frédéric s'efforça de se contenir. Il fit quelques pas en avant.

Il se retrouva en face de l'homme sanglé sur son lit et retint de nouveau un haut-le-cœur.

Un sourire abominable fendit les traits de Werner Jatzkowski.

— Votre arme est inutile, jeune homme. Je suis malade. Je ne peux pas bouger.

Frédéric considéra les sangles qui enserraient chacun des membres de l'homme cloué à son lit de torture. Lentement, il posa le revolver sur la table voisine, ainsi que la torche, de manière à les éclairer tous deux. A présent, une indicible puanteur montait à ses narines. Une odeur de viande avariée. Il passa une main sur ses narines. Il en avait presque le vertige. C'était la mort, la mort toute proche qu'il sentait. Le halètement de Werner lui parvenait, un halètement rauque, irrégulier. Quatre ou cinq respirations saccadées, successives. Puis, plus rien durant quelques secondes, au point que l'on se demandait si le malade n'avait pas rendu l'âme. Enfin, le halètement reprenait, à nouveau quatre ou cinq respirations, en cascade. Frédéric se prit à guetter le rythme de ce souffle, à l'évaluer. Il avisa une chaise, non loin. Il la retourna et s'assit, les jambes écartées, les mains sur le dossier. Enfin, essayant d'oublier ces relents fétides qui montaient jusqu'à lui, il s'éclaircit la gorge.

— Vous êtes… Alleith Ford ?

L'autre mit un temps avant de répondre. Il eut un petit rire, qui souleva ses épaules avant de se perdre dans un gémissement.

— Mon vrai nom est Werner Jatzkowski.

Ils se turent de nouveau durant un long moment. Puis Werner reprit :

— Je savais que vous viendriez jusqu'à moi.

Frédéric entendait leurs respirations, ponctuant chacune de leurs paroles, dans le silence de la pièce. Seuls, au milieu du massif de la Forêt-Noire. Frédéric sentit ses muscles se crisper. Alleith Ford, *alias* Werner Jatzkowski, détaillait aussi la physionomie du jeune homme. Ou plutôt, il l'auscultait, le disséquait avec la précision d'un entomologiste. Ce n'était pas tout à fait ainsi qu'il se l'était imaginé. Il connaissait le visage de son père et indéniablement, ce garçon avait hérité de lui certains traits : ce front haut, par exemple, cette moue imperceptible au coin des lèvres, ce menton volontaire… Du *Maestro* Vissevitch tout craché. Mais ces yeux hallucinés, cette tignasse frisée… Rien de très cosaque là-dedans. Il avait l'air plus diaphane, plus… étranger à lui-même. Beau garçon. Il aurait pu incarner un personnage de Thomas Mann. L'équivalent ténébreux du jeune héros de *Mort à Venise.* En l'espèce, on rebaptiserait l'histoire *Mort en Forêt-Noire…* A mesure qu'il s'attardait à observer le visage de Frédéric, Werner pouvait également lire dans son regard un dégoût absolu. M. Ford lisait cette horreur avec une certaine délectation. Il en guettait chacune des nuances, surveillait le moindre tressaillement de cils. Bien entendu : Frédéric Vissevitch devait penser qu'il se trouvait en face du Mal incarné. Werner eut un gloussement. Il n'avait pas tort.

— Je veux savoir pourquoi vous avez tué mon père.

Werner ne répondit pas. Le moment qui suivit parut à Frédéric interminable. Tous deux s'observaient sans rien dire. Lui, qui n'était plus qu'une plaie. Et Frédéric, partagé entre son écœurement et sa volonté de comprendre.

— Je veux savoir ce qu'il s'est réellement passé à Terezin.

Frédéric sentit qu'il avait touché juste. Werner ébaucha un mouvement, qui le fit souffrir. La douleur, réveillée, le fit sortir de sa torpeur. Ses membres le brûlaient ; dans le même temps, il se sentait engourdi comme s'il s'était trouvé nu au milieu d'un blizzard. Werner hocha la tête. Ses yeux chavirèrent et se perdirent dans le vide, orbites cernées, profondes – déjà mortes. Une nouvelle vague d'épuisement le submergeait. Il passa sur ses lèvres une langue sèche, semblant goûter à sa propre décomposition. Il finit par articuler péniblement :

— Terezin…

Puis il fredonna :

— *La mort est enfant de Bohême*… Et pourquoi pensez-vous que je vous parlerais ?

— Vous allez mourir. Je veux la vérité.

— Oui…

Werner toussa.

— Oui, je vais mourir. Je me vide déjà de mes entrailles…

Il sourit, ferma les paupières.

— Ne voudriez-vous pas… Mettre un peu de musique ?

Frédéric cilla. La main de Werner s'échappa un instant d'une sangle. Frédéric songea tout à coup à ces malades enfermés dans des poumons d'acier. Il en avait vu un certain nombre, mais toujours sur des photos, jamais en réalité. C'était cela que Werner lui évoquait, tout à coup. Il se trouvait dans une position identique. Ce spectacle était monstrueux. Ces tuyaux, ce lit barré de métal, ces sangles croisées sur son torse comme un triste blason. La faible lumière ajoutait à cette impression d'avoir basculé dans un univers de science-fiction, un monde pâle et souterrain, peuplé de créatures mutantes, perforées, embrochées sur d'étranges appareils électroniques. Werner était blême, il tenait de la créature de Frankenstein, ou du cobaye ridé, flétri, de quelque aliéniste du XIXe siècle en mal d'expériences. Un ramassis d'organes prêts pour une dernière boucherie, avant la nécrose définitive. Werner continua :

— La chaîne hi-fi est là-bas, dans le coin. La petite lumière bleue. Kirstin – ah, l'auriez-vous croisée, par hasard ? Elle était mon infirmière, jusqu'à ce soir... Kirstin a laissé la commande sur la table. Il vous suffit d'appuyer sur *Lecture*.

Frédéric hésita, puis attrapa la commande entre deux flacons de morphine.

Il appuya.

Vous aimez Paganini ?

Werner se souvenait de ces mots, de ces premières paroles qu'il avait adressées à Bedrich, au moment où on l'avait installé devant lui et le Boucher. La musique emplit la pièce. *Paganini, Rondo à la clochette*, *La Campanella*, reconnut immédiatement Frédéric.

— Cette nuit... La nuit de Terezin, reprit Werner. Il m'importe peu de me taire ou de vous dire la vérité, jeune homme. Mais au point où nous en sommes... Je pense que vous méritez de le savoir, en effet. Terezin, dites-vous. Vous voudriez savoir ce qui s'est passé à Terezin. Oui, je m'en souviens encore, mon jeune ami. C'est là que tout a basculé définitivement. C'est là... que je me suis damné !

Il eut encore ce soubresaut étranglé, que Frédéric hésitait à qualifier de rire.

— Vous avez rencontré, je crois, Elie Bogdanowicz... dit Werner.

— Oui. Vous l'avez tué lui aussi. Pourquoi ?

— Cette nuit-là... j'ai torturé son père.

— Vous voulez dire le père d'Elie ?

— Oui. Bedrich Bogdanowicz.

— Il était prisonnier à Terezin ?

Frédéric se souvint de l'une des photos qu'il avait trouvées dans le dossier confidentiel laissé par Igor. Cette photo de mariage juif, avec l'homme moustachu qui tenait le Cygne, et son visage cerclé de rouge.

La voix de Werner s'était faite plus sombre, plus rauque. Il semblait ailleurs.

— Je me souviens… Chaque mot, chaque geste sont imprimés en moi avec une précision que vous n'imaginez pas. Cette cour balayée de faisceaux de lumière… Ces pavés humides… Cette cellule blanche où on avait installé ce paysan… On m'avait envoyé de Berlin avec la mission de le faire parler. Lui et un réseau de résistants tchèques avaient détourné un convoi transportant des biens soustraits à la communauté du ghetto. Ils avaient organisé l'évasion de l'équivalent de plusieurs millions de marks qui devaient être acheminés en Allemagne… Nous l'avons arrêté quelque temps après. Lui et sa femme. On m'avait donné une nuit… Une nuit pour le faire parler. Ne vous y trompez pas. Pour moi, cette… mission était de la routine. Et en l'espèce, nous avions déjà… d'autres informations. L'un de ses compagnons, Viktor Czesko – je me souviens encore de son nom – avait avoué…

— Avoué quoi ?

Frédéric, les sourcils froncés, était suspendu aux paroles de Werner. Il est difficile de dépeindre le mélange d'émotions qu'il éprouvait en ce moment-là. La curiosité, la peur, la répulsion. Il se sentait soudain en face d'un pan de l'Histoire, une Histoire qu'il n'avait pas vécue, mais dont on lui avait toujours parlé comme d'un long cauchemar. En face de lui, ce Conteur maudit, carcasse de grand-père orchestrant sa veillée funèbre. *Béhémoth*, songea le jeune homme. Il s'était légèrement penché ; Werner posa de nouveau son regard sur lui. Un seul de ces regards suffisait à vous remplir d'inquiétude.

— Il avait avoué… que l'endroit où les biens du ghetto avaient été entreposés se trouvait caché dans l'étui du Cygne, sous la forme… d'un code, dissimulé quelque part, et qui nous aurait permis de remettre la main sur ce que nous cherchions. Czesko et Bogdanowicz s'étaient fait souffler ce procédé par l'un de leurs rabbins… Un violoniste, lui aussi. Les Juifs sont tous un peu violonistes, quelque part… Mais le violon avait disparu… Elie également.

— Et vous l'avez torturé toute la nuit pour obtenir cette information…

Frédéric n'avait guère de mal à imaginer de quelle façon les choses avaient dû se passer. Il voyait le prisonnier attaché, quelque part, dans un sous-sol d'où rien ne pouvait s'échapper, surtout pas les cris du martyre. Et l'officier penché sur lui… Que lui avait-il fait ? Quelle sorte de raffinement avait-il pu concevoir, pour parvenir à ses fins ? Des chocs électriques ? Lui avait-il… brûlé les yeux ? Combien de coups Bedrich avait-il dû supporter ? Frédéric croyait discerner ses traits, dans sa cellule. Il entrevoyait sa solitude, sa souffrance désespérée… et devant lui, ce soir, c'était le bourreau qui se retrouvait prisonnier de son lit de fortune. Quelques décennies plus tard. Oh, il aurait été simple, si simple d'inverser les rôles. De pousser la vengeance jusqu'au bout.

— En réalité, continua Werner, ils avaient utilisé leurs réseaux pour transformer la totalité des biens en liquidités, et déposé la somme correspondante en catastrophe sur un compte à numéros en Suisse, qui abritait de nombreux avoirs juifs. Les derniers informateurs du Reich parvinrent à identifier le nom d'une banque. Lorsque je me suis trouvé en fuite à mon tour, traqué par Wiesenthal, j'ai déposé ce que j'avais de fortune dans cette même banque, tout en espérant poursuivre ma propre enquête et l'infiltrer d'une façon ou d'une autre. La guerre continuait, pour moi, monsieur Vissevitch. Une guerre du renseignement, d'écrasement. Mais je n'étais guère plus avancé. Et en l'absence du code que renfermait le Cygne, j'étais dans l'impasse. Je n'ai pas eu le loisir de m'en préoccuper davantage à ce moment-là. Je me suis envolé en catastrophe vers l'Amérique latine, j'ai circulé comme une bête traquée dans tous les pays, j'ai croisé Mengele sur mon passage… Et puis… les choses se sont… « calmées », si l'on peut dire. On m'a cru mort. Cette mort, je l'avais savamment orchestrée… Je suis parvenu à revenir en Allemagne sous la fausse identité que je m'étais construite… Chez moi. Je suis revenu me terrer ici, en Forêt-Noire, dans ce chalet. J'étais déjà malade. Je ne le savais pas encore. Je n'ai jamais revu ma femme et mes enfants, en Bavière… Je crois qu'ils sont morts.

Il éructa. Une substance indéterminée jaillit de sa bouche pour venir couler sur son menton.

Frédéric ne bougea pas.

L'ancien officier cracha, remua la tête.

— J'espère que mon… agonie satisfait votre sens de la dramatique, dit-il dans un sourire pathétique.

Frédéric, le visage dur, le regarda.

— Contrairement à vous, je ne jouis pas du spectacle de la souffrance des autres.

Il fit une pause, puis reprit :

— Il y a quelque chose que je ne comprends pas. Pourquoi avoir recherché le Cygne à votre retour ? Le sang que vous aviez déjà sur les mains ne vous suffisait pas ? Pourquoi avoir tué mon père ?

Les yeux de Werner Jatzkowski s'allumèrent.

— C'est à Terezin que tout a basculé. J'ai été… détruit. C'est lui, *lui* qui m'a détruit. Lui et le Cygne. Je n'étais plus rien à mon retour à la Chancellerie. Et les Alliés avaient gagné la guerre. Le Cygne, Frédéric Vissevitch. C'est le Cygne qui m'a valu d'être ce que je suis à présent, je l'ai toujours su… ce violon du Diable… Au son unique et éternel…

Il s'animait ; ses joues tremblaient, ses doigts s'agitaient ; il était pris de spasmes névrotiques. Pas de doute, il était absolument, complètement fou.

— Il m'a fait échouer ! Je n'avais plus qu'un vœu, jeune homme… Le vœu d'un condamné. Le dernier… objectif d'un pauvre quartier de viande qui n'aura même pas droit à une plaque mortuaire, sinon comme symbole de l'Holocauste qu'il a fait subir au monde entier. Hitler n'était pas seul, il n'a jamais été seul. Nous étions légion, Frédéric Vissevitch. Nous prenions le thé le matin et l'après-midi je réglais les affaires courantes. *Waffen SS.* Croisés des temps modernes. Camps de concentration. Suprême imbécillité humaine.

Frédéric hochait la tête. Il n'en revenait pas. Werner avait-il voulu, plus de cinquante ans après, gagner un duel dont il ne s'était jamais remis ? Etait-ce pour cela que la nuit de Terezin avait refait surface, tuant au passage son père et les autres ? Par quels replis tortueux cette pensée malade avait-elle pu se frayer un chemin jusqu'à renouveler ses patientes et terribles tortures ? Il n'était plus qu'un brasier, un charnier à lui seul.

— J'ai retrouvé la trace d'Elie Bogdanowicz… J'avais compris… Il était le seul à pouvoir détenir encore l'instrument… et le secret qui m'avait valu de devenir un paria à tout jamais. Paria, comme je l'étais, comme nous l'étions déjà avant la Seconde Guerre. Je n'aurai été, toute ma vie, qu'un paria mis au ban des nations. Mais les manœuvres que j'avais entreprises ont éveillé la suspicion d'un pauvre crétin de Suisse, un employé que la Commission Volcker avait chargé d'exhumer les comptes dormants pour le bénéfice des Organisations juives mondiales et du gouvernement américain. Je me moque de ce que vous pensez, Frédéric Vissevitch. Je suis vomi par le monde depuis trop longtemps pour avoir encore le moindre sentiment de compassion. Je n'en ai d'ailleurs pas davantage pour moi. Aussi…

Ses yeux se tournèrent vers l'arme posée sur la tablette.

— Je sais ce que vous pensez, Vissevitch. Vous vous demandez par quelle abomination un monstre tel que moi a pu rester en vie, en toute impunité… Vous vous demandez comment j'ai pu perpétrer de telles… horreurs… Mais… Ce n'était pas moi, vous comprenez ? (Il s'énervait, tout à coup ; il repartait dans l'un de ses accès de fièvre délirante.) *Ce n'était pas moi !* C'était… l'autre. L'autre en moi, c'était… celui auquel le monde m'a livré, m'a condamné. Tous m'ont trahi, tous. Même le pays que j'avais défendu.

Pour la première fois, un voile de larmes passa devant ses yeux.

Puis il eut ce sourire effrayant, qui lui déformait le visage.

— Oui, je sais ce que vous pensez. Bedrich Bogdanowicz… Je lui ai fait arracher les ongles un à un. Il vous serait facile de faire la même chose, à présent. Mes membres rongés ne vous opposeraient pas grande résistance. Ces ongles… Ils vous viendraient sans trop d'effort.

Frédéric s'agita sur sa chaise. Le regard de Werner retourna vers la tablette.

— Je vous attendais, mais vous ne savez pas encore exactement pourquoi vous êtes venu. Si je vous ai laissé faire – parce que je vous ai laissé faire, Frédéric – ce n'est pas pour vous permettre d'entendre mes misérables confessions comme le dernier des récits gothiques… Pourquoi êtes-vous venu ? Vous le savez bien, au fond de vous-même…

Il passa une nouvelle fois la langue sur ses lèvres sèches.

— Vous êtes venu pour me tuer.

Frédéric ne bougea plus.

Il regarda à son tour vers le revolver, les yeux écarquillés.

— Oui… au fond, c'est pour cela que vous êtes venu. Alors, jeune homme, faites-le.

Il y eut un long silence.

— Vous m'entendez ? *Faites-le* et n'en parlons plus.

Frédéric hocha la tête.

— Croyez bien que ce n'est pas l'envie qui m'en manque.

Werner rit et cette fois, le rire était clair, distinct ; presque… *jeune*.

— Allons. Je suis à votre merci. Vous ne ferez qu'accélérer l'inéluctable. De quelques heures tout au plus. Ne cherchez aucune sorte de justification, ou de culpabilisation morale dans cet acte. Après tout, la justice est avec vous, n'est-ce pas ? Vous êtes mon Ange exterminateur. C'est pour cela que vous êtes ici. Ce geste ne m'apportera pas la moindre rédemption, c'est une évidence. Mais au moins, vous aurez assouvi votre vengeance. Ou bien… Si cette volonté de vengeance, toute naturelle en somme, est précisément cela qui vous gêne… Dites-vous que c'est moi qui vous le demande, et que vous écourtez ainsi mes souffrances. Elles sont tout aussi abominables, croyez-moi. Et puis, peut-être me reste-t-il quelque chose d'humain ? Qu'en pensez-vous ? Suis-je humain, Frédéric Vissevitch ?

Il rit encore.

— Allons. Débarrassez-vous du Monstre. Je ne demande pas le pardon. Je sais que personne ne me pardonnera jamais. Prenez cette arme.

Frédéric regarda le revolver. Cette crosse. Ce canon luisant.

Il sembla hésiter un long moment. Puis, lentement, il se leva.

Son trouble était absolu.

— *Herr Jatzkowski ?*

Il s'avança vers la tablette, tendit la main.

— J'espère que vous aimez Paganini.

Il prit la lampe torche.

Tandis qu'il s'engouffrait de nouveau dans la Forêt-Noire, Frédéric ne savait si ce qu'il entendait était le bruit du vent, ou le hurlement sauvage, mugissant, que poussait M. Ford depuis le deuxième étage de son chalet.

En vérité je me trouvai sur le rebord
De la vallée d'abîme douloureuse
Qui accueille un fracas de plaintes infinies.
Elle était noire, profonde et embrumée ;
En fixant mon regard jusqu'au fond,
Je ne pouvais rien y discerner…

Frédéric ne saisit son téléphone portable que deux heures plus tard. Lorsque l'on trouva Werner Jatzkowski, seul en son chalet, il n'était pas tout à fait mort. Et tandis qu'il conduisait sur les routes désolées, alors que l'aube tardait à poindre, Frédéric se souvenait du visage de cet homme moustachu, sur la photo. Bedrich Bogdanowicz, tenant le Cygne entre ses mains. Et il se demandait comment avait pu s'achever cette affreuse nuit de Terezin.

TROISIÈME MOUVEMENT

Largo maestoso

21

Forteresse de Terezin

1944/2001

C'était six mois après le scandale.

Il n'avait pas manqué d'éclater et les médias en faisaient encore leurs choux gras ; mais Frédéric Vissevitch n'avait plus que faire du déluge dont il avait été l'objet quelque temps. Il était redevenu « anonyme » autant qu'il était possible de l'être et s'était décidé à fuir la France momentanément.

Il était retourné à Prague avec Célia Canova pour préparer *Consolation.*

Les répétitions s'étaient à peu près bien passées.

Elles avaient pourtant représenté pour Frédéric une véritable torture. Les souvenirs d'Igor n'avaient cessé de l'envahir. Il lui avait fallu les exploiter pour retrouver les bribes de son enseignement d'autrefois. S'il avait été un violoniste correct, Frédéric ne connaissait de la direction d'orchestre que les rudiments et le métier ne s'improvisait pas. Mais tous les membres de l'orchestre étaient avisés de l'enjeu que représentait *Consolation*, non seulement du point de vue symbolique, mais aussi en regard du destin personnel de l'homme qui devait diriger la symphonie. Tous s'étaient mis au diapason, c'était le cas de le dire, sans même avoir besoin d'en parler, conscients que certaines souffrances n'avaient pas à se payer de mots – et la cour centrale de Terezin le rappelait à chacun, si nécessaire. Frédéric avait reçu le concours d'un autre chef prestigieux, Théodore Graff, qui lui avait dispensé les conseils techniques appropriés durant plusieurs mois et avait supervisé avec lui chacune des répétitions. La situation était des plus insolites, l'orchestre se formant à mesure que se formait son chef. Mais tous avaient joué avec émotion et recueillement, se préparant à donner le meilleur d'eux-mêmes lorsque *Consolation* serait portée entre les murs de Terezin, pour la première et sans doute l'unique fois.

La direction d'orchestre exigeait de nombreuses qualités, à la fois techniques, instrumentales et humaines. Les interprètes de *Consolation* étaient tous du plus haut niveau ; les prévisions d'Igor, dans le mariage des talents pour cette circonstance, n'avaient laissé aucune place à l'improvisation et pas un des postes n'avait été négligé. L'effectif orchestral idéal proposé par Paganini se composait de 12 violons, 6 altos, 5 violoncelles, 5 contrebasses, 2 flûtes, 2 hautbois, 2 clarinettes, 2 bassons, 4 cors, 2 trompettes, 3 trombones, 1 serpent ou *cimbasso*, 1 timbalier. A côté de cela, l'« arène » conçue par Igor, avec ses trois cents exécutants, chœurs compris, était d'une autre ampleur. Quintette à cordes augmenté par un élargissement des pupitres et des cordes, dans la lignée des formations de Beethoven. Petite flûte et trombones. Batterie en arsenal, contrebasson et cors doublés. Des instruments rangés en ligne comme pour la bataille, ou plutôt en arc. Les proportions s'étaient envolées, même si l'on était loin des orchestres hypertrophiés de Mahler ou de Wagner. A cette pensée, Frédéric frôlait l'apoplexie. Mais le choix des interprètes pour chaque département de l'orchestre était, s'il en fallait, une nouvelle démonstration du génie et du sixième sens musical d'Igor. Il avait prévu toutes les alliances, toutes les harmonies ; l'orchestre ainsi composé rassemblait des talents particuliers dont l'association miraculeuse tenait à la seule prescience du Maître. Les musiciens venaient de tous les horizons. Beaucoup d'entre eux se rencontraient pour la première fois, à la faveur de ces circonstances exceptionnelles. La moindre erreur de jugement de la part d'Igor eût pu conduire au naufrage : certains interprètes dérogeaient radicalement à leur habitude et, chacun, isolément, avait été comme soustrait à son milieu originel. L'un d'eux travaillait depuis trente ans à la Philharmonie de Berlin ; un autre était issu de l'Orchestre symphonique de Chicago ou du Royal Philharmonic Orchestra ; un autre encore, membre du Quatuor Amadeus, se retrouvait soudain avec un jeune premier du Conservatoire au milieu d'une foule d'exécutants inconnus. Rien n'indiquait, sur le papier, que certaines de ces complémentarités, parfois contre nature, ne fussent suffisantes à sauver l'ensemble du projet d'un total effondrement. Mais Igor avait examiné la moindre des spécialités sous toutes les coutures avant de faire son choix. Ces noces étranges étaient aussi funèbres que lumineuses. Tous avaient répondu à l'appel et l'ombre de cette alchimie composée par le Maître Vissevitch planait entre eux, au-dessus d'eux, les enveloppant de sa sorcellerie, de sa grâce, comme la musique elle-même. Tous avaient le sentiment d'accomplir ainsi un devoir, envers Igor, la musique, et envers l'humanité ; pourtant, c'était comme si la mort et le chagrin étaient partout, présidant au moindre de leurs gestes, en même temps qu'un bouleversant sentiment d'espérance s'était emparé d'eux. La musique devrait naître de ce sentiment, le crier, s'ériger en acte libératoire de ces contradictions insolubles dont, chaque jour, le chaos du monde se faisait le miroir. Lorsque, au fil des répétitions, les membres de l'orchestre levaient le visage vers Frédéric, guettant la mesure de sa baguette, cherchant à lire dans son regard, c'était avec une attention infinie, une sorte d'unanimité troublante. Oui, c'était bien cela : les trois cents exécutants de *Consolation* étaient enveloppés de grâce.

La veille du jour dit, ils avaient répété dans « l'arène ». On avait hésité sur son emplacement : le parvis de la forteresse, cette longue allée blanche qui menait jusqu'à elle, avait l'avantage de donner l'espace nécessaire à l'ampleur de la symphonie et à son exécution devant un public nombreux. Mais Igor avait tenu à ce que *Consolation* fût jouée dans l'enceinte même de Terezin, au cœur de l'endroit où tant de drames s'étaient noués ; il avait lui-même examiné les plans et conçu son effectif en relation avec cette idée. L'orchestre se tiendrait donc dans la cour centrale, aménagée pour l'occasion en vaste amphithéâtre en face duquel répondaient, en arc de cercle, les bancs réservés aux spectateurs. Le décor ainsi mis en place avait donné lieu aux tests d'acoustique propres à toutes les salles de concert classique, à ceci près que la spécificité du lieu avait contraint les spécialistes à redoubler de vigilance. Calcul et géométrie des ondes par ordinateur, essais sur maquettes dans lesquelles on injectait des sons captés par des micros, enregistrés et analysés. On avait fait quelques retouches pour éliminer certaines faiblesses, même si tout cela ne suffirait pas à une qualité optimale : quel que fût l'endroit, certains paramètres échappaient à tout contrôle, comme le nombre exact de spectateurs présents, la nature de leurs vêtements, les matériaux utilisés, ou la simple qualité atmosphérique au moment de la représentation.

Il y aurait naturellement de nombreux officiels pour venir écouter *Consolation*, dont deux chefs de gouvernement en visite en République tchèque ; mais la part belle serait réservée au public anonyme. Frédéric aurait bien du mal à se retrouver ainsi en face d'eux, et en face de lui-même. A vrai dire, il était tétanisé d'angoisse. Lors de son apprentissage avec le Maître, après son passage à la *Schola cantorum* et avant d'être primé aux concours de Pretoria ou de Leipzig, Frédéric avait fait une brève incursion dans la classe d'orchestre de Paris. Si le premier véritable chef avait fait son apparition au XVIIe siècle avec Lully, la fonction n'avait cessé de gagner en importance, accompagnant la complexité croissante des formations. Lully, autrefois, dirigeait face au Roi et au public, non face aux musiciens. Le chef « baroque » n'avait rien à voir avec celui d'aujourd'hui. Il marquait le rythme avec le *sol-fa*, un rouleau de papier tenu en main, ou avec un bâton. Le développement de l'opéra, quant à lui, avait confié le rôle de direction au claveciniste ou au compositeur lui-même. Puis la règle d'or s'était imposée : le silence. Il fallait laisser à l'œuvre la pleine liberté de son épanouissement. Berlioz, Mendelssohn et Schumann, au XIXe siècle, avaient alors défini la véritable fonction de chef d'orchestre. La direction d'orchestre était devenue un art véritable. Au XXe, il était devenu primordial pour les répétitions. Le chef parlait, chantait, jouait un passage, donnait le tempo, conseillait – mais pendant le concert, les musiciens n'avaient que ses regards et les mouvements de sa baguette pour se repérer. Place au silence. Premier temps de haut en bas, dernier de bas en haut. Main droite pour la mesure à la baguette, main gauche libre, pour les nuances et l'expression. *Crescendos. Diminuendos.* Pour *Consolation*, le mouvement métronimique avait été fixé par Igor et Frédéric respecterait scrupuleusement les indications laissées par son père. *Sforzando. Espressivo. Doloroso. Grazioso.* Frédéric avait rencontré de grands chefs d'orchestre à plusieurs reprises, autrefois. Il n'avait pas eu, comme Igor, le privilège de s'entretenir avec Toscanini avant sa mort en 1957 ; Toscanini avait raconté à son condisciple comment, obscur violoncelliste, il avait dû diriger de mémoire et au pied levé la fameuse représentation d'*Aïda* à Rio en 1886. Il était devenu une légende et avait dirigé par cœur plus de six cents œuvres. Igor avait également fait la connaissance de Furtwängler, qui avait succédé à Richard Strauss à Berlin, et de Charles Munch, le fondateur de l'Orchestre de Paris. Mais Frédéric, lui, avait reçu quelques leçons – bien lointaines, en vérité – d'une autre « star », à savoir Karajan lui-même. Enfin, des leçons… Il n'était encore qu'un gamin et il savait qu'aujourd'hui, il n'avait pas droit à l'erreur.

Oui. Un gamin, se dit-il en ajustant son nœud papillon devant la glace qu'on lui tendait.

Mon Dieu… Je ne vais jamais y arriver.

— Vous êtes en sueur, monsieur Vissevitch, dit une voix féminine à côté de lui.

La jeune femme – elle répondait au doux prénom de Charlène – lui épongea le front avec un mouchoir.

— Vous avez le nez qui brille.

Ah bon. J'ai le nez qui brille.

— Merci, dit-il avec difficulté.

En vérité, ce merci lui avait échappé comme une sorte de plainte étranglée. Il avait l'impression de suffoquer. Ce col était bien trop serré !

Il se racla la gorge et eut pour Charlène un pâle sourire.

— Tout va bien, monsieur Vissevitch.

Monsieur Vissevitch. Eh oui, on l'appelait *monsieur Vissevitch.* Comme on n'avait cessé d'appeler son père, avec toute la déférence requise. Bien sûr. *Monsieur Vissevitch.*

— Tout va très bien...

Puis, abandonnant Charlène, il se dirigea vers la pièce voisine, où se trouvait Célia, également devant un miroir. Psyché en ses longs voiles, devant une autre psyché aux dorures évanescentes. Le voyant entrer, elle se tourna vers lui. Son visage resplendissait. Il était rassurant de sentir la présence et le calme de la jeune femme, ce calme imperturbable, sur lequel rien de mauvais, de complexe, de troublant ne semblait avoir prise. Les nuages étaient passés ; elle rayonnait comme autrefois, avant le décès d'Igor. Une fois de plus, Frédéric ne put s'empêcher de se dire à quel point il l'aimait. Il avait l'impression, ce soir, que l'intensité de ses sentiments était décuplée, jusqu'à en devenir à peine supportable ; sans doute parce qu'il se sentait vulnérable, plus vulnérable encore que lorsqu'il s'était trouvé seul à seul avec Werner Jatzkowski. Il aurait voulu se jeter dans les bras de sa douce, comme autrefois dans ceux de sa maman. Elle l'aurait embrassé, cajolé, avant de lui dire de se mettre au lit. Et ce serait une soirée tranquille. Le visage de Juliette passa fugitivement dans l'esprit du jeune homme. L'état d'hypersensibilité dans lequel se trouvait Frédéric ne pouvait échapper à la Florentine. Il se sentait comme ce personnage de *La Chute de la maison Usher*, dont les sens exacerbés rendent intolérable jusqu'au bruit d'une feuille de papier glissant sur le sol. Tout n'était que confusion et, à mesure qu'il se disait qu'il devait se calmer, son angoisse s'en trouvait augmentée. Il avait besoin de bouger, il tournait en rond, passait la main dans ses cheveux, soupirait.

Célia cessa un instant de se poudrer le nez, lui sourit et dit, d'une voix sereine :

— Ne t'inquiète pas, Frédéric. Tout ira bien.

Frédéric s'assit sur le rebord d'un lit, non loin d'elle.

— J'aimerais en être aussi sûr que toi.

Elle reposa le poudrier et se tourna de nouveau vers lui, plongeant ses yeux dans ceux du jeune homme.

— Les dernières répétitions se sont bien passées. Tu n'as rien à redouter.

Frédéric regarda ses doigts, qui s'agitaient nerveusement sur ses genoux.

Célia s'avança sur sa chaise et lui prit les mains.

— Regarde-moi, *Federico*. Regarde-moi.

Il observa le visage angélique penché sur lui. Au bout d'un moment, il dit :

— J'ai l'impression qu'il est là, tu comprends. Qu'il sera là ce soir.

— Tu veux dire… Igor ?

— Oui.

— Et cela te fait peur.

— Disons… que ça me met la pression.

Célia laissa passer sa langue sur ses lèvres.

— Tu t'es toujours « mis la pression » par rapport à lui, Frédéric. N'est-ce pas ? Tu as toujours craint de ne pas lui arriver à la cheville. Tu as toujours craint son jugement. Tu ne t'es jamais vraiment libéré de ce sentiment qu'il était… déçu de toi. Mais songe à ce que tu viens de faire, Frédéric – et à ce que nous devons accomplir ce soir. Il ne pourrait… il ne peut qu'en être fier. Et toi aussi. Oui, il sera là ce soir. Il sera là… et d'autres aussi. Toutes ces âmes dont la vie fut balayée de souffrances, incomparablement plus terribles. Igor sera là, dans le premier fauteuil d'orchestre, et tu pourras le voir. Il sera avec toi pour conduire la baguette. Je crois que tu dois cesser de le voir comme une *ombre*, Frédéric. Il est plus lumineux que jamais. C'est son sourire qu'il faut imaginer. Sa confiance. C'est son cœur gonflé d'amour, son orgueil de voir où tu en es. Pense à lui, Frédéric. Et *pense à eux.*

Le jeune homme resta silencieux. Puis il eut une inspiration profonde.

— Oui. Tu as raison.

Elle sourit encore et déposa un baiser sur ses lèvres.

— Tu m'aimes ?

Il la prit dans ses bras.

— Comme je n'ai jamais aimé personne.

— Je serai avec toi aussi, souffla-t-elle à son oreille.

Et elle ajouta :

— Alors c'est à nous, ce soir. Tu m'entends ? C'est à nous… *de les consoler.*

Trois cars arrivèrent sur le parvis de Terezin en fin d'après-midi.

A vingt heures, le défilé du public commença.

Une marée s'installa sur les bancs et les chaises blanches disposés dans l'arène. Alors même que la partie destinée aux spectateurs était pleine à craquer, d'autres personnes arrivaient, par centaines. Toutes les places avaient été réservées mais cela n'avait pas découragé ceux qui s'étaient décidés à venir de toute façon. Si bien que, lorsque l'amphithéâtre fut bondé, les derniers arrivants choisirent de s'asseoir au-dehors de la forteresse, non loin de l'allée et des tombes, espérant entendre quelque chose de l'endroit où ils se trouvaient. Mais au milieu de cet afflux interminable régnait un rare calme, de ceux qui font encore espérer en la nature humaine lorsque, face à des moments d'importance, elle oublie sa versatilité, son égoïsme et la bassesse immédiate de ses intérêts. On n'entendait pas une mouche voler ; au point que le moindre éclat de voix, sous cette chape de plomb attentive et fraternelle qui était tombée sur Terezin, semblait un sacrilège. Une régulation insolite se faisait d'elle-même sous les yeux du personnel de sécurité, qui craignait aussi les cauchemars qu'une telle soirée pouvait occasionner, si la moindre fausse note venait ternir l'événement. Là encore se jouait une forme d'unanimité consensuelle, une exigence de perfection, que certains esprits frondeurs n'auraient pas manqué de stigmatiser en temps normal, prompts à trouver l'hypocrisie là où n'existait que le recueillement ; mais, rappelés soudain à la singularité de cette situation, même les plus rétifs au lyrisme et aux emportements naturels du cœur se rangeaient avec surprise à la pure simplicité du moment. Chacun se préparait à goûter aux parfums de la nuit tombante, à partager le souvenir torturé de l'Histoire, avec la conscience qu'ici se jouerait bientôt quelque chose d'à la fois intérieur et universel, de tout à fait unique. Il n'était pas exagéré de dire que la plupart attendaient de l'émotion de ce spectacle quelque chose comme une introduction aux mystères de la vie et de la mort, une réflexion esthétique voisine d'une forme de transcendance, cette transcendance que seule la musique, dans sa complétude et sa vertu enchanteresse, était capable d'atteindre. Le temps, ce soir-là, était clément ; le ciel bleu avait dissipé la crainte de devoir monter le chapiteau prévu en cas d'intempéries, qui eût pu encore changer les conditions de l'exécution ; il faisait un peu frais, mais on se réchauffait vite, on desserrait son cache-col, on s'asseyait tranquillement en s'excusant d'avoir dérangé tel ou tel au passage – et puis on restait là, à attendre sans mot cette communion inhabituelle avec la beauté de l'existence et la mélancolie du souvenir.

L'afflux dura, une heure, deux heures.

Il sembla que le moment était venu.

Alors l'orchestre arriva, dans le plus profond silence.

Les quatre groupes d'instruments se présentèrent l'un après l'autre, comme autant de familles. Quelques applaudissements crépitèrent d'abord… puis ce fut un salut à la mesure de cette entrée. Trois cents exécutants investirent la cour principale de Terezin. La composition de l'orchestre fut alors dévoilée aux yeux du monde. Les cordes, tout d'abord : 18 premiers violons, 16 seconds violons, 14 altos, 12 violoncelles, 10 contrebasses. Les bois les talonnaient en cadence. Bienvenue, les bois. 4 flûtes. 3 hautbois. Un cor anglais et 4 clarinettes, dont une basse, un contrebasson. Les cuivres venaient lentement compléter le dispositif, se glisser au milieu des autres familles. 4 cors, autant de trompettes et de trombones, un tuba. Les percussions fermaient la marche. Timbales, cymbales, triangle, grosse caisse, tambour. Vinrent les chœurs, myriade d'étoiles blanches, comme des flocons cotonneux, s'étirant d'un bout à l'autre de l'arène.

Les trois cents de *Consolation* prirent leur place. Un rideau, un simple drapé, avait été tendu à l'un des angles de la cour. Derrière lui, Frédéric, moite, tremblait comme une feuille, inspirant lourdement, le ventre noué, cherchant pourtant à se reprendre, sa main jouant fébrilement avec la baguette. A deux pas de lui se trouvait un couloir, et non loin, un autre, le fameux couloir de la mort. Peut-être Bedrich Bogdanowicz l'avait-il traversé. François Lebrun était là aussi, ainsi que Célia et Théodore Graff. François mit une main sur l'épaule de Frédéric.

— Igor et André seraient fiers de vous, murmura-t-il.

Il lui sourit ; le sourire était sincère. Frédéric lui renvoya un regard qui disait « merci » et lui demandait, aussi, s'il ne voulait pas prendre sa place. Mais cette fois, François Lebrun ne pourrait servir de parapluie. Théodore Graff, un grand homme svelte qui n'était pas sans évoquer la stature d'un Boris Karloff, ne dit rien, se contentant de porter sur le jeune homme des yeux confiants, où le doute n'avait pas sa place. Célia se tourna vers son amant. Toujours aussi belle. Elle lui étreignit les mains, l'embrassa, mais aucun mot ne sortit de sa bouche.

Et ce fut à son tour de faire son entrée.

Elle.

Célia Canova.

Frédéric entendit les applaudissements derrière le rideau.

Le silence revenait.

— Je crois que ça va être à vous, dit Théodore Graff.

— Je… Je crois que oui, dit Frédéric.

Les voix.

Les morts.

Et les notes.

Frédéric Vissevitch écarta le rideau et s'avança.

Il apparut dans un tonnerre d'applaudissements. Il salua, à droite, au centre, à gauche. A gauche, au centre, à droite. En dehors de sa peur, sa terreur viscérale, ce qu'il sentit à cet instant précis eut sur lui un effet bénéfique : comme une bouffée de chaleur. Allons. Ces gens étaient là parce qu'ils l'aimaient. Parce qu'ils aimaient la musique. Parce qu'ils avaient aimé Igor. Et parce que Terezin n'était pas une salle de concert.

Consolation, c'est maintenant. Tout, à présent, semble se dérouler au ralenti. Plus le temps de tergiverser. Face au gouffre. A l'incertitude. Au néant du futur, le futur immédiat. Celui qui se dessine à mesure qu'il est vécu. Celui que l'on surmonte ou qui dévore à tout jamais. Frédéric regarde Célia. Elle sourit. Elle l'aime. Il tourne le dos au public, assure sa position, les deux jambes fermement campées devant son pupitre. On accorde les instruments. Un signe à droite. Un signe à gauche. Un sourcil dressé, pour les violons. Il feuillette la partition. Celle-ci lui en rappelle une autre. Le *Mouvement perpétuel*. L'éternité est pour ce soir. Sa vue se trouble. Sa main tremble encore. Il tourne une page. Il revient en arrière. Il respire. Il va falloir crever le silence, tu le sais, Frédéric. Crever le silence. Ils sont prêts. Tous prêts. Il tousse. S'éclaircit la gorge. Se redresse. Il lève sa baguette. Instant suspendu de tous les possibles. L'assemblée retient sa respiration. Trois cents visages levés vers lui. D'autres derrière, mués en un visage, un seul.

Igor Vissevitch.

A l'attaque.

Première mesure.

Dès la seconde, c'est un soliste qui déploie le matériau du premier motif. Introduction, *Allegro molto appassionato.* Doucement. Comme une fleur qui s'épanouit, qui s'éveille, qui s'ébroue sous la rosée.

Une naissance. Le motif rythmique s'installe. Il sera joué deux cent cinquante fois lors du premier mouvement, avec diverses variations. Mais doucement. Ce cri du violon, ce cri de l'archet. On dirait la voix d'Igor lui-même. Cette voix dont il jouait dans le salon. Cette voix sublime, indescriptible. C'est que le soliste ne joue pas sur n'importe quel instrument. Il tient en main *Lebed*, le Cygne. La voix de Dieu et celle du Diable. La voix lointaine de Svetlan Borg, obscur luthier russe et alchimiste oublié. Encore. Doucement. Petit à petit, le son prend de l'ampleur. Il court, il vole, il s'apprête à rejoindre l'orchestre. Coup d'œil à droite. La mesure est parfaite. Les autres archets s'animent. Ils tirent, attaquent les uns tour à tour, par saccades, les autres ensemble. Tous se confondent bientôt. Une forêt d'archets qui glissent, jouent de toutes leurs modulations, dénouent le phrasé mélodique jusqu'à un interminable *vibrato*. Les percussions viennent scander à leur tour cette ouverture. Une autre forêt s'emballe. Les bois. Sourds, vagissants. Cornes de brume. Celles des marins revenant au port. Regards hallucinés de ceux qui s'éveillent au lendemain d'une impensable tragédie. Les morts se lèvent. Ils sont là. Ils tombent dans les bras des vivants. De ceux qui sont venus les sauver.

— Vous… avez… perdu, dit Bedrich Bogdanowicz.

La salive et le sang s'échappent de sa bouche, coulent sur son pull.

— Non ! réplique l'officier.

— Oh… si.

— Tais-toi ! Tais-toi !

— Ton armée… fuit.

— L'armée allemande ne fuit pas !

— Il ne reste… Rien.

Werner se penche en avant et Bedrich détaille encore ce visage effrayant, ce front malade où se creusent des rides nouvelles ; mais c'est surtout dans les yeux que quelque chose s'est produit. Ces yeux gris semblent soudain plus petits. Ils sont traversés de lueurs inquiètes, dubitatives.

— Pourquoi ne laisses-tu pas tomber ? murmure Werner, de sa voix profonde et sèche.

Il est dépassé, cette fois. Incapable de contrôler la situation. Il se heurte à un mur – un mur qu'il a lui-même patiemment édifié, avec tant d'assurance…

— Pourquoi ne laisses-tu pas tomber ?

— Ooooh… Et toi…

Bedrich pleure.

Les ombres sont là. Le Cygne reprend la main. Il s'échappe de la fanfare orchestrale, il s'en échappe tout à coup, son unique émergeant du chaos, il vient donner forme et couleur, il s'étire comme un cri de souffrance et s'arrache du magma ; on n'entend bientôt plus que lui, les instruments se taisent. Il s'arrête. Arpège. *Scordature.* Un, deux, trois trilles. Et soudain… Une autre voix, *la* voix. Célia. Elle part du ton le plus grave, *a cappella.* Seul son timbre clair envahit la forteresse de Terezin, se glisse dans les couloirs, dans l'espace confiné des anciens baraquements. Un nouveau *vibrato*, sourd, presque indistinct, un fond sonore l'accompagne. Sa voix s'élève peu à peu, franchit les octaves. Et puis elle éclate, dans toute sa force, elle submerge d'un coup les trois cents instruments qui se pressent autour d'elle à l'unisson. Elle se dresse dans sa robe rouge, sublime, forte, un poing serré, la bouche grande ouverte, elle tonne, elle est révolte, incompréhension, vengeance ! *Connais donc Phèdre et toute sa fureur !* L'orchestre dompté s'efface devant cet émouvant relief, cette vibrante ponctuation ; il se retire comme le ressac au pied d'une falaise, ne laissant derrière lui que l'écume des sons. Pourquoi, semble-t-elle crier, pourquoi faut-il que la douleur l'emporte ?

Puis elle se calme, elle glisse câline, elle se baisse, vaincue.

La sueur perle au front de Frédéric. Ses cheveux tombent devant ses yeux.

Il dresse le visage vers le basson.

Il dirige et pourtant, c'est une autre partition qui, inlassablement, revient danser à sa mémoire. C'est le *Moto perpetuo* qui revient le hanter, et l'image de son père faisant tonner le cri de l'archet devant le miroir.

— Il te reste six doigts, Bedrich ! Regarde ! Une main de fichue ! Regarde !

Il a coupé la corde – il a coupé la corde, il a saisi la main du prisonnier et lui met devant les yeux !

— Tu la vois, cette main ?

Bedrich s'aperçoit qu'il est libre. Les cordes sont tombées. Il se tient en équilibre sur sa chaise. Il ne bouge pas. De toute façon, il n'a plus la force de se lever. Mais il regarde ces liens défaits pendant longtemps. Nul ne saurait dire à quoi il pense en cet instant. Sans doute peut-il lire, dans le dessin étrange que font les cordes déroulées sur le sol, un message adressé à sa seule conscience.

— Tu la vois, ta main ?

Cette étrange terminaison lui appartient-elle vraiment ? Oui, continue de lui tonitruer sa douleur, cette douleur dont il se moque à présent. Elle est toute rouge, la main. Avec de petits bouts d'ongles encore plantés près des lunules. Le reste, des remous de peau déchirée. Les peintres ont fait de grandes fresques avec leurs mains, dans les églises, les cathédrales ; c'est avec la main que l'homme touche Dieu ; et il a fallu d'autres mains pour construire, forger, maçonner, polir, tanner, travailler la terre, semer, labourer, compter, additionner, retrancher, multiplier ; mais encore, les musiciens et leurs pianos, les guitares, les violons, et la plume des écrivains, des philosophes, des poètes, et les empreintes dans les cavernes des premiers temps, toutes ces mains, toutes ces mains !

Comme elles sont belles lorsqu'elles ne sont pas pleines de sang.

Le *si* du basson s'élève ; il fait le lien entre le premier et le deuxième mouvement. C'est au tour de l'*Andante* de s'épanouir, plus lent ; espace de réflexion ouvert dans la conscience de qui a la mémoire encore emplie d'horreurs. Comment accepter de s'en souvenir et comment les oublier ? Frédéric, un instant, un bref instant, se retourne ; il craint de laisser passer la vague. Est-ce un rêve ou… voit-il véritablement Igor, là, tout près, les mains jointes, comme s'il attendait déjà d'applaudir ? A nouveau, le Cygne étire ses sonorités éblouissantes. Entre pleurs, colère et lamentations à peine refrénés, ce sont tous les instruments qui, à l'unisson, semblent dotés d'une sensibilité presque… *animale*. L'orchestre atteint un nouveau degré dans la vérité expressive, jusqu'à communiquer une impression de douleur physique.

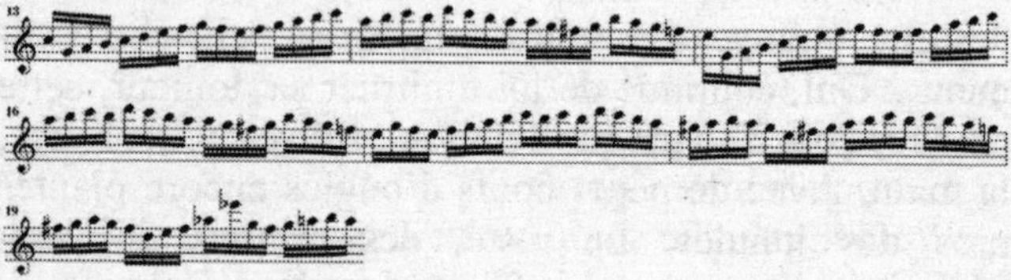

Bedrich laisse sa tête partir en arrière et ce simple mouvement menace de faire basculer la chaise. L'officier l'en empêche, s'y agrippant lui-même comme au bastingage d'un navire au bord de sombrer. Bedrich, le corps tordu, les bras ballants, tend son visage vers Werner, à la façon d'un aveugle cherchant à repérer la provenance d'une voix. Il est las. Las de cette guerre. Las d'être vidé de ses forces. Las de sentir l'odeur de la mort. Las de n'être environné que de cendres.

Lentement, il fait bouger ses lèvres.

Il essaie de dire quelque chose.

Enfin ! Il va parler ! Dire où est le Cygne, puisque tout est fini.

Les lèvres remuent doucement, entre deux inspirations brèves et syncopées, entre deux filets de sang. Werner devient tout à coup euphorique. Il exulte, tremble de joie au milieu de sa folie. Une parole, une seule.

— OUI ! OUI, BEDRICH, OUI !

Une seule parole et la partie sera gagnée.

Il colle son oreille contre la bouche du prisonnier.

— Plus fort ! Plus fort, Bedrich ! Je n'entends pas !

Et il entend.

Des mots incompréhensibles. Il lui faut quelques secondes pour deviner ce qui se passe.

Baroukh atah adonay elohênou melekh ha-ôlam…

Bedrich récite une prière en hébreu.

Werner se redresse, pétrifié, foudroyé par une gigantesque décharge électrique, ses mains crispées sur la pince qu'il tient encore.

— TAIS-TOI ! TAIS-TOI !

Bedrich achève sa prière.

Werner cherche son pistolet à sa ceinture. Il lève le canon de l'arme vers le front de son prisonnier. Sa main tremble sur la gâchette, devant ce front blême et ces yeux fermés.

Le revolver hésite, perdu.

L'officier, hagard, contemple l'homme qu'il a sous les yeux. Ils l'ont arrêté non loin, quelque part en Bohême. Ils ont massacré ses amis.

Werner parle d'une voix brisée.

— Mais où trouves-tu toute ta FORCE ?

Bedrich. Si froid. Et pourtant, tout à coup, si bien.

Sans répondre à Werner, il le regarde une dernière fois.

… Toute ta FORCE ?

Par-dessus ses larmes, et la crasse, et le sang, il esquisse un sourire.

Les mains des pêcheurs qui lancent de grands filets dans la mer ; les mains que l'on tend pour saluer, pour dire bonjour, pour toucher, pour sentir, pour caresser, pour deviner ; les mains que l'on joint pour boire, pour prier, pour signifier ; et les mains que l'on donne pour protéger, accomplir, accompagner, emmener, sauver. Les mains pour lancer…

Toutes ces fleurs…

Enfin, laissant retomber sa tête contre sa poitrine, alors que ses muscles se détendent, il se laisse emporter, rendant son dernier souffle, embrassant dans cet ultime vertige le mirage des instants de bonheur d'autrefois, avec au cœur une sorte d'exultation enfantine, une petite voix claire et joyeuse qui lui serine, encore et encore, qu'il n'a pas failli.

Déjà, le troisième mouvement se déploie. *Largo maestoso*. Après quelques mesures, une onde parcourt les chœurs. C'est une vague, ils en sont l'écume. Les voilà, ils arrivent ! Des milliers de poitrines se libèrent, crient, chantent ! Ils s'enflamment, d'un seul élan, ils viennent enfin rejoindre cette conflagration instrumentale, la surplombent, l'envahissent, se noient dans un même souffle, cette infinie langueur de la musique ! Et Frédéric, lui, devine qu'il n'est plus tout seul. Cette silhouette, là, perdue au milieu de nulle part. Elle semble bouger, s'enfuir, passer d'une famille d'instruments à l'autre. Elle se glisse au milieu des archets, rejoint les lignes de choristes fondues dans le grand soupir de la mélodie. Oui, *il* est là. Grand, mince, allongé – déjà squelettique. Redingote noire. Col blanc remonté sur sa gorge blême. Le front ruisselant de sueur. Un nez long et busqué. Des yeux qui lancent la foudre. Des cheveux sales, mi-raides, mi-bouclés, tombant sur ses épaules. Et des mains… C'est bien simple, ces mains, on ne les voit pas, on ne les voit plus. Il participe. Est-ce lui qui s'est saisi du Cygne ? Un Dieu, ou un Diable, le sépare à tout jamais du commun des mortels. Une bête. Un monstre. Il cabriole ; il volte et virevolte, il fanfare, fanfaronne, se cramponne, il flamboie. Puis ces arabesques crépitantes s'apaisent, s'effacent. L'orchestre fait corps autour du motif ultime, tendu en majesté, vibrant de toute son amplitude.

Dernières mesures, dernières notes. Dernière touche. Célia s'envole. Le Cygne aussi.

Tandis qu'il se baisse pour saluer, ruisselant de sueur, les cheveux épars sur son front, Frédéric exulte. Il sourit. Il a joué, le Matin, le Midi et le Soir. Le temps est venu de la bourrasque et du soleil après la pluie, de la résurrection et de la Consolation. Etincelles. Festival. Il salue, il se courbe en avant sous le tonnerre, le chœur des Muses, le chant étourdissant des applaudissements – à gauche, au centre, à droite, à droite, au centre, à gauche. Igor est là. Et le Diable, lui aussi, est là, le fantôme.

Niccolo Paganini.

Frédéric sourit encore.

⁂

Werner est immobile.

Il reste là un moment.

La fureur du monde s'est tue. Le silence et la paix sont revenus s'installer. Ils rentrent d'un long exil, après tant d'années, et retrouvent leur place. Ils contemplent les désastres avec chagrin, mais aussi avec cette tranquille assurance que la vie, bientôt, reprendra. Il faudra effacer tout cela. Le Temps l'effacera.

L'officier regarde autour de lui.

Il est seul.

Seul.

Il voit le cadavre de Bedrich, maculé de sang.

Il voit la pince et le tourne-disque.

Il sort, monte les marches, se retrouve dans la cour. Le Boucher est là, touche de blanc immobile au milieu de la forteresse, à l'attendre. Ces murs. Ces barbelés. Au loin, très loin – le murmure de la campagne environnante, qui se ranime peu à peu. Des gens doivent s'éveiller – ou plutôt s'endormir, enfin libérés de ces nuits de cauchemar, pour un sommeil réparateur. Bon an, mal an, ils vont recommencer une existence normale : oui, *normale.*

Werner a une casquette. Il la met sur sa tête, l'ôte, la met encore.

Il essaie de comprendre. *Baroukh atah adonay*... Il se demande pourquoi les hommes ont persisté à croire. Pourquoi ils ont trouvé dans de pitoyables images de Juifs morts depuis des siècles des symboles immuables et mobilisateurs.

Bedrich. Sa main qui n'en est plus une. Les cordes défaites sur le sol. Les chaussures pleines de terre. Ce visage étrange que Werner aurait souhaité décrypter, déchiffrer, pour *savoir.* Un vague sourire court sur son visage. Il a la tentation, un instant, rien qu'un instant, de se jeter à genoux. Il se contente de lever la tête vers le ciel, entrevoit les nuages, qui roulent à l'infini leur sibylline herméneutique. *Baroukh atah adonay elohênou melekh ha-ôlam*... Il écarte les bras, laisse tomber la pince, le revolver. Il rend les armes. Il ramène les bras et reste ainsi longtemps, les mains jointes, à observer. Il ne pense plus ; il observe, simplement.

Puis il prend une inspiration et avance.

Baroukh atah adonay – il passe de nouveau au milieu de cette cour glacée. Il semble enregistrer chacun des détails de cette cour avec exactitude. Il s'arrête un instant auprès du Boucher. Ce dernier ne lui demande rien. Werner non plus. Ils se jaugent. Werner fait la grimace. Il repart. Il entend le vent. Un chant d'oiseau. Des parfums oubliés reviennent à ses narines. Sa silhouette se découpe un instant dans l'embrasure du couloir de la mort – lui, l'officier, dans son grand manteau noir, ce manteau de chauve-souris.

Werner disparaît dans le couloir.

⁂

Frédéric est exténué.

Il a fallu longtemps avant que les derniers spectateurs ne quittent la forteresse.

Le jeune homme n'a pas dormi de la nuit. Il serre Célia contre lui, ils sont encore dans la cour. Il caresse le Cygne et son archet.

Les gens sont partis, le cœur gonflé, émus et heureux. Ils ont suivi ce défilé, vers les voitures, les cars garés sur l'esplanade, le long de l'allée.

— Regarde, murmure Frédéric à Célia.

Ce n'est d'abord qu'un rai discret, qui vient s'échouer avec nonchalance sur les murs, puis sur les pavés de la cour. Bientôt, le ciel embrasé salue la nouvelle montée du jour, de doux parfums viennent taquiner le couple attendri. Frédéric et Célia s'enlacent et guettent cette chaleur salutaire. Ils émergent, peu à peu, du monde des morts et du souvenir. On dirait le premier jour de la Création.

C'est cela, le mouvement perpétuel.

— Regarde, dit encore Frédéric.

L'aube se lève sur la forteresse de Terezin.

REMERCIEMENTS

Merci à mes parents, qui n'ont cessé de m'encourager ; à Delphine et Charlette Burési, Claude Amar ; à David Chaillou, musicologue et compositeur, Jonathan Levine et Laurent Mathieu, pour leurs avis éclairés ; à mon ami Christophe Bataille qui, familier maintenant de mes soubresauts littéraires, m'offre avec les éditions Grasset de poursuivre mon aventure. Merci également à quelques auteurs chez qui j'ai puisé une documentation utile : T. Bernardeau et M. Pineau pour *La Musique*, chez Nathan ; Edward Neill pour sa biographie de Niccolo Paganini ; Lothaire Mabru, pour son article « Donner à voir la musique : les techniques du corps des violonistes », paru dans la revue *Musurgia* (vol. VI, 1999) ; Emmanuel Jeager, Frédéric Laurent et Jean-Michel Molkhou pour leur CD-Rom « Le Violon, des hommes, des œuvres » (Accord Parfait/Editions Montparnasse) ; enfin, une mention spéciale pour Yehudi Menuhin et sa *Leçon du maître* dans la collection Classique/Essai aux éditions Buchet Chastel.

Merci encore à tous.

Table

Premier mouvement
ALLEGRO MOLTO APPASSIONATO

Deuxième mouvement
ANDANTE

Troisième mouvement
LARGO MAESTOSO

Du même auteur :

NOTRE-DAME SOUS LA TERRE, Grasset, 1998.

L'ÉGLISE DE SATAN, Grasset, 2002.

LE PIÈGE DE DANTE, Grasset, 2006.

Composition réalisée par FACOMPO (Lisieux)

Achevé d'imprimer en mai 2006 en France sur Presse Offset par

BRODARD & TAUPIN

GROUPE CPI

La Flèche (Sarthe).
N° d'imprimeur : 35941 – N° d'éditeur : 71228
Dépôt légal 1re publication : juin 2006
LIBRAIRIE GÉNÉRALE FRANÇAISE – 31, rue de Fleurus – 75278 Paris cedex 06.

31/1662/1